FERNANDO PESSOA

O Cavaleiro de Nada

ELISA LUCINDA

FERNANDO PESSOA, *o Cavaleiro de Nada*

EDITORA RECORD
RIO DE JANEIRO • SÃO PAULO
2014

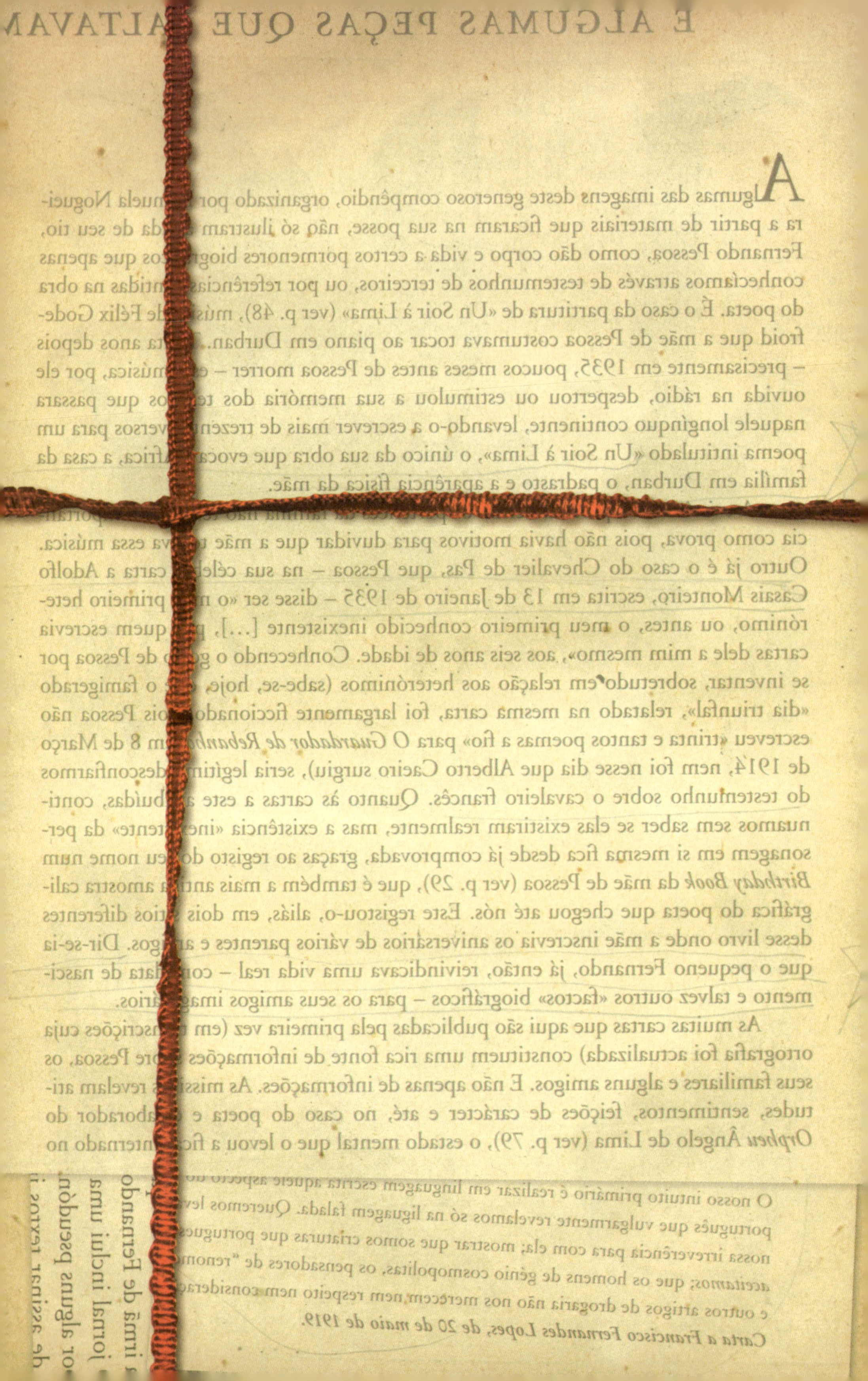
E ALGUMAS PEÇAS QUE ALTAVAM
Algumas das imagens deste generoso compêndio, organizado por nuela Nogueira a partir de materiais que ficaram na sua posse, não só ilustram da de seu tio,
Fernando Pessoa, como dão corpo e vida a certos pormenores biog os que apenas
conhecíamos através de testemunhos de terceiros, ou por referência ntidas na obra
do poeta. É o caso da partitura de «Un Soir à Lima» (ver p. 48), mús de Félix Gode-
froid que a mãe de Pessoa costumava tocar ao piano em Durban. ta anos depois
– precisamente em 1935, poucos meses antes de Pessoa morrer – es música, por ele
ouvida na rádio, despertou ou estimulou a sua memória dos te os que passara
naquele longínquo continente, levando-o a escrever mais de trezen versos para um
poema intitulado «Un Soir à Lima», o único da sua obra que evoca frica, a casa da
família em Durban, o padrasto e a aparência física da mãe.
cia como prova, pois não havia motivos para duvidar que a mãe t va essa música.
Outro já é o caso do Chevalier de Pas, que Pessoa – na sua céleb carta a Adolfo
Casais Monteiro, escrita em 13 de Janeiro de 1935 – disse ser «o m primeiro hete-
rónimo, ou antes, o meu primeiro conhecido inexistente [...], p quem escrevia
cartas dele a mim mesmo», aos seis anos de idade. Conhecendo o g o de Pessoa por
se inventar, sobretudo em relação aos heterónimos (sabe-se, hoje, o famigerado
«dia triunfal», relatado na mesma carta, foi largamente ficcionado ois Pessoa não
escreveu «trinta e tantos poemas a fio» para O Guardador de Rebanh m 8 de Março
de 1914, nem foi nesse dia que Alberto Caeiro surgiu), seria legítim desconfiarmos
do testemunho sobre o cavaleiro francês. Quanto às cartas a este a buídas, conti-
nuamos sem saber se elas existiram realmente, mas a existência «ine tente» da personagem em si mesma fica desde já comprovada, graças ao registo do eu nome num
Birthday Book da mãe de Pessoa (ver p. 29), que é também a mais anti a amostra cali-
gráfica do poeta que chegou até nós. Este registou-o, aliás, em dois tios diferentes
desse livro onde a mãe inscrevia os aniversários de vários parentes e a igos. Dir-se-ia
que o pequeno Fernando, já então, reivindicava uma vida real – com data de nascimento e talvez outros «factos» biográficos – para os seus amigos imag ários.
As muitas cartas que aqui são publicadas pela primeira vez (em nscrições cuja
ortografia foi actualizada) constituem uma rica fonte de informações re Pessoa, os
seus familiares e alguns amigos. E não apenas de informações. As miss revelam atitudes, sentimentos, feições de carácter e até, no caso do poeta e laborador do
Orpheu Ângelo de Lima (ver p. 79), o estado mental que o levou a fic internado no
O nosso intuito primário é realizar em linguagem escrita aquele aspecto do
português que vulgarmente revelamos só na liguagem falada. Queremos lev
nossa irreverência para com ela; mostrar que somos criaturas que portugues
aceitamos; que os homens de génio cosmopolitas, os pensadores de "renom
e outros artigos de drogaria não nos merecem nem respeito nem considera
Carta a Francisco Fernandes Lopes, de 20 de maio de 1919.

Vestir-se de outra alma

Tinha 12 anos quando fui visitar os meus tios que viviam na cidade sul-africana de Durban. A África do Sul era a nossa Europa e estava ali a poucas horas de distância. Viajamos de carro de Maputo e durante a jornada meu pai avisou solenemente: vamos ver os locais onde cresceu Fernando Pessoa. Falava de Pessoa com familiaridade tal que, na altura, pensei que fosse um outro tio nosso. Nesses dias solarentos da minha infância, na varanda da família sul-africana, eu me iniciei na leitura de Fernando Pessoa. Desde esse instante, o poeta lusitano ficou sendo, sem que eu suspeitasse, um parente meu, uma voz que povoou a solidão dos meus restantes dias. Regressado a Moçambique, a minha intenção estava escrita dentro de mim: eu queria ser poeta. Na minha cidade, os poetas da minha geração sonhavam escrever como o Pessoa. Eu mesmo escrevi versos à maneira de Fernando Pessoa. Parecia incontornável: o poeta lisboeta era uma doença infantil de nós mesmos. Cedo percebíamos o arrojo dessa ambição, a ilusão desse namoro. Pessoa tinha escrito por nós aquilo que nós queríamos ter escrito por ele. Conheço, enfim, quem tenha querido escrever como Pessoa. Mas não conheço quem quisesse escrever sendo Pessoa. Elisa Lucinda não apenas quis: ela fez. Lucinda escolheu o desafio mais difícil que conheço na literatura de língua portuguesa. Ela viajou de si mesma, morando a sua alma nas antípodas daquilo que foi Fernando Pessoa: mulher, mãe, negra, brasileira, amante da vida e dos outros, pessoa cuja arte se faz de palco e de luzes. Quando me anunciou esse propósito eu pensei: Elisa enlouqueceu. Veio-me a ideia de que a devia demover. Como podia ela viajar para a vida de quem não teve vida senão na palavra poética? Como podia ela presumir assumir a fala de quem apenas teve voz na invenção de outros que o habitavam como quem mora num país estrangeiro?

Ainda lhe enviei uma mensagem escrita com aviso de amigo: o nosso Pessoa viveu na palavra, o seu mundo, a sua única realidade era a criação poética. "Cara Lucinda", dizia eu, em desespero, "não há coisa a contar dele, a sua vida não conta, não se conta. Toda a biografia que se inventar não lhe serve." Como disse Octavio Paz, mais do que os demais poetas, Pessoa não teve biografia. A sua obra foi a sua vida. E a sua vida não morou no mundo, mas na página. Tudo isso invoquei para desmotivar Lucinda. Mas eu sabia que era um desígnio perdido. Elisa queria. E queria há muito tempo. Essa paixão passaria por cima de mim, como passou por cima das suas próprias hesitações e incertezas. No fundo, eu queria que ela não esmorecesse. Na verdade, quando ela me começou a enviar os textos eu repensei: Octavio Paz não disse toda a verdade. O mexicano foi tradutor de Pessoa sabendo da impraticabilidade de traduzir poesia e, mais ainda, sabendo da impossibilidade de traduzir Pessoa. Contudo, quando Paz vertia os versos para o castelhano ele fazia-o porque estava sendo Pessoa. Na palavra recriada, Paz era Pessoa e assumia-se como um novo e inesperado heterônimo do autor da *Mensagem*. Elisa Lucinda optou por outro caminho. Ela não traduziu o poeta. Ela traduziu-se nele. E fez a viagem que tantas vezes já havia realizado no teatro e na invenção poética. Ela foi uma outra, sem preocupação de autenticidade e de similitude. Não pretendeu passar-se pelo grande mestre. O que ela fez foi adotar o método pessoano de se sonhar a si mesma. A brasileira fez-se uma outra de si mesma, e escreveu como Elisa sem querer parecer um outro, sem mimetizar aquele que ela biografava. O que ela escreveu resultou de viver fora da sua própria vida, aceitando a viagem por uma outra identidade. Resultou dessa viagem uma refinada costura entre o texto de Lucinda e a palavra daquele que apenas existiu por via da palavra.

Afinal, Lucinda confirmou a máxima do próprio Pessoa quando este escreveu: "O meu passado é tudo quanto não consegui ser. Nem as sensações de momentos idos me são saudosas: o que se sente exige o momento; passado este, há um virar de página e a história continua, mas não o texto." Digamos que o livro de Elisa foi esse texto do Pessoa que continuou, saudoso da história que poderia ter sido, mas devolvendo sempre um ser presente àquele que nunca foi. Daqui desta cidade que é tão próxima de onde Pessoa cresceu, eu saúdo Elisa, venero o seu refinado querer, celebro a sua audácia que é a audácia da própria obra poética: escrever como quem tem febre e se aproxima do fogo para se abrigar do calor.

Mia Couto

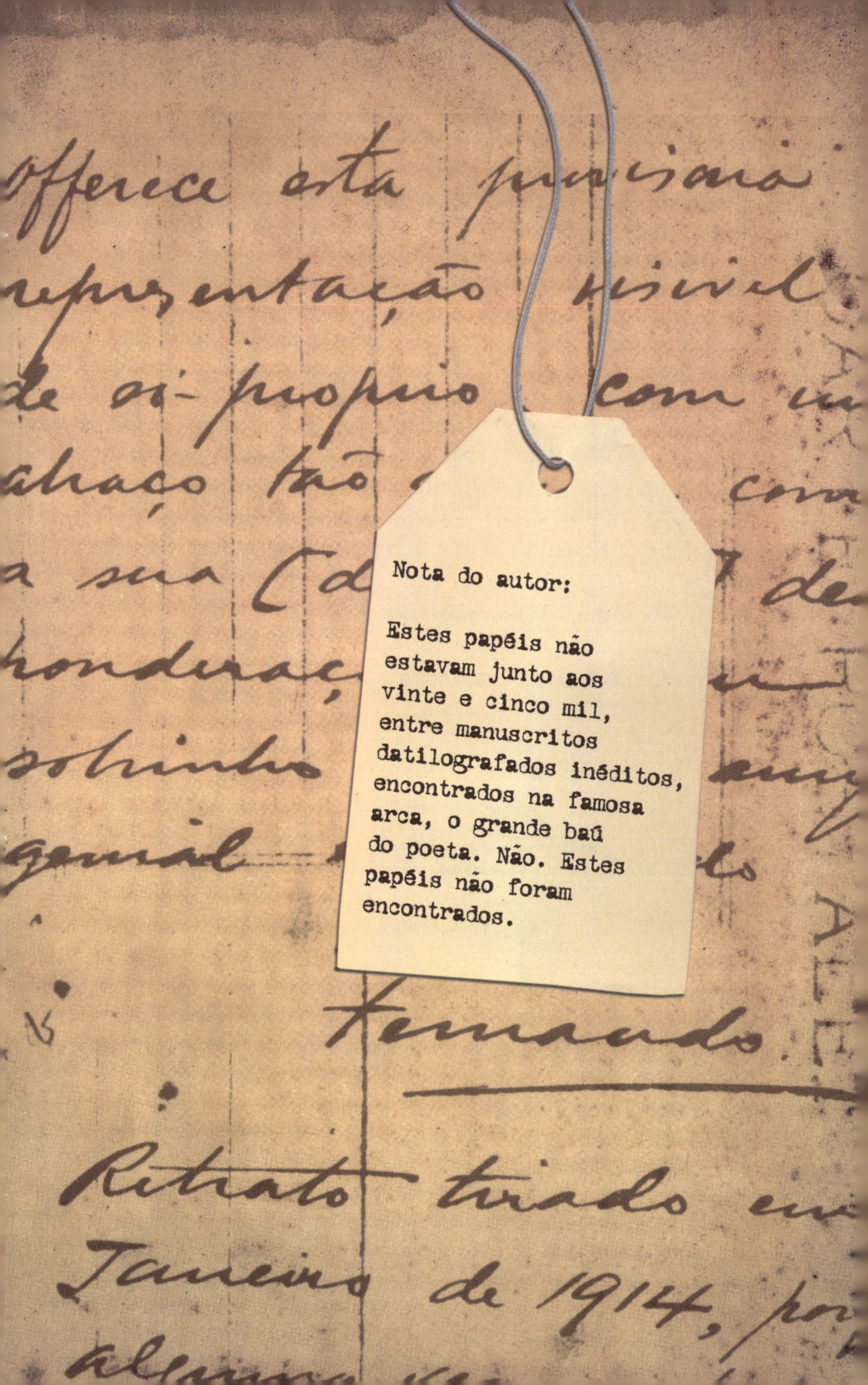

Nota do autor:

Estes papéis não estavam junto aos vinte e cinco mil, entre manuscritos datilografados inéditos, encontrados na famosa arca, o grande baú do poeta. Não. Estes papéis não foram encontrados.

Roteiro memorial

PRÓLOGO

FALA O MORTO

Vou escrever esta história para provar que sou sublime.

Álvaro de Campos

Meu pai,
um homem lindo.

Não me importa se o que faço agora será considerado, pelos críticos de plantão, literatura ou não. Não me importa. Escrevo minha vida.

Pois veja lá no que deu estar eu agora em Sintra, para vir ter com um amigo que insistiu em encontrar-me nos arredores de nossa Lisboa. Deu-se que, não sei por que cargas-d'água, o homem não veio, e é, ó Destino imprevisível, a partir de sua ausência, ou pelo menos sob o império dela, que me ocorre a decisão de escrever minhas memórias. E vou começar agora. Os três sinais do teatro já tocaram e é minha a fala. Não esperem que aqui encontre-se aquilo que deixo no baú ao qual organizo obsessivamente e que estou a chamar de minha obra completa. Não. Aqui é outra coisa e, nem sei, visto que acabei de ter a ideia de fazê-lo, quais serão as cenas da minha vida a serem incluídas e consideradas no drama estático dessa existência tão órfã de acontecimentos sociais. Mas isto lá também não é assunto meu. Deixe que corra o rio. Que pode ter de interessante na história pessoal do Pessoa, além dessa pobre brincadeira de aliterações óbvias? Que sabemos do que somos enquanto o somos? Nada. E isto a que chamamos acervo de nossa vida lembrada não é mesmo muito confiável.

De toda maneira, quero aqui escrever um diário despretensioso, e que este desfile-se para mim, na ordem que melhor convier ao seu natural jorro. Obedecê-lo-ei. Há memórias enganadas que, por causa de um apelo deste ou daquele sentido, se amalgamam num lugar que nem era delas de origem, porém lá permanecem a "errar" a história íntima de cada um. Há coisas que não vivi exatamente, mas delas tanto ouvi falar que migraram como verdades para o meu sótão, de modo que já não as distingo. Porto relatos do que outros experimentaram mas que chegaram-me como passado meu. São memórias dos meus que aparecem entre as minhas, indistinguíveis, a escorrer no espelho da minha alma-multidão. Infinito lago onde se veem tragédias e comédias
de toda sorte de monotonia que pode caber numa vida parada como a minha. O que fiz foi sonhar. O que vivi, sonho.

Nenhum vento quer assumir-se protagonista na paisagem de fora que estala com delicadeza a vidraça deste Café. Ameaçam-me sempre os toques das mãos da Realidade, a bater, a bater. É mesmo bonito o Café-Restaurante onde escrevo e, apesar de estar a fumar muito, observo que o garçom não limpa o meu cinzeiro à medida da necessidade. No mais, tudo é agradável neste sítio (ver o nome certo do estabelecimento quando dele sair), onde espero o amigo que não chegou, que não vem. E não virá. Insistiu que nos encontrássemos aqui, especialmente aqui, e, ao não vir, produziu-me este tempo suspenso.

À hora marcada resultara sem marcas. Deu-me o meu amigo este vácuo dentro do tempo. Talvez o faça para que eu escreva este diário torto que sabe-se lá onde vai dar. Já o sei. O fim destas linhas será a cena da minha morte porque é assim que usualmente se costumam terminar as vidas. E, se assim for comigo, hei de escrevê-la até o fim. Faz lá fora um frio de um outono aprazível, e o vinho que bebo, o Monte das Ânforas, há de organizar-me o fado d'alma, há de orientar-me a escrever estas páginas, seguro de que um dia encontrarão seu destino. Ironia. Quem é o meu destinatário? Estou a conversar com os que não me viram vivo? Estou a dialogar com os que vieram depois de mim, e a responder agora às perguntas que só no tempo futuro me farão? O que preparo, então? Um livro de respostas? Que sei eu?! Nada. Nem sei se vencerei. Sou um Cavaleiro de Nada, de coisa alguma! E se comando exércitos que ninguém vê, são também invisíveis os meus inimigos. Protejam da implacável ira a inocente criança que vai à frente das tropas. É apenas um menino Cavaleiro.

Ah, acaso são estas palavras vivas? Estarei definitivamente morto, apagado, esquecido, restrito ao passado ao qual terei pertencido? Sou um pobre poeta incompreendido pela minha época e isto é tudo o que se sabe até agora. Sou um bárbaro, um estranho, um intruso do meu tempo. O pirata que penetrou sorrateiro no navio da vida. O pária, o expulso dos banquetes antes de ser convidado. O deixado aos Cafés à mercê das esperas, o doido confuso habitado de contradições, às quais batizou com nomes próprios, calculou-lhes mapa astral, deu-lhes cara, endereço, história e ainda estofou-lhes de versos diversos. É isto. Cada um de mim, qual uma alergia crônica na alma, brota-se em poemas e prosa. Aqui usarei muitos versos meus e de vários heterônimos tramados ao texto. E o farei de propósito, com o propósito de libertá-los da sua forma gráfica vertical, para mimetizá-los em prosa em favor do entendimento. Não lhes tirarei a poesia, porque não se tira assim, com tanta facilidade, a poesia das coisas. Não. Pelo contrário, ó leitor oculto na travessia do tempo, facilitar-te-ei a compreensão dos poemas. Pronto. A correnteza já mostra um caminho a bordar de um certo itálico prosa e poesia citadas. Tudo é o mesmo tecido e mesmo o que não está marcado também sou eu. É tudo eu.

Nunca mais relerei isto. Mas caso o sonho vingue, caso eu não o perca para nenhuma dispersão, caso prossiga a tarefa, confiante de que a rainha Persistência tomar-me-á pela mão, é capaz de isto resultar em algo interessante. Pensei agora que este coletivo de memórias minhas pode vir a ter uma dezena de capítulos ou pouco mais que isso. Não seria mau e, à medida que eu for escrevendo, penso em anexar a cada capítulo uma imagem significante da novela da minha vida, apesar da conhecida ojeriza que nutro pela fotografia. Não pela arte em si, a máquina esperta que guarda os

olhares e é capaz de deter instantes no papel; mas o que especialmente não me atrai é ser o alvo de um retratista. Invade-me, só isso. Porém, não posso negar que as fotos, assim como os poemas, detêm o tempo de uma época, de uma fase, de um instante, de uma história, o tempo de uma cena parado no ar. Como se fosse uma carta divinatória como um flagrante da vida, uma prova factual. É possível que este relato que ora inicio só chegue a público após a minha morte e, se assim for, serão palavras de quem só por elas terá permanecido neste mundo. Bem, estejam à vontade. Vamos viajar. Não sei para quem escrevo isto, não sei se alguma vez estes escritos a alguém hão de interessar, ou se a algum futuro chegarão; mas, creia-me, ó ilustre leitor do tempo que ainda virá, que foi preciso que um amigo não viesse cá ter comigo para que os teus olhos eu pudesse um dia encontrar.
Aquele que escreve é também o que assina.
Escurece o teatro, abrem-se as cortinas.

(Sintra, começo de um novo diário de bordo, agosto quase setembro, em memória de mim.)

Depus a máscara e vi-me ao espelho.
Era a criança de há quantos anos.
Não tinha mudado nada.

Álvaro de Campos

Primeiro capítulo

O Cavaleiro de Nada

— o teatro é o meu quintal

Minha Magdalena. Eu no colo dela.

Minha avó Dionísia Dionisíaca (amada rainha da loucura).

Abro a janela por onde vejo minha gênese: para revelar que mais tarde eu poderia vir a ser o mais popular, o mais conhecido poeta de língua portuguesa do mundo, nasci numa tarde nítida de fim de primavera quando o sol confirmava três horas e vinte minutos no meio do signo de gêmeos daquela brilhosa hora, no quarto andar esquerdo do número quatro do largo de São Carlos, em frente ao Teatro de Ópera do mesmo bairro. Quem ler o meu mapa astral logo interpretará com facilidade o meu destino mais do que eu fui capaz de fazê-lo. Um mês e uma semana depois houve batizado daquele bebê reluzente ao colo da satisfeita madrinha, tia Anica, na basílica dos Mártires, lá no Chiado. Maria Magdalena Pinheiro Nogueira Pessoa, a minha mãe e primeiro amor de minha vida, minha verdadeira pátria, a quem amei mais do que a minha própria pátria, e o meu pai, Joaquim Seabra Pessoa, funcionário público do Ministério da Justiça durante o dia e crítico musical do *Diário de Notícias* à noite, encontraram-se. O amor dos dois deu-me este nome porque nasci em 13 de junho, dia de Santo Antônio e também dia de Lisboa. Logo ele que, por batismo, era Fernando de Bulhões, o nome verdadeiro do santo de quem a minha família se afirmava parente mesmo, genealogicamente falando, e do qual reclamava consanguinidade. Pois bem, este homem recebeu, dentro da ordem franciscana, o pseudônimo de Antônio. Assim resultou em mim como Fernando Antônio Nogueira Pessoa, cujo duplo nome havia de gerar várias pessoas, outros eus meus, criados por mim com nome e obra próprios, mas isto é assunto para depois, é outro capítulo. Prefiro que nos detenhamos por agora nesta casa que fica entre uma igreja e um teatro lírico. As cenas de devoção e óperas, eu primeiro as ouvi para depois vê-las. Isto é, depois já de tê-las criado automaticamente em minha imaginação. Êh, êh, êh, êh, minha imaginação, aquela que dá facilmente partida, desde aí, ao pé de fortes impressões sonoras! Veja em que deu tamanha alegórica vizinhança: De um lado, *ilumina-se a igreja por dentro da chuva deste dia, e cada vela que se acende é mais chuva a bater na vidraça. Alegra-me ouvir a chuva porque ela é o templo estar aceso, e as vidraças da igreja vistas de fora são o som da chuva ouvido por dentro. Soa o canto do coro, latino e vento a sacudir-me a vidraça e sente-se o chiar da água no fato de haver coro. A missa é um automóvel que passa. Súbito vento sacode em esplendor maior a festa da catedral e o ruído da chuva absorve tudo até só se ouvir a voz do padre água perder-se ao longe, com o som das rodas do automóvel, e apagam-se as luzes da igreja na chuva que cessa.* E tudo isto tilintando num coraçãozinho destes como é o meu.

Do outro lado, *todo o teatro é o meu quintal, a minha infância: o maestro sacode a batuta, aquele dia em que eu brincava ao pé dum muro de quintal, atirando-lhe com uma bola que tinha dum lado o deslizar dum cão verde, ora um cavalo azul com um jóquei amarelo. O teatro é o meu quintal, está em todos os lugares, e a bola vem a tocar a música. Tão rápida gira a bola entre mim e os músicos. O muro do quintal é feito de gestos de batuta. Todo o teatro é um muro branco de música por onde um cão verde corre atrás de minha saudade da minha infância.* Vejo tudo: *filas de bolas na loja onde a comprei e o homem da loja sorri entre as memórias.* Talvez por isso, embora eu não garanta, sempre houve e haverá na trilha de minha infância um piano e sua teclagem ininterrupta vinda não sei se da rua, se das mãos de minha mãe, se do meu coração, da parte superior da minha mente ou do andar de cima desta casa. É certo que minha mãe era uma pianista de natureza tão primorosa que a melodia saída de seus dedos pode misturar-se agora à névoa daqueles dias que tanto marcaram minha alma. Agora, na minha cabeça, que vos relata uma época, o chamado período de ouro de minha história que foram os primeiros cinco anos de minha vida, *o maestro agradece, pousando a batuta em cima da fuga dum muro, e curva-se, sorrindo, com uma bola branca em cima da cabeça, bola branca que lhe desaparece pelas costas abaixo. Prossegue a música, e eis a minha infância.*

Havia lá ainda aquela impressionante figura, aprisionada em curiosos vestidos e juízos sem governo. A boca roxa do vinho diário e sorrateiro, o desgrenhado incontido dos cabelos ralos e os olhos de uma infinita bondade derramados sobre mim. Reservados para mim. Especialmente para mim, parecia-me. Queria talvez que eu a compreendesse. Era a minha avó Dionísia. Dona Dionísia Estrela Seabra, enferma das ideias, habitante desconcertante da pequena aristocracia de nossa casa de classe média alta lisboeta; e mais ainda, e mais que tudo, essa senhora louca era mãe de meu pai. Neste cotidiano operístico luso fui alvo de irresistíveis paparicos vindos da mãezinha, das criadas da casa, Joana e Emília, e até da velha e louca avó Dionísia. *Tudo era por minha causa*, principalmente *no tempo em que festejavam o dia dos meus anos, eu era feliz e ninguém estava morto. Na casa antiga, até eu fazer anos era uma tradição de há séculos, e a alegria de todos, e a minha, estava certa com uma religião qualquer. Eu tinha a grande saúde de não perceber coisa nenhuma, de ser inteligente para entre a família, e de não ter as esperanças que os outros tinham por mim.* Eu não fazia nada, tudo me era ofertado à boca e, mal a vontade começava a engatinhar, já alguma mão muito protetora tratava de realizá-la. Fosse o que fosse. *Quando vim a ter esperanças, já não sabia ter esperanças. Quando vim a olhar para a vida, perdera o sentido da vida. Vejo tudo outra vez com uma nitidez que me cega para o que há aqui: a mesa posta com mais lugares, com melhores desenhos na louça, com mais copos, o aparador com muitas coisas — doces, frutas, o resto na sombra debaixo do alçado —, as tias velhas, os primos diferentes, e tudo era por minha causa.*

Houve uma noite de horror, talvez a primeira de uma enorme série. A primeira tragédia de minha vida, que não vinha do teatro em frente, e cujas cores dramáticas, odores e prantos agonizantes não eram ficção. Chegava ao fim a longa temporada de internação desse tão brilhante homem. No quarto onde meu pai ardia consumido de tuberculose, o entra e sai de médicos, passos, bacias, unguentos, pernas e parentes obrigava o tempo a arrastar demais as horas nos degraus da inesquecível madrugada. Meu pai, muito pálido, via a asa sombria da sua última hora aproximar-se. Era mesmo. E eu vi meu herói com medo. A morte chegara com a aurora. Aos 43 anos, nos deixava o sensível jornalista das artes, o marido da minha mãe, o homem da casa, o meu pai. O triste anúncio, a dolorosa novidade saiu no *Diário de Notícias*, o que conferiu título de certeza indubitável àquela verdade. Uma vez escrita e publicada a fúnebre informação, impressa ainda no jornal em que ele trabalhava, meu pai desaparecia, tornando-me irremediavelmente órfão para sempre.

Sei que jamais ousarei saber se a perda do filho, o Quinzito, como a avó Dionísia até àquele hoje chamava-o, fez com que, mesmo ocupada em seus delírios, mais a sua loucura se dissolvesse diante da forte medicação imposta pela dolorosa realidade, ou se, ao contrário, ao colo dessa loucura, mais uma imensa e incurável dor viera abrigar-se. Fosse o que fosse, nos braços desta Dionísia cabia-me menino de 5 aninhos, órfão recente, em ninho aconchegado, amparado por ela; eu, o menino perdido do pai. Estava ali sem entender o que se passava, mas quase sem medo, aquietado no regaço da doida avó.

Outras duras realidades aquela morte traria. Meu pai, com sua existência, bradou garantias de uma pequena, porém muito nobre aristocracia, que o seu desaparecimento súbito não hesitava em abalar. Vi cedo o que era fixo diluir-se em transtornos, desígnios, escolhas. Percebi muito cedo ventos novos, cheios dos riscos de uma nova fase. De dentro da música que vinha sempre do piano etéreo do andar de cima ouvi o silêncio de minha mãe feito de viuvez e choro guardado, para que somente fosse derramado quando estivesse a sós, não agora, à beira do berço do meu irmão ainda de colo, o pequeno Jorge, que nenhuma memória teria de nosso jovem pai, o nosso pai Joaquim, talentoso pensador que entendia de música com aquela liberdade que a música oferece aos que dela provam e dela vivem.

Corriam os dias difíceis naquela casa sem seu homem, seu mais importante pilar. Nos andares daquele cemitério de sonhos, minha mãe perambulava perdida, vendo sua identidade social, sua tranquila vida, por ora espatifada, escorrer-se-lhe por entre os dedos. A uma mulher desse tempo muito pouco é concedido. E esse lugar doméstico é tudo o que tem no mundo. Quem ficava responsável pelos sonhos dela eram o piano e os segredos dos diários. Jamais esquecerei aquele feminino choro noturno, a rosa camisola triste roçando seu desespero lento pelos degraus do abandono. O amor materno, único antagonista à altura da fúria daquele luto foice-catástrofe-lâmina, acelerou seus afagos sobre nós. Lembrar disso é doer outra vez. Ai, *o que fui de coração e parentesco, o que fui de amarem-me e eu ser menino, o que fui — ai, meu Deus!, o que só hoje sei que fui, a que distância! (Nem o acho...) O que eu sou hoje é como a umidade no corredor do fim da casa, pondo grelado nas paredes.*

Naquele novembro, os frios ventos do inverno próximo surpreendentemente fizeram com que a bela Maria Magdalena, a minha Maria Magdalena, mesmo depois de uma noite inteira em claro, acordasse bem. Os olhos opacos ainda pelo desespero, mas com menos medo, já avistavam a definitiva e única dilacerante solução: vender os melhores móveis de sua decoração amorosa, daquela estética de estimação que tanto amava. Tudo o que pudesse aceitar sua nova condição de supérfluo fora a leilão. Da imperial e infinita estante de livros em sua nobreza de árvore pau-brasil aos cristais dos lustres monárquicos, os candelabros da varanda, os castiçais de alabastro. Quem dá mais? Cada lance desses, bradado a marteladas, não era mais, era menos no território do coração de minha mãe. Ai, ai, *o que eu sou hoje (e a casa dos que me amaram treme através das minhas lágrimas), o que eu sou hoje é terem vendido a casa, é terem morrido todos, é estar eu sobrevivente a mim mesmo como um fósforo frio.* Por dentro e por fora é chegado o dia da mudança.

A casa nova ficava na rua São Marçal, número 104. A avó Dionísia comentava-me a toda hora: "Teu pai não vai gostar disso." A mente especial daquela senhora, maluca e bela aos meus novos descontaminados olhos, tratara de manter aquele seu único filho vivo e imortal, por via das dúvidas. Sem o luxo de antes, adaptando-se ao novo modesto abrigo, a família "Se abra Pessoa" mal rompe o ano-novo de 1894 e leva a porrada final: morre meu irmãozinho Jorge, às portas de completar seu primeiro ano de vida. Para poupar a todos, inclusive a mim, dos detalhes dessa sempre injusta morte dos inocentes, não vou aqui enveredar-me em descrever o caixão pequeno e branco, forrado em seu interior por um cetim mimoso de minúsculos bordados leves, a cerimônia da despedida com rostos soturnos seguindo em cortejo pelas ruas da Baixa; nem vou citar aqui, para não vos torturar, o som agudo e afinado das carpideiras instantâneas que farejam ao longe trágicos enterros, nem hei de deter-me outra vez na lancinante dor de minha mãe, ainda em ferida de aberta viuvez, que se despedia agora para sempre daquele pequenino que, há pouco menos de um ano, era hóspede sagrado de seu ventre, como ela mesma dizia.

O novo lar é tomado por um novo e renovado luto. Fez-me mais velho demais essa morte daquele anjinho ainda sem palavras completas; o bebezito que deixara a vida apenas balbuciada. Jorgito apenas ensaiara dizer alguma coisa inteira. Deixou-nos em estado de sílabas soltas, pronunciadas em pingos combinados com as amargas lágrimas daquela que nos gerou. Bonita, altiva, elegante, viúva, branca e jovem, a charmosa açoriana, minha Magdalena, mãe dos meus dias, ainda brilhava, embora triste sob o território daquela devastadora temporada de dor. Mas ao menos um lado do sombrio coração dessa mulher, que ainda não tinha gastado o seu vulcão de amor, estava agora com os dias contados. A avó Dionísia foi quem primeiro vaticinou na noite de pressentimentos em que invadiu, em largas camisolas amareladas, a madrugada de meu quarto: "A mamã vai casar, meu netinho. Vamos olhar o céu com a avozita, para confirmar o oráculo." A mão velha e trêmula, a caneca de vinho escuro, a janela da casa aberta, meus olhos enormes, a noite, o cheiro do hálito da avó Dionísia dando significação a tudo. *Não sou nada*, pensei, *não posso querer ser nada. À parte isso, tenho em mim todos os sonhos do mundo.*

Nas noites e dias que se seguiram dentro daquele doloroso período familiar, eu, o menino solitário por nascença e destino, pequeno vidente visionário, habitante daquelas circunstâncias de adultos, felizmente passei a receber visitas e cartas constantes de um amigo novo e, aos olhos dos outros, invisível. Mas real para mim, muito real para mim. E isso me bastava. *Pois o que é tudo senão o que pensamos de tudo?* Brincávamos todo o tempo e nos entendíamos ao nosso secreto modo. Tinha um rosto que dava uns ares de serenidade e esperteza. Era ele um garoto pouco maior do que eu, de uns 9, 10 anos, e trajava sempre um uniforme de marinheiro. Estou falando que esse meu amigo foi o meu primeiro heterônimo, hoje se pode dizer. Meu rabisco humano, nascido da qualidade da minha mente de menino de 6 anos. Apresento-vos a *eterna criança*, Chevalier de Pas, ou Cavaleiro de Nada, em bom português.

Minha mãe se tornara a noiva do notável comandante João Miguel Rosa. Um amor rápido se estabeleceu entre eles, e já no ano seguinte meu futuro padrasto é nomeado cônsul interino em Durban, na África do Sul, para onde viaja. Durban foi para mim o primeiro sinônimo da palavra longe. O casamento dela foi uma cerimônia curiosa: com todos os ingredientes de uma festa de matrimônio, mas o principal se deu por procuração. Isto é, quem fez o papel do noivo, interinamente ausente, foi o general Henrique Rosa, irmão do futuro marido de minha mãe. Vejam como é o enredo da vida: o mesmo Henrique Rosa que, sem que àquela altura pudesse eu supor, seria um dia um ocultista muito amigo meu! O fato é que o casamento se deu na Igreja de São Mamede com a parentada toda lá, a esconder seus julgamentos, seu moralismo, seu conservadorismo domado pela boa situação social e financeira que a partir desse enlace a família voltaria a gozar. Eu, pequeno observador, enfiado em um fato de adultos, em pé no degrau em que os outros se postavam de joelhos, vendo tudo com a nitidez que me acompanharia para sempre. Ao meu lado, barroca e alegórica como um Teatro de Ópera, eufórica e monotemática, metida em sua indumentária de domingo, a avó Dionísia murmurava apenas a mesma frase em meu ouvido, durante toda a cerimônia: "Eu não disse que ela ia casar-se? Estás a ouvir, meu neto? A avó não disse que a mamãe ia casar-se?" Não posso dizer que, neste dia, estava minha mamã exatamente feliz. Que estivesse aliviada, talvez, e talvez tenha sido essa a primeira vez que tomei a palavra felicidade como sinônimo da palavra alívio. O que realmente importa é que meu amigo invisível, pressentindo a profundeza da ocasião, visitou-me quase todos os dias que se seguiram a esse. A vantagem do meu pequeno companheiro sobre os outros era imensa. Podia estar em toda parte, provando-me, desde muito cedo, *que não há mistério no mundo e que tudo vale a pena*. Conversávamos a portas fechadas, nos bosques, nos claros e escuros da casa. Radiante, minha mãe preparava-se e nos preparava a todos para o que seria, dentro de meses, a grande e definitiva viagem rumo ao cotidiano da misteriosa África do Sul. A terra dos pretos, eu pensava. Um estranho mundo desconhecido que, não sei por quê, dava-me um medo tão excitante a ponto de atrair-me, de fazer-me tremer.

Mas naquele momento havia um outro aparente horror: meu destino ficara ainda mais incerto depois da conversa que entreouvi da minha tia Anica e minha mãe numa tarde em que Lisboa ardia num calor abafado que só antecede as fortes chuvas. Tia Anica chegou abraçando-me longamente. Trazia mais uma bola colorida de presente para mim, o seu afilhado amado, e não sei se o único, mas o preferido com certeza. Trancou-se com a irmã no quarto e eu a escutar a cena:

— O que é que houve? Pois que vim o mais rápido que pude. Preocuparam-me as intenções de tua carta. Mas o que está a passar nesta cabeça, Magdalena?

— Ai, Anica, não sei o que pensar. A África é uma incógnita. Não sei o que lá encontrarei; minha cabeça está confusa, meu coração, dividido. Agora é hora de alfabetizar o Nando. É justo que sua primeira língua intelectual seja a inglesa? Uma cultura, embora também europeia, tão diferente da nossa, tão fria... tão... ó, meu Deus, isso lá são horas de se levar o miúdo?

— Minha irmã querida, compreendo a tua aflição, mas não concordo com os caminhos aos quais esta aflição te leva. Deixar o Fernando aqui assim tão miúdo, em luto pelo pai e pelo irmão, sem ter ainda noção do que é a morte...

— Ele ficaria contigo! Tu és a madrinha, a segunda mãe. Sei que não o deixarias sofrer. Não o quero despatriado assim tão jovem, a crescer sem traduzir-se em português. Se calhar, a língua será mais mãe do que eu para ele agora. Estás a escutar-me, minha irmã? Serei mais mãe dele se o fizer dominar o idioma de sua pátria, do que ao contrário. A distância pode ser melhor do que tê-lo em África ao meu lado, porém exilado. Creio que um homem sem a língua-mãe é uma espécie de órfão também, estás a perceber?

Tia Anica fez um longo silêncio, mas a minha mãe insiste na resposta dela, enquanto eu, ouvidos cada vez mais colados à porta do quarto donde sussurravam meu destino.

— Diz que me entendes, minha irmã querida... Entendes, não entendes?

— Entendo é que estás apaixonada, conheço-te bem. Queres é estar livre para viveres com o teu amor em terra africana... que eu cá estou bem a perceber!

— Sim, estou apaixonada e sou uma viúva de 30 anos que quer gozar da sua segunda oportunidade, uma dádiva de Deus, um conjunto de bonanças! Anica, meu Deus, a vida recomeça a sorrir para mim; perdi meu marido, meu artista amado, perdi meu filho Jorge, meu bebê inocente demais para a maldade do mundo. Perdi minha casa, minhas pratas, meus cristais, minha família perfeita espatifou-se, Anica, tu bem o sabes...

— Eu sei, eu sei, vamos conversar. Não chores, não chores assim, pelo amor de Deus, senão o menino vai acabar por ouvir-te o pranto e adivinhar-te as intenções...

— Enfim, o sol raiou sobre a minha longa madrugada, Anica! Deus talvez agora se lembre de mim, que para a felicidade tenho ficado no rol dos esquecidos. Estás a ver? Esta parece ser a minha hora de ser novamente feliz, e eu quero viver isso. O Fernando fica aqui, aprende a ler e a escrever o português nosso. Eu me adapto àquela gente, enquanto isso, vou conhecendo os hábitos, percebendo a cultura, as sutilezas daquela cultura. E assim sim, preparo o ninho para o meu miúdo, que tu — eu confio nisso — hás de fazer mais forte, mais estruturado. Aí já o vejo, maiorzito, a viajar, a viver conosco em Durban, a entender bem melhor as coisas. Vejo-o num futuro próximo, menos frágil, sei lá. Ah, meu Deus, não consigo pensar em outra pessoa, não vejo outra alma para cuidar dele, a não ser...

— Eu o quero comigo.

— Tu ficarias com ele? Amá-lo-ias em dobro para compensar minha partida?

— Claro, irmã do meu coração, por ti e por ele, o meu afilhado que tanto quero. Mas ainda me parece que o melhor é que ele por aqui não ficasse. Tenho medo de que, perdido o pai e o irmãozito, e somando-se a isso a sua vida no estrangeiro, temo que a alma do meu sobrinho se torne uma ilha cercada de perdas, minha querida!

— Não sei mais nada. Tenho dores de cabeça. Preciso pensar. Acho que vou tocar um pouco. O piano equilibra, acalenta, pondera-me. Não aguento mais chorar por este tema em meu coração dia e noite, não suporto mais! Nem tu imaginas o que me custa separar-me do pequeno. É uma dor tão profunda, tão intensa, que eu nem sei como resistir... Anica, escuta-me: faz de conta que tens mais um filho e tenho a certeza de que ele será tão querido como o fosse realmente, uma vez que o pobre inocente não tem pai e vai viver durante tanto tempo longe da mãe. Talvez eu morra de saudade dele, minha irmã, é meu único filho, meu menino, e mais esse golpe me roubará com certeza anos de vida. Eu sou assim, nunca as coisas decorrem bem de todo. E por quê, meu Deus, por quê?

Ficaram as duas ainda em silêncio por um tempo, não sei se abraçadas. Há um silêncio que habita os abraços. Escutei esse silêncio. Ouvi ainda um fungar leve de fim de choro. Era da minha mãe. Talvez da minha tia também, era um fungado de família. Desnorteado, voltei à bola da tia Anica a sentir o rosto muito vermelho, como se queimasse. Tia Anica abre a porta, olha-me e percebe-me triste ao lado da bola. Curva-se a enlaçar-me, a oferecer-me o mais adotivo de todos os abraços, e a dizer: "Mas Nandito, como estás quente, meu filho." Estas duas últimas pequenas palavras aterrorizaram-me. Fizeram com que, ainda que fraco, eu me desvencilhasse daqueles doces braços e corresse ao encontro da minha cama, fugindo dos olhos da minha mãezinha, que parecia ter saído meio tonta do quarto da conversa e sem me ver. Estava dividida, visivelmente transtornada. Enfiei a cabeça no travesseiro, desesperado e muito febril. Adorava a tia Anica, mas não queria ser seu filho. Queria ser o menino da minha mãe. O que era de fato. Só isso. As minhas lágrimas estavam ainda mais quentes que meu rosto. Sem concentração, o Cavaleiro de Nada não aparecia. Cavaleiro de Nada, Cavaleiro de Nada, eu gritava em pensamento, e nada dele. Da janela, um estalo de raio e pronto: para completar o quadro de pavor, uma grossa chuva se anunciava. Comecei a tremer. Trovões, clarões e raios foram contratados pela realidade para compor este cenário de terror na minha vida. (longa pausa) Não sei se dormi ou delirei, mas desperto com a mão da avó Dionísia sobre a minha testa a falar palavras estranhas, parecendo cantoria, parecendo reza de escravos, sei lá. Depois cuspiu no centro da própria mão, fez o sinal da cruz, voltou a palma de novo contra minha testa a dizer: "Tempo pediu a Tempo a mudança do mesmo tempo; Tempo respondeu a tempo que tudo no Tempo tem Tempo." Não entendi, mas hoje sei que não eram palavras ditas para que eu as percebesse. Só para sentir.

De longe, a música do piano de minha mãe ainda subia os degraus da casa. Adormeci?

A noite chegou. Tive a impressão de que a tarde passara e que a minha mãe nem soubera de minha febre. Talvez todos ali tivessem decidido poupá-la de mais uma preocupação, de mais um ingrediente para a sua culpa. O tempo corria denso, e em meu coração o amor por ela subitamente pareceu ter dobrado de tamanho. Cavaleiro de Nada apareceu no quarto. Eu só pensava em voltar a vê-lo logo depois do pequeno-almoço, no dia seguinte. Mas não, apressara-se em aconselhar-me:

— Tu deverias falar com ela.

— Mas falar o quê?

— Que não queres ficar aqui. Que não podes viver longe dela, que preferirias a morte por febre ou tuberculose como o teu pai e o Jorge, teu pequenino irmão. Vai funcionar, bobo! Ela não suportaria mais essa dor, ainda que fosse em favor do seu casamento. Nenhuma grinalda vale isso.

— E se ela realmente leva-me com ela? Tu irás comigo, Cavaleiro de Nada?

Não sei como, na minha frente, ele desapareceu. Evaporara, desintegrara-se. Fiquei desesperado. Procurei-o nos armários, atrás da cômoda, e nada. Até ouvir uma gargalhadinha como se viesse abafada, uma voz vinda talvez do assoalho. Com coragem decidida, agachei-me no chão do quarto a espreitar debaixo da cama. Pois estava lá o meu camarada a rir-se tanto de mim com as mãozinhas sobre a barriga que mal me conseguira responder. Perguntei outra vez:

— Tu irias comigo, Cavaleiro de Nada?

— Sou teu, meu amigo, a ti pertenço mais do que aquela bola com o desenho de um cão verde, mais do que todos os teus brinquedos. Irei contigo aonde me levares. Agora vai lá. Ela ainda está ao piano. Apura-te.

Abracei com força o meu querido amigo. Confiante, pus-me a chegar silencioso por detrás da minha mãe. Ainda ouvi por um tempo a sua música linda. O piano de minha mãe fazia com que, subitamente, tudo retornasse ao seu lugar de paz. Não sei por quê. A doce música visitava em espiral o assoalho, o teto, os quartos, tomava talvez a rua. Mas tudo naquele momento acontecia no piso do meu coração. Com o indicador de um menino de 5 aninhos, toquei levemente as costas da minha querida Magdalena. Ela sorriu-me de volta e beijou a ponta do meu dedinho, demorada e carinhosamente. Depois me abraçou:

— Que queres, meu príncipe pequeno? Sabias que está perto de aprenderes o português escrito? Está já a chegar a hora.

— Sim, minha mamã.

— E na escola, percebes? Com os teus colegas da mesma idade, com uniforme e tudo! Vais ficar mais lindo ainda! A escola é um lugar cheio de amigos novos que falam a mesma língua que a gente e que, juntos, aspiram a crescer amando a pátria, o país. Isto tudo é para depois seres um português legítimo, forte e corajoso para a nação e para o mundo. Tu não queres ser esse homem? Hã, meu menino?

Fiquei em silêncio por um tempo no seu colo, minhas costas coladas ao peito dela, a escutar o suspeito batimento do seu coração. Ai, ai... Sabia o fundamento daquele novelo de palavras, percebia-lhe o casco, farejava o rastro das suas intenções, ainda que a doçura encobrisse a cena, aquelas eram palavras de deixar-me. Em meu pensamento, percorri Cavaleiro de Nada: Socorro! Amigo meu, o que é que eu faço? Pois que faças um poema para ela, disse-me ele. Qual? Perguntei. Ele soprou-me ao ouvido, ditando-me as palavras. Para tanto, desembarquei em seguida daquele perfeito regaço, tomei um gole de coragem e disse a ela:

— Acho que fiz uma quadra, posso declamá-la agora, mamã?

— Claro, meu querido, estou aqui e sou tua plateia.

Dito isso, ela saiu do banco do piano disposta a acomodar-se no sofá azul-escuro que acompanhava a família desde que eu me entendia por gente, vestido de fato completo, como em uma noite de gala. Pus os bracinhos para trás e disparei estes versinhos como se fossem um só buquê oferecido a ela. Embora aparentemente inocente, hoje sei, era um desesperado buquê: *À minha querida Mamã: Eis-me aqui em Portugal, nas terras onde eu nasci. Por muito que goste delas ainda gosto mais de ti.* Minha mãe deu-se a chorar como uma criança à minha frente naquele dia. Ainda pedi desculpas por tê-la tratado por tu. Mas, expliquei-lhe, era em benefício da rima. Entre lágrimas, respondera-me, carinhosa, que não havia problemas nisso e que também o si em vez do ti rimaria do mesmo jeito. Depois, demorou-se com seus olhos fundos dentro dos meus, como a pedir perdão. "Que linda quadra, meu bem, meu pequeno poeta. Pois está decidido. Tu vens com a mamã, meu amor. Vamos para a África com a mamã e faremos dentro de nossa casa lá a nossa língua, o nosso Portugal. Se te ensinei o francês aqui, ora pois, quem, que circunstância, por desconhecida que seja, ousaria impedir-me de ensinar-te a escrever a nossa língua-mãe? Hein, meu pequeno lusíada?" E passou a fazer-me cócegas, a brincar materna e humana com a sua cria.

Tudo mudaria a partir dali. Estar com minha mãe, estar inserido e incluído em seu sonho de amor e família rumo ao mar de outras terras, era o bom de tudo. *Só o mar das outras terras é que é belo.* E eu amava-a mais que ao Tejo, mais até do que amava ao meu Portugal; país imenso para o coração de um miúdo. Por tão tenra idade, minha geografia era mais materna do que a minha precoce noção de nação. Pois, em verdade vos digo, sem que nem por que aparentes, o volumoso caldo da minha literatura nascera ali. Na tarde de um julho doce, porém inquieto, riscou-se, inaugurando milhares de cadernos, aquela primeira quadra. Eis o meu poema inaugural, hoje afirmo. Vejo bem agora que meu primeiro poema de amor não fora escrito por mim, e sim pelo meu amigo invisível, ainda sem que pudesse adivinhar as outras presenças que em mim assinariam as suas obras por toda a minha vida. Meu Deus, só agora percebo que, sendo também o meu primeiro poema de amor à minha verdadeira pátria, foi, ao mesmo tempo, meu primeiro poema de exílio, uma vez que a partida para o planeta Durban se aproximava. Vou seguindo aqui no mar de lembranças o que a memória imprime. *Vou escrever esta história para provar que sou sublime.*

Dois aninhos, o que o
meu olhar já saberia?

Segundo capítulo

O pequeno marinheiro

DIÁRIO

N.º

N.º

Partir é viver excessivamente. O que é tudo senão partir... Todos os dias do cais da nossa vida nos separamos, e vamos para o futuro como se fôssemos para o Mistério.

Álvaro de Campos

Agora cá estava eu, miúdo miúdo, prestes a atravessar os mares. A estrear nos mares. Às portas da imensidão. A minha mãe, ocupada em tarefas de mudanças radicais, não tinha tempo para ver-me. No entanto, atenta a mim, a avó Dionísia, a avançar os tapetes da marítima novidade, antes de sairmos, disse-me, entre goles de vinho e farelos de pão: "Nandito meu, agora é que começa a viagem. Não por mares afora, mas por mares adentro; e já verás."

Malas e bênçãos acomodavam-se ao cenário da partida. Minha mãe ajeitava-se entre aquela nova possibilidade de amor e a paisagem do ilustre desconhecido destino que agora apressava-se em ser mais verdade do que simples premonição da minha avó. Era mistério para mim, é bem verdade. Contudo, para a minha mãe também o era, embora a nuvem da paixão ofuscasse a definição daquela geografia. Iríamos, sim, para um país cuja existência era riscada pelo colonialismo inglês há poucas décadas, e então ainda era muito negra a tão próxima África do Sul. Porém, antes desta, eu haveria ainda de conhecer o céu invertido, a pátria mar, o oceano onde naveguei minha vida! Tinha 7 anos agora, e muito medo, é verdade. Mas os meus medos haviam cumprido o seu torpor, o seu máximo, nas cruéis dores das mortes consecutivas em cuja nau terrena se foram, quase no mesmo ataúde, meu pai e meu irmão. Portanto, agora, qual seria mais o que atenderia pelo nome de medo em mim? Verdadeiramente houve-me essa viagem inaugural e nunca mais viagens em minha alma deixariam de haver. Pois, diante de tamanha incerteza, já se me apresentava nos preparativos últimos daquela internacional primeira grande viagem da minha vida, *aquela falsa e triste semelhança entre quem julgo ser e quem eu sou.*

Linda a minha mãe com vestes leves a combinarem com os masculinos ventos do cais. Linda! Exuberante! Seus olhos estavam no futuro, na segunda hora matrimonial, no novo visitador do seu ventre, seu novo homem, seu novo par. Aqueles olhos olhavam para a frente, mas a avó Dionísia olhava-me como se eu fosse voltar. Ela é que era o meu cais. Recusava-se a aceitar a dose real de despedida entre nós. Para ela, aquilo era uma medicação forte demais, era um choque, uma agravação, um verdadeiro veneno era a minha partida. Nessa hora, o olhar desta avó era a minha âncora, o meu Tejo, o meu Portugal, que eu estava prestes a avistar desde o ângulo das águas. Chamou-me ao quarto. Aproveitando-se da dispersão eufórica de todos, disse-me, ajeitando-me com carinho a gola do fato no qual meteram-me tão menino ainda: "Toda viagem, meu neto, se faz é para dentro de si mesmo. Mas isso não o contes a ninguém em particular. Se for o caso, diz isso ao mundo inteiro."

Pela última vez fitava a casa da rua São Marçal, pensei. Aparentemente não havia ali, graças às últimas desgraças, nenhuma raiz de felicidade, mas era uma imagem mais segura do que aquele futuro desconhecido, o obscuro amanhã de outras línguas e outra gente. O meu primeiro estrangeiro já se me levantava como uma onda brava a mostrar-me o seu abdômen marítimo e salgado, como uma imensa onda que quer dobrar-se, que quer quebrar-se por sobre mim. Fechei os olhos e o Cavaleiro de Nada aparece agora ao meu lado, arrumado também para a grande viagem. A minha avó Dionísia assemelhava-se ali, em som e imagem, ao fim de uma música, à última nota, ao último acorde de um fado, essa música triste. Beijou-me demoradamente e, chorando por um olho só, disse-me, chamando-me pelo nome de meu pai: "Joaquim, meu filho, coragem, a vida é sonho só!"

E, agora, o chamado do navio, aquela máquina aquática, aquela engenhoca monstruosamente maravilhosa aciona meus temores menos que me fascina. Estou de olhos arregalados para aquela tamanheza naval que me engolia a figura, que me fazia nada. *E os navios vistos de perto, mesmo que se não vá embarcar neles,* são muito assustadores e atraentes. Assim, vistos de baixo, dos botes, das muralhas altas de chapas, diante da minha figura miúda e inocente, era como se saíssem do sonho para entrar em minha vida. *E vós, ó coisas navais, meus velhos brinquedos de sonho!* Por isso talvez a minha roupinha de marinheiro terá sido a minha sempre preferida indumentária, na qual meter-se-ia eternamente meu menino. Tornou-se o meu uniforme de navegação da vida. Vejam só, da Vida! Ó, a Vida... e eu, ainda miúdo, podia estar longe de entendê-la, mas não de senti-la. Navios, *componde fora de mim a minha vida interior! Quilhas, mastros e velas, rodas do leme, cordagens, chaminés de vapores, hélices, gáveas, flâmulas, galdropes, escotilhas, caldeiras, coletores, válvulas, caí por mim dentro em montão, em monte, como o conteúdo confuso de uma gaveta despejada no chão! Sede vós os frutos da árvore da minha imaginação. Vosso seja o laço que me une ao exterior pela estética, fornecei-me metáforas, imagens, literatura, porque em real verdade, a sério, literalmente, minhas sensações são um barco de quilha pro ar, minha imaginação, uma âncora meio submersa, minha ânsia, um remo partido, e a tessitura dos meus nervos, uma rede a secar na praia!*

Hoje, neste 6 de janeiro de 1896, é de inverno e bruma a manhã fria no porto. Tudo se dá pelo Tejo, o rio da minha aldeia. Pela mão, meu tio Manuel Gualdino da Cunha, o tio Cunha, puxa-me de dentro do pensamento. É meu tio-avô. Não percebe a presença de Chevalier, que dispara a correr desabalado a subir a rampa do velho navio *Funchal* que nos levaria, na primeira etapa da viagem, à Ilha da Madeira. O tio Cunha conta-me alguma coisa sobre conquistadores e saqueadores do mar. Gesticula criando imagens curiosas para mim. Gosto dele. Tem dom para dissertações épicas e o assunto vindo da sua boca soa-nos como uma aventura real, embora apinhada de suas intenções e macaquices romanescas. Mas sai-se bem a entreter-me.

Já sobe também a mesma rampa a minha mãe, enquanto ainda estala em meu peito o que poderia ser o último abraço da avó Dionísia. Por que não haveria ela de ir também, já que era sogra de minha mamã? Não sei. Talvez, com sua personalidade considerada socialmente delirante, a avó Dionísia não fosse mesmo em potencial uma visita esperável, aguardável e agradável entre os que dela não fossem parentes, e quiçá nem entre esses. Por seres a mãe de um único filho e sendo esse filho meu pai, nós somos os teus únicos parentes, ó, Estrela Dionísia, e eu amo-te! E temo-te. Ai, como eu a temo em mim! Já nessa idade, era como se em segredo apreciasse a sua loucura! Pergunto-me: e se ela viaja conosco e no navio segue a exercer as suas vidências? Se, embarcada, prossegue a receber, como inúmeras vezes pude presenciar naquela casa, diuturnamente a visita intensa de cardumes de fantasmas? E se começa a dizer palavrões e a declamar seu Bocage!? Nunca esquecerei: "Dizem que o rei cruel do averno imundo tem entre as pernas..." Que diriam os diplomatas de Durban nas tardes inglesas, caso a escutassem? Olhando os seus olhos agora, no abandono lícito do cais, vêm-me à mente cenas daquela noite em que essa minha misteriosa avó nos acordou, sobressaltando corações de quaisquer idades naquela sinistra madrugada: "Filho da puta, volta para donde vieste, coisa que vagueia, sai daqui, sai daqui!" Uivava no quarto para a casa inteira ouvir. Todos acordaram, inclusive eu, metido numa camisa de noite, assustado e interrompido no meu sono sossegado daquela brevíssima infância. A velha Dionísia, mais desfigurada do que normalmente sabiam nossos habituais olhos, havia, sozinha, arrastado, não sei como nem com que força sobrenatural, a cômoda do canto do quarto para encostá-la à janela na intenção clara de obstruí-la e assim evitar a entrada preferida dos espíritos perturbadíssimos que insistiam em não a deixar em paz. Gritava, chorava, rasgava as próprias vestes, inconformada com as mediúnicas e assustadoras atitudes que faziam da sua figura a mais temida e ameaçadora da família. Tal comportamento valer-lhe-ia o castigo de mãos amarradas e internamento no asilo de Rilhafoles na agoniada manhã seguinte a esta da aguda crise. Vozes comentavam, repreendedoras, como se fosse voluntário o seu usual feixe de delírios. "Parece que ela faz de propósito ao dizer esses impropérios e ainda com a criança a tudo assistir! Não creio no que vejo, é um absurdo, inadmissível!", sussurravam, indignados, minha mãe e outros adultos. Quando a levaram naquela pálida quase manhã, não cuidaram de mim. Por sorte, Chevalier dormiria no meu quarto nessa noite; meu anjo da guarda, pensei. Primeiro, apanhei-me com um medo imenso de tudo o que vi naquela totalmente longa, naquela noturníssima noite. Havia sido estranho, traumático e doera-me demais ver aquela senhora de interlúdicos conteúdos sendo levada imobilizada por homens de branco, como se fera abatida fosse. Mas, antes mesmo de amanhecer, já no quarto, Cavaleiro disse-me: "Nando, conversei com o espírito que estava a habitar a avó Dionísia e ele falou-me algo muito importante." O quê?, perguntei assustado, tapando os ouvidos e, ao mesmo tempo, curiosíssimo a deixar uma pequena passagem entre os meus dedos magros para que pudesse, entre estes, passar sorrateira a informação que eu queria e temia. E prosseguiu, com voz aterrorizante, o meu Cavaleiro de Nada: "Ele disse-me assim: *Sou o espírito da treva, a noite me traz e leva.*" Lembro-me bem de que, ao ouvir aquilo, comecei a chorar; então, meu Chevalier acalmou-me pela lógica: "Ora, não sejas parvo, se a noite o leva, isto é sinal que de manhã o espírito não mais estará lá. Não sejas tolo, fantasmas não gostam de sol ou de dias claros." Agora, com um frio na barriga e os pés ao pé do Tejo, estava a minha avó ali, à beira de nossa partida, como a dizer-me com os olhos coisas ocultas que só muito mais tarde me daria coragem para nelas mergulhar.

Soa no acaso do rio um apito, só um. Treme já todo o chão do meu psiquismo. Com as malas feitas, tudo a bordo e nada mais a esperar da terra que deixamos, embarcamos. *Já com os trajes moles característicos dos viajantes, debruçados da amurada, digamos adeus com um levantar da alegria ao que fica, adeus às afeições, e aos pensamentos domésticos, e às lareiras, e aos irmãos.* Aos que ficaram na pátria. *E enquanto se abre o espaço entre o navio lento e o cais, gozemos uma grande esperança indefinida e arrepiada, uma trêmula sensação de futuro. Todo o cais é uma saudade de pedra. Os navios vistos dentro, através das câmaras, das salas, das despensas, olhando de perto os mastros, afilando-se lá pro alto, roçando pelas cordas, descendo as escadas incômodas, cheirando a untada mistura metálica e marítima de tudo aquilo. Os navios vistos de perto são outra coisa e a mesma coisa, dão a mesma saudade e a mesma ânsia doutra maneira. Toda a vida marítima! Tudo na vida marítima! Insinua-se no meu sangue toda essa sedução fina. Eis-nos a caminho, e quase a meio do rio, aumenta a nitidez deixada na terra. Ah, as linhas das costas distantes, achatadas pelo horizonte!* A avó Dionísia e minhas tias mais a criada, o meu olhar põe-se a perdê-las de vista na partida. Onde estão os rostos difusos no oco da multidão? *Aumenta a nitidez deixada na terra dos alpendres e dos guindastes ou das mercadorias descarregadas e não é a nós, felizmente, que diz adeus aquela família aglomerada no extremo do cais, com um cuidado subjetivo e visível de não cair dentro d'água no meio da emoção.*

Agora aqui dentro: Quem somos todos estes que vamos para onde? Para que diferentes iguais destinos? *Olhemos para os companheiros de bordo. Como são diversos! Uns vão em trânsito. Não é com eles nenhuma destas despedidas... Outros, com um ar palidamente sorridente de não querer chorar, acenam com um gesto deselegante e pouco afoito com os lenços que se acenam de outra gente que ficou no cais. No cais — ah, reparem — subitamente tão mais longe do que notamos. A amargura alegre da ida, o sabor especial a começo de viagem marítima, a mistura com nossos sentidos de cheiro das malas, de cheiro a navio, de cheiro a comida de bordo, e a nossa alma é um composto confuso de cheiros e sabores e tudo é a viagem indefinida que faremos vista através do paladar e do olfato, tudo é a incerteza sensual da vida sentida pela espinha abaixo. O navio que se afasta afastar-se-ia de mais do que da terra; afastava-se do nosso passado todo, de nós mesmos, ficados no cais e aqui a caminho, do sentimento doméstico com que beijamos a nossa mãe. Que sabemos nós para onde vamos, ó, dor, e o que somos, e que proteico e fluido Deus é tutelar das partidas? Olha, de longe, já, os guindastes ainda mexendo, olha as figuras no cais, negras figuras, manchadas de lenços que se acenam, olha os casarões de zinco ondulado do cais e docas, às portas deles, o sossego destacado e acostumado a isto dos empregados e dos carregadores. Vai tal angústia, tão inexplicável angústia na minha alma. A nossa alma sai um pouco para fora do seu lugar e as rodas da nossa vida cotidiana começam a cambalear como se fossem sair do eixo.*

Muito bem acomodados, minha mãe e o tio Cunha conversavam animadamente sobre a nova vida que se avizinhava em terras anglo-africanas. Falavam do cargo de cônsul do seu novo amor, e das novas atribuições sociais que minha mãe teria. Seria um casamento cheio de relações diplomáticas, repetia tio Cunha acentuando a sílaba tônica da palavra di-plo-má-ti-cas! Falavam tão animadamente sobre a vida política e social que viveríamos que desperceberam-se de mim com extrema facilidade. No entanto, quem corria com desenvoltura pelo barco imenso? Era Chevalier. Aproveitando-se da sua invisibilidade, puxava-me pela mão, transgressor e dono de olhos curiosos; queria que varrêssemos os dois, com a nossa cumplicidade, toda a intimidade daquela vasta paisagem nova. E lá fomos nós. Cavaleiro de Nada, mais disponível e corajoso do que eu, levou-nos a uma verdadeira excursão por aquelas entranhas navais, pelas vísceras daquela engenharia do novo tempo. *Porque os mares antigos são a Distância Absoluta, porque se navegava mais devagar esses mares, misteriosos, porque se sabia menos deles.* Acho que *todo vapor ao longe é um barco de vela perto. Todo o navio distante visto agora é um navio no passado visto próximo. Todos os marinheiros invisíveis a bordo dos navios no horizonte são os marinheiros visíveis do tempo dos velhos navios, da época lenta e veleira das navegações perigosas, da época de madeira e lona das viagens que duravam meses.* Eu e meu amigo a tudo assistimos excitadíssimos, como se fosse aquele teatro de músculos e esforços um grande pecado. E lá se foram as crianças soltas às asas da inocência: *Eh marinheiros, gajeiros! Eh tripulantes, pilotos! Navegadores, mareantes, marujos, aventureiros! Eh capitães de navios! Homens ao leme e em mastros! Homens que dormem em beliches rudes! Homens que dormem co'o Perigo a espreitar p'las vigias! Homens que dormem co'a Morte por travesseiro! Homens que têm tombadilhos, que têm pontes donde olhar a imensidade imensa do mar imenso! Eh manipuladores dos guindastes de carga! Eh amainadores de velas, fogueiros, criados de bordo! Homens que metem a carga nos porões! Homens que enrolam cabos nos convés! Homens que limpam os metais das escotilhas! Homens do leme! Homens das máquinas! Homens dos mastros! Eh-eh-eh-eh-eh-eh-eh! Gente de boné de pala! Gente de camisola de malha! Gente de âncoras e bandeiras cruzadas bordadas no peito! Gente tatuada! Gente de cachimbo! Gente de amurada!* Cavaleiro tudo bisbilhota insaciável. Não sei por que eu o abandono para debruçar meu queixo no beiral do navio a observar as águas que me chamam. Atendo-as enquanto as deixo para trás. Nunca mais sairia, meu Deus, dos oceanos do meu coração de vidro esta imagem dos *cascos refletidos devagar nas águas, quando o navio larga do porto. Toma-me pouco a pouco o delírio das coisas marítimas. As viagens por mar, onde todos somos companheiros dos outros duma maneira especial, como se um mistério marítimo nos aproximasse as almas e nos tornasse um momento patriotas transitórios duma mesma pátria incerta, eternamente deslocando-se sobre a imensidade das águas! Grandes hotéis do Infinito, oh, transatlânticos meus!*

Cavaleiro me chama pelo braço. Não gosto e ralho com ele. Não me puxes assim, assustas-me! Vamos espionar os outros passageiros, essa gente embarcada e esquisita, vamos? Chevalier me convida rindo, realçando as covinhas das bochechas redondas. Realmente, os companheiros a bordo, como são diversos, gente cada uma vinda de um mundo próprio, eu sei, ainda que pequenino miúdo que sou, já sei atravessar com o olhar a toda gente, mesmo não tendo ainda um repertório de palavras vasto e variado, mesmo sem que eu tivesse sido ainda apresentado à língua inglesa, que seria a minha língua intelectual primeira. Mesmo assim, meus companheiros de bordo, sinto-os. *Sou todas as penas de se ir embora... Sou as esperanças que levam consigo e agora lhes fazem mais trêmula a dor da partida, estou pensando com um orgulho estúpido, por dentro deles todos, na roupa que compraram para a viagem, nos pequenos objetos que, na véspera, compraram de noite numa loja feérica cheia de malas de couro e que ia fechar. Ah, vida cosmopolita atirada aos quatro ventos... Vida de tanta gente real a bordo de tantos navios!*

"Fernando!" É a voz de minha mãe a chamar-me. Não sei quantas horas e dias se passaram, mas o certo é que chegamos. O paquete para na Ilha da Madeira, e de lá, enfim, o grande navio que nos levaria a Durban. Era um miúdo diante de um novo mundo a ser visto só depois de rasgar muitas águas. Mas quem estava a singrar aqueles mares era mesmo um pequeno marujo, órfão menino com o coração partido e condenado a partir, que jamais alcançaria o propósito vitorioso de conseguir fugir daquela dor. Agora, longe do Tejo e de tudo, começo, eterno Marinheiro, a fundar em mim uma pátria marítima que me dispersa quanto mais me situa. *Chamam por mim as águas,* e a viagem continua.

O Tejo,
capital
da minha
pátria-
mar.

Navio, barco
de sonhar.

Terceiro capítulo

Mar salgado

DIÁRIO

N.º

N.º

Há uma vaga brisa. Mas a minh'alma está com o que vejo menos, com o barco que entra, porque ele está com a Distância, com a Manhã, com o sentido marítimo desta Hora, com a doçura dolorosa que sobe em mim como uma náusea, como um começar a enjoar, mas no espírito.

Alberto Caeiro

A Ilha da Madeira intersecciona ficção e realidade. Tudo parece inventado e é tudo verdade. Incrível. Tudo parece um roteiro escrito. Literatura. Senão vejamos: ao desembarcar aqui, a minha mãe beijou-me longamente a palma da mão. Um beijinho muito quente no centro da palma. Andamos um pouco os dois a sós entre as maravilhas da ilha. Como estava bonita a minha mãe e como combinava com as paisagens novas da sua reinaugural beleza! O vento é o único a falar entre nós. Ao tomar a cena, o novo destino esteve a tornar subitamente inútil qualquer palavra. O que se ouvia e via que estou a chamar de vento era uma orquestra encantada provocada pelo balouçar dos galhos, pela suavidade do elegante movimento dos funchos. O que estou a chamar de vento é invisível. Vem com o céu azul sobre a imensa pintura viva das flores amarelinhas das ervas-doces. Ai, ai, como posso explicar o perfume dessas ervas naquela tarde ou manhã (como saberei?) a soprar na mágica Ilha da Madeira?! Funchal é o nome da capital porque representa um conjunto de funchos. É nome do coletivo dessa vegetação que serve para banho e para cura, que é mato e remédio ao mesmo tempo. Tão dominante no solo da ilha que deu também nome ao grande barco que até aqui nos trouxera, o *Funchal*. Oh, doce erva-doce, eu e a minha mãe roçamos as nossas canelas em vossa presença! Estávamos menos assustados do que felizes nesse momento, suspensos dentro da pulsação íntima daquela selvagem natureza. Era boa aquela pausa em meio a tantos dias vividos sobre o mundo das águas. Era bom para os nossos pés aquela pequena e fixa terra firme. O tio Cunha deixou-nos a sós por um longo brevíssimo tempo. E Cavaleiro de Nada fora sozinho passar a focinhos toda a extensão da ilha. A minha Magdalena então encostou o meu corpo miúdo ao tronco de uma árvore centenária, como se alinhasse-me a coluna vertebral à verticalidade do grande arvoredo. Posto eu ali de pé, ela então põe-se de joelhos ao pé de mim e promete, sem que eu chegasse a pedir-lhe nada: "Filho, não tenhas medo, sabes que já há em África um piano à nossa espera? Estás a ouvir-me, filho meu? Pois há um piano à nossa espera." Um piano que chegara antes de nós, pensei. Qual dois silenciosos náufragos sem saber o nome certo daquele futuro, abraçamo-nos a deixar que nos enlaçasse o vento. Até hoje não sei se os pingos de lágrimas caídos quentes sobre minha roupa eram só meus. Lembro-me do gosto, do comovente e leve sal. Mas como posso saber? Lágrimas herdam-se em tempero? Bem, mal passado este divino momento já ouvimos o alardear do tio Cunha por trás da densidade dos bigodes, a nos chamar a entrar no carro-cesto, para atravessar a ilha, e depois a bordo do paquete de nome inglês que nos levaria enfim ao destino Durban.

A grande viagem até o Cabo da Boa Esperança é assunto para daqui a pouco. O tio Cunha insiste nesse passeio no tal carro. A minha mãe canta uma canção. Cantarolava feliz a doce melodia entre mim e o tio Cunha. "Não vê, senhor Cunha, que esta ilha é mágica?! Ainda nem chegamos ao destino e já nos vemos à beira de uma nova alegria!" Uma quase felicidade parecia armar-se no sorriso de Maria Magdalena. Linda, estampada sobre o mar azul ao fundo, aplicada à gravura. O oceano e o céu, irmãos que são, tomavam toda a paisagem aqui. De modo que não há sequer uma silhueta que possa escapar desse azul, desse infinito, desse fundo. Nem essa felicidade jovem em nós três, como se fosse uma pessoa que sabe quando está mesmo a navegar sobre o vértice de uma mudança. No ponto primevo dela.

Não sei como nem de onde exatamente um tronco a rolar ferozmente numa ladeira da ilha atinge-nos e fere os pés da minha mãe. Nunca esqueci o que ela gritou, "Fernandoooo!", na hora da dor; nem a visão dolorosa do peso violento daquela tora sobre os seus delicados ligamentos. "Fernandoooo!" Não para que eu a socorresse, mas para que ela me protegesse. Seu grito era de preocupação comigo, que, felizmente, mais tarde ela diria aliviada, nada sofri. O meu tio, no entanto, com rapidez militar moldada em estratégias de guerra, num átimo, rasgou a camisa e imobilizou o tornozelo esquerdo da sua cunhada, pois tinha a responsabilidade sobre ela perante a família, e o dever de conduzi-la intacta e sem danos até a sua nova pátria de fora. Não se arrancaria assim a pátria de um homem, e muito menos de uma mulher portuguesa. Mesmo uma mulher apaixonada. Além do mais, uma mulher não viajava sozinha, o que reforça o papel protetor desse cargo de tutor da viagem dado a tão experiente e respeitável comandante. Ele que não se esmerasse nesses primeiros socorros... Acalmados a minha mãe e todos nós, avisto o Cavaleiro de Nada a chegar com as suas roupas que sempre me pareciam ter em algum tempo pertencido a mim. Isso me é difícil explicar. Contudo, foi assim que se deu e assim se dará sempre em mim no tema habitações de minh'alma. Não as distingo porque tudo o que sinto é real.

Agora, já a bordo do *Hawarden Castle*, paquete que nos levará ao Cabo da Boa Esperança, o ex-Cabo das Tormentas, também chamado Bojador. Esse estreito é o temor dos mares, o mistério criminoso das águas, vácuo sumidouro de embarcações e tripulações inteiras desaparecidas sem explicação. *Ó mar salgado, quanto do teu sal são lágrimas de Portugal! Por te cruzarmos, quantas mães choraram? Quantos filhos em vão rezaram! Quantas noivas ficaram por casar para que fosses nosso, ó mar! Valeu a pena?* Olhando aquela imensidão, tive medo de que desaparecêssemos no enigmático precipício marítimo e nunca chegássemos à nova vida em Durban. O mar alto a atiçar meu devaneio. De repente, pouco antes de cruzarmos o Bojador, vem à minha mente, com furiosa impressionista teatralidade, a pirataria selvagem toda; toma de assalto o nosso navio. Meu Deus, que horror!

Demasiado cruel. *A pirataria, os barcos, a hora, aquela hora marítima em que as presas são assaltadas e o terror dos apresados foge para a loucura.* O Cavaleiro de Nada apresenta-se; recrutá-lo-ia se necessário, mas voluntariamente vem juntar-se a mim, a dizer-me pensamentos de adulto: *ah, os piratas! A ânsia do ilegal unido ao feroz, a ânsia das coisas absolutamente cruéis e abomináveis. Os ventos da Patagônia tatuaram a minha imaginação de imagens trágicas e obscenas. Fogo, fogo, fogo, dentro de mim! Sangue! sangue! sangue! Parte-se-me o mundo em vermelho! Estouram-me com o som de amarras as veias! E estala em mim, feroz, voraz, a canção do Grande Pirata, a morte berrada do Grande Pirata a cantar até meter pavor pelas espinhas dos seus homens abaixo.* O Cavaleiro de Nada vê-me, o grande pirata que sai da minha voz, e parece gritar também. *Eia, que vida essa! Essa era a vida, eia! Eh-eh-eh-eh-eh-eh-eh! Eh-lahô-lahô-lahô-lahá-á-á-á-á! Eh-eh-eh-eh-eh-eh-eh! Quilhas partidas, navios ao fundo, sangue nos mares! Conveses cheios de sangue, fragmentos de corpos! Dedos decepados sobre amuradas! Cabeças de crianças, aqui, acolá! Gente de olhos fora, a gritar, a uivar!* Sou o capitão de tudo isto, sou o comandante do horror. *Embrulho-me em tudo isto como uma capa no frio. Rujo como um leão faminto para tudo isto.* Equilibro-me ainda pendurado a um dos mastros mais altos, *e o mundo inteiro não existe para mim. Ardo vermelho. Pirata-mor! César-Pirata!* A coisa estava animada. Cavaleiro de Nada, excitadíssimo, prossegue a incitar-me, a falar como se fosse por mim: Sou o CÉSAR pirata, *pilho, mato, esfacelo, rasgo! Só sinto o mar, a presa, o saque! Ó meus peludos heróis da aventura e do crime! Eis tudo em mim de repente ante uma noite no mar.*

Penso nisso, nesse delírio, e tudo desaparece à minha frente. Acalmo-me. Não sei de onde eu havia extraído tal tenebroso enredo. O Cavaleiro de Nada aplaude-me, e surge por dentro em mim *uma inexplicável ternura, um remorso comovido e lacrimoso por todas aquelas vítimas — principalmente as crianças — que sonhei fazendo ao sonhar-me pirata antigo. Ah, como pude eu sonhar aquelas coisas?* Isso tudo é muito cruel e frio para a mente de um miúdo. Mas aos miúdos encantam tragédias e heróis. Não há o que estranhar. Talvez eu tenha deixado que se fizessem verídicas demais na minha fértil imaginação as ficções do tio Cunha. E eu ainda nem sabia que os piratas não morreriam jamais e nunca mais cessariam de existir; que eram tão antigos quanto eternos; infinitos para o passado, para o futuro e para tudo o que é lado.

Medito sobre a palavra paquete, nela navego: vem do inglês, *packet-boat*, literalmente barco de pacotes. Estou falando daqueles antigos navios de luxo de grande velocidade, geralmente movidos a vapor. No meio do século passado, a linha de paquetes a vapor estabelecida por conta régia de Sua Majestade Britânica rompeu mais de três séculos de incerteza e imprecisão do tempo de travessia do Atlântico pelos navios a vela. Pois, de paquete em paquete, já nos víamos a bordo do *Athens*, a chegar enfim a Durban, trinta dias depois de deixarmos o nosso Tejo, o rio da minha aldeia, naquele fevereiro frio de 1896, um fevereiro totalmente novo para todos nós. Que eu saiba, o nosso fora o único navio a chegar com passageiros durante esse mês. Mas nem eu, nem a minha mãe, tampouco o tio Cunha sabíamos àquela altura que ao porto de Durban foram necessários muitos anos de esforços e engenhos humanos para torná-lo ponto de escala para grandes navios. As águas azuis que banhavam o Porto Natal eram demasiado rasas para permitir a entrada de embarcações de maior porte. Portanto, passar naquela parte rasa, na barra do mar, era uma experiência arriscada, normalmente nunca tentada por navios com mais de quatrocentas toneladas. Pois o *Athens* pesava 492 e atracou muito bem naquela baía, ou envergonhando a ciência matemática e física, ou confirmando a existência de milagres.

Minha mãe dera-me a sua mão firme e, entre ela e o tio Cunha, avistei a nossa chegada pela bruma, passando a salvo pelo sinuoso canal, a deslizar sobre as águas plácidas. O cenário era de desconcertante beleza: num extremo, um promontório protetor, o monte Bluff; no outro, uma língua de areia, o Point, e para sudeste a vasta extensão da baía cheia de aves selvagens, com peixes coloridos de todo tipo e tamanho. Aquele monte de mar rodeado de terra formando-lhe uma moldura toda orlada de bosques de mangueiras. Maravilhosa paisagem! Pois numa curva dessa baía é que erguia-se a cidade de Durban, com os seus 20 e tantos mil habitantes, quase toda ela incrustada ao longo da baía, mas com vivendas espalhadas pela floresta — a Bered. Meu Deus, que mundo era aquele? E eu passaria, sem saber ainda, uma década ali, de modo a ver transformar-se em quase o dobro essa população.

Chegada. Muita gente no porto. O meu padrasto, o comandante Rosa, destaca-se entre esta gente a esperar-nos neste caos, quero dizer, neste cais, o Circular Quai. Beijam-se discretamente, mas um beijo com a certeza dos casados e a invisível e desconsiderada incerteza dos amantes, que tudo cegamente ao amor confiam. O tio Cunha, com indubitável expressão heroica, fazia questão de relevar os incidentes da viagem, elevando-os ao patamar de perigo, para que mais preciosa e indispensável sua presença se firmasse na trama até ali. "Modéstia à parte, se não fosse eu, correríamos o risco de ver a Magdalena sem os pés." Excitado, falava mais do que nós três. Minha mãe subitamente deixara para sempre e para trás os seus ares de viuvez para se tornar uma charmosíssima dama a acompanhar o seu novo marido, e para com o seu único filho juntar os amores numa nova família em terra africana, tão sofrida pelas perversões holandesas antes de os ingleses ali chegarem. Vamos ver se vai melhor com os ingleses. Meu novo pai ofereceu-me um relógio britânico, vejam só, assim que entramos no comboio no qual percorreríamos cinco quilômetros do Point até Durban. "Agradeça-lhe, meu filho, como é que se diz?" "Diz-se muito agradecido, minha mamã, mas antes, porém, gostava de ver como funcionam essas horas estrangeiras aqui." Riram da minha gaiata resposta. Mas os amantes mal podiam disfarçar, hoje sei, o desejo mútuo que atravessou oceanos dentro dos vestidos dela, e que fez daquele homem um adolescente a rolar na cama dessa longa espera, desde outro continente. Sonhava com o ventre da sua amada Magdalena. O que aquele comboio atravessava era o fim da longa estrada que os levava finalmente à sua lua de mel. Essa, sim, não se daria por procuração. Só a discreta procura dos corpos no acaso do balanço do comboio é que silenciosamente sob as vestes começara.

O tio Cunha inventava umas histórias, enquanto mostrava-me a cidade pelas janelas, e essas narrações eram seguidas de extensas dissertações históricas sobre monumentos e paisagens que ele desconhecia, mas sabia bem navegar desconhecimentos com invejável propriedade. No quarto do hotel onde ficamos eu e o meu tio Taco, o apelido caseiro do meu tio Cunha, acomodamo-nos animados, a reparar em tudo como macacos diante da civilização, uma vez que entre culturas não há superioridades, mas sim diferenças e comunhões. O tio Taco contou-me mais algumas bravatas, relembrando-nos algumas touradas a que fomos em Lisboa, até adormecer no meio do relato, as mãos cruzadas sobre a pança de um homem bom, imaginativo e honesto. Só eu permanecia acordado e muito excitado com aquela nova história da vida. Ouço um vento, um sopro, quase um assobio vindo de baixo da cama. Tive medo de olhar. Ouvi as criadas da cozinha do hotel falando qualquer coisa que parecia querer dizer evocação de espíritos, sei lá. E o sinistro sopro continuava. Enchi-me de coragem e, deitado ainda, virei-me de bruços, atravessado sobre o colchão, a pendurar a cabeça para avistar o que havia sob a cama. Ora, claro, era o Cavaleiro de Nada a dizer-me: "Psssiu... silêncio, meu tolo, vamos ouvir o que acontece ali no quarto ao lado!" No aposento de núpcias, o comandante Rosa toca na flauta uma música para a minha mãe:

— Que lindo, Rosa, que melodia romântica, mas que coisa mais querida, senhor meu marido, ofereceres a mim essa canção é como...

— Não digas mais "senhor meu marido", agora sou teu João Miguel. O teu João somente, minha deusa. Daqui a pouco vamos para nossa casa, onde seremos ainda mais felizes do que somos aqui, o que não é pouco. Ouve, minha estrela, lê este poema que tu me enviaste desde Lisboa, lembras-te? Sempre quis ouvi-lo ao vivo e pela tua voz. A voz da autora, minha doce poetisa...

Passam-se os instantes, nenhum som que pudesse ouvir-se. Um silêncio... não sei se para um calado beijo ou não, não sei se para um despir-se, um ficar-se mais à vontade como ocorre na moda dos amantes, herdeiros de Adão e Eva. Depois desse silêncio, a minha mãe, mais melosa do que alguma vez a tinha visto, digo, ouvido, desmancha-se em versos assim:

"Lisboa, 4 de setembro de 1894:

A ti

J*aneiro, bem sabes, é o mês dos gelos*
O *sol é o mesmo, mas não tem calor*
A *mim esse mês, sem fogo sem vida,*
O *gelo da alma fundi-o em amor!*
R*elembro este dia em que nos encontramos*
O*lhando-te a furto, temendo trair-me*
S*enti que minha alma à tua prendera*
A*mei-te! E tu? Nem tentaste fugir-me!*"

— Oh, meu amor, minha doce Magdalena, fizeste um acróstico com tanta delicadeza que este não se nos revela imediatamente como tal! Tão inteligente, por isso te amo e tenho guardado aqui, a nascer no meu coração, o meu acróstico pulsando por ti, sou teu...

Depois disso não mais pudemos ouvir nada, quero dizer, quase nada. O Cavaleiro de Nada imitava os gemidos e as respirações dos amantes e os transformava em gritos de ovelhas, vacas e outros mamíferos, enquanto tapava os meus ouvidos entre as suas palminhas macias. Brincamos. Rimos. Adormeci.

Dá-me a tua benção, terra firme! As ondas do mar grosso e salgado tinham enfim ficado para trás. Desde que deixei Portugal todo o caminho foi de sacolejo e agora era chão fixo, sem balançar. Ó, África, África parte oculta da minha vida. Ai, ai, nem sei o que me custa ou o que me vale contar-vos dessa etapa da minha história sobre a qual não há nenhuma linha explícita escrita até agora. Em todo caso, farei aqui o que não me for imposto pelas indicações dos esforçados biógrafos futuros, que, caso eu venha a ser célebre, não pouparão hipóteses e teses sobre aquilo o quanto lá eu vivi e sobre o qual não escrevi: África, África, África! Valha-me Zeus, tudo estava escrito, sim, tudo já lá estava. Em mim. A África, embora sob o poder britânico, haveria de ser o chacoalhar de uma alma disposta ao oculto, disponível à magia que pulsa entre o céu e a terra no coração do homem, diante dos seus olhos, desde o começo dos tempos.

Viva o mestre Shakespeare, pai do teatro da minha vida.

Quarto capítulo

A canção materna

DIÁRIO

N.º

N.º

Que é feito daquele que foi a criança que tiveste ao peito? Quem sabe qual dos desconhecidos aí é o teu filho? Ainda tens na gaveta da cômoda os seus bibes de criança. Ainda há nos caixotes da despensa os seus brinquedos velhos. Ele hoje pertence a uma podridão. Ele que foi tanto para ti, tudo, tudo, tudo... Olha, ele não é nada no geral holocausto da história.

Álvaro de Campos

Agora sim era chegar. A casa da família Santa Rosa era mesmo uma paisagem verde cercada de sebes de caniço. A primeira casa dos Rosa ficava em Ridge Road. Era uma mansão colonial rodeada de mangueiras, palmeiras e palhoças. Os meus olhos chegaram antes de mim ao grande salão onde gritava, com imponente presença, o piano da minha mãe. Era verdade, o instrumento chegara primeiro. Minha mãe, vindo logo atrás de mim, fez uma entrada radiante a rodopiar o véu da sua alegria pela amplidão da nova casa. Jovem, apaixonada e virgem da sua nova sina, Maria Magdalena cintilava ali. Adeus dores, mortes, pesares, tudo ficara para trás. De repente, o pufe vermelho de cetim brocado do piano verteu-se em trono. E pôs-se a tocar de forma linda, a invadir a floresta, a África e o meu coração de pequeno. Ah, este tempo, esta hora em que risco estas memórias aperta-me o peito. Pareço, agora enquanto escrevo, ouvi-la. Mãe, tocas na minha alma. Estou a chorar. Mas *o véu das lágrimas não cega. Vejo, a chorar, o que essa música me entrega — a mãe que eu tinha, o antigo lar, a criança que fui, o horror do tempo, porque flui, o horror da vida, porque é só matar! Estou vendo minha mãe tocar. E essas mãos brancas e pequenas, cuja carícia nunca mais me afagará —, tocam ao piano, cuidadosas e serenas,* Un Soir à Lima, a canção materna que me ensinou a sonhar. *O grande luar da África fazia a encosta arborizada reluzente. A sala em nossa casa era ampla, e estava posta onde, até ao mar, tudo se dava à clara escuridão do luar pungente... Mas só eu, à janela. Minha mãe estava ao piano e tocava... exatamente* uma noite em Lima, ou seja, Un Soir à Lima. Um generoso jardim fazia-nos a corte por todos os lados. Aplaudimos o pequeno concerto da mamã, que derretia-se tímida, luminosa e satisfeita por causa dos nossos elogios. A seguir, fomos conhecer mais detalhes do nosso palácio em busca de varandas de onde se pudesse ver o mar. Lá estava. A onda batia. O seu grave murmúrio que nunca sairia do meu peito mistura-se ao ritmo dos pilões e de alguns cantos pagãos. Estão no ar. Ouve-se.

O meu padrasto foi o mais agradável que pôde durante o concerto da chegada. Tocou sua personalíssima flauta a acompanhar a minha mãe, a improvisar com delicadeza sobre os solfejos da amada. Com os seus olhos azuis de comandante de guerra e mar, com a sua retórica, revelou-nos a sua Durban. Este, que pretendia ser meu novo pai, discursava alto, exibido detalhista: "Aqui temos uma população de 27.954 habitantes, dos quais 13.451 são europeus, 7.202 indianos e 7.321 zulus, se não me falha a memória. É uma mistura de colonização, uma mescla de interesses comerciais e fundação de nação", disse ele. "A cidade respira isso, vejam vocês. E é bonita! O país é bonito, naturalmente rico. Embora ainda selvagem em muitos pontos, é mesmo muito bonita esta África do Sul." O meu padrasto Rosa, como a sua face, dera uma pausa para sorver o seu habitual cálice de Porto. Aos olhos do tio Cunha, que partiria de volta para Lisboa, aquela narrativa apresentava-se muito atraente. "Ora, vê-se que este comandante Rosa não é de todo frio, e, se for inventivo, pode estar à minha altura para agradar e educar o meu amado sobrinho", pensara o tio Cunha. A minha mãe, apaixonada por aquele homem, ouvia o seu discurso como quem recebe uma declaração de amor. Pensava nos filhos que teriam e em como seria toda a nossa vida nesta terra. No entanto, o comandante Rosa, por cima de todos os pensamentos, passava com a sua tropa, com a sua artilharia de mais e mais informações econômico-geográficas, dentro daquela sociologia que é dada a alguém das forças armadas ter. Bem, paciência. E seguia o homem a falar: "Estes casebres em volta são feitos de adobes; quem sabe o que são adobes? (pausa.) São tijolos de terra crua, água, palha e, algumas vezes, outras fibras naturais, moldados em formas por processos artesanais ou semi-industriais. É um parente antigo do barro. As mastabas no antigo Egito foram feitas essencialmente com tijolos de adobe! Ora, mastabas, para quem não sabe, são aqueles cômodos de porta falsa que ficavam dentro das pirâmides do Egito, onde se podia entrar para ver a estátua do morto e oferecer-lhe alimento, essas asneiras africanas. Ignorâncias da falta de civilização!" E falava, falava.

Eu já estava quase a dormir, quando o Cavaleiro de Nada aparece a me chamar para inspecionarmos a casa a valer. Mas por que é que estás vestido de marinheiro, Cavaleiro de Nada? "É para ficar parecido contigo", respondeu-me, sorrindo. Corremos para o quarto. Muito bonito o meu quarto, ainda que sem a graça que a matéria de uma presença que habita traz ao ambiente, porém amplo o suficiente para que pudesse despejar, sem reservas e à vontade, o mar dos meus sonhos e da minha solidão. Demos a volta à casa. Um jardim de roseiras, mãe de Deus! Um espanto: pétalas muito vermelhas, e brancas e diferentes e iguais, vivas. Isso. Era um jardim vivo, pulsando de existência na minha cara. Por isso *quero acabar entre rosas, porque as amei na infância*. Nossa inspeção chega finalmente aos empregados. A minha preferida chamar-se-ia Paciência, uma honrosa carregadora do próprio nome, com olhos de resignação quando necessário e olhos de sabedoria sempre. Contou-nos, metida na espiritualidade das pretas velhas: "Môs fi" (lá no falar dela, entre o seu dialeto e o português nosso, queria dizer "meus filhos", porque ela aprendeu logo a dirigir-se também ao Cavaleiro de Nada, embora não o visse, mas confiava, não sei por quê, em mim). "Môs fi, os zulu, não os holandêis, nem os inglêis, mas os zulu são os primeiro dono deste paraíso de água azul. Foram eles que nomearu a cidade de Dúrban, que quer dizer 'lugar onde a terra encontra o oceano'." Frisou bem, já pintando de sonho o olhar. Mas, ao pensar nos holandeses, seu olhar escurece: "Hum... os bôeres são o diabo, uns holandêis fios da puta, que massacraru muito, dizimaru muito, cruiz credo! Inglêis também prestá num presta, môs fi. Mas, ê, ê, cala-te boca!" Paciência dá três palmadinhas nos próprios lábios e despede-se de nós. "Vão brincar, meninos, que eu vô cuidá; tá quase na hora do jantá, e depois dele, é cama prus anjim, opa!" Um dia, Paciência disse-me que viu o Cavaleiro de Nada, sem mim, animado, a cantar e a dançar no campo à tarde. Disse-me, com aqueles olhos graves dela, que ele era o meu espírito, ou melhor, um espírito meu.

— Tu também vês o meu amigo Cavaleiro, Paciência? Eu achava que ele era invisível para os outros.

— A Paciência vê o que teus oín vê.

Dias passam-se e esta que escuto é mais uma tamborzada noturna que datilografa a sua música pagã para os céus. Como se repetir-se-ia sempre na minha vida, tenho medo, amor e atração pela sensação que as coisas causam em mim. O que ouço é só imagem. Dançam os negros à fogueira numa terra onde são maltratados e, principalmente por isso, reforçam a sua cultura, a sua canção, a sua cartilha de crenças. Para não morrer. Ouço as suas vozes, invocam espíritos, falam com eles. O mesmo *receptor*, ou seja, o corpo da pessoa receptiva de espíritos, aceita uma verdadeira reunião de entidades que, apoiadas na mesma base carnal, num mesmo corpo, dialogam entre si, preveem coisas, anunciam futuros, destilam ou reluzem os seus oráculos para toda a gente, a bem dizer. O meu coração também parece um tambor e anuncia que vai saltar para fora do peito. Aquele som, não sei por quê, remeteu-me ao sino da minha aldeia. O meu Tejo havia ficado para trás, meu Deus! Jamais havia ficado tão longe do meu rio, nem tinha estudo para medir a distância do que era já acontecido até ali, desde que parti. No entanto, o coração sabe o que a matemática geográfica dele ainda não sabia e dava conta do recado: *Ó sino da minha aldeia, dolente na tarde calma, cada tua badalada soa dentro de minha alma. A cada pancada tua, vibrante no céu aberto, sinto mais longe o passado, sinto a saudade mais perto.* O fato é que tenho desenvolvido esta mania de chorar o passado já, tão novo que sou, que tão perto dele estou. *Com que ânsia tão raiva quero aquele outrora! E eu era feliz? Não sei: fui-o outrora agora.* Os tambores recomeçam, lembrei-me pela primeira vez aqui da avó Dionísia e um novo pensamento arrepia-me: não estou seguro de que ela realmente tenha estado no casamento da minha mãe naquele dia. Se calhar, realmente nem sei se Dona Estrela minha esteve também ao cais quando parti. Quem me assegurará se, àquela altura, não estava já a própria no manicômio de Rilhafoles, onde permaneceria até aos meus 12 anos, que eu só cumpriria em 1901? Então, que história é essa? É ela a doida e eu o que delira? E se não podia ser ela, quem era aquela que olhava para tudo durante a cerimônia? Quem é aquela que me disse na partida que toda viagem se faz para dentro de si mesmo? Quem era então, meu Deus, aquela senhora velha do cais? Se entre o delírio e o devaneio não houver mais que uma receita médica, nem quero pensar nisso. Deus permita que a arte cuide das enfermidades que a loucura porventura me trouxer!

Já se iam os dias na terceira casa da minha vida, entre a nova família e o colégio de freiras irlandesas, o Saint Joseph. Elas eram severas demais com os seus horários rígidos, sádicos, além de estreantes no trato de meninos. Até havia pouco, era um colégio exclusivo para meninas. Ser alfabetizado ali, fazer nessa instituição a primeira comunhão, tudo isso não garantiria a minha fé nessa moralidade judaico-cristã insuportavelmente contraditória entre palavras e ações. Via tudo aquilo soar falso. *Pertenço a uma geração que herdou a descrença na fé cristã e que criou em si uma descrença em todas as outras fés. Os nossos pais tinham ainda o impulso credor, que transferiam do cristianismo para outras formas de ilusão. Uns eram entusiastas da igualdade social, outros eram enamorados só da beleza, outros tinham a fé na ciência e nos seus proveitos, e havia outros que, mais cristãos ainda, iam buscar a Orientes e Ocidentes outras formas religiosas, com que entretivessem a consciência, sem elas oca, de meramente viver. Tudo isso nós perdemos, de todas essas consolações nascemos órfãos.*

Antony, colega de sala pelo qual nutro grande simpatia, embora não tenhamos trocado até agora mais que uma dúzia de palavras, foi duramente punido hoje no colégio porque afanara duas bolachas da cozinha privativa das freiras, que fica ao lado da clausura do nosso colégio-convento. Guardo a impressão de que apenas isso não lhe valeria a punição de uma semana sem aula, acrescida de anotações não recomendáveis na caderneta de avaliação. Cá entre nós, Antony fora punido porque viu, e pelo que lá viu. Eu sei, eu também vi. Um dia ali também fui ter com o Cavaleiro de Nada, mas fomos mais discretos e não deixamos rastros. A clausura me pareceu uma espécie de bar. As freiras bebiam vinho, jogavam cartas. E havia ali até uma irmã a fumar! Possuía esta bigodes que quase se aparentavam aos moldes dos bigodes do nosso comandante Rosa. (Quero dizer, comandante da minha mãe, não meu, espero.)

O sono começa a pesar-me nas pálpebras, o tempo passa, mudei para o novo colégio, para o qual eu irei de bicicleta amanhã. E terei saudades de Antony. Punido tal e qual Adão que andou a bisbilhotar o proibido. Não sei mesmo para que serviram dentro de mim tamanhos tratados bíblicos! *Nasci em um tempo em que a maioria dos jovens havia perdido a crença em Deus, pela mesma razão que os seus maiores a haviam tido — sem saber por quê. E então, porque o espírito humano tende naturalmente para criticar porque sente, e não porque pensa, a maioria desses jovens escolheu a Humanidade para sucedâneo de Deus. Pertenço, porém, àquela espécie de homens que estão sempre na margem daquilo a que pertencem, nem veem só a multidão de que são, senão também os grandes espaços que há ao lado.* A despeito de tudo isso, quem vos fala é um homem que fez naquele colégio uma tolice imensa, que é a iniciação católica alcunhada de primeira comunhão. Para quê? Com que propósito? Comer o corpo de Cristo? Beber o seu sangue? Ora, isso lá teria acontecido na Transilvânia?

Muita coisa desconheço, mas esses dias em África, que transmutarão para sempre a minha vida, fazem-me germinar mais e mais o grande diário da minha existência que estava, em verso e prosa, prestes a explodir em espasmos que me destinariam ao fim único de sonhar. Então o que estou eu a fazer metido nestas confissões, a tentar uma linearidade de uma história que não ocorrera senão em mim? Para mim? Só eu no palco? Só eu na vazia plateia do meu Coliseu. Quem algum dia publicará esta história? Onde mora, em que país, do Oriente ou do Ocidente, viverá este iluminado editor, aquele que entenderá que editar-me é ousar? Para, cabeça, cessa de sonhar! Ah, *invejo — mas não sei se invejo — aqueles de quem se pode escrever uma biografia, ou que podem escrever a própria. Nestas impressões sem nexo, nem desejo de nexo, narro indiferentemente a minha autobiografia sem fatos, a minha história sem vida. São as minhas Confissões, e, se nelas nada digo, é que nada tenho que dizer.*

No ano da nossa chegada, ao fim dele, no inverno, nasce a primeira filha do novo casal e também minha primeira irmã, a Magdalena Henriqueta. Uma princesinha, alegria da casa. Seria a minha eterna irmã, embora eu ainda disso nem sequer desconfiasse. Linda Teca, a minha Teca. Enquanto migravam os mimos para a pequena estrela da casa, eu crescia e afundava-me em livros. O Cavaleiro de Nada escreveu-me uma carta esquisita: "Mon ami, chéri, estou mesmo muito angustiado aqui. Vou desaparecer por uns tempos. Mas não arredarei pé de ti, é só me chamares em voz alta e eu estarei aqui." Eu chamei, mas não adiantou.

Bem, com a nova criança, a alegria voltou à minha casa e assim se passaram dois anos. O que sei dizer é que num piscar de olhos eu já dominava a língua inglesa. O professor Nicholas, do meu liceu, iniciara-me em Shakespeare, Byron e Milton, que daqui a pouco iriam tomar conta de mim. Mas, *em minha infância e primeira adolescência houve, para mim que vivia e era educado em terras inglesas, um livro supremo e envolvente — os* Pickwick Papers, *de Dickens.* É maravilhoso, *leio e releio* centenas de vezes, *como se não fizesse mais que lembrar.* Voraz com todas as leituras, eu devorava o estudo naquele país. Saltava os anos do colégio. Parecia um doido pelo saber. O conhecimento tornou-se-me um refúgio, um portal, um acesso direto a um mundo só de símbolos. Eu navegava com velocidade naquele mar e avançava. Vi-me com apenas 11 anos, entre os meninos de 13, criado para ser um gentleman vitoriano; porém franzino por fora e infinito por dentro. (Ó, é sem modéstia que o digo.) Não me invejem, ser infinito por dentro pode não ser bom. Havia lá outros meninos, muitos, mas não com essa consciência intensa e quebradiça da vida. *A minha infância foi tranquila, a minha educação boa. Mas desde que tenho consciência de mim, apercebi-me de uma tendência inata para a mistificação, à mentira artística.* Culpo Shakespeare, o poeta dramático, o primeiro e único que jamais conheci, mas quem me autorizou a representar a vida na literatura com a liberdade dos sonhadores.

Penso nisso tudo e vejo-me a passear na minha África, dona de paisagens feitas com a mesma matéria do sonho. Lindos jardins verdes envolviam os casarões. Clima temperado e flores são cúmplices, nem é preciso dizer; agrada-lhes a delicadeza do tempo ameno. Brilham para mim e o que vejo é lírico: corredores imensos de flamboyants vermelhos, guardiões do caminho, jacarandás azuis ao redor de tudo e acácias amarelas, cujo conjunto de cores tem mesmo a intenção de fazer perder-se em beleza um indivíduo jovem e compulsivo a anotar a vida. Entre as roseiras, no regresso à casa, e de bicicleta, encontro Paciência. Mãos sem luvas, imunes aos espinhos, Paciência é magra, mas tem a bacia larga, observo. Ela canta uma canção em zulu. Eu pergunto que canção linda era essa e ela responde: "Que canção é essa? Ora, é essa, mô fi, a canção, a minha canção; o nome dessa canção é Paciência." E conta-me uma história na mistura do linguajar dela que vou traduzir aqui com as minhas palavras, mas tentarei preservar as suas metáforas. Contava que na tribo da sua bisavó havia um ritual que marcava para sempre a vida do cidadão: quando uma mulher engravidava, deveria ir para dentro da floresta, acompanhada da mãe, irmão e ou de outras amigas íntimas, e lá permanecer até que lhes fosse revelada a música daquela criança ainda no ventre. Com a nova melodia, regressam da mata e espalham à boca solta, por toda a comunidade, continua a boa-nova. Todos aprendem a cantar para repeti-la quando o bebê nascer, quando adolescer, quando casar e quando morrer. Mas a cantiga de cada um é principalmente usada para quando este ser se perder, quando atentar contra a sua tribo, quando se puser a roubar, a ferir, a magoá-la em sua harmonia. Todos se reúnem à volta do indivíduo extraviado do seu caminho e cantam-lhe a sua canção para que se recorde de quem ele é. "O mô fi precisa de sabê qual é a música da sua cabeça. Pra reencontrá ela. Mô fi é menino muito novo pra sê tão triste." Paciência contou-me esta história enquanto podava os lírios-amarelos-dos-pântanos. Saí andando pelo jardim sem falar, sem me despedir.

De dentro da casa ouvia-se um teclado calmo, via-se a luz dos candeeiros, névoa quente sobre uma família que não parava de aumentar. Em número de filhos já éramos três. Entro na sala iluminada por belíssimos e sofisticados castiçais. *"Os pequenos dormiram logo?" "Ora, dormiram logo." "Esta está quase a dormir" e tu, sorrindo ao responder, continuavas o que tocavas — atentamente tocavas.* Era linda a vossa concentração, dona Magdalena. Agora, enquanto rabisco estas memórias, corta-me o peito esta hora, isto ser só o que lembrar, só poeira, só palavra, só o inalcançável percurso pela estrada do lembrar. A Paciência tinha razão, e talvez aquela música que a minha mãe executava ao piano fosse a minha música de ventre, minha partitura de sonhar. Recordo aqui para reviver isso: O *seu cabelo grisalho era tão lindo sob a luz e eu que nunca julguei que ela morresse e me deixasse entregue a quem eu sou! Morreu, mas eu sou sempre o seu menino. Ninguém é homem para a sua mãe! E ainda através de lágrimas não falha à memória que tenho o recorte perfeito de medalha daquele perfeitíssimo perfil. Chora, ao lembrar-te, mãe, romana e já grisalha. Meu coração sempre infantil. Vejo teus dedos no teclado e há Luar lá fora eternamente em mim. Tocas em meu coração, sem fim,* Un Soir à Lima. *Cesso de sorrir... Para-me o coração... E, de repente, essa querida e maldita melodia rompe do aparelho inconsciente... Numa memória súbita e presente minha alma se extravia.* Dentro daquela melodia, era outra vez partir, quando eu nem sabia quando chegaria o dia de regressar a Portugal. O que me aguardava? Ninguém sabia qual seria o próximo passo do destino. Meus dias africanos iam num vazio de abismo. Minha puberdade era uma confusão de sensações. Quem eu me preparava para ser? Que homem, além dessa espécie de português atravessado, que ainda não tinha encontrado a boia para salvar-se em mar alto, que ainda não tinha avistado a âncora para que seu navio pudesse encontrar sossego ou cais? Toca, minha mãe, a tua música sem cessar; toca tua canção materna, tua canção de mamar, tua melodia de ninar e de sonhar, minha querida, enquanto eu procuro o meu instrumento com o qual tentarei tocar a vida.

Quinto capítulo

O rio da minha aldeia

DIÁRIO

N.º N.º

Por isso, porque pertence a menos gente, é
mais livre e maior o rio da minha aldeia.

Alberto Caeiro

Em Durban alcancei o domínio da língua inglesa e com ela vieram meus primeiros vícios: Shakespeare, Whitman, Milton. A paixão por literatura fez com que eu terminasse o período de quatro anos em apenas dois. Minha família agora já havia me dado mais três irmãos: Teca, a Henriqueta Magdalena, o Luiz Miguel (Liu) e a pequena doçura chamada Magdalena Henriqueta, o inverso do nome da irmã mais velha. Um anjo de cabelos negros e olhar muito atento sobre tudo. Gostava imenso das histórias que eu inventava especialmente para ela, a minha pequena. Diante dela me vi tantas vezes emudecido de respostas. É como disse uma vez Walt Whitman: "Uma criança perguntou-me o que é a relva, trazendo um tufo em suas mãos; o que dizer a ela?... sei tanto quanto ela o que é a relva." Desse mesmo modo filosófico infantil minha maninha indagava-me a vida que via com suas poucas palavras iniciais. No entanto, em junho, Dona Morte outra vez veio visitar-nos. Sua preferência era pela pequena e assim foi. O sr. comandante Rosa entrou em gozo de licença por um ano e o destino era a nossa Pátria. O experiente comandante partira dessa vez não para a luta e sim para o luto. Por isso, basta de África e cultura inglesa e tambores, por agora. Quem mais detalhes quiser dessa fase, que procure outras fontes, se lhe apetecer. E se um dia houver algo escrito sobre mim, pois neste instante o que prefiro é deter-me na presença do corpo da minha irmãzinha morta nesta paisagem marítima do navio onde estamos, que nos leva de volta ao meu Portugal. Estamos dentro dele. A minha mãe parece reviver a morte de Jorge, o meu irmãozinho. Estava destruída. Como pode outra vez esta dor? A menina é velada ali, em solo marítimo, minha pátria de sonho, na qual, na viagem de ida, deixei tatuados os meus passos para poder voltar à pátria real. E para que pátria voltaria, para que Tejo, para que ilha, marinheiro que sou, navegando na minha primeira adolescência como um menino quase jovem, com mais acontecimentos por dentro do que idade? A minha infância, o que dizer dela? Por aquela altura eu já chegara aos 13.

Magdaleninha mesmo morta era ainda assim linda. Esfinge, inocente, quase eterna. Não morta, mas inexistente. Etérea fantasia minha. O comandante Rosa também dava ares de cansado. Precisava voltar à terra-mãe, perdera uma filha, carecia dos braços maternos. Jazia-lhe a filha caçula e, como Teca e Liu dormiam, éramos eu, a minha mãe e ele próprio os três veladores da pequena morta, aquela que jazia na embarcação. (Jazia: triste verbo, mas não há outro para a ocasião. É estranho o seu conteúdo. É verbo de coisa finda que faz de seu objeto ato. Jazer não é estar a morrer, mas uma espécie de gerúndio da morte naquela ex-vida. Não o gerúndio exato, mas o infinitivo disso.) A minha mãe tinha olhos cansados de chorar. Fora em julho que perdera a sua menina e a dor fizera-se ali hóspede titular, apesar dos outros filhos. Perder um fruto fere sempre de quase morte uma árvore. Assim, abatida e alquebrada a machado de fina lâmina, estava a minha Árvore Maria.

O que agora vos relato não estou exatamente seguro de seu acontecimento real. Não sei se delirei, se sonhei a dormir sem dar por isso. Para mim, fui sozinho ao porão onde viajava a minha irmãzita, que morrera com a mesma idade do Jorge, vítima de uma devastadora meningite que se espalhara em Durban e que, tal um Herodes, varrera da face daquela terra em poucas semanas centenas de criancinhas na faixa etária em que ainda podem atender pelo apelido de anjos. Estranhamente, não tive medo algum de ficar ali naquele porão com o caixão. A verdade é que eu, apesar da tragédia como companheira de viagem, trazia o coração ocupado de excitações várias. Duas das quais apresentam-se na obviedade: uma era que eu estava prestes a voltar a

Portugal — e para qual Portugal eu voltaria? O que havia ainda daquela terra em mim? Do que me lembrava? O que reconheceria? A outra era a saudade que eu nutria dos mares, das águas batendo no casco do navio. Saudades, imensas saudades, mais que de chegar, eu tinha era de partir. Partir para a densa nuvem de maresia, que não vejo mas que existe, a percorrer minhas veias — a formar as vendas invisíveis que uso quando não quero ver senão meus sonhos. Ó Cavaleiro de Nada, meu Chevalier de Pas, amigo... que saudades também de ti nesta viagem de volta à terra natal! Logo eu, agora, vindo também de Porto Natal. Ironia. De súbito, parece-me que a minha irmã mexe-se dentro do caixão, mas não. Lembro-me não da sua palidez ainda rósea, pintada pelo toque final do pincel embebido do último fio de tinta da vida, mas da sua alegria silenciosa, que gostava das histórias que eu lhe contava, ainda que as não entendesse por completo. Magdalena Henriqueta, minha princesinha, luso-africaninha! Cá para nós, essa seria uma ótima oportunidade para existir a vida eterna, com todos os justos a reunirem-se no reino dos céus. Pois, se calhar, nesse espaço encontrar-se-iam os que, embora irmãos, em vida não se conheceram: Jorge e Magdalena. De maneira que, se não houver, há de a eternidade fazer-nos muita falta!

Tive a coragem natural de passar as mãos pelos seus lábios. A fria boquinha de um corpo embalsamado. Terá a doce miúda vivido apenas dois dos longos anos da vida que teria, ou gastara a extensão certa do seu prazo? Eu não a queria morta. Não sei se isso delirei ou fizera-o de fato, mas passei a contar-lhe, como se ela pudesse ouvir-me, uma história de *um marinheiro que se houvesse perdido numa ilha longínqua*. Não sei se sonhei isto ou fora história inventada. Sei que *nessa ilha havia palmeiras hirtas, poucas, e aves vagas passavam por elas. Não vi se alguma vez pousavam. Desde que, naufragado, se salvara, o marinheiro vivia ali. Como ele não tinha meio de voltar à pátria, e cada vez que se lembrava dela sofria, pôs-se a sonhar uma pátria que nunca tivesse tido; pôs-se a fazer ter sido sua uma outra pátria, uma outra espécie de país com outras espécies de paisagem, e outra gente, e outro feitio de passarem pelas ruas e de se debruçarem das janelas... Cada hora ele construía em sonho esta falsa pátria, e ele nunca deixava de sonhar, de dia, à sombra curta das grandes palmeiras, que se recortava, orlada de bicos, no chão areento e quente; de noite, estendido na praïa, de costas, e não reparando nas estrelas. Durante anos e anos, dia a dia, o marinheiro erguia num sonho contínuo a sua nova terra natal. Todos os dias punha uma pedra de sonho nesse edifício impossível. Breve ele ia tendo um país que já tantas vezes havia percorrido.* Pela segunda vez, pareceu-me que a menina me escutava e, mais madura do que quando morrera, me dizia por pensamento: *Este ar quente é frio por dentro, naquela parte que toca na alma.* Não tive medo e prossegui. *Mas eu devo ter vivido realmente à beira-mar. Sempre que uma coisa ondeia, eu amo-a. Há ondas na minha alma.*

Um dia, que chovera muito, e o horizonte estava mais incerto, o marinheiro cansou-se de sonhar... Quis então recordar a sua pátria verdadeira mas viu que não se lembrava de nada, que ela não existia para ele. Meninice de que se lembrasse, era a na sua pátria de sonho; adolescência que recordasse, era aquela que se criara. Toda a sua vida tinha sido a sua vida que sonhara. E ele viu que não podia ser que outra vida tivesse existido se ele nem de uma rua, nem de uma figura, nem de um gesto materno se lembrava... E da vida que lhe parecia ter sonhado, tudo era real e tinha sido.

A minha maninha parecia ouvir-me desde lá, de dentro de seu profundo atento sono. Não sei a quantas léguas estávamos de Portugal, e isso pouco me importava. Era madrugada, dormiam também os meus pais e irmãos, Teca e o Liu, e eu ali, isolado na viagem da família lutuosa, perdido nos porões do navio, velando a irmã no meio da noite do imenso mar. Também a mim encantava-me e distraía a tal história do marinheiro e sua ilha. Acalentava-me; eu, o vivo que dorme em sonhos. *Toda hora é materna para os sonhos.* Não sei quanto tempo se passara. *Começa a ir ser dia*, vejo um clarão. Mas *o dia nunca raia para quem encosta a cabeça no seio das horas sonhadas.*

Passo os dedos de leve, com medo, como se fosse proibido fazê-lo, pelos fios negros dos cabelos da minha pequena. Não pareciam mortos. Guardo o receio de que nada disso seja verdadeiro e eu, na realidade, esteja agora a dormir ao lado da minha mãe e do nosso comandante Rosa. (Nosso, sim, afinal, cá estou por sua causa!) Terei adormecido encostado ao ombro macio da minha mãe, sempre a cheirar a suaves campos floridos? Deliro, sonho? É febre a minha imaginação?

Talvez nada disto seja verdade... Todo este silêncio e esta morta, e este dia que começa não são talvez senão um sonho. Olhai bem para tudo isto... Parece-vos que pertence à vida? Ouço passos. Cada vez mais perto. Beijo o rosto frio da minha irmãzita, companheira de viagem, sendo esta a sua última. Sinto-me outra vez só. Vem vindo lá mesmo alguém. *Sim, acordou alguém. Quando entrar alguém tudo acabará. Até lá façamos por crer que todo este horror foi um longo sono que fomos dormindo...* O sol começa a invadir a superfície das coisas. *É dia já. Vai acabar tudo... E de tudo isto fica, minha irmã, que só vós sois feliz, porque acreditais no sonho.*

O pequeno anjo quase sorriu para mim. Desse torpor já despertei, encostado à minha mãe. Não sei como fui parar ali, nem se dali saí. Há uma luz pura sobre o mar. Era realmente uma fresca manhã. Fora tudo tão brusco que, do que me lembro depois disso, é a emenda imediata dos fatos para uma mesa farta de um bom pequeno-almoço a bordo dum vapor. Eu encontrava-me mais passivo do que normalmente. Por conta do atordoamento de onde emergira, dava ares de um parvo desabitado de si.

"Sinto cheiro de Tejo, cheiro de Lisboa no ar..." Com olhos tristonhos, tentara a minha mamã ainda gracejar. Lisboa estava perto, a minha mãe queria cantar. Isso queria, e não a antiga presença daquela mesma velha dor da qual havia fugido. E tudo ocorrera naquela cidade. O seu coração voltava à terra onde eu havia nascido e ela, vivido com o meu pai, o seu primeiro grande amor. Mas era também onde tinham morrido o seu amado e o pequeno Jorge, filho caçula daquela união. Vistosa, a viúva partira para casar com outro homem, recomeçar! Era isso, esse sonho a vibrar, que representavam aquelas noites de sarau à beira do piano, com o luar de África a entrar como uma bonança pela janela da grande casa. Mas ela viera de volta à sua pátria para enterrar uma filha. Conheço esta senhora. Mesmo valente, sei que a dor a subtraía. E eu era um rapazito de 13 anos, educado à inglesa e sem vínculos, digamos do tipo estudantil, com os meus patrícios. Todos fomos apanhados pela puberdade, estávamos todos a adolescer juntos e separados! Por que eu não me lembrava de lá ter deixado algum amigo, mas sim alguma infância que já não estava em lugar algum?

Últimas horas da longa viagem. *Encostei-me para trás na cadeira de convés e fechei os olhos, e o meu destino apareceu-me na alma como um precipício. A minha vida passada misturou-se-me com a futura, e houve no meio um ruído do salão de fumo, onde, aos meus ouvidos, acabara a partida de xadrez. Ah, balouçado na sensação das ondas, ah, embalado na ideia tão confortável de hoje ainda não ser amanhã, de pelo menos neste momento não ter responsabilidades nenhumas. De não ter personalidade propriamente, mas sentir-me ali, em cima da cadeira como um livro que a sueca ali deixasse. Ah, afundado num torpor da imaginação, tão análogo de repente à criança que fui outrora quando brincava na quinta e não sabia álgebra, nem as outras álgebras com x e y's de sentimento.* Mas que sei eu de grandes sentimentos? Sou apenas um menino magro e velho que, arrancado da infância, agora retorna somente ao que sonhara.

Pronto, já se pode ver *Lisboa com suas casas de várias cores.* Pus os pés no porto, fixei logo os meus olhos no céu azul. *Eterna verdade vazia e perfeita.* Um vento de águas reconhece-me. Queria ficar ali mais algum tempo. Dormir-te uma noite, minha longínqua Lisboa! Dormir ao som da cantiga do rio que banhou minha infância. Uma dulcíssima véspera instala-se em meu peito. Vi a beleza da terra. Quem ainda não sabe o que é deve apressar-se e vir aqui provar do despertar nesta cidade. Sim, o *acordar da cidade de Lisboa, mais tarde do que as outras. Acordar da rua do Ouro, acordar do Rossio, às portas dos cafés, acordar.* Tudo isso seria da minha memória ou era herdado do que ouvira? Sem que eu tivesse tempo de responder, fomos morar em Pedrouços. Chegamos à pequena quinta com seu gradeado de madeira. As tias miravam-me, admiradas. Havia o meu desengonço de adolescente exposto a vozes dissonantes, mas nada a ponto de apagar o meu estranho modo de ser, revelado no corpo "esguio e magro, tipo pequeno lorde, jaleca e calção justo de veludo, camisa de cambraia, gola rendada e punhos igualmente de rendas, meias de seda e sapato de fivela." Era eu, aquele demasiado inteligente esquisito, mas que também despertava nelas uma chuva de paparicos. "Mas vejam como o Fernando está mesmo a parecer um fidalgo inglês, Magdalena?" "Ó, Maria, realmente estou muito orgulhosa do nosso Fernando, que fala o inglês como se fosse o próprio português, da alma. Mas agora, um banho, por favor, para todos. Estamos muito cansados." A mamã disfarçou e saiu a chorar, eu sei. O céu de Lisboa era pintado de um azul impossível de se esquecer, mas olhá-lo era lembrar. Trágico Portugal, como és belo! Na tarde triste ouve-se um murmúrio do Tejo, o rio das minhas veias. De novo Magdalena de luto. No enterro, agora o vejo, a ruga da dor fez tal moradia naquela face, que nem os dias de alegria em África poderiam resistir ao gume da sua terceira morte. A terceira perda, via-se-lhe na cara, como uma terceira via numa estrada emocional funda demais para um coração poemático como aquele.

A acompanhar o féretro a cerimônia seguia somente com os nossos parentes. Naquele contexto a minha avó Dionísia parecia uma das parcas do Shakespeare fiando o fio da vida. Uma tecedeira do destino. Ocupava misteriosamente o seu lugar seguindo a pequena caixa fúnebre e a dizer palavras-enigma. Minha irmã quietinha e morta no caixãozinho branco, e a cara dura de minha avó. Curvou-se, antes da tampa fechar-se, e disse alguma coisa aos ouvidos do anjo que dormia. Adoraria saber o que disse. Mas não pude escutar nem perceber. Depois, levantou os olhos e mirou dentro dos meus tão gravemente como se me adivinhasse... Voltei do enterro ao lado da avó Dionísia, de mãos dadas ao seu passo firme no delírio. No caminho inteiro até a casa apenas estas palavras: "Vive-se e morre-se para se ser melhor do que se é. Não é, meu filho?" Concordei com ela enquanto via, atento, mas meio sem querer, a sua outra mão ágil voltar da boca com uma pequena garrafa de um vidro escuro, azulão madrugada, daqueles azulões quase roxos, com vinho dentro, ao voltar à algibeira do avental do vestido. Regressar a Portugal seria também um regresso à casa da dor? Afinal deixei aqui meus primeiros mortos e parti. Quem sabe não terei deixado mais que isso? Pensei essa nostalgia atravessada, enquanto via meus dedinhos magros dentro da pressão da mão da loucura, intrigante loucura da velha Dionísia. O seu olhar atravessava a tarde ao som dos passos dos parentes pisando o campo dos mortos, ao som das cigarras e dos soluços da minha mãe. Tudo compunha a orquestra do cortejo de minha volta. Escrevo agora esta memória da minha vida enquanto bebo um vinho escuro, e imagino os pés pisando as uvas. Escrevo o que a memória lê. Ó, Palavra, sangue do seio de Baco saindo da garrafa azul da Dona Dionísia!

Sexto capítulo

Ilha da palavra

DIÁRIO
N.º
THEATRO DO GYMNASIO
HOJE HOJE HOJE
O REI DOS GATUNOS
(Arsenio Lupin)
Peça Policial de
Grande Successo
Não esquecer!

Comprem chocolates à criança a quem sucedi por erro, e tirem a tabuleta porque amanhã é infinito.

Álvaro de Campos

No outono daquele ano, em Portugal, fomos a Tavira visitar a doce tia Lisbela, prima do meu pai. Mas para mim era chegar *finalmente à vila da minha infância. Recordei-me, olhei, vi, comparei. (Tudo isto levou o espaço de tempo de um olhar cansado.) Tudo é velho onde fui novo. Desde já — outras lojas, e outras frontarias de pinturas nos mesmos prédios. Sim, porque até o mais novo que eu é ser velho o resto.* Ora, mas nada de lamentos por hoje. Além de Tavira, esta beleza do Algarve, fomos até a ilhazinha de Tavira, pequena língua de terra e areia muito próxima ao balneário. Uma aparição, um espetáculo de beleza e um excelente passeio. Gosto de ilhas; das reais, mas, em especial, das subjetivas. As primeiras porque são representadas pelas segundas. Existem circunstâncias existenciais em que é-me crucial encontrar um lugar fixo no meio do mar da vida. Assim que chegamos em Lisboa fomos viver em Pedrouços, e lá, uma praia de pescadores era minha paisagem, meu cotidiano a esfregar-me o batimento marítimo, sempre a tocar na vidraça da realidade. Essa viagem de regresso ao meu Portugal foi e é uma navegação que nunca teve fim.

E agora era meu momento de ser ilha, pois embarcamos na primavera seguinte para Angra do Heroísmo, na Ilha Terceira. Minha mãe tinha questões inventariais para resolver ali, por conta da morte de minha avó materna. Foram cinco dias de mar até lá, rumo ao que há de firme dentro do Atlântico. A casa era bonita e alta. A visão da *praia pequena, formando uma baía pequeníssima, excluída do mundo por dois promontórios em miniatura, era o meu retiro de mim mesmo*. De novo, as águas a rondarem-me as margens sem margem de erro. Hospedada na casa de tia Anica, com seus filhos Mário e Maria, ficara toda a nossa família, inclusive a nossa agregada, a amada Paciência, minha insuspeitada professora de filosofia humana. Quem não deve não "treme", mô fio, dizia-me ela, a negra e sábia senhora. Criou-se uma nova família ali. Essa temporada açoriana trouxera-me a mim como uma loucura e um ajuste.

Vê bem, um arquipélago só quer de nós que saibamos qual é a nossa ilha, quais os seus pares, a sua vizinhança, e basta isso para que este arquipélago transforme-se em nação. Isso ensinara-me a Paciência, vinda da terra cabo-verdiana, cuja unidade é constituída de diversas ilhas. (Também sou assim constituído; então por onde andará Dona Unidade?) Lembro-me dela a dizer-me que cada cabo-verdiano, cada homem, cada ser, possui uma ilha, e a ela pertence. A ilha de Paciência chamava-se São Vicente. Lá dançam funaná e tocam mornas, uma música deles. E agora eu tinha achado a minha ilha! Fitava com gosto suas águas a tudo circundarem, inclusive a mim. Encanta-me aquela liberdade individual que uma ilha parece ter, e fascina-me mais ainda o paradoxo de que, ali, o destino de todos seja, não digo imposto, mas decidido pelo Deus Tempo: se há ventos temíveis sudoestes ou terrais, e ainda os invencíveis ventos do norte, é muito difícil que qualquer barco navegue com tranquilidade e sem temor improvável; que um pequeno barco ouse trafegar nesses ventos. Nem sempre se deixa uma ilha à hora em que se quer ou se necessita. Não. Faz-se necessário que o Tempo o permita. Mas eu exerceria monarquia na Ilha Terceira, minha ilha, dona de mim. Quero dizer que comecei aqui a criar estrada de palavra para chegar ao meu reino. O reino de palavras. E a vida viva era aquela Ilha Terceira, sendo o Mário, o meu primo amado, espelho parceiro da minha já desenfreada imaginação. Entre mim e Mário de Freitas, filho da tia Anica, uma cumplicidade de fino e sutil humor para sempre. O Mário só tinha 11 anos, mas sua sagacidade precoce nos fazia iguais. Tinha aquele levantar de sobrancelha direita, impecável, o que fazia com que eu risse por dentro e viajasse para um lugar emocional, conhecido e longe dentro de mim, um lugar feliz.

Em casa da tia Anica, eu e Teca principalmente, e junto ao Mário agora, tentávamos reviver cá aquelas animadas noites d'África. E conseguimos. Éramos um grupo de animação cultural doméstica, um foco de criação adolescente que garantia o entretenimento a uma família que andava triste. Portanto, eram conosco as apresentações noturnas, pequenas cenas às quais eu adaptava e provocava os outros com as palavras que quisesse, tal como um Hamlet parodiando os podres da família. Em Durban haviam nascido vários personagens meus, entre eles o Quebranto Oessus, o Tenente e o capitão Thibeaut, que faziam muito sucesso lá e também nessas noites na Ilha Terceira. Soltei muitas vozes aqui, em meio às brincadeiras. O nosso esforço, inconsciente, era o de acabar com a névoa daquele luto que teimava em pairar sobre todos. O meu pai postiço, o coronel Rosa, eloquente e internacional relações-públicas, resolvedor elegante e sagaz dos mais difíceis imbróglios diplomáticos, perdia, a olhos vistos, a batalha em que sua filhinha partira. E ainda que estivesse em férias em um ano sabático em Lisboa, não se apagaria num piscar de olhos sua dor paterna. Uma meningite aguda levara a miúda de forma rápida, e sem a piedade a que os inocentes deveriam ter direito, como uma espécie de tribunal especial no coração da Dona Morte.

Enquanto isso, eu não sabia bem o que se passava ao meu coração. Estava naquela terra outra vez, mas era outra aquela que o meu pequeno gênio imaginara. (Gênio, sim, não sei que outra palavra me valeria alcunhar aquela criança com olhos para além.) Hoje, entre uma bebedeira e outra, indago-me se sou gênio mesmo ou se o que me falta é medicação. Talvez eu ouça vozes. E daí? O que vale é que, dramaturgo do desfile de vozes da minh'alma, descrevo aqui a oficina onde armei o jogo da vida. Se um dia este diário disperso for descoberto e publicado, o que espero de fato é que saibam que eu sabia. Sempre que a vida doeu-me, eu soube. Todas as vezes em que perdi-me, eu soube, toda a pouquíssima vez que fui feliz, eu soube. E escrevo isto, saltimbanco das sensações, cavalo do meu tempo que não é este, uma vez que este é só a partida. E partida nos seus sentidos todos. Pois nessa ilha, a palavra palavra se apoderaria do meu coração falador que, até então, não a tinha percebido em sua plenitude como um brinquedo à mão que todo estudante possui desde cedo. Viva a língua natal! Comecei a amar o falar o português em casa. Eu recém-chegara de um anglo-império onde o português não era mesmo maioria. Além do quê, meus irmãos eram todos anglo-africaninhos, que tiveram, como eu, uma formação britânica. E de elite. Mas a minha língua-mãe legítima morava em Portugal e ouvia-se em toda parte, nas ruas, nas casas, e à noite, nos saraus, era a protagonista das nossas brincadeiras, dos teatrinhos e jogos com palavras, qual cartas orais. Uma beleza de vida nova!

Pelo corredor da casa vinham a Teca e a Pá, a Paciência, a ajudar a pequena a achar o seu caderno de desenho que deixara na copa. Com a cara pintada de cal branca e um lençol por cima, engraçado, aquele que se pretendia assustador, embora tímido, o senhor Quebranto Oessus, insurge de um dos cantos da casa e "UUUUuuuuuu". Surpreendida e amedrontada, Paciência ralhou comigo: "Que susto! Embrulhado em lençóis pela casa como um fantasma?!! Ê, ê, assim parece que queres que a sua velha Pá vá logo para debaixo da terra, meu Fernando? Ó, Fernando, pare com isso!" "Coisa de miúdos, e veja lá que já tens bigodes à pintar-lhe manchas na cara". Isso dizia por último a minha tia. Dizia-o a ralhar e a rir-se ao mesmo tempo, para si, no escondido da cena caseira. Parecia engraçado também a nós, pequenos adolescentes, a ebulir numa fábrica hormonal interior. Tenros jovens, recém-chegados da infância e tão sobreviventes naquelas férias acionadas pelo enterro de uma irmãzinha. Era confuso, mas era estranhamente bom. Era como se aquele fosse o primeiro vagão de um extenso comboio. E era como se tudo fosse um grande Teatro. Todo acontecimento da civilização traz rituais. E toda grande cena nasce em algum lugar, tem origem em alguma ponta da história. Ninguém dizia, mas eu sabia onde havia começado a nossa: desde a nossa partida para Durban, há sete anos, voltamos pela primeira vez a Portugal, guiados pela morte. A morte patrocinou-nos o regresso à pátria da mesma maneira que por causa dela partimos.

A minha mãe não viera ao piano uma só vez ainda desde que cá chegamos. A casa estava desprovida de surpresas. Sombria. Quem me fazia falta substancial ali era a avó Dionísia. Estranho sua ausência a portar aquela loucura, a desestabilizar a moldura das coisas e dos bons modos dos bons de cabeça. Está outra vez internada. Não demorará muito até ela confundir algum médico e esse a libertar para casa outra vez. Lembro-me do dia em que, ao sentir que o doutor que a avaliava estava triste, aplicou-lhe um dos seus oráculos incompreensíveis de tão vastos e cirúrgicos de tão precisos, que o homem ao escutá-la desabou a chorar à sua frente, dando-lhe alta ali mesmo, a meio da consulta de dupla cauda:

— Então como estamos, Dona Dionísia?

— Eu vou muito bem, mas o senhor andou a chorar, doutor? Tens os olhos mareados.

— Não é nada. Quero saber é como estás.

— Vou mesmo muito bem, e digo-te, para que teu coração o saiba: a vida deixa-nos errar para que, depois, meu filho, o acerto nos considere.

Foi apenas isso o que a avó Dionísia dissera ao homem. Pois bastou para que o médico caísse no pranto previsto pela veterana paciente. Dessa consulta, minha Dionísia fora libertada e autorizada a voltar à casa. Sua frase ganhara fama e prestígio no hospício, suas expressões angariaram, sem intenção alguma da parte dela, patamares de provérbios e profecias nos corredores do velho hospital. A partir daí, cada vez mais, a dona da frase pôde estar, em suas temporadas de internação a dispor de enfermeiros que lhe facilitavam vinhos e outras cositas más, se calhar. Tudo era possível naquela mente dionisíaca.

Depois de um longo período, minha mãe regressa às suas teclas. Chorara a perda de sua filhinha por muitas noites. Emudeceram suas mãos e voz para a melodia, até o dia de hoje, nesta oblíqua manhã. Acordou e caminhou para o instrumento, decidida, como a continuação de um sonho. Senta-se sem nos oferecer o seu habitual bom-dia, mas não era indelicadeza. Talvez sonhasse ainda. Todos parecemos entender que não estava a tratar-se de uma apresentação. Magdalena não toca para nós, toca para si. Ensaia-se. Toca e canta. A sua voz sai com a fragilidade dos estreantes e a coragem dos renascidos. Como uma faca de dois gumes, uma corda com variadas espessuras no seu corpo alongado. Cantava para si. E foi reafirmando-se veterana, aquela voz vitoriosa, estrela do mar que se refaz das fraturas. Enchia o ar da casa, e incensava, transparente, o ambiente de tudo. Até da cozinha ouvia-se o belo pássaro, minha mãe, a minha cotovia, a minha Ave-Maria.

O dia continuou luminoso e silencioso para todos. Depois, a meio-dia, surpreendera-me a *cantora*: ressurgira com os cabelos molhados, exalando uma colônia fresca, perfume de alfazema branca das tardes. Linda em seu doce perfil, a ajeitar, com meditativo afago, margaridas do campo no jarro de porcelana branca pintado com pétalas amarelas; tudo contra o fundo do céu azul da sala de música. À noite, quando o fervoroso amante chegara, ela o aguardava com um Porto na mão. Duas taças. Dois pequenos cálices de cor âmbar. Ambos.

— É para brindarmos, senhor meu marido, e reinaugurarmos a vida da nossa família. São os ares dos Açores que anunciam novos caminhos, senhor meu marido amado.

— Não me chames assim, chama-me como gosto, minha rainha: "Rosa."

— Meu amor, ao meu generoso Rosa. Ó, meu Rosa, bebe por nós dois, porque eu só vou molhar os lábios.

— Como dizes? (pausa) Tu andavas tão triste, ó minha mulher, senhora minha. E agora nos ofereces o vinho depois de meses sem a nada brindar, e não me acompanhas? Deixa de mistérios...

— Então o meu Rosa ainda não percebeu? Estou grávida, mais uma nova pessoazinha daremos a este mundo, meu doce. A vida leva, a vida traz.

Silêncio. Ele bebe o vinho. Ela molha os lábios. Beijaram-se no que recordo e vejo ainda da porta entreaberta do meu quarto. Memória.

Embalada pela boa-nova seguia essa família a pegar a mão da novidade, para que o sol entrasse. No entanto, entre mim e Mário havia muitas aspirações, inspirações que a leitura provoca e a inquietação aceita como alimento e combustão. Passei uma noite acordado e vi o Mário dormir. Bonito o meu primo, bem-apessoado, e filho da minha madrinha tia Anica, duas pessoas muito interessantes. Uma vez que, filho da segunda mãe, seria um irmão enviesado. E perfeito. Da nossa cumplicidade nasceu o que mais queria sair de nós: *A Palavra*. Foi o nome do jornal que criamos. Depois mudamos para *O Parlador*. Uma invenção doméstica com direito a suplementos e crônicas humorísticas a relatar desde coisas interessantes e gaiatas do tipo "Senhora Teca dormiu até tarde", até artigos e poemas. Romances foram anunciados nele. Contos policiais do competente investigador e herói, o Dr. Quaresma, faziam sucesso entre os "leitores". Apesar de manuscrito por nós, o pequeno e caseiro periódico possuía vários colaboradores ilustres. Anedotas, provérbios, adivinhas, correspondência, poesia e artigos científicos como "Monstros da Antiguidade", por Fr. Angard; "A pesca das pérolas", assinado por Dr. Caloiro; a crônica humorística "Os rapazes de Barrowby", por Adolph Moscow. Sendo que era eu o diretor do jornal, sob o pseudônimo de Dr. Pancrácio, tendo o Mário como redator chefe. Mas a lista dos jornalistas que colaboravam era imensa: Morris e Theodor, Diabo Azul, Galliao e Galliao Pequeno, Pec, Velhote, Nynpha Negra, Cecilia, Pad Zé (autor de anedotas) e Scicio, designado como diretor literário. Um articulista luso-brasileiro, o Eduardo Lança, que teve até direito a uma biografia escrita por Luis Antônio Congo e por mim, o Pancrácio. Ah, como posso ainda me lembrar de tudo isso? Todos compunham a extensa redação imaginária e real que circulava pelos arredores de dentro da casa da Ilha Terceira. Um jornal feito à mão, mas cheio de conteúdo. Ali publicamos poemas e ainda um impressionante relato do "Terrível ciclone do Cais das Hortaliças", ocupando duas páginas, com ilustrações desse cais, do capitão e dos envolvidos no acontecido. Tia Anica adorava o nosso jornal! Julgava-o inteligente. Parecia compreender-nos e compreendê-lo. Mesmo contendo umas charadas mais adultas, por algumas vezes. Mas nem nós o sabíamos. Todo esse acervo, esse desfile de nomes e personalidades escritoras imaginadas, dava-nos a força de dar a volta ao mundo sem sair dali. Numa das edições, saíra uma anedota que não agradara muito aos adultos, mas era o começo da nossa irreverência com espinhas à cara. A piada conta que a mãe de um aluno é chamada à escola pelo diretor, pois há indícios de que o menino, aos 18 anos, já esteja a fumar ópio:

Diretor: Minha senhora, não se ofenda, mas há uma séria suspeita de que o Helder está a se tornar um fumador constante, um opiário, e há relatos dos inspetores nos quais desconfia-se que o miúdo e os seus colegas foram vistos ao fundo do pátio, entre os arvoredos, a praticar a sandice do maldito vício.

Mãe: Mas o senhor diretor não conhece o meu menino? É um anjo! A ninguém incomoda, tampouco é capaz de fazer mal a uma barata. Encanta-o a prática da leitura... eu penso que...

Diretor: Não adianta, já temos certeza de que o rapaz é um fumador contumaz!

Mãe: Mas não é que eu disso já sabia? Eu sabia, eu sabia, não lhe disse? A culpa é desse tal de Tomáz!

Era uma anedota forte, que carregava um pouco a mão na tinta para pequenos jovens, acabados de transpor o muro para a primeira adolescência e que não tinham vício algum. Porém, a vitória da piada ficava por conta das significações; ou seja, a palavra contumaz quer dizer assíduo, e esta brincadeira, que nos permitiu publicá-la, tirou do centro o ópio, que era na verdade o assunto temido pelos adultos. Mas não para nós. Para nós, a graça da anedota estava no Tomáz e contumaz. Nada mais. O usar duplo do sentido era onde estendíamos e entendemos o nosso bom humor.

A inquietude ocupava, com cada vez mais conforto, os nossos anseios. Um desejo de transgredir sabe-se lá o quê, saltar um muro de colégio, levar às escondidas revistas obscenas à casa de banhos, desobedecer. Alguma coisa realmente acontecia ao meu coração ali. E a palavra começa a ganhar importância de matéria para mim. Objeto subjetivo de tamanha concretude que mal pude, depois da Ilha Terceira, cogitar a ideia de viver sem ela. Ponte, porta, caminho, rota. Há poesia em tudo, pareço descobrir. Por ter lido tantos sábios, *eu era um poeta inspirado pela filosofia, não um filósofo com faculdades poéticas. Adorava admirar a beleza das coisas, descortinar no imperceptível e através do muito pequeno a alma poética do universo.* Este, reconheço, é um pensamento assentado em Gêmeos e também prova o serviço de Mercúrio em mim. Gira velozmente à volta do Sol, ou de si mesmo? Seja o que for aquilo que o céu me inscreva e preveja, *o meu sentido interno predomina de tal modo sobre os meus cinco sentidos que vejo as coisas desta vida — estou convencido disso — de modo diferente dos outros homens. Existe — existia — para mim um significado riquíssimo em algo tão ridículo como a chave de uma porta, um prego na parede, os bigodes de um gato. Há, para mim, toda uma plenitude de sugestão espiritual numa galinha com os seus pintos a atravessarem a estrada com ar pimpão. Há poesia em tudo — na terra e no mar, nos lagos e margens dos rios. Há para mim um significado mais profundo do que os medos humanos no aroma do sândalo, nas latas velhas deitadas num monturo, numa caixa de fósforos caída na valeta, em dois papéis sujos que, num dia ventoso, rodopiam e se perseguem pela rua abaixo.* Faz frio numa daquelas manhãs cinzentas nascidas de noites chuvosas, as noites dos temporais nas ilhas. Os temporais nas ilhas são mais raivosos, mais assustadores. Há mais perigos nos sítios, nos lugares onde o mar é mais grosso, mais bravo.

A chuva forte cessara. É plúmbea, gasosa e alva a paisagem. Achei um caderno da minha mãe. Escorre o tempo e já passa do meio-dia. Em verdade, escorre o dia. Encontrava-me imerso nessa tarde branca enevoada, quando me ocorreu esse espanto, e nas páginas daquele caderno elegante e feminino dela, escrevi, sei lá como: *Quando eu me sento à janela, pelos vidros que a neve embaça vejo a doce imagem dela, quando passa... passa... passa. Nesta escuridão tristonha, duma travessa sombria, quando aparece risonha, brilha mais que a luz do dia. Todos os dias passava por aquela estreita rua e o palor que me aterrava cada vez mais se acentua. Um dia já não passou, o outro também já não, a sua ausência cavou ferida no meu coração. Na manhã do outro dia, com o olhar amortecido, fúnebre cortejo eu via e o coração dolorido, lançou-me em pesar profundo, lançou-me a mágoa seu véu: menos um ser neste mundo e mais um anjo no céu.* Depois o alterei, mas, no original, assim saiu-me de chapa, e ainda foi publicado em *A Palavra*, é claro. Curioso que eu escrevesse este poema ali, entre as páginas da minha mãe! Era um caderno de apontamentos, um diário materno dela! Escrever ali era ter acesso ao seu coração. Era íntimo, era uma transgressão e uma timidez também. Quando a poesia começa realmente a querer correr por dentro e para fora do peito, quando ela começa a encontrar a sua voz, não se tem consciência do que está na realidade a se suceder. E, além do mais, em meio àquele turbilhão de novidades que a palavra passaria a capitanear em minha vida, uma enchente, um forte ataque da natureza mostrava a sua força para os nossos lados: "Os Açores estão a flutuar em fartas águas nesta primavera"; pensei esta frase jornalística como manchete na hora exata em que vi a minha mãe adentrar a sala verde a dizer à tia Anica: "Está decidido, eu e o Rosa partiremos com as crianças imediatamente daqui. Há um surto de meningite crânio-espinhal nas ilhas que já conheço como lâmina em meu peito e ao qual, asseguro-lhe, Anica, não vou ficar para assistir." E assim foi feito. O resultado é que fugimos dos Açores tragicamente alagados e voltamos rapidamente a Lisboa, de onde, dali a meses, eu regressaria sozinho a Durban, uma vez que meus pais e irmãos foram para a casa inglesa sem mim. Naquela última noite que passamos na Ilha, novamente, sem que ninguém me visse, ouvi, como doutra vez lá no passado, a conversa das duas irmãs. Passava da meia-noite, fui beber água e escutei os soluços vindos do quarto da minha tia. Eram soluços da minha mãe:

— Ah, não quero mais sofrer por nada! Não sejas tão severa comigo, ó Anica. Agora é diferente. Se o Fernando quer ficar em Lisboa, que fique. Já não é um bebê e tem personalidade o suficiente até para fazer pouco de nós, se calhar.

— Não estou a ser severa nem cruel contigo. O Fernando, ó Magdalena, é uma alma sensível e está-nos a mostrá-la através dos seus silêncios e do que nos deixa ver dele. É como diz a tia Maria: o pequeno herdou a sua alma de poeta, que já naquela altura se mostrara, antes de partir para Durban! Agora me falas desse poema triste sobre a irmãzinha morta que ele escreveu no seu caderno e que depois publicou nesse jornal que tem com o Mário, e ainda por cima assinando-se como Dr. Pancrácio! Não se trata de um menino comum. É melhor vigiarmos o Fernando, ó Magdalena!

— Pois ele já está a nos vigiar, estou a dizer-te! Foi áspero comigo quando anunciei a antecipação do nosso regresso. Fiquei a olhar para ele, a reparar no rosto espinhento, nos olhos soturnos. Ah, Anica, ele é meu filho, mas às vezes estranho-o. Não posso prevê-lo.

— Mas o que é que ele disse de tão assustador, minha irmã?

— Foi frio. Perguntou-me secamente, como se me quisesse ferir com a palavra: "Pois, quando é que pretendem partir?" E eu indaguei: "Pretendem? Quer dizer que não vais conosco, meu primogênito?" E ele respondeu-me, quase cruel: "Estás a gastar artifícios ao tratar-me pela minha ordem de chegada ao mundo através do teu ventre, minha mãe? *Primogênito!?* Não é caso para tanto. Não faças drama. Cessa de uma vez de estar sempre a levar-me para lá e para cá! Não sou vossa bagagem. Deixa-me. Ainda agora cheguei, assim o sinto. Quero ficar com as minhas tias, preciso acabar de ver Portugal. Preciso chamá-lo eu de meu Portugal." Arrepiei-me toda, tremi por dentro, Anica. Nem parecia ele. Parecia um homem velho, maior e mais forte do que eu.

— Pois dito isso, já está posto, Magdalena, deixa-o. Ele próprio o disse. É simples. O Fernando partirá sozinho daqui a uns meses, eu prometo-te. Entendo que ele e o Mário estão encantados com a escrita e com este jornal, que serve bem às inquietudes adolescentes. Deixe-o mais um pouco entre nós. Isto talvez venha a acalmar a alma desse pequeno marinheiro, viajante desde tão cedo. Deixa-o mais algum tempo em terra firme do lado de cá, minha querida, para que ele não tarde a encontrar o seu lugar.

— Anica, abraça-me...

— Não chores... Há aí um outro no teu ventre. Não te martirizes sem motivo. Já são horas de fechares as cortinas de mais esta temporada de dor. Anima-te, mulher!

Fez-se outra vez o mesmo silêncio que já ouvira delas. Um silêncio de abraços donde se pode escutar seus movimentos tocados pelo soluçar. Ó, quanta beleza se pode encontrar na tristeza! Nunca mais aqueles nove dias em terra e, se estamos a considerar ida e volta, mais dez no mar, sairiam de mim. Nunca mais aquelas águas misteriosas iriam parar de bater nos rochedos do meu peito. Nunca mais. Conheço-me mais agora, ao menos agora enquanto escrevo. Há homens que passam a vida náufragos no oceano da sua própria alma. Dentre estes, há aqueles que somente acham amparo, salvamento e respirar na amurada de uma palavra, no beiral de um verbo. E acabam por encontrar ali o clarão, o chão, a trilha. Somos os náufragos para os quais a palavra é ilha.

Sétimo capítulo

Últimos navios

Quero partir e encontrar-me, quero voltar e saber de onde, como quem volta ao lar, como quem torna a ser social, como quem ainda é amado na aldeia antiga.

Álvaro de Campos

Fiquei em Lisboa. Enfim estou a sós com o meu Portugal. Um homem, quero dizer, um pequeno homem e o seu país. Dois cavaleiros que se veem pela primeira vez, praticamente. O certo é que fiquei. Preocupou-se demasiado a minha mãe em deixar-me aqui, mas que mal haveria nisso? Partiram todos e eu, pela primeira vez entregue à sorte de meu legítimo território. Que mal haveria no fato de a mãe entregar à outra temporariamente o seu filho? Portugal, um pequeno país do qual eu pouco sabia e pouco percebera in loco até agora, mas não sei por qual motivo o desejava. Qual um órfão adotado que obsessivamente procura documentos que atestem o verídico daquilo que fareja, procuro um segredo, parece-me. Quem sou, na verdade? Passeio por Lisboa. A temporada de três meses em que eu permanecera nessa casa-pátria foi preciosa. A avó Dionísia é quem diz: "Uma hora a gente joga, outra hora é a vez de a vida jogar." Senti que ficar aqui mais um pouco era um jeito de observar a jogada da vida. De receber suas cartas. A vida é a mesa.

Caminho sem destino pelo bairro onde nasci. Nem sei o que fazer, por onde ir. Tudo resplandece em meu peito na região onde guardo a pátria da minha primeira infância, única em que fui feliz. É como se eu estivesse com medo, por tanta alegria. É como se fosse um sobressalto no ponto entre as costelas, no centro a que chamamos timo, naquele lugar do susto, à beira do trampolim do abismo interno. Como se um pouco de mim, como se uma porção substancial jamais tivesse saído daqui. O Tejo ao lado conhece o Tejo do meu coração. Sem que eu percebesse ou decidisse vi-me, de súbito, dentro do Teatro

São Carlos. Suntuoso. Quando eu era menor ele era maior, pareceu-me. Mas pode ser que hoje os seus interiores eu compreenda melhor. Tudo isso pensava eu, um adolescente perdido e excitado pela súbita liberdade em terra alheia que, afinal, era sua de direito e origem. O marujo aporta no porto da infância e o mar é alto. Por sorte uma boa senhora, uma boa alma de nome Maria Gil, apieda-se de mim, ainda tão menino esquisito, com pelos a brotarem por debaixo das calças, no peito, na cara, um monstro curioso e intelectual.

— Boa tarde, minha senhora, o meu pai Joaquim Seabra Pessoa foi grande crítico de ópera deste Teatro por muito tempo. A senhora o conheceu? Ele morreu há 7 anos.

— Ó coitado, morreram tantos que amamos... Isto é, se estás a falar de quem estou a pensar... Era um homem muito bom, brilhante, deveria ter vivido mais. (pausa) Mas venha, vou mostrar-te os andares, a sala de ensaios, o palco principal; os artistas, eu sempre digo: têm sangue di-fe-ren-te. E herda-se. Muitos não falam sobre isso porque guardam sua vocação como um segredo, já que não a exerceram. Mas aí, escapa-lhes o domínio das coisas e acaba por aparecer num filho, de modo incontrolável, a arte do pai. Não sei se é o seu caso, aqui as pessoas dizem que eu falo demais. Mas não é isso. O que se passa é que o rapazito é muito elegante, educado e com pouca idade já apresenta olhos de quem pensa muito. Isso tudo sei por mim. São características artísticas!

Fui seguindo a senhora Maria Gil que apresentava-me àquelas pessoas, a funcionários do tempo do meu pai, a pessoas gentis que me ofereciam café brasileiro (para variar). Aquela visita, em que ensaiavam a ópera *Aída* naquela tarde, lançou-me ao som vivo de minha infância, deste quintal que continua existindo entre um teatro e uma igreja onde até hoje vive o meu coração.

Saí do teatro, vim *passear para toda a rua* e grita esta liberdade estranha no meu peito. Agora, no colo da língua-mãe, eu era outro.

Escrever versos em inglês faz um efeito diferente na alma. Já escrever a palavra em português é vestir-se dessa balsa, desse bálsamo, dessa grande barca de salvamento dos que habitam as bordas dos abismos. Sempre senti-me à beira e, falar, viver a palavra em português, dava-me um conforto de terra firme no espírito. Não sei por quê. A minha mamã continuava a ocupar-se em longas cartas querendo saber de mim, a perguntar às tias. A avó Dionísia um dia disse-me sorrindo: "Não sei por que sua mãe não descansa por estares aqui. Não há perigo. Dom João foi viver ao Brasil abandonando-nos a todos por mais de uma década e ninguém morreu por causa disso. Logo ele, hein? O pai da pátria, o rei. Sua mãe, que não é rainha de nada, está a reclamar de quê? Ora, viva a sua língua, filho, e deixe que as más línguas se mordam!"

Dediquei-me a estudar a minha terra, a minha gente. Gastava boas horas na Biblioteca Nacional. Aquele cheiro bom de livro, os documentos, a história. Quem diria que escapamos de tanta ambição! A Espanha, a França, mesmo a Inglaterra, todos queriam engolir esse pequeno pedaço de terra europeia. Incrível que resista o mito da fundação da cidade por Ulisses, que tenhamos nossa história começada no Tejo, na região de colinas que circundam Lisboa e que é legitimada por uma lenda. Uma terra sobrevivente de incêndios e invasões, espremida entre grandes e seculares potências. No entanto, foi Dom João VI, pelo que me consta, o único europeu a enganar Napoleão, indo morar no Brasil, como descendente de Ulisses. Medito sobre os paraísos que meu país descobriu e em especial esse Brasil, de cujo ouro nos cobrimos. Os nossos navios saíam daqui carregados de pedras e retornavam do país tropical para a capital do império com as mesmas toneladas em ouro. Era como se as pedras portuguesas virassem ouro mágico. Nessa história, pelo que vejo, não produzimos é nada. Ficamos sugando diamante, ouro, tabaco, traficando escravos e tirando suco das colônias sem plantar riqueza aqui. A Inglaterra já estava animada e firmando-se na onda da Revolução Industrial, nas locomotivas etc., e nós, viciados em chupar o sangue das terras que conquistamos sem perceber que esse jeito de ganhar dinheiro sem fazer esforço podia sair-nos caro no futuro. Estou nostálgico. Um misto de saudade do que não houve e de tristeza. Os meados de 1700 trouxeram-nos a Dona Maria I, a Louca, pioneira mulher no trono da história portuguesa, que trouxe consigo o azar de ser uma grande beata, mas, por isso mesmo, encheu Lisboa de lindas igrejas, conventos e mosteiros. Mesmo sendo a igreja católica responsável por boas instituições de ensino, isso atrasou mais ainda em conservadorismo uma nação que só tem agora de seu a memória das glórias quando era a soberana dos mares.

Caminho até a Praça do Rossio. Portugal foi o último país da Europa a acabar com os autos de Inquisição que se davam aqui, nesta praça. Estranho pensar nisso. Tudo era ser herege: os infiéis, os judeus (ai de mim, sou um deles), os pensadores, os mouros, os poetas, os videntes, os amantes, as mulheres que gostavam de feitiçaria, os protestantes, os artistas que não aceitavam aquele tipo de Cristo imposto, tudo ardia numa fogueira aqui! Bem aqui, na Praça do Rossio. Pessoas eram queimadas como atração principal, entretenimento e circo de um povo sedento de quê? Que graça tem em ver uma mulher vestida com uma túnica onde está escrito o nome do seu pecado e a ir por ele morrer? Que glória há e onde está nisso o divino? Que conforto traz ao peito humano ver um homem, um semelhante em cuja mortalha está escrita a palavra SODOMIA, sendo julgado por um bispo ou uma autoridade religiosa que possivelmente tanto conheceu esse "pecado" nos interiores daquilo que uma doutrina oficial não conta? Meu olhar de menino-rapaz ainda não pensava essas coisas sexuais sobre as igrejas, mas algo me cheirava mal. Afinal, a Grécia lançou para todos o amor entre homens e homens, mulheres e mulheres, e Roma seguiu na tradição livre desse encontrar-se. Mas a essa altura isso eu ainda não pensava; espantava-me apenas a crueldade, a insensatez de fazer do outro lenha, chama, carvão e cinza para uma fogueira armada em nome de Deus. Olhar a minha linda Praça do Rossio e pensar nisso dava-me vergonha, queria partir para o Brasil talvez, na mala da Família Real. Quem sabe entre índios eu me desse bem? Aos conquistadores encantava contar bravatas. Diziam que ao chegar ao Brasil era muito fácil trocar um espelho, um garfo, por uma índia ou uma barra de ouro, que os índios eram uns parvos. Mas creio que a nossa parvice era maior. A parvice do invasor era a de não perceber que o que interessa ao índio em uma negociação não é o objeto, mas o homem que realiza a troca. O escambo é um pretexto para que nasça ali uma relação entre sujeitos. Não importa ao índio a coisa, importa para ele a gente. Ai, estou cansado! Ao mesmo tempo que encanta-me esta cidade velha da qual não me lembrava, e da qual queria fugir com a Família Real, da mesma maneira é real a minha família íntima, esta familiazinha agradável feita das palavras com as quais eu farei um dia o tratado da minha vida. E são palavras portuguesas. Importa-me agora que, com tudo isso, sou português! Meto tudo dentro, inclusive as Inquisições, as escravizações e ainda assim sou português. Meto tudo o que somos dentro da tua palavra, Pátria! Pois com tudo isso na alma já posso dizer que amo esta minha Lisboa e não quero voltar para a ausência disso.

Acordei cedo, tão cedo como se não tivesse dormido. Sem medo, tal qual um adulto, ando pelas ruas ainda na escuridão. *No nevoeiro leve da manhã de meia-primavera, a Baixa desperta entorpecida e o sol nasce como que lento. Há uma alegria sossegada no ar com metade de frio, e a vida, ao sopro leve da brisa que não há, tirita vagamente do frio que já passou, pela lembrança do frio mais que pelo frio, pela comparação com o verão próximo, mais que pelo tempo que está fazendo. Não abriram ainda as lojas, salvas as leiterias e os cafés, mas o repouso não é de torpor, como o de domingo; é de repouso apenas. Um vestígio louro antecede-se no ar que se revela, e o azul cora palidamente através da bruma que se esfina. O começo do movimento rareia pelas ruas, destaca-se a separação dos peões, e nas poucas janelas abertas, altas, madrugam também os aparecimentos. Os elétricos traçam a meio-ar o seu vinco móbil amarelo e numerado. E, de minuto a minuto, sensivelmente, as ruas desdesertam-se.* Quando amanhece de verdade também eu transformo-me em uma paisagem lisboeta e cresce em mim um desejo imenso de não sair daqui para nada. De ser um desses Cafés fixos do Chiado, de ser uma cabana à beira-rio, de ser uma tabacaria, de ser uma casa antiga na rua Joaquina e que lá se façam sardinhadas, a tocar fado; eu aguento. Sou capaz de a isso amar para sempre. Quero ser qualquer lugar que equilibre o meu teatro instável, a minha derivação. Quero estar aqui. Tempo e espaço em comunhão. Tudo isso está gravado na carta que não enviei a minha mãe e ao meu padrasto. Tudo isso está registrado na carta que não escrevi. Mas bem sei que lá do outro lado do mundo, na casa do meu padastro, há planos para mim e eu não os posso evitar.

Os dias seguiram-se numa avalanche de memórias, reflexões, e tudo passara muito rápido. Num átimo já era hora de voltar para a casa-exílio, a África inglesa dos outros, não mais minha. Nunca minha. Três meses depois de meus pais, no grande navio *Herzog*, como realmente se deu, parti sozinho para a África. A fazer lá o quê, exatamente? Não sei. *Vou para o futuro como para um exame difícil. E se o navio nunca chegasse, e Deus tivesse pena de mim?* Navios, comboios, cavalos, automóveis, tudo é metáfora do tempo. É o tempo que nos leva em seus vagões e o chamamos por outros nomes. O Tempo é que é o ouro das coisas.

O meu padrasto já me matriculara na escola comercial em Durban, onde passaria a estudar à noite. Eu, a noite e a minha bicicleta ao som dos tambores invisíveis. Tinha que ir, era necessário completar os estudos para um saber britânico, mas não queria. Passa o tempo a correr mas sem sair do lugar. Tardes à moda inglesa em terra africana não são fáceis, devo reiterar aqui. Além do mais, assolava-me o peito as saudades das tias: a tia Maria, viúva do tio Galdino, uma tia que amava-me como ao filho que nunca tivera; a tia Anica, minha querida madrinha; e a delicada solteirona tia Rita, boa de conversa, ótimo coração e de quem me tornara grande interlocutor para combater a solidão. Saudade das festas nos fins de semana na quinta da tia Maria, onde comemorei aniversários algumas vezes; a saudade da avó Dionísia e seu mistério; tudo isso viaja comigo no navio, nos porões reservados de minha invisível bagagem de mão. Voltar para África não queria dizer o que parecia. Na escola não há África completamente real, pois nunca tenho colegas negros! Desde cedo ali, no colégio das freiras, era expressamente proibido o ingresso de negros na conceituada instituição educacional e religiosa, que ironia. Jovem e velho e cansado e, ao mesmo tempo, ávido de viver em Portugal, era como me sentia. Quando se tem mais de 40 anos, vive-se a beber os minutos de um tempo que estranhamente voa; mas quando se está como eu, às malhas da lira dos 14 anos, quatro anos era tempo demais e era o quanto eu ainda seria obrigado a viver em terras inglesas! Digo inglesas por ocupação e domínio. Isso nunca impedira, no entanto, que os tambores rufassem à noite, enquanto, nas suas tendas, casas ou o que quer que fosse, os negros contorciam-se em possessões, cantorias, transes, festas, presságios e vidências. Não só contaram-me sobre essas terras, lá estive em carne e osso e vivi isso. Graças a Deus fui iniciado por Paciência. Quem escuta com os ouvidos da alma não despreza as percepções. Ninguém, e muito menos um rapaz cheio de adolescências como eu, vive uma década na África sem que seja por ela marcado.

É noite alta no navio a meio do imenso mar que leva-me de volta à casa de Durban. Mal aqueci a cadeira no primeiro retorno e já tornei a deixar Portugal. Foi de má vontade que deixei minha terra, agora vejo. Aqui estou eu novamente na segurança mole das águas deste mar grosso, ó minha pátria mar! Ah! Portugal, Porto Gália, estou outra vez marinheiro e à deriva. *Esta vida de bordo há de matar-me. São dias só de febre na cabeça e, por mais que procure até que adoeça, já não encontro a mola para adaptar-me. Não faço mais que ver o navio ir pelo canal de Suez a conduzir a minha vida, cânfora na aurora. Eu fui criança como toda a gente. Nasci numa província portuguesa, e tenho conhecido gente inglesa que diz que eu sei inglês perfeitamente. A vida a bordo é uma coisa triste. Embora a gente se divirta às vezes, falo com alemães, suecos e ingleses e a minha mágoa de viver persiste. A terra é semelhante e pequenina e há só uma maneira de viver. Não chegues, navio de ferro! Volta à direita, nem eu sei para onde. Gostava de ter crenças e dinheiro. Afinal, não sou senão, aqui, num navio qualquer um passageiro. Não posso estar em parte alguma, a minha pátria é onde não estou.* Sou o viajante incerto.

Acho mesmo desinteressante a vida social de bordo. Não lhe acho graça. Os ricos exibem-se. Têm títulos para a primeira classe. E suas mulheres ostentam chapéus e vestidos deslumbrantes, de braços dados aos seus pinguins no smoking room. Dentro de mim há um vácuo, um deserto, um mar noturno e breu. Resolvo ir ao convés de cima. Não me interessam os salões de fumo e as conversas boiando sobre a espuma. Prefiro a madrugada frondosa de estrelas, as asneiragens e as tolices imensas que abundam em meu pensamento nesta hora. Daqui, de qualquer ângulo que se veja, é líquida a verdade. O silêncio em alto-mar é sempre o dos homens, nunca das águas. Estas nunca cessam de dançar. E seu movimento produz música. Sozinho no grande barco a vapor no meio do oceano escuto o Nada. Ensurdecedor. *Subitamente, abrangendo todo o horizonte marítimo, úmido e sombrio marulho humano noturno, voz de sereia longínqua chorando, chamando, vem do fundo do Longe, do fundo do mar, da alma dos Abismos, e à tona dele, como algas, boiam meus sonhos desfeitos. Eis tudo em mim de repente ante uma noite no mar cheia de enorme mistério humaníssimo das ondas noturnas. A lua sobe no horizonte e a minha infância feliz acorda, como uma lágrima, em mim. O meu passado ressurge como se esse grito marítimo fosse um aroma, uma voz, o eco de uma canção que fosse chamar ao meu passado por aquela felicidade que nunca mais tornarei a ter. Era na velha casa sossegada ao pé do rio (as janelas do meu quarto, e as da casa de jantar também, davam, por sobre umas casas baixas, para um rio próximo, para o Tejo, esse mesmo Tejo, mas noutro ponto, mais abaixo. Se eu agora chegasse às mesmas janelas, não chegava às mesmas janelas. Aquele tempo passou como a fumaça dum vapor no mar alto.)*

A voz das águas segue a ensurdecer-me. Mas, sonho? Ou o que exatamente vejo? O que será aquilo? Algo se move no mar e eu avisto-o. É noite, não durmo, e, como sempre, excita-me sonhar acordado. De noite, sem dormir e sonhando na hora em que todos dormem a sonhar também, sinto-me menos só. Um vulto move-se a nadar, disso agora tenho certeza. Uma sereia? Não. Sereias existem? Era demasiado humana a figura de pele branca que eu via mover-se sob e sobre as águas. Só que eram movimentos, embora ágeis, de um miúdo! (pausa) Havia uma criança na grande noite do mar!? Não lhe via a cara, mas reparei que nadava sem desespero. Parecia vir de encontro ao nosso navio. Chamo o capitão? Devemos salvá-la? A minha inércia durou apenas até ao momento chocante em que avistei lá de cima o seu rosto, a mão direita estendida em minha direção como a pedir a minha. Desci em correria até o convés de baixo e dobrei-me, corpo curvado sobre a amurada, para ver melhor. Meu Deus, aqueles olhos, os cabelos molhados, o corpo brilhoso de tão molhado... Será o Cavaleiro de Nada? O meu amigo Chevalier!!? Era, sim. Há quanto tempo e ele sempre o mesmo! Quando eu era menino e ele nascera, parecia-me pouco mais velho do que eu e maior em tamanho. Mas agora é ele a eterna criança para quem os anos não passam? É por isso que não estranha-se o vigor do desempenho desse astuto peixinho no grande aquário do mundo. Assim que o meu mais antigo e fiel amigo adentra o grande barco, lanço-me aos seus braços. Embora o seu corpo estivesse gelado, eu não sentia frio. Era confortante nosso abraço. E de súbito, a noite, aquela experiência, o deserto galáctico da madrugada marítima, a lua a pratear a cena, tudo atravessara o meu peito naquela hora como lâmina. Por que choras? Pergunta-me o meu anjo ao sentir minhas lágrimas no seu ombro a caírem de mim, que, já a essa altura, era mais alto do que ele.

— Amigo, meu Cavaleiro, alma primeira de todos os meus versos, tenho a sensação de que jamais tornarei a ver-te. E quando o vir, da próxima vez, terá sido tarde demais. Tu não me poderás socorrer. Nem a poesia salvar-me-á. Será o fim.

— Não fales assim. Não sabes que o imaginado nunca morre?

— Daí a eternidade de Deus?

— Daí a eternidade de Deus.

— Pois!

Quando acordei em seu colo, ele já lá não estava. Deixou-me com a sensação pela proa. No alvoroço do desembarque eu vi, já era Porto Natal; A África branca, como diziam. Pois sim! A Pá, a nossa Paciência, parecia, ela só, uma tribo. Tinha-se África negra em casa. Por mais que a coordenação doméstica fosse aparentemente decidida pelo domínio branco, os interiores, as intimidades, que vão da cozinha aos lençóis, eram de determinação negra. Não me lembro de um só dia lá no qual não houvesse, em algum sítio, algum lugar, um tambor ao fundo. As comidas, as pimentas, a música, os mistérios faziam de mim preto também. Pela segunda vez na mesma semana, vi Paciência no chão do terreiro a falar com voz de homem. Estou sempre à espreita. É incrível como esse clima, esses acontecimentos de fé e transe acomodavam-se bem na tarde africana, e mais moldura davam ao que eu lia de Shakespeare. Havia uma fortíssima dramaturgia naquele ocorrer diário, mesmo que discreta, porque negada pelos olhos dos brancos.

Jamais pude me esquecer de quando, aos 7 anos, recém-chegado àquela pátria negra de origem, fui com Paciência ao Mercado Popular, também conhecido à boca miúda como Feira dos Órgãos. No início da feira, reluzem as pretas miçangueiras com as suas bacias repletas de pulseiras, brincos, colares e outras atrativas maravilhas de cores e teares. Depois amendoins, pequis, frutas que só lá conheci e nunca mais voltei a ver, nem cor nem forma igual. Mas era ao cheiro dela, dessa parte das comidas no início do mercado, que se misturava um certo cheiro acre de sangue. Pá, tu que sabes tudo, diz-me que cheiro é este? Quis perguntar, mas, concomitantemente à assustada indagação, juntamente com a náusea que me subira laringe acima, acontecia-me a visão estupenda das tendas com os seus potes de vidro transparentes cheios de olhos; com seus tachos repletos de rins, fígados, corações! Pareciam humanos. O cheiro era de carne humana, embora muitas dessas tendas, cobertas com as suas lonas amarronzadas, ostentassem cortinas feitas de rabos de bodes, de cães, de lobos. Aquilo que eu ia perguntar a Paciência vomitei ao pé duma árvore atrás da barraca dos membros. Vou poupar-lhes do resto. Só lhes digo que a coisa era de tal ordem aterrorizante, que me senti aliviado quando entramos no corredor dos ossos! Crânios, esqueletos inteiros e costelas receberam de braços descarnados e abertos o meu desespero. Daquele tamanho, miúdo ainda que era, escalei o corpo da negra Paciência chorando. Subia-a. Leva-me para casa, Pá, leva-me para casa, senão eu vou morrer aqui! A negra Paciência também chorou comigo, culpada de me ter ali levado. Eu vi que comprou dois rabos, tabaco de rolo, uns charutos, dois molhos de uma erva que eu não sei o nome, e da qual só me lembro do cheiro. E ainda uma garrafa de um leite misturado a cacos de vidro, uma espécie de azeite, loção, poção de cor branca, com vidro moído dentro. Pediu que eu não contasse à minha mãe. Implorou-me que esquecesse. Que aquilo não era para ela. Que o avô de uma amiga, que era bruxo de verdade, pedira-lhe esse favor. A Paciência não mentia bem, mas eu gostava dela. Ensinou-me cedo que a vida nunca deixa de ser esse espanto, essa magia, esse escândalo, essa chapada na cara. Era para essa África que eu voltava também.

Porto Natal. A minha mãe recebera-me ao cais aliviada pelo meu retorno seguro, e, de alguma forma, ela, meus irmãos e meu padrasto, tudo aquilo parecia meu e parecia agora também distante de mim. Mesmo tendo acabado de chegar, havia a sensação de que meu coração tinha ficado em Portugal ou no Mar. Ah, meu Deus, os navios, as viagens! *Viajei por mais terras do que aquelas em que toquei... Vi mais paisagens do que aquelas em que pus os olhos... Coitados dos que conquistam Londres e Paris! Voltam ao lar sem melhores maneiras nem melhores caras. Apenas sonharam de perto o que viram — permanentemente estrangeiros. Mas não rio deles. Tenho feito eu outra coisa com o ideal? E o propósito que uma vez formei num hotel, planejando a legenda? É um dos pontos negros da biografia que não tive.*

Só sei dizer que mais esses últimos anos na África fizeram com que o tempo demorasse a passar. Pobre de mim: um isolado de tudo naquela estrangeirice à qual custava-me tanto tentar pertencer de novo. Gastei subjetividades em baldes e nada! Graças a Deus, não tardará a hora sagrada de voltar a Portugal. Para onde eu vá, trago a alma ansiosa por regressos.

Pronto, finalmente ficaria a África. Definitivamente voltar para trás. Acabou-se lá o estudo e eu voltaria a ver Lisboa. Ninguém mais há de tirar-me de minha Pátria! Sou adulto, mando em mim. Cá estou eu, na mesma espécie de máquina a vapor, retornando definitivamente a Portugal depois de quatro anos a formar-me para não sei o que, naquela terra mágica. Aos 18 anos quem de mim volta? E o que lá deixou? Quando digo lá, estou a falar de Durban, onde escrevi ensaios em inglês sem reparar que aquela não era a minha língua natural. Mas foi nessa África onde me lancei no mar de versos em língua inglesa também, isso fez com que eu ficasse imperceptível a olhos portugueses. Teria sido isso? Importava-me eu com eles?

Estou agora em mar aberto à espera do ponto em que as mesmas águas chamar-se-ão Tejo, e mais que isso, e isso sim é que é o importante, estou a bordo do meu último navio. Como afirmei e intuí, nunca mais sairia de Portugal, nem a Paris eu iria, pelo método tradicional, pois *afinal a melhor maneira de viajar é sentir. Ó minha vila natal em Portugal, tão longe! Por que não morri eu criança quando só conhecia a ti?*

A banda de bordo cessa de tocar. Quantas lembranças, retratos da memória, cartões-postais do meu baralho de viagens. *A entrada de Cingapura, manhã subindo, cor verde, o coral das Maldivas em passagem cálida, Macau à uma hora da noite... Acordo de repente... Yat-lô-ô-ô-ô-ô-ô-ô... E aquilo soa-me do fundo de uma outra realidade... A estatura norte-africana quase de Zanzibar ao sol... Dar-es-Salaam (a saída é difícil)... Majunga, Nossi-Bé, verduras de Madagascar... Tempestades em torno ao Guardafui... E o Cabo da Boa Esperança nítido ao sol da madrugada... E a Cidade do Cabo com a Montanha da Mesa ao fundo... Experimentei mais sensações do que todas as sensações que senti, porque, por mais que sentisse, sempre faltou-me que sentir, e a vida sempre me doeu, sempre foi pouco, e eu infeliz.*

Vaguei muitas horas dessa viagem imerso na investigação astrológica. De acordo com os meus estudos recentes, Saturno avizinhava-se para incidir obliquamente sobre a casa da família no céu de Portugal. Em cúspide, a ira de Marte, em conjunção com Urano e Plutão, apontava para um caldeirão de mistérios, seguido de transformações e revoluções da alma, capazes de arrepiar a mente de um marujo inocente. Um marinheiro de primeira viagem. Não era o meu caso. Não tenho medo. Sou um jovem experiente, quase velho. Sou o herói da minha história! Lisbon, Lisbon, cá estou a estudar os teus céus antes de aí chegar. Lisbon, Lisbon, em caminho marítimo vou ao teu encontro e em malhas psicológicas esperas-me! Nunca mais sairia do colo da palavra, nunca mais! Era esta a principal bagagem do meu regresso. *O que é a necessidade de escrever versos senão a vontade de chorar? O que é o desejo de fazer arte senão o adultismo para brinquedos?*

Chegamos ao cais, ao porto. Linda paisagem. O navio atracando depois de os olhos o terem feito. Pobre realidade, sempre antes apanhada pelo olhar! Mesmo os cegos a alcançam antes, com a visão de dentro. Intuo que vou viver aqui para sempre. Aqui um dia hei de morrer, quem sabe? Outra vez te revejo, minha pátria enviesada, *outra vez te revejo — Lisboa e Tejo e tudo —, cidade da minha infância pavorosamente perdida, cidade triste e alegre, outra vez sonho aqui. Eu? Mas sou eu o mesmo que aqui vivi, e aqui voltei, e aqui tornei a voltar, e a voltar? Ou somos, todos os Eu que estive aqui ou estiveram, uma série de contas-entes ligadas por um fio-memória, uma série de sonhos de mim de alguém de fora de mim? Outra vez te revejo, com o coração mais longínquo, a alma menos minha.* De qualquer modo digam o que quiserem, debata-se por mim dentro o meu conluio de personas, mas não há o que fazer, nosso porto é chegado, é essa a nossa calçada, ó cambada de mim, são essas as pedras, as águas fixas que dão aos meus pés propriedade. *Regresso à cidade como à liberdade.*

Oitavo capítulo

A hora do diabo

DIÁRIO

N.º N.º

Há um espírito misterioso presente em todos os seres, e que atua através deles. Entre tudo que movimenta as coisas, nada é mais veloz que o trovão. Entre tudo que curva as coisas, nada é mais rápido que o vento. Entre tudo que aquece as coisas, nada resseca mais que o fogo. Entre tudo que alegra as coisas, nada traz mais contentamento que o lago. Entre tudo que umedece as coisas, nada é mais úmido que a água. Entre tudo que dá início e fim às coisas, nada é mais glorioso que a quietude.

Do *Livro das Mutações*

O ingrediente que borbulha nos ares da casa da rua Bela Vista, 17, por ocasião de minha chegada, é o alvoroço causado pela mais recente fuga da minha avó do Hospício de Rilhafoles. Indignadas, as tias nem sempre compreendiam a tarefa de ter de cuidar da ex-sogra da Magdalena. Ora, sogra cada um deve ter a sua, e essa, além de ser, para as minhas tias, postiça, dava trabalho. Às vezes ficavam todas transtornadas com as ações e aberrações daquela que traz por nome o feminino do deus Dionísio. Ameaçavam: "Assim vamos deixá-la à própria sorte, dona Dionísia! A senhora é que tem que nos ajudar a ajudá-la, senão estamos mal." Minha avó fazia uma cara de quem não estava a perceber bem tais palavras, mas piscava para mim durante o giro que dava com o corpo e com a saia, para fazer a volta e pegar a direção do corredor, que dava para o seu quarto ao lado do meu, o mais novo hóspede da casa.

Enchi duas canecas de vinho, um encorpado alentejano, levei para o quarto dela e pela primeira vez bebemos os dois. "Tu hás de achar muito óbvio que brindemos a Dionísio, não é, meu neto?" E ofereceu-me o seu sorriso que eu amava, embora castigado por sucessivas internações, choques elétricos, camisas de força e outras violências para conter a agressividade com pesadas medicações à base de láudano. Ouvia-se-lhe baterem os maxilares, a ranger sem pena dos dentes. Sobre esses, acrescentemos o tempo em que a tintura das uvas dos vinhos que essa senhora ingeriu passou a tingir o que um dia branco era. Havia no fundo do sorriso de minha avó um certo ar pueril. Vibrante, contou-me com detalhes a fuga do hospital. O enredo cativou-me, possuía requintes de ficção. Havia na história essa personagem, a Maria do Socorro, uma senhora nascida em Coimbra, filha de mãe portuguesa e pai alemão, que, além de admirar imenso a curiosa, divertida e imprevisível personalidade da Dionísia, era a sua enfermeira. Veterana funcionária de Rilhafoles, essa luso-germânica pelo lado paterno era algo devota das previsões e visões da intuitiva paciente, além de facilitar-lhe vinhos, charutos e outros desejos. Nutria um certo respeito pela doida e encantadora senhora. Um dia entrou no quarto para a medicação, pois a velha encontrava-se enferma e acamada por uma gripe forte com agudas febres ao fim das tardes; ao vê-la, a avó Dionísia, de dentro de seu camisolão branco, aquela figura de cabelos grisalhos e desgrenhados, abriu o seu baralho de vidência:

— Maria do Socorro, minha filha, vejo um espírito, uma espécie de sombra que acompanha os teus gestos. Atrás de ti. Rente. Às vezes para, observa-te, julga-te, cessa de copiar-te, e volta a ocupar o lugar de tua sombra.

— Pelo amor de Deus, dona Dionísia, estou a arrepiar-me toda! Pois não é que estou a sentir constantemente uma presença à minha volta? Isto não vai parar?

— Se não tiveres a orientação certa, isso só vai parar quando o teu casamento acabar.

— Não, eu não suportaria. O que é que estás a ver? Fala!

— Vejo que vocês não têm intimidades de homem e mulher há mais de seis meses. Vejo também muitas viagens dele, muitas lágrimas tuas, sozinha na cama.

— O que é que eu faço? Diz-me, ajuda-me, não vivo sem aquele homem, mas vejo que já estou a viver sem ele. Estou quase a morrer de paixão. Faço o que mandares.

— Pois traz-me trezentos gramas de tabaco de rolo, uma grinalda virgem, umas raspas de chifre de boi, duas garrafas de vinho tinto, um molho de alecrim e duas alianças de ouro. Parte disso é para fazer um preparado para tomares e o resto dos ingredientes deixas comigo. Saberei como proceder.

Sete dias depois tudo estava providenciado. A sacola da Socorro com os ingredientes para a "sessão" entrara clandestinamente, driblando a frágil segurança do hospício. No quarto, a avó Dionísia esperava-a já com a alquimia numa garrafa. Com uma vela à mão, benzera a enfermeira ao mesmo tempo que proferia os seus provérbios, incensados por tantos e que despertavam, de maneira impressionante, a fé dos médicos, pacientes e enfermeiros, como bem podemos ver na voz da própria: "Em matéria de certas coisas não há como não se tenha dúvida, sai desse corpo e vai procurar quem te tortura." E seguia no curioso benzimento: "Eu te benzo, eu te curo, amanhã tu amanheces duro! Sai daqui, ó freguês, no amor não cabem três." A Socorro, ajoelhada, repetia as palavras da reza mágica, enquanto bebia os sete goles da poção que a "bruxa" apressara-se em alquimizar. O que ninguém sabia, e foi isso principalmente que a avó Dionísia me segredara, é que ela acrescentara um sedativo potente usado para amansar os loucos em crise assim que chegavam às emergências. Habitante experiente daquela instituição, a minha avó conhecia tudo, dos corredores aos túneis subterrâneos por onde seguia o lixo hospitalar, até as camas onde alguns médicos exerciam com as enfermeiras ou enfermeiros atividades extraclínicas, em que também usavam, e muito bem, o corpo. Uma hora depois da beberagem, a pobre enfermeira fora encontrada desmaiada, estendida sobre o leito da paciente. Como num romance recheado de bons suspenses, a avó Dionísia chegara à casa das tias vestida de enfermeira. Impressionante.

Não sei como explicar, mas aquele episódio noturno ao escutar a mãe do meu pai, ao ouvir o seu minucioso relato, ao testemunhar sua indubitável lucidez ao armar o plano de fuga, sua articulação de pensamento e fala para relatar-me a saga... o vinho, a nossa intimidade, como loucos partilhando da mesma centelha espiritual, tudo aquilo faria dessa madrugada emblemática em nossas vidas. Saí do quarto dela antes que a manhã raiasse, sabendo que aquela conversa nos uniria para sempre. Parecia uma novela policial: "O segredo de Rilhafoles". Um dia a escreverei?

Em meu quarto estou nas primeiras noites lisboetas e o silêncio desta noite nesta cidade atravessa o meu peito. Dentro do novo regresso, estou um jovem esgotado de viagens e ressignificações da própria vida. Estou hoje o velho que sempre fui. *Sinto-me tão sozinho como um navio naufragado no mar. E sou, na verdade, um náufrago. Então confio em mim mesmo. Em mim mesmo? Que confiança existe nestas linhas? Nenhuma. Quando volto a lê-las, dói-me o espírito a perceber quão pretensiosas, quão próprias de um diário literário elas são! Em algumas, cheguei até a fazer estilo. Porém, nem por isso sofro menos. Um homem tanto pode sofrer vestido de seda como coberto de um saco ou cobertor roto.*

Amanhece. Lá fora grita a cidade, sua eletricidade exibicionista de progresso, suas máquinas dos tempos modernos; e eu sou um dos seus motores, porque também pulsa em mim a maquinaria do novo tempo. Toda a ciência, se não está, deveria estar com sua quilha inclinada para os lados da humanidade. A favor dela, a seu serviço. De que valem as descobertas de novas terras se não for para o homem nelas viver? E as invenções de novos transportes, de que servem se não para carregar o homem e os seus sonhos? O formigueiro humano migra a correr pelos ideais, em busca de trabalho, e por seus amores. Está tudo a serviço dos autores dos grandes enredos do mundo. É nosso o encargo. Chego à porta defronte à rua só para olhar o sol. *Bendito seja o mesmo sol de outras terras que faz meus irmãos todos os homens, porque todos os homens, um momento no dia, o olham como eu. Senhor, que és o céu e a terra, que és a vida e a morte! O sol és tu e a lua és tu e o vento és tu! Tu és os nossos corpos e as nossas almas e o nosso amor és tu também. Onde nada está tu habitas e onde tudo está — (o teu templo) — eis o teu corpo. Dá-me vista para te ver sempre no céu e na terra, ouvidos para te ouvir no vento e no mar, e mãos para trabalhar em teu nome. Torna-me puro como a água e alto como o céu. Que não haja lama nas estradas dos meus pensamentos nem folhas mortas nas lagoas dos meus propósitos.*

Faze com que eu saiba amar os outros como irmãos e servir-te como a um pai. Torna-me grande como o Sol, para que eu te possa adorar em mim; torna-me puro como a lua, para que eu te possa rezar em mim; e torna-me claro como o dia para que eu te possa ver sempre em mim e rezar-te e adorar-te. Senhor, protege-me e ampara-me. Dá-me que eu me sinta teu. Senhor, livra-me de mim.

É verdade esse sentimento. Pulsa-me um neopaganismo em meu coração panteísta. Todos os dias em que se mostra e se oferece a aquecer-nos com sua magnitude, o astro-rei, com sua claridade que humilha minhas retinas e pode até cegar-me, fascina-me. Em matéria de raios, com ele, meus olhos perdem a batalha, qual um cacique a amar o pai Sol e a mãe Lua, lá estava eu, cada vez mais perto dos índios e dos pretos, em se tratando da consciência da existência de Deus representada na natureza.

Passa o dia.

Já na minha primeira estada em Portugal deu-se-me o desenlace com os princípios católicos, e agora, a literatura, que eu lia freneticamente, passara a ocupar todas as minhas horas vagas, dava-me munição suficiente para não acreditar na parvice que tentaram enfiar-me goela abaixo. E de tanto nisso pensar ainda tive mais tarde uma experiência de iniciação reveladora durante um sono profundo e raro para mim, em um dia do qual pensei que jamais despertaria: *Num meio-dia de fim de primavera tive um sonho como uma fotografia. Vi Jesus Cristo descer à terra. Era nosso demais para fingir de segunda pessoa da Trindade. No céu era tudo falso, tudo em desacordo com flores e árvores e pedras. No céu tinha que estar sempre sério. E de vez em quando de se tornar outra vez homem e subir para a cruz, e estar sempre a morrer com uma coroa toda à roda de espinhos, e os pés espetados por um prego com cabeça, e até com um trapo à roda da cintura, como os pretos nas ilustrações. Nem sequer o deixavam ter pai e mãe como as outras crianças. O seu pai era duas pessoas — um velho chamado José, que era carpinteiro, e que não era pai dele; e o outro pai era uma pomba estúpida, a única pomba feia do mundo. Porque não era do mundo nem era pomba. E a sua mãe não tinha amado antes de o ter. Não era mulher: era uma mala em que ele tinha vindo do céu! E queriam que ele, que só nascera da mãe e nunca tivera pai para amar com respeito, pregasse a bondade e a justiça! Um dia, que Deus estava a dormir e o Espírito Santo andava a voar, ele foi à caixa dos milagres e roubou três. Com o primeiro fez que ninguém soubesse que ele tinha fugido. Com o segundo criou-se eternamente humano e menino. Com o terceiro criou um Cristo eternamente na cruz e deixou-o pregado na cruz que há no céu e serve de modelo às outras. Depois fugiu para o Sol e desceu pelo primeiro raio que apanhou. Hoje ele vive na minha aldeia comigo. A mim ensinou-me tudo. Ensinou-me a olhar para as coisas.* Eu havia sonhado com o meu menino Jesus, com a minha história para ele. Não minto, é mito. *Ele é a Eterna Criança, o deus que faltava.* Em verdade, o que eu via é que os pilares, as colunas conceituais que a igreja católica romana queria impor-me, já não se sustentavam. Ao contrário, provocavam a ira de minha inteligência, afiavam o seu gume. A mitologia daquela liturgia incomodava minha jovem alma. Ora, o que pretendiam aqueles senhores com toda aquela história de Maria virgem e grávida? Como poderia? Quem realmente era a tal pomba? E o que dizer das justificadas dúvidas que deveriam assombrar o pobre José, uma vez que era certeza que Jesus não era seu filho, embora a mãe do menino fosse sua noiva? Realmente o José, esse sim, era um santo. Pobre homem, teve que se ver às voltas com uma verdade muito difícil de ser aceita como verdade, até nos dias de hoje. Muito natural seria se, para ele, os ares da mentira parecessem perfumar a versão de Maria: "Olha, meu amor, veio um anjo aqui em casa, enquanto tu estavas na marcenaria, e fez-me um anúncio, um anúncio de que vou ser mãe do filho de Deus. Mas não te preocupes, não te ponhas nervoso, porque tudo ocorrerá sem sexo. A providência divina usará um método de reprodução através do Espírito Santo." Não sei se ela assim o disse, nem se ele assim respondeu, mas eu não estranharia se o doce José reagisse assim: "Ó Maria, estás a tomar-me por um asno? Vais ter um filho de outro, e queres o que de mim?" Não sei se foi assim. Deveria. Seria humana a reação. No entanto, o bom José foi, para todos os católicos e os autores dessas escrituras, um homem provado em sua fé, por ela testado e nela crido, por ser também, àquela altura, a única porta digna de saída para ele. Não falei essas coisas antes por medo de sobrar um pouco de Santa Inquisição para o meu lado. Mas o que importa isso agora? Já sou mesmo um excomungado. Escrevo poemas pagãos, poemas que não ajoelham, poemas que não pedem perdão.

Chama-me também atenção especial o fato da insistência no dogma da virgindade da Santa Mãe. Pois qual é exatamente o problema do filho de Deus nascer de entre as pernas de uma mulher, como todos nós que somos sua imagem e semelhança? Há alguma impureza nisso? Se há, temos que avisar a muitos homens que estão equivocados ao venerarem suas mulheres e ao produzirem famílias por esse meio tradicional. Intrigava-me essa necessidade de amaldiçoar a sexualidade. Advêm dessa distorção tantos males psicológicos, creio eu. O desejo, a autonomia, o pensamento próprio, enfim, tudo aquilo que aqui é representado pela palavra escolha foi o grande pecado de Eva e o grande erro de Adão. Padres e papas preservam-se puros pela ilusão do celibato; digo ilusão porque deduzo que ainda não houve celibato comprovado dentro da cabeça humana. Silenciosa é a voz da carne, internos são os seus gemidos. Ora, bem vejamos: uma mulher grávida está no seu estado sagrado, atingiu o divino, extasia-se na experiência mágica de trazer outro dentro de si só porque se deitou por amor com o seu homem. Então vemos que toda a habitação do mundo está garantida pelo fogo dos amantes! Se assim é, não fossem as coisas que por tradição num beijo se iniciam, o mundo seria deserto! Sabe-se que o prazer sexual é, das experiências sensoriais, a volúpia mais suspendedora da razão e mais próxima de uma consciência galáctica, de um espalhamento da alma pelo universo todo quando é tempo de gozo... Quero dizer que, se o prazer ocupa esse lugar de favorito entre os amantes, por que atribuir tal império de delícias ao reino do Diabo? Ora, fosse eu Deus, autor do homem, ver-me-ia muito contrariado com tal fundamento; pois, sendo Deus de tudo o criador, é certo que eu não iria deixar uma zona tão importante, que é a zona da perpetuação da minha tribo humana, nas mãos do meu adversário! Essa, para mim, é a grande falha trágica da estratégia do imperialismo católico romano e de outras igrejas que, pelo mesmo viés, perdem adeptos, perdem defensores, perdem fiéis, a cada vez que alguém ama. Amantes de todos os sexos, homossexuais, heterossexuais, multissexuais, jovens ardendo em fogo hormonal, todos se revoltam contra essa lei da impureza sexual ou se convertem em compulsivos dependentes químicos do perdão de Deus.

Outra coisa a ser considerada no tribunal de minha inquietude: que história é essa de um Deus sentado ao trono? Isso é coisa para reis, e reinado e poder são coisas do homem. O que importará a Deus o cofre, as joias, o ouro que banha os templos erguidos em seu nome? Em que tabacaria, bares ou cafés, nas pacatas noites do céu, o Todo-Poderoso iria gastar sua fortuna? Essa fortuna, esse rio de dinheiro que as igrejas acumulam em seu nome? E intriga-me mais outro fato: sempre ouvi dizer que o meu pai dizia, e que minha mãe também jurava, que, se algum mal apontasse seu alvo em direção a um filho, nenhum dos dois hesitaria em lançar-se como escudo à frente do miúdo, e em deixar-se morrer, se fosse preciso, em seu lugar. Penso que é isso o natural. Então, por que Deus, sabendo do sacrifício que aguardava seu único filho, não o poupara? Requintes de tortura com chicotadas, mais o peso atroz de uma cruz desumana, uma coroa de espinhos furando o entorno da cabeça, pregos nas mãos, e, o pior, a consciência previdente que tinha do terrível futuro que se avizinhava, por que esse pai mandou o filho em seu lugar, e não ele próprio veio conosco ter? Hão de me responder as velhas frases feitas: "Foi para nos salvar, foi prova cabal do amor de Deus por nós." Sempre que eu inquiria ao frei Mauricio com essas provocações que faço agora neste meu confessionário permissivo e voluntário, ele me respondia: "Eis o mistério da fé; quando fores acometido por tais dúvidas, reze, meu filho, reze; são tentações demoníacas, fazer duvidar é o serviço do diabo." À minha inteligência, jamais esta resposta satisfez. Se o leitor que está agora a ler estas palavras for católico ou cristão, e estiver a sentir-se ameaçado, eu digo-te: Não tema, apoia-te em tua fé e vença-me. Uma fé não pode ser tão frágil a ponto de não ser questionada. Adiante, estou aqui e espero os teus melhores argumentos.

Peço que não se zanguem comigo por estas duras reflexões. Acusem-me do que quiserem, prossigam, mas façam bem-feito o serviço. Acusem-me, pois, do que realmente mereço: o crime da coragem de dizer, escrevendo, o que penso. Portanto, essas considerações, esses vácuos na lógica daquela mitologia judaico-cristã, tudo ia ficando cada vez mais claro e misterioso em meu juízo inquiridor. Em Durban, onde o destino quis que meu pensamento passasse pelo domínio inglês, aquela África me confirmava Shakespeare, tamanhas eram as possibilidades entre o céu e a terra, muito mais do que ousariam sonhar minhas vãs filosofias. O inexplicável foi erguendo-se diante de mim em um mistério tal que mais me fascinava o estudo do oculto do que qualquer outra coisa. Não tenho certeza de nada. *Em qualquer espírito, que não seja disforme, existe a crença em Deus, não existe crença em um Deus definido. É qualquer ente, existente e impossível, que rege tudo; cuja pessoa, se a tem, ninguém pode definir; cujos fins, se deles usa, ninguém pode compreender. Chamando-lhe Deus dizemos tudo, porque, não tendo a palavra Deus sentido algum preciso, assim o afirmamos sem dizer nada. Os atributos de infinito, de eterno, de onipotente, de sumamente justo ou bondoso, que por vezes lhe colocamos, descolam-se por si como todos os adjetivos desnecessários quando o substantivo basta. E Ele, a que, por indefinido, não podemos dar atributos, é, por isso mesmo, o substantivo absoluto.*

O primeiro alimento literário da minha infância estava nos muitos romances de mistério e aventuras pavorosas. Os livros ditos para rapazes, que relatam experiências emocionantes, pouco me interessavam. Não me atraía a vida saudável e natural. Ansiava não pelo provável, mas pelo incrível; nem sequer pelo impossível em grau, mas sim pelo impossível por natureza. Há um personagem literário meu, um detetive chamado Dr. Quaresma, que sempre desvendou casos e mais casos policiais de tramas extremamente sofisticadas. Quem sabe ele aqui não viesse agora para explicar-me, para decifrar-me a charada, a salada mítica na qual tornara-se o meu coração. Além do mais, apesar de pensar o que penso, eu tinha e tenho afetos cristãos. Parentes e amigos. Poderia até afirmar que *o cristão é metafisicamente feliz. Tem os olhos da alma postos naquela perfeição divina em que não há mudança. Pesa-lhe pouco a vileza do mundo: viver e ver são para ele um mal-estar transitório. Ao índio nada dói o haver mundo; volta para o lado o rosto, e contempla em êxtase o Todo a que nem o Nada falta. É metafisicamente feliz também.*

O problema é que, quanto mais eu estudava pensadores e magos, quanto mais tentava decifrar os princípios do bem e do mal, mais era tomado de uma grande simpatia pela figura do diabo. Escrevi, ainda em Durban, um conto tentando desinjustiçar esse anjo, assegurando a ele seu lugar de grande investigador, precioso aliado da curiosidade e do anseio humano, pondo assim o desejo do homem como o seu eterno devedor. Esse conto chamar-se-ia em inglês "The Devil's Voice", "A voz do diabo". Nosso personagem, que, na minha história, encontra "casualmente" uma senhora e com ela conversa, a certa altura discursa em sua própria defesa. Pois deixemos que fale o Diabo: *Desde o princípio do mundo que me insultam e me caluniam. Os mesmos poetas — por natureza meus amigos — que me defendem, me não têm defendido bem. Um — um inglês chamado Milton — fez-me perder, com parceiros meus, uma batalha indefinida que nunca se travou. Outro — um alemão chamado Goethe — deu-me o papel de alcoviteiro numa tragédia de aldeia. Em primeiro lugar, é bem sabido que não existo. Em segundo lugar, como estão concordes os teólogos, que me chamam Diabo, e os livres-pensadores, que me chamam Reação, nenhuma conversa minha pode ter interesse. Sou um pobre mito, minha senhora, e, o que é pior, um mito inofensivo. Consola-me só o fato de que o universo, sim, esta coisa cheia de várias formas de luzes e de vidas, é um mito também.*

Num daqueles ontens na casa da Bela Vista ocorreu um inesquecível aniversário da tia Anica. Jantamos, e, como éramos somente nós, depois dos deliciosos pastéis da tia Maria, entre um Porto e outro, a aniversariante propusera-nos uma sessão de escrita automática. Sessão diferente das africanas, agora sem tambores. Chamavam-se mesas brancas. Ao redor da mesa, a cerimônia começa com a "emanação das mãos", feita da sobreposição das mãos de cada um dos participantes, sem que estas se toquem. Só o calor delas se sente. A tia Anica é quem comanda. Ela circundara o alfabeto com pequenos pedaços de papéis escritos, e em cada um uma letra; com eles fizera uma tiara, uma espécie de cordão ao redor, disposto em roda sobre a mesa, e um copo, no centro, virado ao contrário, de boca para baixo. A minha tia queridíssima pediu-nos as perguntas. Comecei eu: Deus existe? Fui logo repreendido pelo olhar da tia Anica, para quem, nessas situações, há somente duas hipóteses válidas: ou senta-se em uma mesa dessas, decidido e confiante para falar com espíritos, ou se faz uma pergunta dessa e não se senta a essa mesa. Eu sabia disso, mas mesmo assim criei ali uma terceira via, exatamente por entender não só que eu era o preferido da minha tia madrinha amada, como também que ocupava o privilegiado lugar de único homem da casa. Casto, é bem verdade, mas varão, disso sim poderia ser imoral que se duvidasse. O copo não respondeu. Tentamos outra vez, a tia Maria sugeriu que eu mudasse a pergunta e também poderia não revelá-la, isto é, fazê-la mentalmente. No entanto, nada me ocorrera à mente. Fingi estar a pensar em algo e fiz uma cara muito séria. Cada um de nós estendeu o dedo indicador e o depositou no ar parado a um centímetro do fundo do copo que já se encontrava emborcado. A energia dos nossos indicadores faria o copo movimentar-se em direção às letras, formando a resposta. A lástima é que subitamente, nessa hora exata, fui apanhado por uma crise de riso. Lembrei-me, não sei por que lá fui pensar nisso justamente agora, daquela noite no Coliseu, quando assisti ao espetáculo de Antonet e Walter. Dois palhaços esplêndidos, um espanhol e o outro belga, que me puseram a rir por um par de horas. Ao lembrar-me deles, ria-me muito, sob os olhos das minhas tias; olhos graves que ralhavam comigo naquela cena constrangedora. O meu riso parecia afrontar a todos ali presentes. E atingia a fé. Naquele embaraço, aproveitei para pedir licença e dirigir-me à casa de banho. Levanto-me e é a avó Dionísia quem adentra a sala:

— Quero falar com ele, também quero jogar.

— Falar com quem, Dona Dionísia, com ele quem?

— Quem? Ora, aquele que me liga a vocês! Aquele, o único que não está cá entre nós, mas armou juntas as cartas do nosso destino. (pausa) Não vais ficar para falar com o teu pai, meu neto? Ele virá aqui à mesa. O meu neto não vai ficar para falar com o pai?

Nada falo. Não respondo. Apavora-me aquela realidade. Tudo aquilo me parecera uma loucura coletiva. Vou à casa de banho e, não sei por quê, tive vontade de chorar. Chorei lá dentro, trancado. Querendo que o mundo acabasse ali. *Não sei quem sou, que alma tenho. Quando falo com sinceridade não sei com que sinceridade falo. Sou variavelmente outro do que um eu que não sei se existe. Sinto crenças que não tenho. Enlevam-me ânsias que repudio.* Saio do banheiro e não quero voltar para a sala. Prefiro os meus livros, o meu quarto, a minha loucura particular. De esguelha, ao dirigir-me aos meus aposentos, vejo a sessão, quente, a desenrolar-se lá sobre a grande mesa de jacarandá coberta por uma toalha branca de linho, impecavelmente alva e bem passada. O copo deslizava respondendo tudo a todas. Mulheres. Só mulheres.

Um dos poucos divertimentos intelectuais que ainda restam ao que ainda resta de intelectual na humanidade é a leitura de romances policiais. Entre o número áureo e reduzido das horas felizes que a Vida deixa que eu passe, conto por do melhor ano aquelas em que a leitura de Conan Doyle ou de Arthur Morrison me pega na consciência ao colo. Um volume de um desses autores, um cigarro de 45 ao pacote, e a ideia de uma chávena de café — trindade cujo ser-uma é o conjugar a felicidade para mim — resume-se nisto a minha felicidade. Será pouco para tanto, é verdade. É que não pode aspirar a muito mais uma criatura com sentimentos intelectuais e estéticos no meio europeu atual. Ai de mim, Portugal!

Passei a noite inteira perturbado, a pensar num jeito de encontrar Henrique Rosa, irmão de meu padrasto, e a quem este confiara uma parte de minha formação e orientação, cá em Lisboa. Minhas noções de astrologia, muitas de minhas dúvidas e convicções foram dinamizadas pela minha amizade com esse senhor. Devo a ele a enorme fatia na educação ocultista da minha vida. Estou novamente à mesa das tias.

É noite de outro dia. Em nova sessão com estas senhoras, menos a avó Dionísia, todas olham-me como um elemento atrasador de espíritos. Pois que, de ouvir elas contarem, eu já logo soube que a eloquência dos espíritos deu-se concomitantemente à minha saída da mesa naquela noite anterior em que, em minha presença, o copo nada revelava e que o espírito do meu pai realmente viera à sessão deixando a todos lembranças e um especial abraço para mim. Se calhar, eu daquele abraço necessitava muito. Porém, vindo de um morto, ainda que fosse este meu pai, não sei não. Mais uma vez deixei a roda dos espíritos para ir ao meu quarto dormir. Cobriu-me de sono aquela algazarra mística e doméstica. E dava-me um estranho conforto.

Depois de uma longa e exaustiva conversa com Henrique Rosa, fiquei pensando nesse meu velho costume de ter amigos invisíveis aos olhos dos outros. Começara com Chevalier, meu Cavaleiro de

Nada, e não passara com a infância. Charles Anon, Alexandre Search, Dr. Pancrácio e o próprio David Merrick, que é quem assina "A hora do diabo", estão sempre a frequentar-me. São todos uma cadeia de narradores e habitam bem minha malta, minha coterie. *Sinto-me múltiplo, como um quarto com inúmeros espelhos fantásticos que torcem para reflexões falsas uma única central realidade que não está em nenhum e está em todos. Como o panteísta se sente onda e astro e flor, eu sinto-me vários seres.* Aquele que crê, aquele que descrê e aquele que se contradiz também sou eu. Sou todos os sujeitos. Aquele que mandaria incinerar a Igreja é também o que reza a Santa Bárbara quando chove. O meu Diabo esclarece: *Não sou o que pensam. As Igrejas abominam-me. Os crentes tremem do meu nome. Mas tenho, quer queiram quer não, um papel no mundo. Nem sou o revoltado contra Deus, nem o espírito que o nega. Sou o Deus da Imaginação, perdido porque não crio. É por mim que, quando criança, sonhaste aqueles sonhos que são brinquedos; sou espírito que cria sem criar, cuja voz é* uma névoa, *uma fumaça, e cuja alma é um erro. Deus criou-me para que eu o imitasse de noite. Ele é o Sol e eu sou a Lua. Minha luz paira sobre tudo quanto é fútil ou findo, fogo-fátuo, margens de rio, pântanos e sombras.*

Após aquelas sessões em casa das tias velhas e na casa da tia Anica, muitas vezes fui acometido pelo fenômeno da escrita automática. Junto com a prática, um desfiladeiro de entidades apressara-se em visitar-me. Além de desconhecidos desencarnados, alguns parentes do outro plano resolveram, pelo método mediúnico de que vos falo, encontrar-me. Até o tio Galdino aparecera em uma sessão em que eu derramava, sofregamente, sobre o papel, informações compostas de recados, declarações, previsões, conselhos. Um transe. O que seria aquilo? Quem por minha mão escrevia? Que mente especial era a minha? Gênio, eu? Delirante? Enfermo? Mago? Doido? Médium? Possuído? Um dia, um tal de Charles Anon deixou-me, em um papel assinado ao lado da vela e da mesa dos trabalhos, um escrito cujo título é "Excomunhão", uma coisa doida, parecia escrita por um anjo ou um cão; ou uma criatura entre os dois: *Eu, Charles Robert Anon, ser, animal, mamífero, tetrápode, primata, placentário, macaco, catarríneo, homem; dezoito anos de idade, solteiro (exceto de vez em quando), megalômano, com traços de dipsomania, dégénéré supérieur, poeta, com pretensões a escritor humorista, cidadão do mundo, filósofo idealista etc. etc.* Fiquei assustado, aquilo viera de mim? Não era minha a letra. Era isso mesmo? Um espírito apoderava-se de minha mão para escrever o que nem eu compreendia?

Não se pode esquecer dos incomparáveis encontros místicos na casa do Henrique Rosa. Intrigantes e esclarecedoras, possuíam, às vezes, essas reuniões ares de um verdadeiro seleto congresso de médiuns. O Rosa era cabalístico, porém, a cabala não é necessariamente uma verdade. *Pode sê-lo. É tão somente uma especulação metafísica feita sobre dados mais completos do que os que o filósofo profano ordinariamente tem.* Mas esse meu tutor era possuído de tamanha profundeza ocultista que quase toda a forma de se chegar ao mistério lhe caía bem. Era também grande alquimista *porque* alquimia se refere *a uma química oculta, o que a difere da química vulgar. É o sentido com que os aparelhos se empregam e com os quais as operações são feitas que estabelece a diferença entre a química e a alquimia. Como um físico a operar materialmente sobre a matéria visa a transformar a matéria e a dominá-la para fins materiais; assim o alquímico, ao operar materialmente quanto aos processos transcendentes sobre a matéria, visa a transformar o que a matéria simboliza e a dominar o que a matéria simboliza para fins que não são materiais.* O fato é que, grande esotérico, muita coisa ensinou-me o homem. Como anfitrião e grande médium comandava nossos rituais. E a coisa atravessava a noite cheia de revelações. *A escrita automática, ou mediúnica, entrou em voga na segunda metade do século XIX, como uma forma de comunicar com os espíritos dos mortos. Era geralmente praticada em pequenos grupos, com a ajuda de uma prancheta onde se apoiava um lápis que se movia sobre o papel sob a ligeira pressão do dedo dos participantes.* Henrique oferecera-me a literatura que explicava em grande parte meus obscuros. Nossa sintonia e união iam para lá do fato de ele vir a ser irmão do meu padrasto. Não casou. Esse também era um seu particular mistério. Mantinha uma casa com uma biblioteca invejável e cuja variedade de títulos e pesquisas sobre o mistério da magia e ordens secretas fazia-me cativo do oculto daquele acervo. Passei então uma noite, que avançou muito pelas longas vestes da madrugada, a beber vinhos e a ler partes do meu conto "A hora do diabo" para o meu tio, que, apesar de postiço, tanto morava em minha admiração. O misterioso homem que vi "casar" com a minha mãe por procuração, fazendo o papel do verdadeiro noivo que se encontrava em missão na África, agora é o bruxo que me inicia nos fundamentos das Ordens Secretas. A primeira cena que escolhi para ler foi a desse anjo decaído, a apresentar-se à senhora a quem encontra: *Minha senhora, eu sou de fato o Diabo. Não se assuste, porém, porque eu sou realmente o Diabo, e por isso não faço mal. Certos imitadores meus, na terra e acima da terra, são perigosos, como todos os plagiários, porque não conhecem o segredo da minha maneira de ser. Shakespeare, que inspirei muitas vezes, fez-me justiça: disse que eu era um cavalheiro. Por isso, esteja descansada: em minha companhia estás bem. Sou incapaz de uma palavra, de um gesto, que ofenda uma senhora. Quando assim não fosse da minha própria natureza, obrigava-me o Shakespeare a sê-lo. Mas realmente, não era preciso. Dato do princípio do mundo, e desde então tenho sido sempre um ironista. Ora, como deves saber, todos os ironistas são inofensivos, exceto se querem usar da ironia para insinuar qualquer verdade. Ora, eu nunca pretendi dizer a verdade a ninguém — em parte porque de nada serve, e em parte porque não a conheço. Meu irmão mais velho, Deus todo-poderoso, creio que também não a sabe. Isso, porém, são questões de família.* O Rosa ouvia-me atentamente e julgou-me gênio por, tão moço, ter escrito ousadias filosóficas capazes de ressignificarem a mitologia judaico-cristã. Tenho lá meu sangue judeu, eu disse ao Rosa, mas sou mais identificado com o amor dos índios do que com a institucionalidade de qualquer fé. O Rosa ainda aproveitou, serviu-me um cálice de Porto, para levantar a hipótese de que Jesus, um indubitável altruísta e antagonista explícito do poder romano e suas insanidades, foi, por sua própria bondade, utilizado pelas instituições da fé. Com olhos faiscantes e estupendamente azuis pregados à cara (como feitos de um vidro específico deste ou do outro mundo), olhava-me fixo a afinar com os dedos as agudas pontas dos extensos bigodes, para dizer-me: "Mas, cá para nós, repara bem, meu filho, que Jesus talvez fosse um pouco histérico também. Senão vejamos: criativo, carismático, convicto de que era o filho de Deus e a dizer a todos que era, ele mesmo, não só o caminho e a verdade, como também a vida. E mais, categoricamente afirmava, com olhos delirantes, que só através dele chegar-se-ia ao Pai. Ora, se pelas mesmas palavras de megalômana mania os hospícios estão cheios, por que esse, por que só esse, de quem não sabemos o que fez dos 13 aos 33, estaria a dizer a verdade? Estou errado, ó, Fernando?" Com essas reflexões blasfêmicas é que o Henrique fornecia-me mais munições ao pensamento que eu mantinha apontado contra qualquer forma de opressão, onde farejasse que houvesse. Então, *Cristo era um louco, é verdade. O que é um louco?* O que vive a dizer que é outro? *Ninguém responde, ninguém sabe.* Sem saber muito o que pensar, prossegui a ler-lhe mais um pedaço da minha inocente trama, escrita ainda quando não tinha 20 anos, repito. Nela continua a defender-se bem o meu Diabo, diante da mulher amedrontada: *Dizem que muitas feiticeiras tiveram comércio comigo, mas é falso; porque o com quem tiveram comércio foi com a própria imaginação, que, em certo modo, sou eu. Esteja, pois, tranquila*, minha senhora. *Corrompo, é certo, porque faço imaginar. Mas Deus é pior — num sentido, pelo menos, porque criou o corpo corruptível, que é muito menos estético.* Eu não. Sou o sonho, e *os sonhos, ao menos, não apodrecem. Passam. Antes assim, não é verdade?* O Rosa estava encantado. Saí dali, seguro de que eu era mais que um médium, mais que um simples herege, mais que um prepotente rapaz a achar que vai mudar a história pregressa e futura do mundo, de uma só passada. Eu era jovem demais para ter escrito uma história como aquela. E era também, isto ficou-me muito claro, o desencaixado do meu tempo. Seguramente o era, mas estava bem assim.

A confusão da mente, a ebulição de teorias levou-me ao copo no Café Martinho, com suas colunas gregas, sua beleza histórica, seus homens bonitos com bengalas e chapéus, suas aparentes seriedades dentro dos fatos e das gravatas e, entre eles, eu, o feio, o interessante só por dentro. Havia lá, para meu deleite, uma tertúlia. Jovens poetas leem seus rabiscos e também eu declamei alguns. Estava excitado. Disposto. Irreconhecível. Gritei ao João Franco, nosso garçom preferido, que nos trouxesse vinho, mais vinho, o máximo de vinho possível! Propus um brinde. Queria fazê-lo contra os bastiões da moralidade. Queria embriagar-me mais. Peguei o canhão de Álvaro de Campos e o direcionei para Carry Nation, aquela reacionária americana que quer o mundo sem álcool, para dizer o mínimo. Foi esta a nossa libação: *Odeio-a e estou de cabeça descoberta e dou-lhe vivas sem saber por quê! Estupor americano aureolado de estrelas! Bruxa de boa intenção... Bebamos à saúde da sua imortalidade esse vinho forte de bêbados. Eu, que nunca fiz nada no mundo, eu, que nunca soube querer nem saber, eu, que fui sempre a ausência da minha vontade, eu te saúdo, mãezinha maluca, sistema sentimental! Exemplar da aspiração humana! Maravilha do bom gesto, duma grande vontade! Minha Joana d'Arc sem pátria! Minha Santa Teresa humana! Estúpida como todas as santas e militante como a alma que quer vencer o mundo! É no vinho que odiaste que deves ser saudada! É com brindes gritados chorando que te canonizaremos! Saudação de inimigo a inimigo! Eu, tantas vezes caindo de bêbado só por não querer sentir; eu, embriagado tantas vezes por não ter alma bastante; eu, o teu contrário, arranco a espada aos anjos, aos anjos que guardam o Éden, e ergo-a em êxtase, e grito ao teu nome.* Brindamos em gargalhadas raivosas e bebemos mais. A coisa esteve inspirada no Martinho. Todos ali gostam de minha loucura.

Mesmo sério e ensimesmado como sou, divirto-os. Tenho cá meus rompantes teatrais, e não me saí mal, creio. É difícil crer, mas tenho cá meus encantos.

Enfim, já em minha casa, neste quarto alugado, onde, nômade da cidade que o Tejo banha, moramos agora eu e o *rebanho dos meus pensamentos.* Para minha boa surpresa, encontro sob a porta os livros que pedi, por correio, de um mago inglês, chamado Aleister Crowley; descobri depois que seu nome verdadeiro é Edward Alexander Crowley. Por conjugação de sons, mudou para como o conhecemos. Em seu livro percebi um erro no seu horóscopo. Refiz seu mapa astral e o enviei ao endereço publicado. Nasceu dali uma amizade. Logo depois, ele tornou-se membro da Ordem Hermética Golden Dawn e mais tarde fundou a sua própria, a Silver Star ou Argentium Astrum, não sei ao certo. Crowley era um homem misterioso e ao mesmo tempo cheio de alegorias. Um híbrido de liberdade e santidade, cujo magnetismo atraiu uma série de mulheres que o acompanharam durante a vida, desesperadamente envolvidas com o bruxo. Rose Kelly, uma das com quem casou, era guia de uma visita sua ao Museu do Cairo. Conduziu-o a uma imagem de Horus, o filho de Osíris na mitologia egípcia, que tinha cabeça de falcão, cujos olhos são o Sol e a Lua. Horus é o deus dos céus, e sua estátua naquele acervo estava catalogada com o número 666. Foi o que bastou para disparar o delírio místico no planeta neural daquele ser. Sim, porque a partir daí Crowley acreditou ser o seu destino ligado ao número da besta; depois, seguia as vozes do espírito protetor que a sua Rose recebia, e que, segundo ele, ditava-lhe livros inteiros. Uma paranormalidade diretamente ligada à literatura. Como mago, defensor da sociedade alternativa, Crowley viajou o mundo todo, viveu nos Estados Unidos, França e até foi expulso da Sicília, no seio da seita que lá fundou. Mas o enigmático homem, para bem da verdade, reuniu seguidores, praticou magia e dedicou-se de corpo e alma ao estudo sistemático da magia sexual. Crowley mantinha uma legião de seguidores adeptos dessa sua sociedade, em que o desejo era rei. Os rituais eram práticos, avançavam a madrugada, e eu, graças a Deus, dessas sessões de fé, paranormalidade e erotismo, escapei.

Porém, Crowley agradou-se imenso da revisão que fiz da sua leitura zodiacal. Elogiou-me muito e veio a Portugal a meu convite. Em alguns encontros alimentou-me com fartura de nutritivas discussões sobre os astros e outros oráculos. Afinal, ele próprio criou um novo sistema de tarô, além de fundar várias comunidades e ainda escrever ficção em prosa e poesia. Como acabamento dos nossos encontros, o bruxo sempre me propunha umas sessões de ioga, as quais eu nunca me dispunha a realizar. Não disponho de paciência para meditar. Falta-me calma, sobra-me inquietude. Houve uma noite em que ele me iniciou no estudo do *Livro das mutações*, o *I Ching*, propondo que abríssemos esse oráculo para saber o que nos aguardava naquele momento entre o Céu e a Terra. E a milenar voz nos respondeu: "Há cinco números para o céu. Para a terra há também cinco números. Quando eles são distribuídos entre as cinco posições, cada um encontra seu complemento. A soma dos números do céu é 25. A soma dos números da terra é trinta. A soma total dos números do céu e da terra é 55. É isso que complementa as mutações e as transformações, e o que põe em movimento os demônios e os deuses." A revelação deixou-me pasmo. Impressionava-me não sempre o *performer*, mas o bom funcionamento do seu truque intuitivo. Não do seu truque técnico, que lhe saltava à cara, porque a vaidade fazia escravo o inventor da ilusão. Quando se fantasiava de mago, não era tão bom quanto quando, despretensioso, ofertava-se completamente disponível para compreender e desvendar os oráculos. Quanto a mim, seguia envolto numa zona numerológica, num parque de diversão ocultista, no qual os números ajeitavam altíssimos paradoxos. Alterar uma letra, fazer a leitura numerológica de cada representação humana, estava a receber de mim uma atenção predileta.

Quando Crowley veio morar em Lisboa, chegou acompanhado de sua nova parceira, uma alemã chamada Hanni Jaeger. Brigavam o tempo inteiro. Casal escandaloso, dado a discussões públicas, o que não combinava em nada com as mensagens de harmonia e paz do pretenso orientador de almas. E aí é que dá-se a confusão final. Não sei por quais circunstâncias especificamente ele precisou sumir do mapa terrestre. E às pressas. Deixa uma carta para Hanni, que a essa altura já se encontra na Alemanha, pátria para onde voltara desde a última briga dos dois. O que posso dizer aqui é que saiu noticiado em vários periódicos portugueses, num jornal inglês e na revista francesa *Detéctive* o suicídio do mago num tenebroso penhasco nosso, chamado Boca do Inferno. Como era eu o amigo pessoal, o assunto virou caso de polícia e, acreditem ou não, fui, se não interrogado, ao menos desconfiadamente entrevistado. Ora, havia muitos com muitos motivos aos quais era de grande interesse o definitivo desaparecimento de Crowley. Mas eu, que o vira fazer incríveis materializações, sabia que, naquele momento tumultuado, interessava-lhe mais a desmaterialização imediata da sua presença na paisagem de Lisboa do que qualquer outra coisa. Interrogaram-me a sério e o investigador ainda me chamava toda hora, meio cinicamente, de Senhor Diretor do Orpheu. Então, além de escritor anônimo e sem glórias, eu corria o risco de ficar conhecido como suspeito da suposta morte do bruxo que tinha estudado o livro *The Book of Black Magic and Pacts*? Ora, só me faltava essa! O homem escafedera-se e foi dado como morto; uma vez mais reaparecera e foi dado como suicidado; depois, foi visto num consulado na companhia da última mulher, Hanni, que nas últimas cartas, enquanto ele estava desaparecido, referia-se ao amado usando a palavra bandido. O Quaresma me deixou muito experiente nessas questões de polícia e malfeitor. Em verdade, todos temos nossos truques, e há sempre um feiticeiro menos esperto querendo saber, de modo fácil, qual o segredo da cena que faz invisível, de uma hora para outra, um homem de carne e osso. Uma desmaterialização, parece. Não se revela um truque desse. Por nada eu o faria. E não entendo o espanto da polícia e do público: "Ó, o homem desapareceu! Como?!" Asneiras de exclamações. Mas é claro que desapareceu como num passe de mágica. Para isso é mago, pois.

Nunca se concluirá nada sobre esse mistério, mas logo depois disso traduzi um poema mágico dele sobre Pã. Tenho saudade dele. Ó, Aleister Crowley, sei bem que estás vivo e por aí, a espalhar dúvidas fixas e certezas móveis. É numa hora dessas que eu tendo a achar a avó Dionísia a mais sã de todos nós. Seus ensinamentos e seu profundo testemunho da própria enfermidade jamais deixarão de habitar os íntimos aposentos do meu ser. Sempre que o céu está estrelado, acende-se-me, como luz incandescente e viva, a memória da minha querida doida, e eu, menino, eterno menino, a beber de seus delírios como ensinamentos. Eis que ela surge a me chamar à porta do quarto, no labirinto da memória:

— Vem, estamos só eu e tu na casa. Vamos ver, através das janelas dos olhos da nossa cara, pelas janelas, que são os olhos da casa. Vê, aquilo que nos cobre é uma grande tela na qual acontece a apresentação dos processos. Que um novo começo siga a cada término, eis o curso da lona celestial. Vem, meu neto, aprender. O céu é um livro que se lê.

Pensei que desde pequeno ela sempre me chamava a esse passeio através da janela. E o Céu demonstra a luta de Mercúrio sobre tua geminiana mente. No céu de Marte em guerra disputam a tua cabeça. A avó prosseguia. Os olhos brilhantes cravados no peito do céu.

— Preste atenção à aula, porque neto é filho duas vezes. E tu és ainda o filho do meu filho. Pertences ao fio indestrutível da linha paterna, que vem desde o primeiro pai de todos os tempos. Portanto, escuta: a água, ao norte, originou-se da unidade do céu, cujo complemento é o seis da terra.

— E o fogo?

— O fogo, ao sul, surgiu do dois da terra, que tem seu complemento no sete do céu. A madeira, a leste, originou-se do três do céu, que encontra seu complemento no oito da terra. O metal, a oeste, surgiu do quatro da terra, cujo complemento é o nove do céu. Ao centro, a terra originou-se do cinco do céu, que tem seu complemento no dez da terra.

— Tudo isso está escrito no livro chinês que naquele dia a senhora deixou cair da estante, minha avó?

— Tudo isso está escrito no céu, meu netinho. Hás de ser sempre o meu netinho. Serás um alfabetizado da numerologia do céu.

— Avó, por que amo tanto o mistério e, ao mesmo tempo, temo-o?

— Pois esse é o poder do mistério.

— Mas como é que se sabe se é loucura?

— Não sei. O que percebo é quando estou a perder o tino, a noção. O que pressinto é quando estou prestes a extraviar-me da razão. Ah, meu neto, sinto quando uma crise se avizinha, sinto a hora em que eu danço na mão do diabo. Hum... como é que se sabe que é loucura? (pausa) Acho que quem está louco não tem chão para fazer essa pergunta!

Talvez ela tivesse razão, embora minha vida houvesse de ser sempre esse caminhar descalço sobre a finíssima lâmina entre a lucidez e a loucura. E eu, que vira tantos enfermos das ideias em cargos diplomáticos, políticos, monárquicos; homicidas, ladrões, estupradores, malfeitores de crianças, estelionatários da honestidade suposta. Eu, que vira nos condes, viscondes e outros nobres a presença da maldade, da crueldade, da guerra, da ganância e do ódio, começava a crer que se tornaria muito difícil provar que eu era o único representante da loucura do meu tempo. Estavam os reinos todos podres, estavam os sistemas sociais a agir com a mesma lógica da pirataria que assalta sem pena os navios. Ora, *não há império que valha que por ele se parta uma boneca de criança!* Eu disso tudo estou farto, a hipocrisia campeia; todo mundo é vencedor, exibidamente imperecível, intocável, impecavelmente infalível. Como se nunca fosse apodrecer. Arre, nisso é que sou um seguidor legítimo do meu Álvaro de Campos. Porque eu também *nunca conheci quem tivesse levado porrada. Todos os meus conhecidos têm sido campeões em tudo. Todos eles príncipes na vida. São todos o Ideal, se os ouço e me falam. Quem há neste largo mundo que me confesse que uma vez foi vil? Então sou só eu que é vil e errôneo nesta terra? Poderão as mulheres não os terem amado, podem ter sido traídos — mas ridículos nunca! E eu, que tenho sido ridículo sem ter sido traído?!* No entanto, exigem-me boas maneiras. Querem que eu saiba, sem titubear, o nome dos cristais e distinga os talheres de prata na mesa imperial, enquanto seus súditos comem os restos de ontem nos fundos imundos dos palácios, junto aos outros animais. Boas maneiras? Gostaria que enfiassem as boas maneiras naquele lugar! A isso que chamam a justiça e o certo do mundo?

Não ficou comprovada a existência do pecado original, por exemplo, e não me venham dizer que uma criancinha que nem balbucia as pequenas letras e ainda está aprendendo a olhar sem a neblina que envolve os olhos de um recém-nascido tenha ali, já, a mancha de um pecado herdado. E o pior é que prega-se que, se essa criança morrer sem esse batismo de limpeza, não encontrará um lote sequer no reino dos céus! Não, meu pai do céu, meu Deus, minha inteligência não permite esse pensar e ocorre-me que talvez tenha sido Herodes o autor da estúpida ideia. Ah, manchar assim as alminhas dos inocentes! Ó, fanatismo, ó, tentáculos da ilusão, deixai que a humanidade repouse um pouco sem vossas contaminadas lentes.

Penso que todas as religiões são verdadeiras, por mais opostas que pareçam entre si. São símbolos diferentes da mesma realidade, são como a mesma frase dita em várias línguas. Ler é minha religião. *Não sou um cético. No fundo de ser inativo sou demasiado ativo para descrer. Sou um pagão da Decadência, confiante numa interpretação dos Deuses que os mistérios revelados tornaram possível. Acredito nos Deuses pagãos com todo o ardor místico de uma alma cristã. Os Deuses pagãos são a minha força e a alma cristã o meu veículo. Cristo dissolve-*

se, os Deuses regressados reencontram-se. Estou, assim, num limiar do paganismo renascido.

Cristos outros subirão em vão a novas cruzes. Novas seitas secretas terão na mão os segredos da magia e da Kabala. E essa magia será outra, e essa Kabala, diferente. De comum a todas essas humanidades e a todas essas seitas é haver a ilusão de existirem e a verdade final de deixarem de existir. A blasfêmia é um ato de fé. O espiritualismo é um produto químico feito de nosso pensamento. *Nunca saímos do cárcere de viver, nem com a morte.* Sempre que uma ilusão se parte, se desfaz, acaba-se. Por isso, às ilusões, prefiro as ficções. Essas são eternas. Para mim, é melhor negócio.

Da janela do meu quarto faço observatório da Via Láctea. Sou pequeno por dentro, sempre serei. Tenho febre, tenho fome, quero ter alguém para amar, porque é sabido que estamos condenados a desejar o outro. *Ah, que penitenciária os desejos, que manicômio o sentido da vida.* Quantas vezes vi-me separado do meu corpo. Entregue a ereções sem objeto, fora d'oras, sem eu saber o que fazer para não atender ao apelo dos membros. O que querem? Quero estar sozinho. Estou ocupado. Deixem-me estar aqui nesta cadeira, a namorar as constelações. Adoeço na intenção de entender estrelas. Pela janela, uma delas, cadente, adverte-me. Mas de quê? Estou muito doente, prestes a morrer? Terei fama? Algum lugar nas Academias de Letras? N'algum empoeirado compêndio algum dia constarei? Estrelas não me respondem nada, nem sequer caem de verdade; é só mais um golpe de expressão. É só mais uma, mais uma taça da ilusão, oferecida pelas mãos vestidas com as luvas negras e belas da Dona Realidade, a maior dama da ficção.

A ciência do homem é grande, mas a sua ignorância é imensa. Estuda céus que desconhece, aprofunda coisas que não sabe, fala sem saber o que são palavras; vive e morre sem saber o que é a vida nem o que é a morte. Porcaria. Embalado por pensamentos sem respostas, imergi-me num sonho difuso como um portal entre mundos. Meu sonho foi então visitado por um ser muito semelhante, com seus cabelos encaracolados e olhos incrivelmente azuis, à figura que, mais tarde, eu chamaria de meu Mestre, aquele que nasceria de mim. Que êxtase, que loucura boa. Entrou-me pela porta onírica para dizer-me o que eu jamais esqueceria e o que confirmaria minha crença na Natureza Divina: *Mas se Deus é as árvores e as flores e os montes e o luar e o sol, para que lhe chamo eu Deus? Se Deus é as flores e as árvores e os montes e o sol e o luar, então acredito nele, acredito nele a toda hora, e a minha vida é toda uma oração e uma missa, e uma comunhão com os olhos e pelos ouvidos. E chamo-lhe luar e sol e flores e árvores e montes, e amo-o sem pensar nele, e penso-o vendo e ouvindo, e ando com ele a toda hora.*

Nono capítulo

A invenção dos homens

DIÁRIO

N.º

N.º

Para que não desperdices a vida, que passa ligeiro, sê plural, meu filho, como o Universo.

Dionísia Estrela

Estreladíssimo céu. Não há nele espaço para que eu ponha sequer um dedo meu. É tudo estrela e estou a procurar a minha. A inevitável morte da velha Dionísia descansou as tias, mas a mim tirou-me o sono por muitos dias. Havia um fio indestrutível entre nós. Fora o meu pai, talvez apenas eu tenha obtido acesso às alas de seu conturbado coração. Na noite em que me contou que fugira de Rilhafoles vestida de enfermeira, disse que o fizera por minha causa, porque tinha sido anunciada pelos astros e espíritos a data de meu retorno. Dizia-me sempre que quando ela morresse eu encontraria um tesouro. Todos riam disso, ao que ela imediatamente respondia que todos fossem apanhar no cu. Um dia, com extrema confiança, disse-me: "Quando digo obscenidades espanto os incautos, retiro o falso prumo deles." Dionísia era a minha paixão. Era uma espécie de ópera tosca ambulante. Ao mesmo tempo que, ora como o bobo da corte, ora como arauto, ou como uma das fiandeiras de Shakespeare comenta a cena, ela proferia o aforismo mais apropriado a cada acontecer. Ó, como eu queria ter-te inventado, minha avó perfeita! Eu era, no enterro, quem mais chorava, o mais órfão. E como isso tudo se deu antes de eu conhecer o meu mestre Caeiro, a morte dela pôs-me em desespero, sem que eu tivesse o consolo dos versos do poeta.

Já que tenho mantido tão brilhantemente a minha tradição de demorar tudo, quero também manter a tradição derivada de pedir desculpa de o fazer, ó, querido leitor imaginado, embora eu também saiba que tu nunca saberás o quanto demorei-me para chegar até aqui, nesta parte deste livro. Estou há dias meio oco. Uma dispersão no pensamento. Uma espécie de vento como conteúdo, uma inconsistência existencial para adentrar neste novo capítulo ou uma existencialidade tão cheia a apontar para tantos lados distintos que eu nem sei mais nada. Ai de mim, às voltas com este diário! Deu-se minha vida toda em quebradiço, em pedaços, porque, há muito tempo, *sou um espalhamento de cacos sobre um capacho por sacudir. A minha alma partiu-se como um vaso vazio. Caiu pela escada excessivamente abaixo. Caiu das mãos da criada descuidada. Caiu, fez-se em mais pedaços do que havia louça no vaso.* Milhares de cacos, vitrais despedaçados de uma igreja em ruínas são o meu sentimento de mim. Havia um teatro de ópera e uma igreja com um menino feliz entre eles, e tudo se partiu em efeito dominó, num jogo em que a morte se alimentou com fartura da vida dos meus, incluindo as criancinhas. Se assim é e foi o meu conteúdo este mosaico infinito, esta cascata a explodir-me em escrita sem limites, que seja então assim; basta de estar a forçar isso, de estar a insistir que caiba no rio o mar. Que batam as ondas; afogue-se quem tiver que se afogar! Vou navegando, marinheiro desastrado, escrevendo estas linhas em mar alto, entre ressacas, dores de cabeça constantes, e o pior, sendo eu o fiel destinatário remetente de minhas palavras. Pretendo continuar a ler o que diz o espelho partido de minha alma velha, e a retirar dela o entulho de quem começou a envelhecer aos 5 anos. Tudo é heterogêneo onde miro dentro deste porão. Logo, a minha tentativa inútil de seguir, portando alguma linearidade nesta narrativa, partiu-se. Aquilo seria para o caso de que isso viesse a ser algum dia lido por alguém. Mas hoje, olhando para esse estelífero céu, e não me vendo nele a brilhar, bateu-me a consciência dolorosa de que o que escrevo agora jamais pertencerá ao baú das probabilidades de publicação. Perdi-me. Já não sei quem vos escreve, ó Vida! *Minha mania de criar um mundo falso acompanha-me ainda, e só na minha morte me abandonará. Não alinho hoje nas minhas gavetas carros de linha e peões de xadrez — com um bispo ou um cavalo — mas tenho pena de não o fazer... e alinho na minha imaginação, confortavelmente, como quem no inverno se aquece a uma lareira, figuras que habitam, e são constantes e vivas, na minha vida interior. Tenho um mundo de amigos dentro de mim, com vidas próprias, reais, definidas e imperfeitas.* Sempre assim foi. Mas agora a escrita automática andava à solta. Saía-me em disparada, e a minha mediunidade era um jorro incontrolável e viciante. Cheguei mesmo a ser considerado oficialmente médium, da primeira vez que assinei a mensagem, a qual escrevi freneticamente sem abrir os olhos e sem errar. Era a tal mensagem do Manuel Galdino, o meu tio já morto, ao lado de quem, quando vivo, viajei pela primeira vez. Mas o que me está a acontecer é estranho. São muitas mensagens cifradas como aquelas do Henry More, que traziam manifestações agressivas. Coisas como: *dá-me as tuas ordens. Margaret Mansel, tua esposa. Onanista! Vem casar comigo! Não mais onanismo. Ama-me. Masturbador! Masoquista! Homem sem virilidade! Homem sem pênis de homem! Homem com clitóris em vez de pênis! Verme brilhante! Tu enojas-me! Pões-me doida! Em breve verás a minha inimizade! És um homem que casa consigo próprio. Jura que me fazes um filho! Margaret.* A alguns eu ouvia com atenção. Ou seja, depois do transe, da espécie de choque que tomava o meu corpo inteiro, costumava acalmar-me, tomar um banho e depois ler com calma e atenção as coisas ali escritas, não por mim, mas que chegam ao meu conhecimento através da minha caligrafia. Henry More era quem eu mais ouvia e era quem eu mais tentava compreender. Parecia um profeta meu, particular e exclusivo. E, muitas vezes, assustador: *as minhas palavras pretendem transmitir convicção.* São palavras de um amigo: estás, Fernando, no *centro de uma conspiração astral — o local de reunião de elementais de tipo muito maléfico. Nenhum homem pode imaginar o que é a tua alma. São tantas as presenças desencarnadas à tua volta que ela parece, daqui, um núcleo do teu destino. Nenhuma defesa é possível, a não ser que obedeças aos ditames do teu ser superior e decidas manifestar o teu ser em bondade e beleza. Meu filho, o mundo em que vivemos — pois todos nós vivemos no mesmo lugar divino — é uma rede de inconsequências e voracidades.*

Mais homens são perdidos do que achados. O teu destino é demasiadamente elevado para eu te dizer. Tens de o descobrir. Mas tens de subir a pulso através da cadeia de muitas vidas, até à Divina Presença real na tua alma. O homem é apenas fraco e os Deuses também o são. Sobre todos eles o Destino — o Deus sem nome — governa do seu trono mais nobre. O meu nome está Errado e o teu nome está igualmente errado. Nada é o que parece ser. Nada, exceto tudo. Entende isto, se puderes, e eu sei que o podes entender. Entendi mais ou menos. Não ficou claro. Está claro que havia no Henry qualquer coisa de confuso, é bem verdade, e também de orientador.

Posso garantir que no prazo de um ano recebi mais de duzentas comunicações, e incontáveis vindas desse mesmo homem, digo, espírito. A coisa dá-se de uma forma espasmódica e amalucada e, por se tratar de um fenômeno do outro mundo, é, por isso mesmo, muito difícil de explicar aqui. A consciência fica como que suspensa, encostada ao canto da alma ou do cérebro, enquanto a outra metade aproveita a displicência do "dono" do seu aparelho corporal para fazer-se manifestar. Não me assusta. Os meus tempos na África deram-me uma certa experiência quanto ao que é misterioso. Se há uma coisa ímpar na mediunidade da cultura zulu é a interação entre um espírito e outro, entre uma entidade e outra; melhor dizendo, duas ou mais entidades atuam ao mesmo tempo, no mesmo portador, ou receptor. Ou seja, pode haver diálogos entre vários entes, manifestados simultaneamente na mesma pessoa. Um procedimento que só o requinte do mistério pode acrescentar à razão e ampliar-lhe as funções. Numa dessas noites, o Henry escreveu, com a minha letra, é claro: "*Sou um homem que é teu amigo e nem um homem o é mais. Não deves continuar a manter a castidade. És tão misógino que te encontrarás moralmente impotente, e dessa forma não produzirás nenhuma obra completa na literatura. Deves abandonar a tua vida monástica e já. Não és homem para fazer muita coisa no mundo, se estiveres casto. Nenhum temperamento como o teu consegue manter a castidade e a sanidade emocional. Estás demasiado nervoso. Acalma-te. Pareces um homem prestes a fazer uma coisa fatal, quando nada de mau vai acontecer e o que virá chegará do exterior. Nunca me interrogues. Quando eu quiser responder a uma pergunta tua, eu adivinharei essa pergunta. Não precisas de a fazer. Como esperas terminar o teu trabalho se deixas passar o tempo dessa maneira? Não te disse que as minhas datas não eram materialmente fidedignas? Pareces julgar que a minha missão é informar-te exatamente sobre o teu futuro. Pois não é. A minha missão é guiar-te, e isso não seria guiar-te. Agora vai trabalhar, imediatamente."*

É isso mesmo? O espírito está a dar-me ordens? Estou a envolver-me muito com esses entes! Podem não ser boas companhias, e as coisas estão a tomar a proporção de seita, só que dentro da minha casa a todo o tempo. A vida inteira transformar-se-ia num ritual? Já não é só aquela reunião de amadores, curiosos e simpatizantes na casa da tia Anica ou das tias. Eu, que era considerado, de início, um atrasador de espíritos nas sessões da minha tia madrinha, um cristão agnóstico com raiva da lenga-lenga da Igreja Católica, agora estava envolvido com a Rosa-Cruz — até que ponto, nem eu sabia. Ó, meu querido Henrique Rosa, ó, precioso bruxo Aleister Crowley, eu preciso daqueles rituais, daquelas noites de tertúlias, daquele pensamento, e daquelas ideias transcendentais a atravessarem a nossa intelectualidade. As leituras de poemas nos jantares em casa do Henrique no bairro Príncipe Real, eram inesquecíveis. Eu, como sempre, comia muito pouco, bebia mais, mas enchia-me de satisfação a beleza barroca daquele sítio, como alimento para os olhos. Gostava muito de andar a pé até lá. Até hoje o faço por amor ao bairro. Aguardavam-nos lá, além da leitura de poemas, reuniões masculinas com demonstrações individuais dos poderes de cada um, e seus estágios de iniciação na ordem secreta. Experiências sobrenaturais, avaliação por conjunto de previsões através de vários instrumentos: bola de cristal, astrologia, *I Ching*, numerologia, tarô e outras magias divinatórias. Por minha parte, longe de dominar apenas algum, eu sabia bastante sobre cada um deles, com as vantagens de ser eu um curioso exímio: quiromancia, leitura de cartas em geral, interpretações do tarô dos boêmios e de tarô cigano frequentavam o meu leque. Tudo isso compunha o meu fado. Isso sabia eu bem dançar. Sem contar a astrologia, referência primordial da minha vida inteira. Fui sempre um ocultista controverso, porque sou um homem controverso. É difícil distinguir em mim o que é espiritismo e o que é imaginação, por exemplo.

Tenho de escrever o meu livro. Tenciono terminar a minha obra definitiva ainda este ano. Como diria uma criada nossa, a velha Emília: "Eu tenho um sistema muito nervoso." Ó, pobre Emily, o meu sistema está nervoso hoje também! Mas o que dizer de mim diante da profusão de mistérios aos quais sempre vi-me exposto? Lisboa, a terra onde reconheci-me português, que me fez matricular-me no curso superior de Letras e abandoná-lo logo em seguida, está hoje sem ventos. Caminho, eu, *o da Raça dos Navegadores,* a pensar em como arranjar-me com esta multidão de amigos invisíveis que, ao longo da minha vida, brotaram-me do peito. Mas quem há de condenar-me? A humanidade? Somos a raça dos que têm razão. Todos se julgam convictamente donos do partido da razão. O que sou? *Sou um pobre recortador de paradoxos, mas possuo a qualidade de arranjar argumentos para defender todas as teorias, mesmo as mais absurdas, e é esta última a habilitação com que me recomendo. Por mim, o meu egoísmo é a superfície da minha dedicação. O meu espírito vive constantemente no estudo e no cuidado da verdade, e no escrúpulo de deixar, quando eu deixar a veste que me liga a este mundo, uma obra que sirva ao progresso e ao bem da humanidade.*

Inacreditável, trabalho em estabelecimentos comerciais! Sou um funcionário. Tudo que vive precisa comer e beber todo dia. Desde jovem foi esta a minha profissão, um escritor e tradutor de cartas comerciais. (Ó, meu Deus, não veem que sou um intruso, um inadaptável, um disparate para cumprir horários?) *Dado que estive vários dias sem tocar neste diário, só me recordo que nesta sexta-feira não fui ao escritório dos dois Lavados, mas só ao do Mayer.* São vários os nomes dos escritórios em que labuto. É esta a minha vida, redigir cartas para alguns escritórios. Confesso que tenho produzido, entre a tradução de uma carta comercial e outra, muitos outros textos extracomerciais: Bernardo Soares, Alexander Search, David Merrick, Antônio Mora são alguns de meus outros eus, desde Chevalier. Fantasmas? Não importa, faço-lhes o chá. Escuto-os. Deixo que falem em mim e por mim. Ofereço-me. Disponibilizo-me. Muitos ainda haverão de vir.

Em alguma hora há de chover. Não demora. Pressinto, no calor úmido do corpo, a chegada da chuva, e concluo que todo o meu estudo das religiões, toda a teoria da teosofia que sorvi, e mais tudo que a avó Dionísia transmitiu-me e Paciência confirmou, inconformado e curioso que sou, não arrancaram de mim o medo dos trovões, o horror às tempestades. O que temo eu, minha Santa Bárbara? Mais tarde, no entanto, confirma-se o dilúvio. Bruscamente escurecera no mesmo instante em que escrevo este meu testamento dos dias, este calhamaço insano ao qual jamais voltarei os olhos. Não releio o que escrevo. Tortura-me a compulsão de alterar. Afinal, sou um homem em estado permanente de alteração e aliteração. O que acontece é que é sempre outro aquele que lê, não mais aquele que escreveu. *A trovoada caiu pelas encostas do céu abaixo como um pedregulho enorme... Como alguém que duma janela alta sacode uma toalha de mesa, e as migalhas, por caírem todas juntas, fazem algum barulho ao cair, a chuva chovia do céu e enegreceu os caminhos... Quando os relâmpagos sacudiam o ar e abanavam o espaço como uma grande cabeça que diz que não, não sei por quê — eu não tinha medo — pus-me a rezar a Santa Bárbara, como se eu fosse a velha tia de alguém...*

Sentindo que era grande a minha solidão neste mundo, imerso numa imensa fertilidade imagética, a envolver-me em possessões e criações, resolvi pregar uma peça, um trote, fazer uma partida ao Sá-Carneiro, o meu grande e melhor amigo, com quem trocava as minhas descobertas, principalmente por meio das palavras escritas. Havia entre nós dois uma amigável e constante disputa destinada a ver quem era o mais esperto nas charadas, quem era o legítimo campeão de fazer troças, de inventar palavras e trocadilhos, a aplicar pequenos golpes de ficção dentro da vida real. Gostávamos de brincar com os sentidos das palavras e para isso possuía mais chances quem mais as conhecia. Deste modo, vivíamos ajoelhados aos pés de São Sinônimo para que este não nos desamparasse e fornecesse-nos cada vez mais e mais significados. Embora meu primo fosse mais novo, era um adversário respeitável. O Mário contava-me coisas inacreditáveis. Quando, com a sua aguda inteligência e rápida presença de espírito, fazia-me esgotar o arsenal de dúvidas, quando fazia-me suspender as exigências da lógica, vinha, ainda por cima, com surpreendentes e inesperadíssimos desfechos, a dobrar ao meio numa só gargalhada a amizade inteligente de dois amigos inseparáveis. O fato é que eu queria "vingar-me" e estava a dever-lhe uma partida exemplar. Foi assim: resolvi invencionar *um poeta bucólico, de espécie complicada, e apresentar-lho em qualquer espécie de realidade. Levei uns dias a elaborar o poeta mas nada consegui. Como a única pessoa que podia suspeitar a verdade do caso Caeiro era o Ferro, eu combinei com o Guisado que ele dissesse, como que casualmente, em ocasião em que estivesse presente o Ferro, que tinha encontrado na Galiza "um tal Caeiro, que me foi apresentado como poeta"*. Minha ideia era convencer a algum amigo da existência real do personagem que eu havia criado. Por aquelas absurdas coincidências da sorte, o *Guisado encontrou o Ferro acompanhado de um amigo caixeiro-viajante. E começou a falar no Caeiro como tendo-lhe sido apresentado, e tendo trocado duas palavras apenas com ele. "Se calhar é qualquer lepidóptero", disse o Ferro. "Nunca ouvi falar nele..." E, de repente, soa inesperada, a voz do caixeiro-viajante: "Eu já ouvi falar nesse poeta, e até me parece que já li uns versos dele." Hein? Para o caso de tirar todas as possíveis suspeitas futuras ao Ferro não se podia exigir melhor. O Guisado ia ficando doente de riso reprimido, mas conseguiu continuar a ouvir. E não voltou ao assunto, visto o caixeiro-viajante ter feito tudo o que era necessário.* O caixeiro parecia um homem cuja fala tivesse sido ensaiada por mim, para confirmar minhas invenções. Foi mesmo muito engraçado que isso tenha ocorrido, ó acaso, cúmplice de mim. Às vezes, assumindo um comportamento de realidade, e muitas vezes pela oportunidade da ocasião, a ficção apresenta-se perfeitamente disponível entre os objetos reais e concretos, construindo uma trama indissolúvel que liga o mundo de fora ao mundo de dentro, ao mundo da criação. E a coisa andou: o Guisado escreve uma carta a Sá-Carneiro em que fala no assunto, e o Sá, como numa ciranda e sem o saber, escreve-me a mim: "O Guisado falou-me, na última carta, sobre um poeta chamado Caeiro, que ele encontrou entre galegos, e que vive a falar mal de nós. Se calhar, meu Fernando, é mais um lepidóptero e provinciano."

O certo é que quando pensei que tudo aquilo não passava mesmo de uma brincadeira minha e que, não sei por que cargas-d'água, eu não mais avançara no desenvolvimento daquele personagem-autor, ocorreu-me o inesperado. Bateu-me sinistramente à porta para dar-me o que eu chamaria para sempre de "o dia triunfal da minha vida". *Foi em 8 de março de 1914 — acerquei-me de uma cômoda alta, e, tomando um papel, comecei a escrever, de pé, como escrevo sempre que posso. E escrevi trinta e tantos poemas a fio, numa espécie de êxtase cuja natureza não conseguirei definir. Foi o dia triunfal da minha vida, e nunca poderei ter outro assim. Abri com um título,* O Guardador de Rebanhos. *E o que se seguiu foi o aparecimento de alguém em mim, a quem dei desde logo o nome de Alberto Caeiro. Desculpe-me o absurdo da frase: aparecera em mim o meu mestre. Foi essa a sensação imediata que tive. E tanto assim que, escritos que foram esses trinta e tantos poemas, imediatamente peguei noutro papel e escrevi, a fio, também, os seis poemas que constituem a* Chuva Oblíqua, *de Fernando Pessoa. Imediatamente e totalmente... Foi o regresso de Fernando Pessoa Alberto Caeiro a Fernando Pessoa ele só. Ou, melhor, foi a reação de Fernando Pessoa contra a sua inexistência como Alberto Caeiro. Aparecido Alberto Caeiro, tratei logo de lhe descobrir — instintiva e subconscientemente — uns discípulos. Arranquei do seu falso paganismo o Ricardo Reis latente, descobri-lhe o nome e ajustei-o a si mesmo, porque nessa altura já o via. De repente, e em derivação oposta à de Ricardo Reis, surgiu-me impetuosamente um novo indivíduo. Num jato, e à máquina de escrever, sem interrupção nem emenda, surgiu a* Ode Triunfal *de Álvaro de Campos — a Ode com esse nome e o homem com o nome que tem.* Tal ode incomodaria a muita gente mais tarde, não como conteúdo combativo, mas como avalanche anárquica que nem a mim deixara de pé. Lembro-me de sentir-me meio tonto, meio grogue. De inspiração? De possessão heteronímica? De quê? Uma espécie de fonte de palavras cuspidas, vindas sabe Deus de que torrente interna de mim, inundou, encharcou de conteúdos e jorros aquela hora mágica desse dia triunfal. Com a força de uma onda, Álvaro parecia chegar pronto, inteiro, indestrutível, veterano, embora fosse seu início. Veio oriundo do lado de lá de uma represa. É um explodido de algo que tentaram conter. Caudaloso, tomou-me todo, como até hoje o faz, quando chegou. Enquanto meu mestre Caeiro acalmava-me, inspirava-me a inspirar o ar até o diafragma e depois expirá-lo todo, o Álvaro acelerava-me como um automóvel desgovernado, um navio voador. Taquicárdico, imprevisível e perigoso como um pavio que quer a chama, como um gás explosivo que se inclina para o perigo porque procura o lume. Campos invade-me os campos todos e não pede licença. Há ainda os meus outros e os outros que a minha imaginação está sempre a supor. Há em mim uma atenção especial pela casa alheia e os enredos que ali habitam. Mas Álvaro de Campos não tem limites nisso. *Ah, que vidas complexas* lá pelas casas das dos outros! *Ah, saber-lhes as vidas a todos, as dificuldades de dinheiro, as dissensões domésticas, os deboches que não se suspeitam, os pensamentos que cada um tem a sós consigo no seu quarto e os gestos que faz quando ninguém o pode ver! Não saber tudo isto é ignorar tudo, ó raiva, ó raiva que como uma febre e um cio e uma fome me põe a magro o rosto e me agita às vezes as mãos, em crispações absurdas em pleno meio das turbas nas ruas cheias de encontrões! Ah, e a gente ordinária e suja, que parece sempre a mesma, que emprega palavrões como palavras usuais, cujos filhos roubam às portas das mercearias e cujas filhas aos oito anos masturbam homens, a gentalha que anda pelos andaimes e que vai para casa por vielas quase irreais de estreiteza e podridão. Maravilhosa gente humana que vive como os cães, que está abaixo de todos os sistemas morais, para quem nenhuma religião foi feita, nenhuma arte criada, nenhuma política destinada para eles! Como eu vos amo a todos, porque sois assim, nem imorais de tão baixos que sois, nem bons nem maus, inatingíveis por todos os progressos, fauna maravilhosa do fundo do mar da vida!*

Ora, aquilo, esse pensamento solto e anárquico, era de um altruísmo desenfreado e louco, no qual eu me via poderoso demais, irreverente, revolucionário, moderno; lançado à coragem exigida aos condenados, como um suicida radical. Quem era isso? Quem era aquele? Aquilo, com efeito, não era eu! Como pode um poeta revelar assim uma baixeza? É isso mesmo? Meninas que masturbam homens adultos!? E o Campos quer nos lembrar disso? Esfregar-nos à cara? A troco do quê? (A falta de autocensura do Campos, embora eu, àquela altura, não o suspeitasse, ainda viria a colocar-me em maus lençóis.) Mas, durante o processo, eu nem sequer pensava! Cumpria a escrita como condenado a ela. Obedecia. Não havia tempo para elaborar fosse o que fosse. Fui acometido por aquilo que gerei.

O Caeiro, isto impressionou-me muito, vinha-me à mente como um ser muito parecido, senão igual, ou senão o mesmo que entrara em meu sonho naquela hora do Diabo, em que me debatia entre o ocultismo e outras verdades. Já o tinha visto antes, disso não havia dúvida. O que estava a acontecer-me agora era de arrepiar o mais seguro dos magos e o mais inquieto dos dramaturgos. *Criei, então, uma* coterie *inexistente. Fixei aquilo tudo em moldes de realidade. Graduei as influências, conheci as amizades, ouvi, dentro de mim, as discussões e as divergências de critérios, e em tudo isso me parece que fui eu, criador de tudo, o menos que ali houve. Parece que tudo se passou independentemente de mim. E parece que assim ainda se passa. Se algum dia eu puder publicar a discussão estética entre Ricardo Reis e Álvaro de Campos, verá como eles são diferentes, e como eu não sou nada na matéria.* Posso dizer assim que esta é a gênese dos heterônimos. E, digo-vos mais, todos estes processos de habitações de outras personalidades em mim não me assustam. Sou um homem do teatro, nasci ao lado do São Carlos e o meu pai era um conceituado crítico de ópera! Alto lá! Sou um homem a quem Shakespeare autorizou a dramaturgia da própria vida. Aqui nem tudo é real, mas é tudo verdade.

O que eu chamo literatura insincera não é aquela análoga à do Alberto Caeiro, do Ricardo Reis ou do Álvaro de Campos. Isso é sentido na pessoa de outro; é escrito dramaticamente, mas é sincero, como é sincero o que diz o Rei Lear, que não é Shakespeare, mas é uma criação dele. E então? Se a humanidade esteve sempre à vontade para criar Deuses, e se Deus é, como bem já ouvi dizer, o amiguinho invisível dos adultos, por que não posso eu ter os meus? É-me confortável o convívio com esses personagens reais, diferentes entre si; e com a obra, o mapa astral, a história que lhes for devida, tudo o que recheia uma pessoa verdadeira é um direito humano. O surgimento do Caeiro representou, para mim, um grande espanto. Quem era *aquele*, cuja poesia calma, transcendentalmente longe de conflitos, de mim brotara? E mais não me coube criticar, pois logo percebi que se tratava de uma espécie de Deus-criança, dono de um pensamento tão limpo que não me fora dado compreender. E de todos foi o que mais me ensinara. Muito diferente da inquietação incendiária do Álvaro, o Caeiro, sob o manto do óbvio, facilita-nos a compreensão dos grandes mistérios com a sua despretensiosa filosofia que diz *Eu não tenho filosofia, tenho sentidos.* E segue por aí, entendendo-se como parte do mundo nascido, como se fosse, ele próprio, um mato ou um lírio. Ser simples é muito difícil para todos, menos para ele. Todas as coisas da natureza funcionam, para Caeiro, com o mesmo equilíbrio, sem que nenhuma delas precise do nosso pensamento para existir. O dia nasce e cai a noite, independente da nossa vontade. Ainda que o não quiséssemos, isso se daria. Assim, profundamente, compreende o mundo o meu mestre e conforta-nos.

Já o Álvaro, este passa com seus navios em alta velocidade sobre tudo. Desarruma as convicções, abala os códigos da civilização bem-comportada. Desequilibra os homens da elite europeia. *Sabe que não se lhes pode ver a verdadeira cara, aquela que mostrariam ao levantar-se à noite; a cara que têm quando se levantam das suas camas, na madrugada e com fome:* porque o que a maioria dos ricos tem verdadeiramente é fome de sensações. Onde comprá-las? Álvaro puxa-lhes o tapete com raiva e, sorrindo, não perdoa os hipócritas, os que não queriam aquelas mulheres ao seu lado, os que não suportam a fantasia da boa aparência a esconder a fera todo tempo. *Queriam-me casado, cotidiano, fútil e tributável? Queriam-me o contrário disso? O contrário de qualquer coisa? Se eu fosse outra pessoa, fazia-lhes a todos a vontade; assim como sou, tenham paciência: vão para o diabo sem mim, ou deixem-me ir sozinho para o diabo. Para que havermos de ir juntos?* Se Álvaro tripudia, e incomoda, eu também tripudio e incomodo.

E eis Ricardo Reis, o médico. Surge-me como o mais neoclassicista dos pagãos, e muito embora aparentemente conservador na forma, Reis é um inquietante filósofo, um discreto provocador, se o investigarmos bem. Ele não nos deixa ver isso logo. Tanto que vai viver no Brasil. Precisamente na cidade de São Sebastião do Rio de Janeiro, à rua Humaitá, 18, salvo engano meu. Ninguém, muito menos um escritor, vai morar naquela terra encantada sem que seja, ao menos, vizinho de alguma liberdade. Não o subestimemos, pois são dele estes simples e inquietantes versos: *Para ser grande, sê inteiro: nada teu exagera ou exclui.* Pode ser que tenha sido, o Reis, um perseguidor da liberdade, enquanto Álvaro e Caeiro, cada um ao seu modo, não a deixaram escapar. Quisera poder vos explicar a origem desses homens irreais; quisera ser bem explícito e didático aqui mais do que o fiz nas cartas aos poucos amigos que se interessam pelos meus delírios literários, a fim de lançar o mais possível de luzes sobre *a gênese dos heterônimos.* Pois confesso que, mesmo para mim, seu autor, custa-me compreender esses "três reis magos", esses quatro (contando comigo) cavaleiros do apocalipse, abaladores dos pilares de uma certa rigidez da literatura que assolava Portugal antes de mim. Poderia eu, pergunto, prosseguir no curso superior de letras desta Luso Pátria de agora? O supra-Camões não tardará, não foi o que eu sempre disse? E estes três vultos, que não são os únicos de toda minha vida-obra, mas que são os únicos desta tríade do dia triunfal, são rigorosamente ímpares entre si. Dá-se que a coisa é tão assumidamente outra instância de meu existir que, como somos todos escritores — ainda que um seja médico, e o outro engenheiro, e o outro camponês, e eu mesmo um poeta e tradutor de cartas comerciais, estamos sempre a escrever uns sobre os outros. *Concluí,* por exemplo, *há dias, através de um esforço terrível de impersonalização, o estudo inicial de Ricardo Reis — duas simples páginas de prosa — à obra completa de Alberto Caeiro. Concluído o estudo, quase chorei de alegria, mas lembrei-me depois que o entusiasmo do discípulo e a grandeza, ali expressa, do mestre, se tinham passado exclusivamente em mim, que eram ficções de interlúdio, áleas da confusão e descaminho. E esse dia já não sai do meu coração.*

Venho construindo um Império de frases, de períodos de palavras, e é esta a minha riqueza. Sempre que aquilo que escrevo faz sentido aos olhos do mundo, ajusta-o. Realinha este mundo ao dinamismo do seu caos. Guardo como a um tesouro este baú de letras organizadas. A verdade mais verdadeira é que *sinto-me viver vidas alheias, em mim, incompletamente, como se o meu ser participasse de todos os homens, incompletamente de cada, individuado por uma suma de não eus sintetizados num eu postiço.* Aqui neste diário falam todos, e fazem-no por minha mão.

A chuva parou. Hoje estou a fumar muito mais do que o usual. Dois maços até agora! Mas quero suspirar, quero chupar o cigarro, quero beber, entornar, mamar nos lábios dos instantes. Gostava de ir ao Abel, provar-lhe o sabor barato e honesto da sua sempre excelente bagaceira, mas estou a vinhos desde que despertei, e pretendo continuar nisso. Dai-me de beber que a vida é sonho! Se eu tiver a sorte de ser lido, de chegar a algum futuro, se um dia o meu baú de novidades conseguir atravessar os mares... E, se porventura fores, ó sonhado leitor, um médico, certamente estarás por esta hora a armar na tua cabeça as pistas para um possível diagnóstico do meu caso. Ainda que sejas da medicina do futuro, poupar-te-ei, meu amigo, do serviço de decifrar-me. Estudo a minha doença, interessa-me essa branda (não sei) forma de loucura que acompanha-me desde sempre, sem de todo retirar-me a minha lucidez. Isso porque sou também grande curioso da ciência médica. E posso, além de discorrer extensos discursos sobre a minha doença, apresentar-te o diagnóstico oficial para o meu mal, aqui neste papel: "Conheço, nos limites do possível, a vida mental de P. até 1895, época em que foi (com apenas 7 anos de idade) para Durban. Nesta idade já existe no observado uma certa neurastenabilidade bem vincada: aos 7 anos já é um peridispéptico." Observa que são estas as sábias palavras do Dr. Faustino Antunes! Uma autoridade, um primor na excelência de realizar magnitudes no campo da medicina diagnóstica; emocional ou psicológica. E continua: "P. revela já este caráter reservado não infantil; uma ponderação, uma seriedade, que espantam. Já se isola, gosta de brincar sozinho, de ler, de escrever (aprendeu a fazê-lo sozinho.) É um solitário — vê-se bem. E a tudo isso há que juntar muita raiva impulsiva e quase odienta (nem sempre com uma causa proporcional). O seu caráter pode resumir-se assim: precocidade intelectual, imaginação prematuramente intensa, malevolência, medo, necessidade de isolamento. É um neuropata em miniatura." Vejo-me obrigado a concordar com as desoladoras conclusões do Dr. Faustino, mas sei que há mais. Não bastarão os avanços do meu tempo para definir-me.

Mas *eu que me aguente com os comigos de mim*. Esses homens, apesar de não serem eu, estão sob minha responsabilidade e são partes do meu eu. Qualquer coisa deles que desagrade a alguém acaba por sobrar para mim. Em compensação, para qualquer elogio que a eles se atribua por algum verso que deles provier, também serão minhas as glórias. Bem, menos mal. O que sei é que, enquanto Álvaro procura incessantemente ser o tradutor exato da onomatopeia do seu descalabro, do seu trilho decidido e desgovernado, enquanto que este engenheiro atira-se ao limbo do perigoso e eletrizante fio do interseccionismo, o Mestre Caeiro, embora viva na orquestra dos montes e das florestas, não escreve nem um pio como som. É na intersecção entre realidade e sonho que o Álvaro opera, zona das tormentas em que qualquer mortal se ilude ou se desespera. Mas *o ponto central da minha personalidade como artista é que sou um poeta dramático; tenho, continuamente, em tudo quanto escrevo, a exaltação íntima do poeta e a despersonalização do dramaturgo. Do ponto de vista humano sou histero-neurastênico com a predominância do elemento histérico na emoção e do elemento neurastênico na inteligência e na vontade.* Se o digo com tanta certeza é porque são afirmações aprendidas ao longo desses anos em intermináveis consultas com o Dr. Faustino.

Está a trovejar lá fora. Clarões são artifícios impressionantes quando o teatro é o céu. Convencem-me e amedrontam-me. Justo agora quando estou a escrever a respeito desse tão clarioso mistério, a trovoada entra imperiosa pela janela. O inverno será rigoroso e não tardará. Sei que tudo isso pode mesmo parecer-vos confuso; admito que me valho dessa aparente confusão para dificultar as teorias de todos os críticos, a fim de evitar o tolo caminho de uma lógica fácil, catalogável, rígida, quadrada, calculada e medida em demasia. Valho-me dessa indistinção entre o que é criado e o que é vivido, que nome é o de cada um, e de quem são os ouvidos que nisso acreditam. Quem é o nome que escreve, e quem lhe antecedeu? O homem? Quem aqui primeiro nasceu, os nomes ou os homens? Valho-me de muitas coisas, refém que sou dos sonhos. Sou um *habitué* das minhas habitações. Valho-me até do que escreve cada heterônimo, crítico do outro; cravejados todos pela incoerência humana. Ali se vê bem que tudo independe de mim. Presto-me. Há algumas coisas que inclusive me chegam a desagradar, e para as quais sinto-me impotente, pois nenhum de nós é especializado em reverter a ação-palavra do outro. Sim, sim, digo isso porque as ações de cada um de nós são escritas. Escrever é a nossa coisa concreta. É esse o nosso grande ato. E, caçando uma lucidez aqui, uma descoberta metafísica acolá, inesperados proveitos podem encontrar-se nas palavras poéticas ou prosaicas desses tantos.

Mas há trapalhadas, coisas que me deixam fulo e tiram-me do sério. Por exemplo, não gostei nada daquela história do Álvaro revelar a intimidade sexual do Reis, inutilizando-lhe os nomes fictícios, arrancando sem pena a máscara da identidade dos amores do médico-poeta, plantando suspeitas sobre o gênero do seu objeto romântico, se homem ou mulher. Ele afirma que o *Reis tem muita sorte em escrever tão comprimido que é quase impossível seguir com a precisa atenção o sentido complexo e exato de todos os seus dizeres. É isso que faz com que aquela ode que começa: "A flor que és, não a que dás, eu quero", disfarce que é dirigido a um rapaz, pois poucos há (perdidos como vão na escuridão sintática do poeta) que reparem no pequeno "o" que define a coisa: "Se te colher, avaro, a mão da infausta esfinge"*. Ora, ele deveria ter escrito avara. *É a primeira vez que a sintaxe aparece como véu de pudor, ou lá o que quer que seja, que cobre as partes do discurso.* É um disfarce dirigido a um rapaz e não a uma mulher como Ricardo parece querer que creiamos. Mas o que tem o senhor Álvaro que ver com isso? Acaso está lá alguém a perguntar-lhe? Haverá alguém a quem essa historieta de segredos e pederastia fina possa interessar? Há muitos, bem sei. Ah, como adorariam esse falatório o Santa Rita Pintor e o Sá! Este último, quando soubesse o tamanho da tiara indiscreta de boatos, iria responsabilizar o Santa por isso. E há mais: não foram palavras ditas. Não. O Álvaro escreveu-as. Portanto, foi pior, foram palavras escritas para serem eternamente lembradas, uma vez que o ensaio onde está o dito maldito recebe o título determinado de *Notas para a recordação do meu Mestre Caeiro*. Ou seja, era da intenção do Álvaro a eternização de tal conteúdo, e era seu desejo explícito que tudo isto fosse perpetuamente lembrado. É por isso que digo que não sou poderoso a ponto de deter o Álvaro, quando este está determinado a assumir, sem cerimônias, o seu papel de desestabilizador. Ainda que isso se dê entre "irmãos".

Devo dizer que, nesse laço consanguíneo e literário, tramados que estamos desde sempre, o homem nem a mim poupou. Diminuime: *Fernando Pessoa escreveu a fio — a fio, humanamente — aqueles poemas complicados. O Fernando Pessoa que, quando escreve uma quadra, emprega esforços de organização industrial para ver como há de dispor através dela os dezessete raciocínios que ela é obrigada por lei a conter; que, quando sente qualquer coisa, se põe logo a cortá-la com uma tesoura de cinco críticos, a embrulhar-se em por que é que o segundo verso contém um adjetivo biforme. Este homem, tão inutilmente bem dotado, vivendo constantemente na parabulia da sua complexidade, teve naquele momento — também ele — a sua libertação. Se algum dia se esquecer ao ponto de publicar qualquer livro, se o livro for de versos, e vierem datados os pequenos poemas, ver-se-á que há qualquer coisa de diferente nos que têm datas posteriores a 8 de março de 1914.*

Pois realmente pode-se dizer que a partir dessa data melhoroume o surgimento do meu Mestre. E o pior, ó divina ética minha, é que até eu tenho que concordar com ele. Gostava que ele não tivesse se insurgido tão cruelmente na forma do pensamento que encontrou para me criticar. Mas no fundo tinha muita razão. O que o Álvaro disse, afinal de contas, é que o surgimento do meu mestre em mim aprimorou a qualidade dos meus versos e tirou a minha poesia da mediocridade, se for esta comparada à obra dele ou à de Caeiro. Além de tudo, é de fato impressionante o envolvimento do Álvaro com o Caeiro. Ao ler aquelas recordações, os detalhes da convivência íntima e diária dos dois, muitas vezes pareceu-me um caso de paixão. Acho que, em companhia do Caeiro, nas canções dos seus ventos limpos a soprar pelos prados, Álvaro perdia a raiva, ganhava alguma alegria e voltava a ser menino. Senti tudo isso. Senti tudo a fundo. *Creio que expliquei a origem dos meus heterônimos. Se há porém qualquer ponto em que precisa de um esclarecimento mais lúcido — estou escrevendo depressa, e quando escrevo depressa não sou muito lúcido —, e* há, *é verdade, um complemento verdadeiro e histérico: ao escrever certos passos das* Notas para a recordação do meu Mestre Caeiro, *do Álvaro de Campos, tenho chorado lágrimas verdadeiras. É para que saiba com quem está lidando, meu caro!*

Com tudo isso devo considerar, que, assinadas por Álvaro de Campos, as tais *Notas*... são páginas profundas, fiéis aos fatos do meu laboratório de Invenção dos Homens, e muito ilustrativas para os estudiosos dessa conturbada "gênese", caso estes venham a haver.

Penso que se deitarmos os olhos sobre essas memórias em que Álvaro, narrador e participante de várias cenas, descreve o dia a dia dos dois homens, dissipar-se-á, imediatamente, qualquer sombra de dúvida sobre a dinâmica daquele convívio de heterônimos. Espiemos, pois, esta conversa entre o engenheiro naval, com as turbinas da lógica em chamas, e o camponês doce e rústico, a desmoralizar um conceito como quem descasca, com efeito e serenidade, uma laranja.

Álvaro: *O meu mestre Caeiro não era um pagão: era o paganismo. O Ricardo Reis é um pagão, o Antônio Mora é um pagão, eu sou um pagão, o próprio Fernando Pessoa seria um pagão, se não fosse um novelo embrulhado para o lado de dentro.* Um dia, eu lhe disse que chamaram-no de *poeta materialista,* e Caeiro protestou veementemente como eu jamais vira antes.

Caeiro: Pois não sou materialista! *Essa gente materialista é cega. Você diz que eles dizem que o espaço é infinito. Onde é que eles viram isso no espaço?*

Álvaro: *Mas você não concebe o espaço como infinito? Você não pode conceber o espaço como infinito?*

Caeiro: *Não concebo nada como infinito. Como é que eu hei-de conceber qualquer coisa como infinito?*

Álvaro: *Homem, suponha um espaço. Para além desse espaço há mais espaço, para além desse mais, e depois mais, e mais, e mais... Não acaba...*

Caeiro: *Por quê?*

Álvaro: Tu já estás a provocar-me *um terremoto mental! Suponha que acaba. O que há depois?*

Caeiro: *Se acaba, depois não há nada.*

Álvaro: *Mas você concebe isso?*

Caeiro: *Se concebo o quê? Uma coisa ter limites? Pudera! O que não tem limites não existe. O existir é haver outra coisa qualquer. O que é que custa conceber que uma coisa é uma coisa, e não está sempre a ser uma outra coisa que está mais adiante?*

Álvaro: *Olhe, Caeiro... Considere os números... Onde é que acabam os números? Tomemos qualquer número — 34, por exemplo. Para além dele temos 35, 36, 37, 38, e assim sem poder parar. Não há número grande que não haja um número maior. . .*

Caeiro: *Mas isso são só números! O que é o 34 na realidade?*

É incrível que possam duas vozes duelar suas ideias dentro da mesma cabeça, e sem prejuízo da identidade verdadeira, assim espero. Tudo isto que aqui derramo é para que eu mesmo entenda, creia-me. Nem as extensas cartas a meu querido Casais Monteiro e aos estimados Armando Côrtes e Gaspar Simões (preciosos investigadores de minha literatura), nem toda a minha correspondência com Sá-Carneiro podem dar conta de todos os conteúdos desse aparente mistério. Não sei por que invento esses nomes, esses homens. Não entendo essa compulsiva necessidade de criar seres. O ocultismo não me esclareceu. Queria ter certeza, mas não estou seguro de que *os astros mandam neste mundo, nem se as cartas, as de jogar ou as do tarô, podem revelar qualquer coisa. Não sei se deitando dados se chega a qualquer conclusão.* Mas também não consigo tirar-lhes o poder. Por outro lado, que mistério haveria de haver? Sou um escritor português! Inscrevo-me eu mesmo na tua Nova Poesia, Portugal! É isto mesmo que estás a ouvir, minha pátria! *Eu*, o educado à inglesa, temperado a condimentos africanos, porém, teu filho legítimo, experiente atravessador do Cabo das Tormentas... (Basta! Se eu deixar, o Álvaro assume o proscênio da minha alma, e espanta-me o público com os seus desconcertos de gênio e as suas espalhafatosas afetações de poucos limites.)

Retorno à escrita com sobriedade e oxalá a inércia não me tire outra vez o fôlego para atravessar o portal do sonho, a possibilidade de fazer dele realidade palpável para além de minha escrivaninha. *Mantenho, é claro, o meu propósito de lançar pseudonimamente a obra Caeiro-Reis-Campos. Isso é toda uma literatura que eu criei e vivi, que é sincera, porque é sentida, e que constitui uma corrente com influência possível, benéfica incontestavelmente, nas almas dos outros.* Estive a pensar em facilitar a vida dos críticos, pois, *desde que o crítico fixe, porém, que sou essencialmente poeta dramático, tem a chave da minha personalidade no que pode interessá-lo a ele, ou a qualquer pessoa que não seja um psiquiatra, que, por hipótese, o crítico não tem que ser. Munido dessa chave, ele pode abrir lentamente todas as fechaduras de minha expressão.* A história é longa, nem falei aqui do Bernardo Soares, do *Livro do desassossego*, nem do Vicente Guedes, que foi quem primeiro assinou partes do mesmo conteúdo do *Livro do desassossego* sob o título de *Diário*. Sou mesmo tantos, e é esse o império do qual sou rei. Mas não quero mais falar nada. Escrever nada. Queria aquietar-me. Ah, ser criança e não ter que explicar-me! *Ah o som de abanar o ferro da engomadeira à janela ao lado da minha infância debruçada! O som de estarem lavando a roupa no tanque! Todas estas coisas são, de qualquer modo, parte do que sou. (Ó ama morta, que é do teu carinho grisalho?)*

Minha infância da altura da cara pouco acima da mesa... Minha mão gordinha pousada na borda da toalha que se enrodilhava. E eu olhava por cima do prato, nas pontas dos pés. (Hoje se me puser nas pontas dos pés, é só intelectualmente. E a mesa que tenho não tem toalha, nem quem lhe ponha toalha...) Estudei o fermento da falência na demonologia da imaginação.

Chego à janela, bebo uma cachaça mineira do Brasil que me trouxe o amável Ronald de Carvalho. Bebo-a. Desce em mim dentro a ferver e a agradar. Uma delícia. Bebida ideal para marcar a mudança da cor da tarde depois de a tempestade ter parado. Fumo ópio, e este é do leve. Bom. Ainda não anoiteceu. Lisboa transforma-se para mim, na visão de Caeiro, diante da cordilheira infinita dos montes. Estou melhor. Quase feliz. Vejo. Tudo brilha e *o meu olhar é nítido como um girassol*. Também ainda não o disse aqui (e muito há ainda que dizer), mas, estranhamente, Caeiro confiara a Ricardo Reis a tarefa de publicar seu livro *O guardador de rebanhos*. Antônio Caeiro da Silva e Júlio Manoel Caeiro, irmãos do *poeta da natureza*, fizeram com que chegassem ao Reis a obra do Mestre. O Reis fê-lo com muita generosidade, e foi também o único de nós a ter coragem para criticar aquele que, entre nós, seus heterônimos — e até eu aqui me incluo —, foi o nosso autor e mestre. Criticar o mestre Caeiro? Eu? Com toda a insatisfação da minha alma jamais o faria. Não estaria talvez apto, faltar-me-ia o distanciamento, o desprendimento necessário para compreender a sofisticada simplicidade caeira. Mas Reis é um estudioso do paganismo, e o nosso pastor amoroso, como é chamado o Caeiro, é o rei dos pagãos. E assim o é somente por existir, sem precisar de discursos oficiais e sem esforço.

Espreitando através desta janela a Lisboa que daqui a pouco acender-se-á, volto a pensar no ocultismo, naquelas coisas que vivi ao lado dos rituais da negra Paciência e das suas sessões e possessões em terras africanas, que nunca em mim apagar-se-ão. O meu pensamento voa às noites mágicas do Príncipe Real em casa do Rosa e alcança uma conversa minha com Aleister Crowley, sobre esse fenômeno da heteronímia em que nasceu o mais divino dos poetas e o mais simples dos homens: "A criação de Caeiro e do discipulato de Reis e de Campos parece, à primeira vista, uma elaborada partida da imaginação, mas não. É um grande ato de magia intelectual, magnum opus, ou seja, grande obra, opus do poder criador impessoal", confessou-me uma noite o próprio Crowley. Estivera a elogiar-me?

Eu esperava, sinceramente, que fosse o Álvaro o escolhido para prefaciar postumamente o nosso mestre. Por quê? Porque foi este quem mais sofreu com a sua morte. Entendo-o. Foi devastador o efeito dos ensinamentos do Caeiro para o entendimento da palavra "calma". E as desconcertantes e despretensiosas perguntas-afirmações poéticas do Caeiro desorganizavam a floresta combativa do vapor cosmopolita humano chamado Álvaro de Campos. Caeiro provocava-o sem franzir o cenho, quase a sorrir, como um Deus criança: *Dizes-me: tu és mais alguma coisa que uma pedra ou uma planta. Dizes-me: sentes, pensas e sabes que pensas e sentes. Então as pedras escrevem versos? Então as plantas têm ideias sobre o mundo? Sim: há diferença. Mas não é a diferença que encontras; porque o ter consciência não me obriga a ter teorias sobre as coisas: só me obriga a ser consciente. Se sou mais que uma pedra ou uma planta? Não sei. Sou diferente. Não sei o que é mais ou menos. Ter consciência é mais que ter cor? Pode ser e pode não ser. Sei que é diferente apenas. Ninguém pode provar que é mais que só diferente.*

Tão luminoso era o nosso mestre que em sua presença o Sr. Campos dissipava as costumeiras nuvens do seu espírito perturbado e assim reduzia de modo considerável a habitual ansiedade, aquela oralidade excessiva capaz de compor infinitas odes, e dessa maneira aquietava-se a sorver e a apreciar a existência daquele homem raro, seu pastor. Só este é que o indomável Álvaro atende e escuta. Quando o Caeiro morreu, o Álvaro desesperou-se. Guardo até hoje aquela sensação. E mesmo naquela hora, não faltou uma alfinetada do Álvaro destinada a mim. Ouvi-o dizer mais de uma vez — e até escreveu nas tais *Notas para a recordação...* — que a minha presença ao lado do Mestre nos seus últimos momentos de nada serviu. E o berrou aos quatro ventos a fim de envergonhar-me *Nada me consola de não ter estado em Lisboa quando meu mestre Caeiro morreu... foi uma das angústias da minha vida — das angústias reais em meio de tantas que têm sido fictícias — que Caeiro morresse sem eu estar ao pé dele. Isto é estúpido mas humano, e é assim. Eu estava em Inglaterra. O próprio Ricardo Reis não estava em Lisboa, estava de volta no Brasil. Estava lá o Fernando Pessoa, mas é como se não estivesse. O Fernando Pessoa sente as coisas mas não se mexe, nem mesmo por dentro.*

Inacreditável, mas não é a primeira nem a última vez que, no desfile heteronímico dessa tríade em especial, o Fernando (no caso, este que ora vos escreve) é visto como um zero à esquerda, um inútil mesmo, que só serve para criar essas criaturas ingratas, com exceção do nosso mestre a quem eu nunca vira falar mal de ninguém. Logo depois, devo admitir, logo depois de o Caeiro revelar-lhe que estava muito doente e que sabia que ia morrer, nascera do peito de nosso inquieto Álvaro esta poesia-oração-desespero-abandono e confissão, sei lá que mais... versos emocionados nos quais o engenheiro desmancha-se e mortifica-se por não ter estado à altura dos conteúdos filosóficos daquele *guardador dos rebanhos* de todos os nossos pensamentos. Álvaro desesperou-se, e eu, por tabela, também muito sofri. *Mestre, meu mestre querido! Coração do meu corpo intelectual e inteiro! Vida da origem da minha inspiração! Mestre, que é feito de ti nesta forma de vida? A calma que tinhas, deste-ma, e foi-me inquietação. Libertaste-me, mas o destino humano é ser escravo. Acordaste-me, mas o sentido de ser humano é dormir.*

Não rias de mim, tu que estás a escutar-me, mas quero ainda nesta vida, talvez a curta vida que me resta, desejo nela ainda publicar essa malta heteronímica. Já tenho até um prefácio para apresentar essa obra completa com tantos representantes do meu ser. *É, não sei se um privilégio se uma doença, a constituição mental que a produz. O certo, porém, é que o autor destas linhas — não sei bem se o autor destes livros — nunca teve uma só personalidade, nem pensou nunca, nem sentiu, senão dramaticamente, isto é, numa pessoa, ou personalidade, suposta, que mais propriamente do que ele próprio pudesse ter esses sentimentos. Há autores que escrevem dramas e novelas; e nesses dramas e nessas novelas atribuem sentimentos e ideias às figuras que as povoam, que muitas vezes se indignam que sejam tomados por sentimentos seus, ou ideias suas. Aqui a substância é a mesma, embora a forma seja diversa. A cada personalidade mais demorada que o autor destes livros conseguiu viver dentro de si, ele deu uma índole expressiva, e fez dessa personalidade um autor, com um livro, ou livros, com as ideias, as emoções, e a arte dos quais, ele o autor real nada tem, salvo o ter sido, no escrevê-las, o médium das figuras que ele próprio criou.* Em favor deste autor eu digo que *nem esta obra, nem as que se lhe seguirão têm nada que ver com quem as escreve. Ele nem concorda com o que nelas vai escrito, nem discorda. Como se lhe fosse ditado, escreve; e, como se lhe fosse ditado por quem fosse amigo, e portanto com razão lhe pedisse para que escrevesse o que ditava, acha interessante — porventura só por amizade — o que, ditado, vai escrevendo.* Quero que entendam que eu não tenho uma personalidade própria só minha. Quando sinto surgir de mim um ser parecido mas outro, não eu, considero como um *filho mental*. Podem chamar de histeria. Não estou nem aí, não sou contra nem a favor. Também não posso dizer que eles não existem, embora reinem num mundo que atende sob a etiqueta da ficção. Quem é mais real, Hamlet ou Shakespeare? Já não se pode dizer. *Que este processo de fazer arte cause estranheza, não admira; o que admira é que haja coisa alguma que não cause estranheza.* Não sei quando isso vai parar, se um dia vai parar. *É possível que, mais tarde, outros indivíduos, deste mesmo gênero de verdadeira realidade, apareçam. Não sei; mas serão sempre bem-vindos à minha vida interior, onde convivem melhor comigo do que eu consigo viver com a realidade externa.* Todos falam muito, são verborrágicos. A maior boca é a do Álvaro, mas todos têm rios a nascer das línguas. Que importa que não sejam reais? *Se eles escrevem coisas belas, essas coisas são belas, independentemente de quaisquer considerações metafísicas sobre os autores "reais" delas. Se, nas suas filosofias, dizem quaisquer verdades, essas coisas são verdadeiras independentemente da realidade de quem as disse. Tornando-me assim, pelo menos um louco que sonha alto, pelo mais, não um só escritor, mas toda uma literatura, quando não contribuísse para me divertir, o que para mim já era bastante, contribuo talvez para engrandecer o universo, porque quem, morrendo, deixa escrito um verso belo deixou mais ricos os céus e a terra e mais emotivamente misteriosa a razão de haver estrelas e gente.*

Tudo isso dá-me um pouco de preguiça, essas conversas chiques nos *tapetes das etiquetas* a ditar-nos o que é considerado pensamento superior, o que poderá ser considerado conhecimento, o que ficará na história da civilização ou não. As investigações filosóficas que não são catalogáveis acabam por diminuir o volume da voz do poeta num espaço no qual não conferem existência e consideração. O poeta que vai fazer desmoronar as ilusões medíocres não é ouvido nos salões de agora. O meio intelectual português é pequeno demais, temo que veja essa minha heteronímia como uma forma de máscara. *Com uma tal falta de literatura, como há hoje, que pode um homem de gênio fazer senão converter-se, ele só, em uma literatura?* Essas minhas ficções de interlúdio, esses meus outros eus, *alguns conheceram-se uns aos outros; outros não. A mim pessoalmente nenhum me conheceu, exceto o Álvaro de Campos.* Ah, nem sei o que vos digo, não quero mais falar disto; quando disto falo, quando abordo este tema, vejo queimar-me nas mãos o meu próprio coração; expõe o meu avesso, remexe-me as vísceras, entra, provocando incômodo sem que seja ali chamada uma luz no velho porão. Eu é que sei. Estas reflexões dão-se num terreno poroso, movediço, perigoso e de difícil precisão; o espaço em que ocorrem é abstrato, mas nem por isso menos real, menos explosivo. Tudo isto dá-se na intersecção dos momentos, nos interlúdios, nos espaços de tempo entre uma cena e outra, nas frestas da madeira corrida do palco da minha alma, nos intervalos da minha música, nos vãos que há entre os degraus da escada interior da formação contínua da minha personalidade múltipla, multifacetada desde criança. Tudo isso é o Fernando Antônio Nogueira Pessoa; tudo isso é o Fernando Pessoa, que, se calhar, não é nada. Ocupado por tantos, existiriam ainda quantos por vir? Ó, Cavaleiro de Nada, primeiro habitante do caldeirão enfeitiçado em que tudo começou, por que não estás aqui agora, meu amiguinho?

Brincam as crianças na praça. Só vejo os montes, mas ouço-as na alegre gritaria. Já fui um menino como eles e, no fundo, tocam nas teclas da minha infância essas imaginações existidas, essas ficções do meu interlúdio. Agrada-me muito que o meu mestre Caeiro tenha sido publicado em vida. Sou muito grato ao Reis por isso. Uma profunda gratidão enche os meus pensamentos. Sou grato até ao diagnóstico do Dr. Faustino Antunes, de cujas conclusões não se pode duvidar. Ser poeta exige mais que o estudo superior das letras e maiores ousadias no descumprimento das leis do senso comum e das prisões mais acadêmicas. No mar da Nova Poesia Portuguesa, o meu cardume não pede passagem, avança silencioso. *Quando um poeta inferior sente, sente sempre por caderno de encargos. Pode ser sincero na emoção: que importa, se o não é na poesia? Há poetas que atiram com o que sentem para o verso; nunca verificaram que o não sentiram. Chora Camões a perda da alma sua gentil; e afinal quem chora é Petrarca. Se Camões tivesse tido a emoção sinceramente sua, teria encontrado uma forma nova, palavras novas — tudo menos o soneto e o verso de dez sílabas. Mas não: usou o soneto em decassílabos como usaria luto na vida. O meu mestre Caeiro foi o único poeta inteiramente sincero do mundo.*

É chegada a antiquíssima noite, as luzes da cidade acendem-se, e a vista por debaixo da sua saia possui o negrume distante de um Tejo envolvente. A vontade de beber a vida numa só garrafa volta a atacar-me. Acabou-se-me o aguardente mineiro. Quem o teria bebido?

Sobre o criado-mudo reina um vinho açoriano e eu quero entorná-lo por mim dentro em homenagem à Ilha Terceira, onde a palavra começara a reinar em mim, e quero brindar também a Reis, a Campos e a Caeiro. A este último, imploro: sede hoje o meu pastor! Quisera ser do vosso rebanho, mestre, meu mestre querido, quero ser todo eu um mero sopro, um pequeno pensamento vosso! Volto à janela com a garrafa na mão. Os olhos vermelhos marejados veem os caminhos claros dos bosques e florestas por onde passeia o meu Caeiro e depois não vejo mais nada. Apenas estou vendo e ouvindo e sentindo e dizendo o meu mestre. Ele é o meu olhar de agora. *Da mais alta janela da minha casa com um lenço branco digo adeus aos meus versos que partem para a Humanidade. E não estou alegre nem triste. Esse é o destino dos versos. Escrevi-os e devo mostrá-los a todos porque não posso fazer o contrário, como a flor não pode esconder a cor, nem o rio esconder que corre, nem a árvore esconder que dá fruto. Ei-los que vão já longe como que na diligência e eu sem querer sinto pena como uma dor no corpo. Quem sabe quem os lerá? Quem sabe a que mãos irão? Flor, colheu-me o meu destino para os olhos. Árvore, arrancaram-me os frutos para as bocas. Rio, o destino da minha água era não ficar em mim. Submeto-me e sinto-me quase alegre, quase alegre como quem se cansa de estar triste. Ide, ide de mim! Passa a árvore e fica dispersa pela Natureza. Murcha a flor e o seu pó dura sempre. Corre o rio e entra no mar e a sua água é sempre a que foi sua. Passo e fico, como o Universo.*

Décimo capítulo

Portugal, a palavra revista

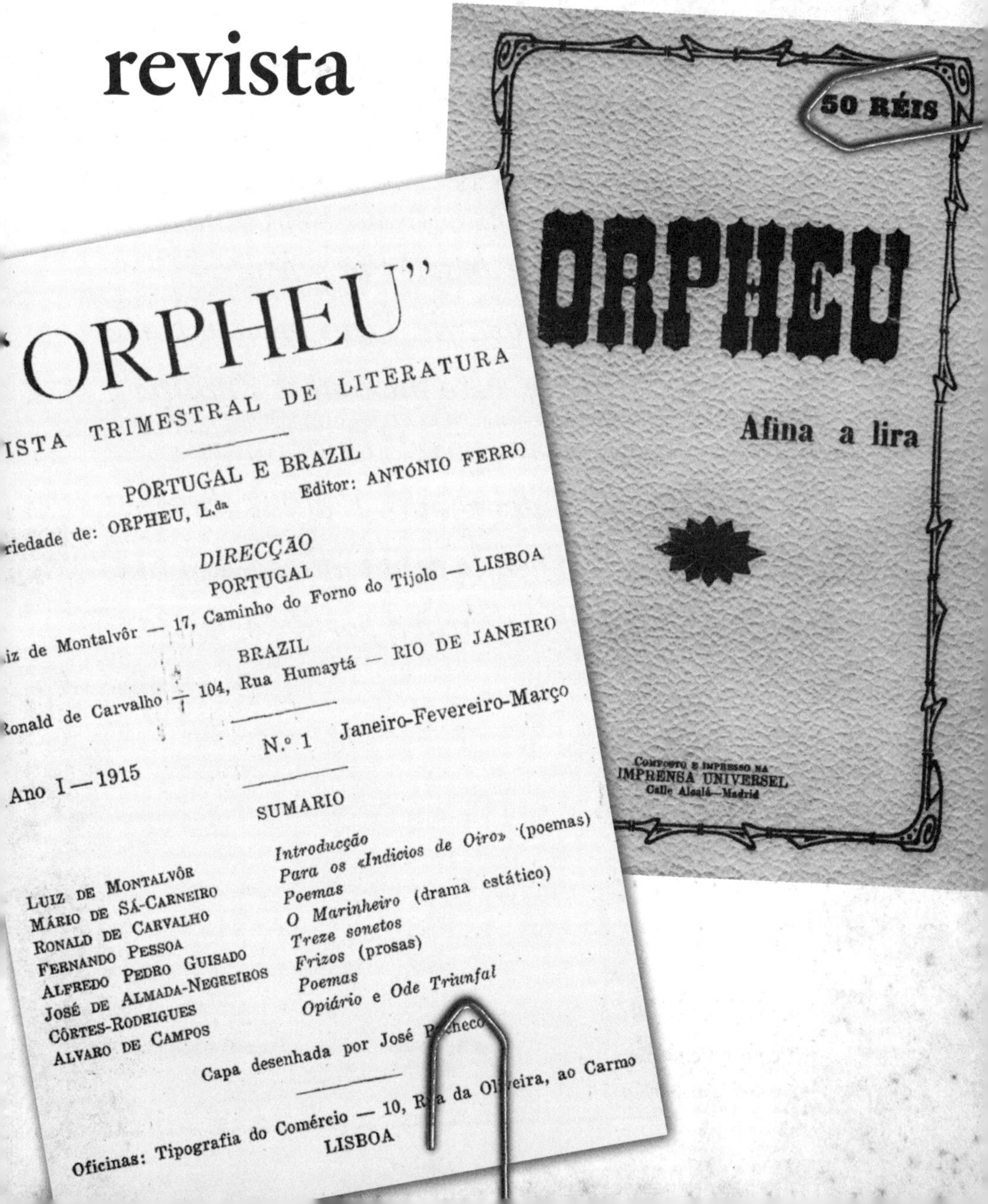
"ORPHEU"
ISTA TRIMESTRAL DE LITERATURA
PORTUGAL E BRAZIL
riedade de: ORPHEU, L.da Editor: ANTÓNIO FERRO
DIRECÇÃO
PORTUGAL
iz de Montalvôr — 17, Caminho do Forno do Tijolo — LISBOA
BRAZIL
Ronald de Carvalho — 104, Rua Humaytá — RIO DE JANEIRO
Ano I — 1915
N.º 1 Janeiro-Fevereiro-Março
SUMARIO
LUIZ DE MONTALVÔR — Introducção
MÁRIO DE SÁ-CARNEIRO — Para os «Indicios de Oiro» (poemas)
RONALD DE CARVALHO — Poemas
FERNANDO PESSOA — O Marinheiro (drama estático)
ALFREDO PEDRO GUISADO — Treze sonetos
JOSÉ DE ALMADA-NEGREIROS — Frizos (prosas)
CÔRTES-RODRIGUES — Poemas
ALVARO DE CAMPOS — Opiário e Ode Triunfal
Capa desenhada por José Pacheco
Oficinas: Tipografia do Comércio — 10, Rua da Oliveira, ao Carmo
LISBOA
50 RÉIS
ORPHEU
Afina a lira
Composto e impresso na
IMPRENSA UNIVERSEL
Calle Alcalá—Madrid

DIÁRIO

N.º

N.º

A Obra foi um sucesso, mas o público fracassou retumbantemente.

Oscar Wilde

"Solta-me, ao vento e ao sol! Por que me prendes? Solta-me, covarde. Deus me deu por gaiola a imensidade. Não me roubes a minha liberdade, quero voar, voar!" Estas coisas o pássaro diria, se pudesse falar. E a tua alma, criança, tremeria, vendo tanta aflição. E a tua mão, tremendo, lhe abriria a porta da prisão.

Olavo Bilac

Tal qual um cão às voltas com o rabo, esteve a rondar o meu pensamento à procura da própria ponta o fio condutor destes escritos. Ou seja: o fio condutor destes escritos esteve a rondar o meu pensamento à procura da própria ponta tal qual um cão às voltas com o rabo. Onde está? Qual é? Para onde vou? O que direi? Em que ponto do novelo estou? Que novela é esta e para qual destino produzo esta pretensa trama? O que estou cá a costurar, quais pedaços de mim pretendo estar aqui a juntar, coser, cerzir? Que são estes trapos, e que nome tem este conjunto de retalhos de mim onde antes nada havia? Escrever é mesmo uma coisa têxtil! Quem escreve comete o seu tear. Por isso estou há dias querendo ver brotar dentro de mim a continuação do enredo destas confissões voluntárias, ou sei lá o que são. Depois das palavras dispostas em suas posições, depois que foram escolhidas para vestir o conteúdo e traduzi-lo, seguem como formigas em correição decidida, a formar o desenho do tecido texto. Leves estamparias, fortes listras, invisíveis centenas de fios fazem um concreto plano, o pano.

Intuitivamente escrevo antes o título do capítulo, depois é que o construo, mas não sei se aqui darei conta do que pretendo. A liberdade, às vezes, pode apertar o cerco do sentido. O que sei é que hoje estou assim; lá fora uma Lisboa a lembrar-me que pertenço a um Portugal de começo de século. Em mim, há um Portugal que ferve. Minha segunda adolescência ampliou de tal modo o raio de ação da possibilidade do meu pensamento de repensar a arte do meu tempo que, o que provocamos, eu e o pessoal do *Orpheu*, é o fazer tremer,

tremer o chão da literatura e de todas as artes portuguesas que já estava a ruir. Faltava quem lhe pusesse o dedo na ferida, nós o fizemos. Mais que uma revista literária, o *Orpheu* é o porta-voz do novíssimo pensamento, da moderna respiração sobre todas as artes. Sim, nós é que balançamos o coreto! Nós, os do *Orpheu*, os da minha malta, cada um ao seu modo, berramos o Futurismo e o Modernismo, na poeira de uma nação que estava a julgar-se inválida, estava a sentir-se como uma espécie de Europa parada. Vejo-te despido, meu Portugal, vejo-te nua, minha Lisboa... Em cada pequena coisa vejo o teu rosto, terra amada. Ontem, ao passar pelo Rossio, pus-me a recordar duma gravura do Fernando Álvaro Seco que vi na livraria do Ferreira. Ah... os bondes elétricos, os trilhos, por onde ainda hoje andamos. Sobre esse ouro histórico trazemos novas palavras, só isso. Não se preocupem, nada temam; só cairão as ilusões. Um dia agradecer-nos-ão, *porque o importante a respeito dos portugueses é que são o povo mais civilizado da Europa. Nascem civilizados, porque nascem aceitadores de tudo. Nada têm daquilo que os velhos psiquiatras costumavam chamar misoneísmo, significando apenas ódio às coisas novas; possuem um amor positivo à novidade e à mudança. Não têm elementos estáveis, como têm os franceses, que só fazem revoluções para exportação. Os portugueses estão sempre fazendo revoluções. Quando um português vai para a cama faz uma revolução, porque o português que desperta no dia seguinte é completamente diferente. Outros povos despertam em ontem cada manhã. Não assim com este povo completamente estranho. Vão tão depressa que deixam tudo incompleto, inclusive o ir depressa. Ninguém é menos preguiçoso que um português. A única parcela ociosa da nação é a sua parcela trabalhadora. Donde sua falta de progresso evidente.* Ora, para isso estamos aqui! Viemos balançar o coreto, agitar a banda! O *Ultimatum futurista* para gerações portuguesas do século XX, que o Almada Negreiros leu no Teatro República, à juventude que lá estava, foi de arrepiar. Os brados ecoaram para um público de uma inquietude de um não sei quê a brotar dos hormônios filosóficos de várias cabeças de 20 anos, sem ninguém saber dizer o quê. O discurso do Almada, que entrou no palco vestido de aviador, parecia a tudo esclarecer; e depois ainda apresentou ao público o futurista Santa Rita Pintor. Gritos diversos se ouviam. Ecoara também o desconcerto que causara nas mentes mais duras, menos flexíveis, mais referenciadas em medos: medo da guerra, medo da pobreza, medo de ser órfão do luxo e da riqueza, medo da perda dos títulos, medo do sexo escondido, medo das baixezas que moram nas algibeiras, nos fundos das calças e na boca daquele que nunca diz no que está pensando. Silêncio e ouro, mistura que pode ser letal. Almada foi contundente, muito elegante e abalador de conformidades ao lançar estas pedras-palavras ao público: "Eu não pertenço a nenhuma das gerações revolucionárias. Eu pertenço a uma geração construtiva. Eu sou um poeta português que ama a sua pátria. Eu não tenho culpa nenhuma de ser português, mas sinto a força para não ter, como vós outros, a covardia de deixar apodrecer a pátria. Hoje, é a geração portuguesa do séc. XX quem dispõe de toda a força criadora e construtiva, para o nascimento de uma nova pátria inteiramente portuguesa e inteiramente atual, prescindindo, em absoluto, de todas as épocas precedentes. Vós, oh portugueses de minha geração, nascidos como eu, no ventre da sensibilidade europeia do séc. XX, criai a pátria portuguesa do séc. XX. Para criar a pátria portuguesa do séc. XX não são necessárias fórmulas nem teorias; existe apenas uma imposição urgente: se sois homens, sede homens de vossa época, se sois mulheres, sede mulheres da vossa época! O povo completo será aquele que tiver reunido, no seu máximo, de todas as qualidades e todos os defeitos. Coragem, portugueses, só vos faltam as qualidades!" Este não é o discurso na íntegra, mas, pelo dito, vê-se que estava mesmo alguma coisa a acontecer. Havia uma revolução à qual, desde que saí do convívio conservador doméstico da casa das minhas tias-avós, o meu pensamento já estava a participar. Foi bom, é bem verdade, morar com a tia Anica até que ela partisse para a Suíça. Mas, de lá para cá, agora vejam, estou, velho marinheiro mirim, lançado ao mundo, desde o primeiro navio para Durban. Pensando bem, tudo se passa no palco do grande navio da minha vida.

Quero tudo cá dentro. Fervo. Lisboa ferve também. E em especial o Baixo lisboeta, que entrou nos anos 1930. Sou boêmio confesso. É manhã, bebo minha primeira dose e não sei com que fim escrevo isso, tampouco distingo quem o escreve por minha mão.

Até chegar à rua Coelho da Rocha, vou morando em tantas partes, passageiro das paisagens! Fora a visão marítima, a que mais me seduz, ainda que eu traga na razão uma Inglaterra que ficou-me por língua e formação, mesmo trazendo imagens inesquecíveis da vida africana, a paisagem que se alimenta do meu espanto é a das ruas de Lisboa. Essas ruas, onde cruzo tantos pensamentos e pessoas. Uma coisa que muito me apraz fazer é brincar. De um modo irônico, de preferência. Atrai-me sobremaneira, e cada vez mais, a brincadeira que desconcerta, por mais boba. Por isso as crianças têm tanto destaque no recorte do que vejo. Pequeninas, como não dominam ainda as cartas dos adultos, sem que o saibam, trazem movimentos novos ao jogo, renovando a função das velhas cartas. Aos meus irmãos sempre diverti com os personagens inventados, e eles desfrutavam daquela criação, enquanto exalavam o mesmo suor que usam diante da verdade. Embora saiba fazer-lhes distinção, a criança trata a fantasia e a realidade com o mesmo respeito. Não se entrega menos só porque não existe, mesmo porque uma criança, em ação, revê Descartes e pode muito bem dizer: Penso, logo "existe". Por isso, às vezes, uma brincadeira desestrutura, uma partida chacoalha, uma charada explica e uma anedota analisa. Gosto de crianças pelos mesmos motivos pelos quais gosto de anedotas. O elemento da surpresa, a inovação do caminho da lógica, a autorização libertária que no campo da imaginação garante tudo isso faz da piada um ato revolucionário. À minha amada irmã Teca, por exemplo, eu gostava sempre de pregar a mesma peça: assim que a avistava, estancava no meio do passeio, punha-me em posição de uma íbis, aquela ave africana, com pernas finas e corpo alto, como um monte apoiado sobre dois finos cajados e o pescoço de luneta com extensões para olhar e comer. Sei lá por que, eu e Mário, meu primo, nos chamávamos de Íbis e havia umas classificações, Íbis combativo, Íbis calmo, Íbis inquieto. Enfim, fiz da ave popular entre os meus. Mas então, na rua, assim que avistava-a, equilibrava-me numa perna com o pescoço avançado, colocava uma mão na frente e a outra atrás, para significar um bico e para imprimir ao olhar uma cauda, e ficava assim por uns segundos. Ela, constrangida, e os transeuntes a passarem olhavam-me; tudo a causar um certo embaraço social. Teca enrubescia. Ralhava comigo: "Que graça tem isso, oh, Fernando! Que queres que pensem de ti, que és doido?" O que a fazia subir nas escalas dos próprios nervos era o meu sorriso de fino cinismo, meio inocente, meio navalhar, a responder-lhe: E vem daí algum mal ao mundo. Qual o problema de eu parecer doido? Causaria isso a morte de alguém? O fato é que, veja, há sempre, e sempre houve no meu comportamento, um quê do que poderia ser um subverter a ordem. Mas a que ordem? Qualquer.

Quando a tia Anica foi para a Suíça, vi-me muito só e, ao mesmo tempo, envolvidíssimo com o poder da palavra quando esta circula e encontra seus alvos. Então, não por coincidência, logo depois de sua partida nasceu o *Orpheu*, nossa grande revista literária e artística em geral. Era, claro, uma revista de pensamento. Mais que isso, uma revista com o novo pensamento português, ao menos assim críamos. Nela publiquei, de cara, "O Marinheiro", que, apesar de parecer um pouco cansativo, tem ali uma boa metáfora do sonho humano. *Orpheu* é a voz dessa nova geração, que inaugura o modernismo português. Alguma coisa está para acontecer.

Tenho uma grande admiração por Camões (o épico, não o lírico), mas não sei de elemento algum camoniano que tenha tido influência em mim, influenciável como sou. É que o que Camões poderia me ensinar, já me fora ensinado por outros! Quando publiquei na revista *Águia* que havia de surgir um grande poeta em Portugal, que deslocaria para segundo plano a figura referencial de Camões, custou-se a crer. Anunciei o supra-Camões, o poeta revolucionário, que tirará o velho Camões do cimo do outeiro onde é cânone literário português. O supra-Camões não tardaria. Esse poeta está entre nós e surgia neste movimento, neste "*ismo*" português.

No *Orpheu* escreveram grandes expoentes daquela onda nova e inédita: Álvaro de Campos, Caeiro, Almada Negreiros, Antônio Ferro, José Régio, Sá-Carneiro, Alfredo Guisado e Carlos Montalvor, que também dirigiu a revista *Águia*. Era moderno porque era plural o pensamento dessas publicações, e ali está a sua força. Aquilo tudo era para mim também uma espécie de grande teatro da vida no qual sentia-me vivo, quase tanto quanto quando estou a escrever versos. Quero dizer que aquela troça, que aquelas imitações que eu vivia a fazer na rua com a minha irmã e tias eram uma atitude de fundamento modernista, um manifesto público na via da vida íntima. Todas as revoluções começam no seio doméstico. Na minha família não me compreendem bem. *Riem-se de mim, zombam de mim, não me acreditam; dizem que desejo ser alguém extraordinário. Nada fazem para analisar o desejo de ser extraordinário. Não podem compreender que entre ser-se e desejar-se ser extraordinário apenas há a diferença de se acrescentar consciência a esse desejo*. Mesmo na África, embora a família Rosa tenha alcançado sua harmonia com festas aristocráticas finas, e outras íntimas e musicais, rodeadas de crianças (ainda que algumas a morte tenha levado para si a desfalcar o clã), o que em mim sempre buliu era um conluio de pessoas internas, uma esquisitice social crônica, uma inquietação interior e esquizoide. Embora Magdalena, minha mãe, fosse uma senhora interessante, poeta por alma e pianista por salvação e escape das funções maternas, a sua vida nunca lhe bastou. Talvez ela devesse pertencer a um tempo em que as mulheres não precisarão mais casar para que sejam felizes e não sei se esse tempo existirá.

Muito sensível, tudo lhe ocorrera como um trator por sobre os sonhos difusos de uma intelectual, para quem eram estreitos demais os limites de uma vida resumida a funções domésticas. Tanto que, se observarmos bem, seus dois amores, meu pai Joaquim e o Rosa, nunca foram parvos. Um, crítico de arte, e o outro, um diplomata viajador e com uma visão, à sua maneira militar, bem ampla do mundo.

Mas, para todos, sempre fui e sou um enigma. Emblema que incita a compreensão mas não leva a ela. Em suma, ninguém me compreende. *O Papá* [comandante Rosa] *é um homem honesto, a quem eu sou muito grato e a quem muito respeito e estimo, mas neste assunto não tem palavra, nem entra no Templo. Desculpo-lhe que não me compreenda; custa-me a desculpar-lhe que não compreenda que não me compreende e se meta em assuntos onde a sua boa vontade não é piloto, nem a sua honestidade guia. Há um campo onde podemos entender-nos: é no da nossa estima comum. Fora disso, desde que passa para o que é meu, e começa às alfinetadas à minha alma, já não é possível acordo nem bem-estar relacional. A mamã gosta de mim; não simpatiza comigo. Não nos daremos mal. Por intolerante que a mamã seja, eu não o sou. Eu compreendo que a mamã não compreenda e, ainda que essa incompreensão me irrite e me fira, e a sua revoltante falta de tato me fira e me irrite mais, sofro demais os ímpetos de quase-ódio que isso causa, e escrevo com este incômodo, secamente, lucidamente.* Tudo aproveito para alimentar o meu escrever.

Isso posto, que em minha casa não me compreendiam mesmo bem, restam-me os que invento e esses que envolvem-se comigo a realizar uma guerra; são verdadeiros canhões, mas de cujas rajadas de palavras não fora possível àquela sociedade esquivar-se. A noite em que recitei o meu manifesto foi memorável. Quem assinou o texto foi o Álvaro, mas vibrei eu: *Merda! A Europa tem sede de que se crie, tem fome de Futuro! A Europa quer grandes Poetas, quer grandes Estadistas, quer grandes Generais! Quer o Político que construa conscientemente os destinos inconscientes do seu Povo! A Europa quer a Inteligência Nova que seja a Forma da sua Matéria caótica! A Europa quer Donos! O Mundo quer a Europa! A Europa está farta de não existir ainda! Está farta de ser apenas o arrabalde de si própria! A Era das Máquinas procura, tateando, a vinda da Grande Humanidade! A Europa quer passar de designação geográfica a pessoa civilizada! O que aí está a apodrecer a Vida, quando muito é estrume para o Futuro! O que aí está não pode durar, porque não é nada! Eu, da Raça dos Navegadores, afirmo que não pode durar! Eu, da Raça dos Descobridores, desprezo o que seja menos que descobrir um Novo Mundo! Eu, ao menos, sou bastante para indicar o Caminho. O Super-homem será, não o mais forte, mas o mais completo! O Super-homem será, não o mais duro, mas o mais complexo! O Super-homem será, não o mais livre, mas o mais harmônico.*

Era o grito do vanguardismo, a ruptura com o passado. O *Orpheu* tinha sido o ponto de partida, agora o futurismo iria repor a verdade, não só na arte mas na vida em geral. Era tudo real e estavam, a partir daí, em maus lençóis todos os que teimavam em não ver os novos ares. Dia seguinte ao do discurso, por acaso e sem premeditarmos nada, fomos eu, o Guisado, o Montalvor e o Carlos Queirós ao Coliseu. Estavam lá a se apresentar, pela segunda vez, aqueles dois palhaços dos quais me lembrei em meio à sessão espírita em casa das tias ainda. São gajos inteligentes os tais artistas, e, hoje, foram geniais ao encenar uma anedota que, de tão interessante, nos daria assunto para amanhecermos na Brasileira, se ficasse aberta a noite inteira. O quadro do espetáculo circense começava com um homem sendo avisado do perigo de uma grande enchente nos Açores, que estava a levar casas e ruas inteiras. A água volumosa, com mãos pesadas e invisíveis, não tardaria em arrastar famílias inteiras, sem poupar suas crianças. Indiferente à catástrofe anunciada e surdo aos apelos dos vizinhos aflitos, o homem teimava em não aceitar salvamento quando, no rio pardo em que a rua se transformara, parou o primeiro barco:

— Vamos, ó Manoel, isto tudo aqui irá pelos ares, digo, pelas águas, agora mesmo. Suba, homem!

— Não. Vou ficar. Sempre fui um homem devoto, temente a Deus. Dediquei a ele minha vida e minha fé. Creio, confio. Por isso vou ficar aqui, na porta de minha casa, e sei que na hora agá virá dele o socorro certo, sua mão me tirará da hora da morte. Deus me livrará. Vocês é que são homens de pouca devoção ao criador! Não estranho que fujam antes do milagre!

Foi-se então embora o salvamento e já a água subia a um metro, levando utensílios domésticos, panelas e pratos, talheres, vinhos, canecas; fazendo nadar colchões, lençóis, sofás, camas. O homem já estava pendurado à janela, mas sem desespero. Sua fé cega o acalmava. Como o Enforcado, intrigante carta do tarô, o homem exercia em êxtase seu sacrifício. Outro barco, o segundo portanto, com novo vizinho, surge em seu socorro:

— Vamos, ó Manoel! Queres morrer, é isto?

— Pois não vou! Já o disse ao outro e repito a si, não vou! Está a vir o meu Deus, aquele a quem devotei meus dias de glória e de tristeza, meus dias de escassez e de fartura, meus dias de doença, de dor e de alegria. Não vou, Deus tem um plano, e um plano só dele, para me tirar daqui. Vocês todos verão!

Passados alguns minutos, pela terceira vez surge mais um outro barco descendo em meio à bruma, a cortina de chuva sobre as águas barrentas do rio daquela aldeia. "Mas vamos, ó Manoel", implorava o André, mais um dos vizinhos aflitos. A cheia estava, com fúria, a arrastar bois, vacas e casas, inclusive essa, a qual habitava nosso Manoel, e que já se encontrava a tombar com a água, a derreter o que sólido era. O homem, já pendurado ao telhado, reiterava a teimosia diante do André, que insistia no salvamento do caturra, do casmurro homem:

— Tens que deixar de ser teimoso, ó Manoel, queres morrer?

— Pois não vou, aguardo as ordens finais do meu Deus!

O que se sabe é que, mal o terceiro socorro partira, uma onda furiosa de barro, móveis e lama puxou para a morte homem, casa e fé. Ao chegar ao céu, o morto teimoso, já diante do Pai, reclama: "Mas que lástima, Deus meu, sinto-me traído por teu amor, Pai Eterno! Passei a vida a pregar a tua palavra e na última hora tu não me socorres? Belo Pai tu és!" Ao que Deus imediatamente respondeu: "Não me venhas com essa agora, deixa de histórias, porque eu te mandei três barcos!"

Pelas ruas de uma Lisboa iluminada, recontamos a piada e dela rimonos algumas vezes, mas havia mais ali. Na rota boêmia, já na Brasileira, defendi que aquela anedota era a metáfora daquela revolução que fazíamos, onde Portugal era o teimoso e cego e retrógado Manoel, e nós, do *Orpheu*, os barcos! A interpretação seduziu simpatizantes, recebeu a adesão fervorosa do núcleo principal e ainda uns adeptos de orelhas da mesa ao lado, que estiveram a manifestar-se a favor dessa minha leitura artística e política do chiste.

Voltei para casa à noite. Passei pelo Bairro Alto. Há qualquer coisa de mágico ali, não sei por quê. É um lugar bonito para nascer mas também um lugar bonito para morrer. Lembrei-me da morte da avó Dionísia. Durante o tempo que durara seu velório, houve em minha cabeça um desfile de cenas dos nossos encontros, como se fossem cenas-símbolo do mapa de nosso enredo durante a vida. Ou seja, a parte da vida dela que gerou e conheceu este neto, e a da minha que a tive como avó e como doida ao mesmo tempo. Éramos cúmplices. Era isso o que mais temia e era também o ímã que nos atraía. Não sei se fui um pequeno louco, mas certamente meu espírito sempre fora dado a determinadas liberdades que me faziam não achar tão estranhas as ações da Dionísia; aquelas que, aos olhos de todos, bizarras se apresentavam. Minha avó era meu parque de diversões perigoso, sombrio, brincalhão e taciturno. Bruxa, mágica, contraditória, sábia, feiticeira. Enigma. Ela era o meu laboratório de observar emoções sem governo, de observar a casa quando o dono não a reprime. Minha avó era a minha explicação. Uma vez disse-me, ao ver-me monossilábico, introvertido, metido nos meus obscuros como um cego na tarde ensolarada e incerta: "Ó meu neto, dize-me lá, que caras são essas? Vestiste as calças ao contrário? Comeste gato por lebre? Bebeste vinho estragado? Tomaste veneno enganado, ou estás a perder as bananas para os macacos?" Diante da enxurrada de questões, e todas pulverizadas com o perfume das surpresas que aparentemente o ininteligível tem, vi-me obrigado a rir. Estava em estado de encantamento por ela. Hão de tomar-me por louco mesmo quando a isto lerem se um dia eu for grande, mas o certo é que eu via poesia na fala da avó Dionísia. Além do mais, aquela mulher, por ter sido mãe do meu pai, tornara-me viável na sequência da dinastia dos ventres. Ao menos pode-se dizer que por essas vias é que acabei por existir. Pertenço a essa linhagem do nonsense, e este com certeza tem, senão uma casa, uma aldeia nas veias da alma dela, da qual sou legítimo herdeiro, hoje vejo. Ri-me daquilo tudo, daquelas perguntas que a doente avozinha fizera-me, e, mesmo rapazito já, sentei-me em seu colo. "Meu filho, o mau humor é falta de educação. Enfeia o ambiente. Perturba o bem-estar. Já mirou-se no espelho hoje?" Não sei por que, comecei a chorar. Compreendi aquele pensamento. Caeiro seria capaz de dizê-lo. E depois ela ainda completou: "Porque o choro é particular, é íntimo! Se não for de felicidade, é difícil compartilhar. As lágrimas, ao contrário do riso, estas a ti pertencem somente, ó meu neto. O sofrimento, só quem o conhece é o seu carregador. Será sempre assim. Eu é que sei. Já me viste chorar? Nem sempre é o burro o dono da carga, mas é ele quem a carrega! O choro de dor é o processo particular da batalha íntima, e é do homem o próprio desespero. Mas o sorriso não. O sorriso é do mundo e enfeita a vida, pertence a todos e pode até parar a guerra. Enquanto o primeiro enfeia o mundo, o segundo enfeita-o. Êh, vida, professora de toda matéria!" Ó, avó Dionísia, que saudade! Quanta coisa ensinara-me essa insuspeitável dama, sem que ninguém de minha família disso suspeitasse! Havia, claro, momentos seus de grande perturbação de ideias (que importa? Também eu os tenho), mas a sua articulação das palavras era sempre boa e surpreendente. Abandonei o curso superior de letras e impingia-me horas diárias de leituras filosóficas na Biblioteca Nacional. O que me pode ter dito aquela senhora, que Aristóteles, Platão, Byron, Schopenhauer, Keats, Voltaire, Verlaine, Whitman... não o fizeram ou não o fariam? Por que é que interessar-me-iam as palavras tumultuadas de uma doida a quem jamais, se fosse o caso, as academias a sério levariam? A resposta só pode estar na serventia daquele dizer para mim. Um dizer incatalogável nos compartimentos dos padrões da normalidade mental, mas muito útil ao pântano interior de onde víamos.

Vivi a Primeira Grande Guerra Mundial. E percebi que a guerra é uma decisão dos homens. Todo homem infeliz é um foco de guerra em potencial. Ela começa antes no coração dele. E é essa a maior manifestação da loucura humana. Estou a salvo porque escrevo. Senão, eu seria uma ameaça social. Sou? *Como na* Ilíada, *a guerra é um reflexo da guerra entre os Deuses, aqui as navegações são a guerra entre os velhos Deuses, e os novos que lhes põem obstáculos... Netuno com as tempestades, Jove com os raios, Vênus com a corrupção... Marte seduzido por Vênus com as conquistas que derivam da Descoberta.* A guerra é nosso boletim da insanidade, e somos nós os seus patéticos inventores. Haverá um tempo em que o mundo rapidamente comunicar-se-á entre si, instantaneamente, e assim, em conjunto, conseguirá evitar alguma grande guerra mundial como essa primeira que vivi? Quantas mais existirão e por quais motivos? Uma guerra acabará com o mundo? Ou um dia será considerada obsoleta, ultrapassada como método para alcançar-se a paz?

Quando o caixão que levava o corpo da dona Doida baixou, só eu chorava seco, como que cansado de sofrer aquela velha dor. Eu estava "avórfão" agora. Morria a que mais me compreenderia? A única? Eu era, seguramente, pelo jeito oco como caminhava a minha alma múltipla naquela cerimônia familiar de fim de vida, o seu verdadeiro ente querido e a tinha amado sem preconceito. Via-se-me na cara: o que mais tinha direito à herança da loucura da morta, ainda que latente. Por isso *sou doido, com todo o direito a sê-lo, com todo o direito a sê-lo, ouviram?* Penso essas coisas no enterro dela. Trouxe-lhe lírios e tive a impressão de que a morta sorria para mim. Estaria próxima a minha internação? Rilhafoles também será o meu fim, onde ela terminou como uma lâmpada que se apaga e ninguém repara? Ah, avó Dionísia, sentirei a tua falta. Tu foste o que ficou de meu pai por perto. Vivi perto do ventre que o trouxe e do coração que o amou.

Como se não bastassem a pluralidade e a liberdade de conceitos que me dera, a minha insubstituível tutora da razão reservara-me por testamento uma certa quantia, creia-me! O espanto foi geral: Então, aquela que não fora capaz de reunir no corredor de uma aceitável lógica os seus pensamentos incoerentes aos olhos dos normais, mostrar-se-ia, depois de morta, mais apta que o jovem e "são" neto, a quem agora auxiliava com seu último gesto? O dinheiro que destinou-me foi o suficiente para que me despencasse, eufórico, até Portalegre, a comprar máquinas para a minha tipografia. Minha não, nossa: eu e o primo Mário, sócios. Maravilha! A ideia era tê-la como uma pequena editora nossa que se chamaria, como vimos que realmente se deu, Empresa Íbis — Tipografia Editora — Oficinas a Vapor. Mário tem mais tino comercial do que eu. É evidente que a parte que mais me encantava e que realmente me interessava nesse empreendimento era a palavra. E a ilusão de que, não só a minha obra toda, mas as nossas revistas, os nossos folhetos, os nossos manifestos, tudo seria, enfim, pela Íbis publicado. Ocorre que eu não era mais o miúdo da primeira adolescência, na Durban de 1904, a ganhar o prêmio Rainha Vitória que me fora concedido pelo desenvolto ensaio em língua inglesa como prova de admissão na Universidade do Cabo, e tampouco via-me ainda em um homem inteiro. Aos 18 anos nem possuía sequer uma máquina de escrever, e agora queria ser sócio de uma editora? Sim.

Logo após o meu regresso da pequena viagem, e já com toda a parafernália instalada à rua da Conceição da Glória 38-4, cá em Lisboa, discutimos, eu e o primo, sobre os rumos daquela administração, e fiquei impressionado, mais uma vez, com a face dupla da verdade. Somos a raça dos que têm razão, repito. Cada um do seu lado. E não é de egoísmo que se trata. São lateralidades e correspondências de fatos e conceitos, concernentes a cada enredo. Por exemplo: *Encontrei hoje, separadamente, dois amigos meus que se haviam zangado um com o outro. Cada um me contou a narrativa de por que se haviam zangado. Cada um me disse a verdade. Cada um me contou as suas razões. Ambos tinham razão. Não era que um via uma coisa e outro outra, ou que um via um lado das coisas e o outro um lado diferente. Não: cada um via as coisas exatamente como se haviam passado, cada um as via com um critério idêntico ao do outro, mas cada um via uma coisa diferente, e cada um, portanto, tinha razão. Fiquei confuso desta dupla existência da verdade.* Neste caso entre primos que se amavam através da palavra inaugural, através da palavra palavra desde a puberdade. Portanto, eu tinha razão em criar a Íbis com o dinheiro que a avó deixara para a única criança que amara além do meu pai, como também tinha razão em achar que podíamos, eu e o Mário, os grandes fundadores de *O Parlador*, jornal internacionalmente conhecido dentro de casa por toda a Ilha Terceira, que podíamos perfeitamente ter uma editora de sucesso. Embora nos estimássemos muito, eu e o Mário, sócios daquele verde sonho tipográfico, também pertencíamos à raça dos que têm razão cada um, e estas atropelaram-se. Eu, a me gabar por ser, além do financiador, aquele que se dispôs a passar uma noite num modesto hotel em Portalegre, para comprar as máquinas tipográficas, e ele a querer ter toda a decisão administrativa por sua conta. Não me recordo dos detalhes do desencontro das ideias, mas os sócios se desentenderam, a ponto de salvar a famigerada futura gestão da flagrante inexperiência de ambos. Por tudo isso mesmo é que tínhamos toda razão para falir, ora pois. Ou melhor, nem nos estabelecemos para chegar a falir. Apenas não vingamos. Fracassamos antes de vencer, ou antes de perder.

Basta, já anoiteceu há muito, estou farto de escrever. Foi o que fiz a tarde inteira no escritório depois de traduzir uma carta. O que quero agora é somente beber. *Cansa sentir quando se pensa. No ar da noite a madrugar há uma solidão imensa que tem por corpo o frio do ar.* Vou beber mais, fumar o que puder e depois dormir. Fumar e dormir. Tu que me escutas *não fales alto que isto aqui é vida — vida e consciência dela, porque a noite avança, estou cansado, não durmo, e, se chego à janela, vejo, de sob as pálpebras da besta, os muitos lugares das estrelas. Cansei o dia com esperanças de dormir de noite. É noite quase outro dia. Bamboleamos, moscas, com asas presas, no mundo, teia de aranha sobre o abismo.*

É dia já. Lisboa iluminada por um sol intruso fere-me os olhos. Faltam-me cortinas e boas venezianas. Amanheci meio cansado, com vontade de gritar. Ou morrer. Escrevi bons poemas ontem, eu acho. *Meus versos são a minha impotência. O que não consigo, escrevo-o; e os ritmos diversos que faço aliviam a minha covardia.* Estou morto. *Ah, abram-me outra realidade! Quero ter visões por almoço.* Estou deitado, mas em pé. A boca a amargar de fumo, álcool e cansaço de tudo. Faz-me falta uma conversa inteligentemente escrita com os meus. A guerra tem não só tirado vidas, mas atrasado toda a correspondência estrangeira. Nem as cartas da minha mãe, nem as de Sá-Carneiro, meu correspondente favorito. Meu Deus, é isso mesmo? Portugal, o pequeno valente país que não pegou com firmeza para si os louros de suas conquistas paradisíacas, está mesmo agora às voltas com uma Guerra Mundial? O que quer de nós, portugueses, essa fúria dos homens europeus? O que pretende a imbecilidade de seus canhões? O que dizer de um confronto que sangra, sacrifica, rompe, fura, queima, devasta, exila e mata para atingir a paz? Que ironia! Abro uma exceção para os povos que não têm outra saída a não ser armas para combater o seu opressor. Mas agora qual liberdade está em jogo? Ó, Primeira Guerra Mundial, o que está escrito em tua bandeira? Qual é o teu lema? Quantos mil jovens juntaste em prol do fundamento de tua asneira? *A guerra que aflige com os seus esquadrões o Mundo é o tipo perfeito do erro da filosofia. A guerra, como tudo humano, quer alterar. Mas a guerra, mais do que tudo, quer alterar e alterar muito e alterar depressa. Mas a guerra inflige a morte. E a morte é o desprezo do Universo por nós. Tendo por consequência a morte, a guerra prova que é falsa. Sendo falsa, prova que é falso todo o querer alterar. Deixemos o universo exterior e os outros homens onde a Natureza os pôs. Tudo é orgulho e inconsciência. Tudo é querer mexer-se, fazer coisas, deixar rastro. Para o coração e o comandante dos esquadrões, regressa aos bocados o universo exterior. A humanidade é uma revolta de escravos. A humanidade é um governo usurpado pelo povo. Existe porque usurpou, mas erra porque usurpar é não ter direito. Deixai existir o mundo exterior e a humanidade natural! Paz a todas as coisas pré-humanas, mesmo no homem! Paz à essência inteiramente exterior do Universo!* Arre. Estou outra vez revoltado comigo. Minha cabeça quer impérios, revoluções, monarquias e liberdades. Abaixo todos os reinos, inclusive o de Deus! Pois *quero dos deuses só que me não lembrem. Serei livre sem dita nem desdita. A quem deuses concedem nada, tem liberdade.* Pois o que será de meu Portugal? Estará um dia refém de suas colônias, a brasileira e as africanas? Não só em extensão mas também na saúde civilizacional, estará o descobridor menor do que as suas descobertas? Num regresso invisível de caravelas não virão um dia esses filhos reinventar o pai?

Da minha janela não vejo o Tejo, mas prevejo-o. Nunca estou "Além Tédio", como bem trocadilha meu amigo Sá. Meu Tejo faz seu estuário em meu peito. Trago-o dentro de mim em qualquer parte e a qualquer parte o levo. Neste instante, estou diante dele a pensar nos grandes navegadores que somos. Subitamente, como não me é de costume, resolvo caminhar até o nosso rio-mar, de onde partem todos os navios. E de onde um dia eu também não cessei de partir. Lá me vou para o cais e cá estou. Olho as águas. São fêmeas. Que espanto! Declaro-me a elas como se o coração estivesse por elas de joelhos: Adoro-vos. Da mesma maneira como entrego-me ao firmamento, à vastidão dos céus quando o fito, faço-o ao mar, ao rio. Essa adoração é que é rezar. É essa a devoção. Não sei por que me lembrei de que meu pai gostava do mar e eu do meu pai. Veio-me na memória, por causa desse cheiro que vem do Tejo, o caderno de capa dura onde ele guardara seus recortes, suas críticas de óperas publicadas, seus escritos pessoanos pessoais. Havia uma sinfonia de Serguei Prokofiev, eu acho, que meu pai dizia que o fazia sentir-se, ao ouvi-la, dentro do próprio mar grosso; dizia-me que a sensação era de um medo agradável. E, se não me engano, tenho uma pálida lembrança de algumas palavras dele, numa crítica ou num ensaio, em que discorria sobre essa sensação. Disse-me o meu pai na realidade ou o que falo é memória lida, coisa fixada da palavra que ele deixara escrita? Eu era tão miúdo quando ele morreu... Que loucura o universo mental e suas ramificações! Comove-me a recordação da letra paterna, cheia de estilo a escrever a palavra Mar. Guardo a fotografia daquela caligrafia na lembrança e ela escreve Mar. (Ó memória, animado museu da vida!) De dentro dessa palavra mar abre-se uma outra gaveta, de onde salta uma família brasileira, um casal e uma criada negra que viera com eles viver aqui. A Janaína, assim chamava-se a criada, gostara de mim e um dia disse-me que, em sua religião, ela era compreendida como filha de Iemanjá, uma entidade oriunda de uma espécie de mitologia africana. Se não está a enganar-me a memória, Paciência conhecia essa deusa também. Não sei; os mitos embaralham-se nos afetos. Mas assim como há, na mitologia grega, Apolo, Nefertite e outros, há também, na mitologia africana, essas representações da natureza em forma deística. É inspirador. A rapariga contara-me que a especialidade de Iemanjá, em sendo a rainha das águas, é cuidar da mente do ser, do que faz ele ser ele. Conhecida como a dona das cabeças, ela é mãe de todos os seres até os 7 anos. Mas nunca deixa de ser a quem devemos recorrer quando estamos prestes a não saber mais quem somos. Impressionou-me o fato de Janaína ser também um dos nomes da grande sereia rainha do mar. Uma de suas faces. Mais impactou-me ainda quando a brasileira, na casa de quem Janaína trabalha, portanto sua chefe ou patroa, confessou-me também ser filha de Iemanjá! Estranhei, não sabia que os brancos podiam ser filhos de santos negros, como Janaína se dizia. Se calhar, ganharam cá essas duas mais um irmão; e a rainha dos oceanos, com seu vestido de espuma, há de abraçar mais um filho perdido do mar: eu. Nunca mais voltei a ver essa família do Brasil; foram, como todos, viver para a França, até que, fatigados do europeísmo, voltaram para o verde Brasil.

Meu Deus, hão de cobrar-me caso venha este livro a público? Ponho-me a discorrer sobre quem já nem me lembrava! Como pode? Se referi-me a Janaína aqui, por que não citei também tantos amigos importantes em minha própria biografia? Ainda bem que já estarei morto. Se um dia abrirem o baú e ainda por cima eu der a sorte de essas memórias que escrevo agora, as quais guardarei noutro sítio, também virem a ser descobertas, será dado conhecimento a todo o rebanho, a toda a matilha, enfim, o meu desfiladeiro de eus terá seu lugar quando mais tarde falarem de mim. Perdoem os que amei e não citei aqui. Tantos entes, tantos parentes, tanta gente minha, a quem nenhuma linha ofereci aqui, mas não é ingratidão. Nem aos heterônimos todos eu darei conta de fazê-lo. E olha que é uma gente que eu tenho acesso. Antônio Mora, grande Antônio Mora, grande prosador, bom de opinião. Quanta gente, quantos personagens a habitarem os compartimentos da verdade, a preencherem as várias lâminas da realidade sem poder distingui-las da ilusão! Não, não é ingratidão, repito. São os rigores da memória, seus caminhos independentes. Cismam, fazem voltas e nos encontram nas esquinas da grande rede neural, sem que saibamos como chegou aquela memória até ali. Um cheiro, uma cor, uma música fazem o disparo que convoca à nossa presença pessoas ou situações que nem sabíamos que guardávamos. Não tenho culpa, não são meus todos os meus critérios. Acaso tu, leitor, responder-me-ia sem medo de errar como veio parar aqui o meu pai com a sua letra? Como fui dar ali? És capaz de explicar-me?

Quem rouba a atenção da minha pena neste momento é o balé que vejo dos sete homens a recolherem um barco médio, do mar. Pelo corpo da estrutura de madeira, distribuem-se muito simetricamente seis homens em 3 pares de dois em dois, sendo que o último, o sétimo homem, concentra-se na quina, formando a harmonia perfeita para os olhos. Homens do mar: sincrônicos, com pernas, braços e músculos brilhosos realizam a fina dança de um labutar à beira-mar. Inacreditável, os conquistadores se lançavam ao mar assim? Sem sequer dispor de alguma matemática que garantisse o tempo exato de navegação calculável dentro da distância que percorreriam? Tudo era perigo; o Cabo das Tormentas é a grande boca engolidora de navios inteiros, sem mastigá-los ou deixar vestígios. Há relatos de monstros vistos com língua de fogo a lamberem, na atmosfera de horror, tripulações inteiras. Sem contar os perigos reais de tempestades, ventos controversos e furiosos, os piratas que sempre aguardam em alguma tocaia marítima e se insurgem contra as embarcações, velozes e cruéis, como se viessem de outra realidade. Muitos desses marinheiros e comandantes, ao partirem, deixavam suas famílias já com os testamentos organizados e definidos; porque, se a incerteza na terra não se faz de rogada, no mar então, refestela-se. Fito o velho mar. Conheço o poder do seu mistério. *Quem quer passar além do Bojador tem que passar além da dor. Deus ao mar o perigo e o abismo deu, mas nele é que espelhou o céu.* O perigo aguarda o pioneiro, e este tem lá a ameaça de derrota, é bem verdade. Mas há também a parte atraente do que nos ameaça por ser desconhecido, que é a possibilidade de triunfo. É o que seduz no risco. Por isso, uma vez proferido o grito de "terra à vista" vale todo o sofrimento da longa viagem, em que se perdem quilos e saúde; no entanto, a vitória da conquista faz-nos entrar para a história. Faz a história. Perdem-se alguns homens, mas ganha-se o nome por toda a vida. Os louros do triunfo. Portugal ganhou autoridade, mas o que fez com isso? A Inglaterra ficou de boca aberta com tanto ouro que o Brasil tem e as várias Áfricas com seus diamantes nossos! O nosso ouro brasileiro reluziu nos ares da coroa britânica. Eu é que sei. Porém, nós ampliamos e muito nossa participação histórica com essas descobertas e domínios. O oceano era toda a nossa vida. Sou também um marinheiro desbravador, falta-me apenas a terra à vista. Quero-a? *Navegadores antigos tinham uma frase gloriosa: "Navegar é preciso; viver não é preciso." Quero para mim o espírito desta frase, transformada a forma para a casar com o que eu sou: Viver não é necessário; o que é necessário é criar. Não conto gozar a minha vida; nem em gozá-la penso. Só quero torná-la grande, ainda que para isso tenha de ser o meu corpo (e a minha alma) a lenha desse fogo. Só quero torná-la de toda a humanidade; ainda que para isso tenha de a perder como minha.*

Estou a achar tudo um fado ou um fardo, como queiram. Náusea, tudo isso de pensar, de querer de cada pensamento uma revolução. Nem a morte de Sidônio Paes, nosso presidente, pelas mãos de um louco incompetente, capaz de matar sem saber o que está a fazer, pensando que sabe o que está fazendo, nem essa morte, que espremeu de mim um poema cheio de fôlego nacionalista, faz com que eu chore o mau destino de minha pátria; nem isso é hoje injusto. Minha mãe contara-me por cartas que meu padrasto, quando soube do assassinato, desgovernou-se e, agarrado aos brios de um comandante cheio de lisuras, ficara desgostosíssimo. Estavam a essa altura a viver em Pretória, capital executiva da África do Sul, e ele, um diplomata, via-se representante de um país que o constrangia agora. O cheiro da roupa suja lusa chegara à corte inglesa que dominava a África do Sul.

A Teca, o Miguel, meus irmãos, e toda a família ficaram horrorizados, chocados, impactados com mais um assassínio na história da política de Portugal. E por meios parecidos. Minha mãe ainda me relatara que o papá, o seu Rosa, relembrara-se à noite, ao seu lado, das mortes do rei e do filho, das quais sabia detalhes como um atento leitor dos romances policiais: "Ó, minha Magdalena, parece que estou agora a ver, a rever, a reviver a tragédia que se nos abateu na política nacional. Foi assim, eu vejo ainda: a 1º de fevereiro de 1908, regressava da vila Viçosa a família real, que segue, num landau descoberto, a caminho do Palácio das Necessidades. Perto do terreiro do paço, Manoel Buíça desfere dois tiros mortais no rei D. Carlos e, um pouco depois, Alfredo Costa, de carabina em punho, mata o príncipe herdeiro Luis Filipe." Foi um crime premeditado, confessado em carta pelo autor e planejador da barbárie. E o homem comandante seguira confessional, a soltar as dores do coração para a companheira minha mãe, lembrando que dois anos depois viera a República e nunca mais a bandeira seria hasteada no Castelo de São Jorge. Teca depois me disse que o pai ficara tão envergonhado por ser português em terra estrangeira naquele momento, diante das notícias de nossas circunstâncias de traição e sangue, que nem desejava entrar na sala de jantar do hotel onde estavam hospedados. Disse-me que ele ficara, por dois quartos de hora, monotemático, a repetir-se na forma e no tema: "Que lástima, daquela vez mataram o rei e agora assassinaram o presidente da República. Não sabem o que querem. Não sabem o que querem. Estão vocês a ouvir-me? Pois não é que mataram o rei?"

Lembrar de tudo isso rasga-me o peito. Como pode esta pátria desperdiçar-nos tanto? Justamente nós, os seus pensadores mais inquietos? Estou cheio. Passemos a pátria em revista! Não fossem aquelas folhas ao vento, as alternativas de publicações, onde teria eu publicado as minhas desobediências, e as provocações do Álvaro e a dispersão desconcertante, rápida e ferina do nosso Sá-Carneiro? *O português, no seu fundo psíquico, define-se por três características: o predomínio da imaginação sobre a inteligência; o predomínio da emoção sobre a paixão; a adaptabilidade instintiva. A primeira dá-se pelo contraste, ao ego antigo, na rapidez da adaptação e consequente inconstância e mobilidade. Na segunda, herdou o ego antigo do espanhol médio, com quem se parece na intensidade e tipo do sentimento. Pela terceira distingue-se do alemão médio; parece-se com ele na adaptabilidade, mas a do alemão é racional e firme, a do português instintiva e instável. A cada um destes tipos de português corresponde um tipo de literatura. O português do tipo imperial absorve a inteligência com a imaginação — a imaginação é tão forte que, por assim dizer, integra a inteligência em si, formando uma espécie de nova qualidade mental. Daí os Descobrimentos, que são um emprego intelectual, até prático, da imaginação. Daí a falta de grande literatura nesse tempo (pois Camões, embora grande, não está, nas letras, à altura em que estão nos feitos* os descobridores. Nessa história acaba por nascer um português que, em vez da *habilidade para fazer tudo,* desenvolve *a habilidade para ser tudo.* Deu no que deu. O que é esta nação? Quem são esses mouros, esse povo inocente? Infantis, somos infantis. Os velhos bebês da Europa.

Ah, como meu coração hoje está intolerante com os portugueses! Pudera, todos sabem que meu coração é um almirante errôneo para as coisas fora do mar. Meu coração está furioso a vos escrever tais linhas. "Ah, vos escrever", "vos escrever!" Pois quem são esses? Quem sois estes para quem escrevo e com quem falo? Deliro? Prossigo mesmo a achar que alguém me escuta ou está a ler-me, o que dá no mesmo. O fato é que o recorrente sintoma revela que estou acometido pelo comportamento mental de um homem publicado, e é este o delírio. Publicado em livro com meus poemas verdadeiros, não só o patriótico *Mensagem*, que mais parece um disfarce de quem realmente sou. Ai, ai, publicado, eu, em vida? Só se for mesmo em outra vida, em outra "encadernação", como diria o meu velho amigo Sá-Carneiro, que tanta falta me faz e sempre fará. Ó, Mário, meu reino por uma só de suas cartas apocalípticas! Só uma. É certo que não sou rei de nada, mas, quem sabe, o que é hoje blefe confirmar-se-á como premonição? Estou triste. Estou inclinado ao fado como uma árvore que busca a sombra, não por opção, mas por graves problemas crônicos no tronco, digo, na coluna. O fado é a alma portuguesa. *Toda a poesia (e a canção é uma poesia ajudada) reflete o que a alma não tem. Por isso a canção dos povos tristes é alegre, e a canção dos povos alegres é triste. O fado, porém, não é alegre nem triste. É um episódio de intervalo. Formou-o a alma portuguesa quando não existia e desejava tudo, sem ter força para o desejar. As almas fortes atribuem tudo ao Destino; só os fracos confiam na vontade própria, porque ela não existe. O fado é o cansaço da alma forte, o olhar de desprezo de Portugal ao Deus em que creu e também o abandonou. No fado, os Deuses regressam legítimos e longínquos. É esse o segredo sentido na figura de El-Rei D. Sebastião.* É o nosso herói, o mito salvador.

Mesmo tendo sido infeliz na iniciativa empresarial de ter uma tipografia, tempos depois criei a Olisipo — Agentes, Organizadores e Editores. A palavra vem de "allis ubbo", que quer mais ou menos dizer, em bom latim, a enseada amena, creio eu. Está na palavra Olisipo a origem de Lisboa. Achei bonita a palavra, bonita a descoberta, e foi para mim como descobrir o ovo da cidade onde nasci e da qual vivi tanto tempo separado. E a doce enseada, esse lugar de origem fenícia, é a única gota reveladora que confirma a antiga natureza mediterrânica de Lisboa, ou Lisótima, como dirão um dia os bons modernos, imagino eu. Da Olisipo eram meus sócios o Geraldo Coelho, engenheiro e administrador, e o Augusto Gomes, poeta novelista e jornalista. Tinha tudo para dar certo. Como tive erros primários de outra feita, dessa vez tudo fora providenciado dentro de todos as conformidades. O projeto era ousado: promoveria a cultura (essa tão vasta palavra) e o comércio de nossa terra nos estrangeiros. Divulgar Portugal, colocá-lo na rota de negócios de toda sorte, inclusive literários, e de outras artes em geral. Almada Negreiros, com sua mão feita de traço, precisão e beleza, desenhou o nosso logotipo. A ambição era realizar grandes negócios. Eu traduziria Shakespeare, Edgar

Allan Poe, entre outros, e nos traduziríamos para o inglês no mesmo fluxo. Precisaríamos de acionistas, pois ali eu queria fazer de tudo: da fabricação de jogos de tabuleiro e jogos astrológicos a um Álbum de Portugal, como propaganda mesmo, informações turísticas de hotéis e monumentos, para chamar os olhos do mundo para nós. Durou dois anos. Muitos planos não saíram do papel, mas publicamos boas coisas e, entre elas, "A Invenção do dia claro", que é um poema em prosa de Almada Negreiros, e o livro *Canções* do meu amigo, crítico e defensor Antônio Botto, que, sem querer, levantou contra nós da Olisipo, uma onda conservadora, ungida da mais torpe hipocrisia. Não me foi difícil criar o artigo "Antônio Botto e o ideal estético em Portugal", que saiu no número três da revista *Contemporânea*, outra publicação na qual postávamos nossas vozes dissonantes. Claro, nós estávamos propondo um novo rumo, uma independência da Coroa Portuguesa (ou da sua República, tanto faz), dos ditames culturais europeus. Ora, também temos nossas expansões. O que é que Lisboa e Porto devem a Paris, a não ser uma melhor distribuição das letras, digam-me? Pois não quero ir à França! É aqui ao lado, basta-me um comboio, mas não vou! Para isso tenho lá o Sá e outros a me trazerem notícias das luzes da Cidade das Luzes. Tudo merda! Para ter-se uma ideia, aos olhos dessa Europa cristã, a homossexualidade que Botto assumira em seus versos só pode se dar por "patologia ou desequilíbrio". Conservadores da intelectualidade obtusa apreenderam e queimaram a segunda edição do *Canções*, por meio do Governo Civil de Lisboa, e ainda sobrara para mim uma rajada de balas venenosas num artigo contra o meu, escrito por Álvaro Maia, crítico obtusado pelo pensamento moralmente fechado de minha pobre época nacional. Um lepidóptero! A partir do título, o artigo já mostrava a que viera: "Literatura de Sodoma, o senhor Fernando Pessoa e o ideal estético em Portugal." E lançou-se a tentar atingir-me. Para as minhas palavras de apreço pela obra de Botto, que é um hino ao prazer — *não ao prazer como alegria, nem como raiva,* mas como prazer mesmo —, o tal crítico alcunha o poeta "de rebotalho de sua geração, cujo culto à beleza máscula não era mais que uma ânsia de satisfação duma carnalidade monstruosa." Pois deu-me imensa preguiça de responder aos equívocos desse senhor. Apenas me restringi a corrigir-lhe um erro de português que cometera, em seu conluio de fúrias e secretas inclinações, talvez. Quem saberá? Porém, Álvaro de Campos, um de meus valentes cavaleiros, saiu em minha defesa e na do Antônio Botto, numa carta ao diretor da *Contemporânea*. José Régio também o fez no *Diário de Notícias*. Sabíamos que defender a poesia de um só de nós era defender o Portugal que queríamos. A *Águia*, a *Presença*, a *Orpheu*, a *Contemporânea* eram nossas bocas, nossas vozes artísticas que, pelas artes, pretendiam sacudir a nação.

O que está a ocorrer, por efeito de tamanho analfabetismo e incultismo crescente do nosso povo é devastador! *A invasão das ideias estrangeiras, pervertendo a própria substância do patriotismo que restava entre nós, privou-nos de criar, não já um orgulho nacional, mas uma simples consciência superior de nossa nacionalidade. A população de Portugal consiste em larga percentagem de analfabetos, e em uma razoável parte do povo há o amor pátrio animal e firme, formando uma certa ideia de nação; e ainda temos a baixa burguesia, mais as burguesias média e a alta.* A mistura desse caldo resulta em um patriotismo desfigurado *por partidarismos vários que, por vezes, se sobrepõem* ao amor pela pátria. *Ignorante, e, por isso, admirador de um estrangeiro que desconhece, esta gente é a que crê nos sagrados princípios da revolução, ou nos princípios igualmente sagrados da Monarquia Integral. Indolente, vivendo de empenhos e de cargos públicos que não exerce, é esta camada o principal obstáculo à reformação da Nação Portuguesa. O português simples é um simples animal afetivo e perturbado: uma forte superior direcção orienta-o e leva-o para onde quer.* Esses outros que os dirigem, supondo que têm opiniões, reproduzem, todavia, grande parte do pensamento da alta burguesia e de grande parte da burguesia média. *São inertes, conservadores e desnacionalizados. São os do "lá fora é outra coisa", "isto é um país único", "isto aqui é pior que Marrocos"*. Ó, Portugal, não tens noção de Nação. Quando virá o dia, quando virá o dia? Ah, *Deus me dê forças* para traçar, *para compreender toda a síntese da psicologia e da história psicológica da nação portuguesa!*

Ai de mim, mas o que estou ainda eu a fazer aqui? É isto, sou o que sempre serei para os de fora, um correspondente estrangeiro de escritórios comerciais. Tal qual um português que, por intuição ou limitação, inclina-se para o comércio. Sou um dos que o criticam, e, vê-se, o feitiço virou-se-me contra o feiticeiro. Não é bem assim; nesse assunto de escritórios sou apenas um dos meus escravos a tratar de minha sobrevivência para que resista apenas o que tem que viver, isto é, minha obra. É para ela o vinho, é para ela o pão. Como é grande a encomenda que fiz a mim mesmo, e observe-se lá que sou um eu muito exigente, liberei, por conta dessas circunstâncias, o meu escravo-funcionário para que faça o seu próprio horário nesses estabelecimentos, e para ter a chave dos mesmos sempre em seu poder, a fim de que nada perturbe a produção da obra que venho realizando desde que nasci. E é isto. O que não posso é fugir ao trabalho. Mesmo quando é como agora, que estou tramado a este texto, tal qual uma linha a um tecido de trama descontínua, mas muito fechada. Sou uma sequência agora de pontos apertados nas mãos da tricotadeira, sou a música que a tecelã não canta enquanto borda seu destino. Preciso não perder mais tempo. Tenho pressa. E medo de morrer amanhã.

O que importa é que já estou pronto, vestido, e mesmo assim demoro-me imenso para sair realmente à rua em direção ao social; ai, o social: antológico monstrengo que me apavora. Apressa-te, homem! Em verdade, a esta altura eu já deveria estar no escritório do Lavado, tenho que passar também no Mayer, tenho que não perder o tempo, ou não desperdiçá-lo, ao menos. Ah, *Aproveitar o tempo! Mas o que é o tempo, que eu o aproveite? Aproveitar o tempo! Nenhum dia sem linha. O trabalho honesto e superior. O trabalho a Virgílio, a Milton... Mas é tão difícil ser honesto ou superior! É tão pouco provável ser Milton ou ser*

Virgílio! Aproveitar o tempo! Tirar da alma os bocados precisos — nem mais nem menos — para com eles juntar os cubos ajustados que fazem gravuras certas na história (e estão certas também do lado de baixo que se não vê). Pôr as sensações em castelo de cartas, e os pensamentos em dominó, igual contra igual. Imagens de jogos ou de paciências ou de passatempos — imagens da vida, imagens das vidas. Imagens da Vida. Verbalismo. Sim, verbalismo... Aproveitar o tempo! Não ter um minuto que o exame de consciência desconheça, não ter um ato indefinido nem factício, não ter um movimento desconforme com propósitos. Boas maneiras da alma. Elegância de persistir. Aproveitar o tempo! Meu coração está cansado como um mendigo verdadeiro. Meu cérebro está pronto como um fardo posto ao canto. Meu canto (verbalismo!) está tal como está e é triste. Aproveitar o tempo! Desde que comecei a escrever passaram cinco minutos. Aproveitei-os ou não? Se não sei se os aproveitei, que saberei de outros minutos? (Passageira que viajaras tantas vezes no mesmo compartimento comigo. No comboio suburbano, chegaste a interessar-te por mim? Aproveitei o tempo olhando para ti? Qual foi o ritmo do nosso sossego no comboio andante? Qual foi o entendimento que não chegamos a ter? Qual foi a vida que houve nisto? Que foi isto à vida?) Aproveitar o tempo! Ah, deixem-me não aproveitar nada! Nem tempo, nem ser, nem memórias de tempo ou de ser! Deixem-me ser uma folha de árvore, titilada por brisas, a poeira de uma estrada involuntária e sozinha, o vinco deixado na estrada pelas rodas enquanto não vêm outras, o pião do garoto que oscila no mesmo movimento que o da alma e cai, como caem os deuses, no chão do Destino.

Na política, eu estava envolvido principalmente pelos discursos corajosos e combatentes do Álvaro de Campos. A história de Afonso Costa, que se machucou ao lançar-se de um veículo por julgar que havia ali um atentado contra si, deu o que falar. O crápula era *um representante legítimo da Oligarquia das Bestas, um reacionário de espírito, um tirano de primeira linha, e ainda por cima adulador do povo.* O acontecido resultou num artigo do Álvaro de Campos, lamentando que o homem tenha sobrevivido. Todos acharam de mau gosto, até o Almada Negreiros e o Sá-Carneiro (imagina, logo o Sá). Pois nem esses ficaram ao lado do impetuoso engenheiro. Nessa ficara sozinho o Álvaro. Com ele eu bato forte, com ele eu meto os pés porta adentro e deito abaixo toda cancela! Não me creem, mas quero que mesmo na República haja uma consciência de uma Coroa Portuguesa. Não necessariamente monárquica, mas vejo-a como uma reluzente joia invisível que ilumine a cabeça lusitana a ponto de fazer de cada homem seu, rico ou pobre, o portador de uma joia, uma tiara, uma grinalda da autoestima. É conosco o sonho. *Deus quer, o homem sonha, a obra nasce. Deus quis que a terra fosse toda uma, que o mar unisse, já não separasse. Sagrou-te, e foste desvendando a espuma. E a orla branca foi de ilha em continente, clareou, correndo, até ao fim do mundo, e viu-se a terra inteira, de repente, surgir, redonda, do azul profundo. Quem te sagrou criou-te português. Do mar e nós em ti nos deu sinal. Cumpriu-se o Mar, e o Império se desfez. Senhor, falta cumprir-se Portugal!*

Arre! Cá estou mesmo intolerante e doido, a rodar dentro da casa, a fumar ópio e cigarros negros, a beber e a atordoar-me com o cadáver do que não pude ser, e sem conseguir sair daqui. Não vou ao escritório, não quero caminhar, não tenho forças para pegar o elétrico, com o pensamento assim a pesar-me quais as pedras às costas de Sísifo, o dono do trabalho inútil e redundante! Ninguém mudou Portugal, foi isso? É isso mesmo o que se deu? *Ora porra! Nem o rei chegou, nem o Afonso Costa morreu quando caiu do carro abaixo! E ficou tudo na mesma, tendo a mais só os alemães a menos. E para isto se fundou Portugal! Arre, que tanto é muito pouco! Arre, que tanta besta é muito pouca gente! Arre, que o Portugal que se vê é só isto! Deixem ver o Portugal que não deixam ver! Deixem que se veja, que esse é que é Portugal! Ponto. Agora começa o Manifesto: Arre! Arre! Ouçam bem: ARRRRRE!*

Estou no avesso de mim, habito o inferno como a uma roupa, como a um fato sobre o corpo e trago um céu em fogo por alma adentro. Lisboa olha-me com suas casas, com seu velhos olhos que há muito, desde que daqui parti miúdo para a África, Lisboa olha-me. Espreita-me esta cidade com seus olhos de arder e de fazerem arder. Por que estou eu a sentir isto? *Não há maior tragédia do que a igual intensidade, na mesma alma ou no mesmo homem, do sentimento intelectual e do sentimento moral. Para que um homem seja distintivamente e absolutamente moral, tem que ser um pouco estúpido. Para que um homem possa ser absolutamente intelectual, tem que ser um pouco imoral. Não sei que jogo ou ironia das coisas condena o homem à impossibilidade desta dualidade em grande. Por meu mal, ela dá-se em mim. Não foi o excesso de uma qualidade, mas o excesso de duas, que matou-me para a vida.*

Perambulo entre a cama e o banheiro. Não gosto desses dedos amarelados que a toda hora vejo, porque, quando escrevo, muitas vezes avisto as mãos assim e deprimo-me. Tampouco consigo isolar esta constante dor no pâncreas, ou sei lá onde. Eu acho que é alguma coisa com as vísceras este meu mal. Sinto vir de lá. Como é subjetivo o que há entre o que penso e o esqueleto! Para mim, no verbo é que estão a carne das coisas e o seu osso. Uma palavra é algo que sai do homem e ao sair o reveste. Pois posso cobrir-me com um manto delas. Escutai-me daqui de dentro de minha agonia: Portugal, o que vos salvará será o supra-Camões; o poeta que fará o mundo ver o Portugal no futuro será este! Ouçam todos e ouçam bem este doido com manias nítidas de grandeza, este que aqui está a vos falar; porque haverá um tempo em que se dirá que Camões, por não ter-me lido, não pode ter vindo antes nem depois de mim. Nós, os jovens portugueses loucos, pederastas, viciados, boêmios, escritores, leitores vorazes de livros, leitores dos pensamentos e dos subterrâneos do nosso tempo é que vivíamos em paixão por Portugal; não eles, os fúteis, os da censura, os das fardas, os dos salões nobres onde se finge ler literatura à moda francesa. Não, não estes, nem estes. Éramos nós os fora das partituras, os mais dentro da música, os mais a par da dança, ou do samba, como diriam meus amigos do Brasil. E o novo poeta visionário e múltiplo, o super-Camões, este que incomoda enquanto fala, este que sou eu, há de ter sido o grande redator desta hora. Expulsos dos jornais, alvos de cobras e lagartos em forma de métodos de exclusão, um dia veremos quem de nós chegará primeiro. Ó, Portugal, ainda te curvarás aos teus arruaceiros!

A antiquíssima noite já adentrou pelas janelas da casa e da minha alma. É sua rota habitual. Caminha e avança agora com sua escuridão por onde o raio de sol se ausenta. Um denso Tejo me reveste por dentro. O Tejo vem da Espanha pelo mar e entra em Portugal. Qualquer criança sabe isso. Vem, ó, noite, arrasta-me! Sou o mar. Quero dormir e não. Há ficções no sonambulismo das ilusões. É sem parar que escrevo. A minha mãe fizera tanta questão de que eu fosse um lusíada de peso! Tratava-me muitas vezes como tal desde sempre. Queria que eu fosse aqui alfabetizado, que fosse esta a minha primeira língua escrita. Em que língua escrevo, eu perguntaria hoje a essa senhora a quem dei, não exatamente desgostos, mas imensas preocupações, por não ganhar dinheiro com folgas, por não ter um emprego à altura do filósofo, sociólogo, ou sei lá que espécie de grandeza que eu não sou. Não me casei nem fui rei de nada, mãe. E escrevo em que língua? Tu, Magdalena, foste a minha língua, a pátria ambulante onde por uma década grudei a segurança dos meus sonhos. Vivi dez anos em África por causa do teu amor. Uma parte de mim a África, ainda que pulverizada pelo domínio inglês, tingiu. Na subjetividade, sou o mais branco dos zulus. E também o mais preto dos lusitanos por linhagem de mistérios. Há uma aldeia de tambores dentro de mim. Batuques. Escrevo beirando o abismo de tudo perder o sentido. Desfilam-me na cabeça, não à roda dela, mas dentro, as revistas todas em revista. Aquelas publicações que, por efêmeras que algumas fossem, ainda assim multiplicaram ao cubo nossas bocas futuristas. Como o futurismo é uma pré-consciência, uma visão anterior do que vai acontecer, e o falar disso é o que está a acontecer sem, no entanto, sê-lo ainda, torna-se dificílimo pegá-lo com a mão. Tampouco é complexo quanto parece. Estive a dar voltas para dizer uma coisa simples e é normalmente nesse caminho da descrença que resulta em explicar-se o óbvio. Pois, se é óbvio, para isso deveria existir, para prescindir de explicações, pois! Ó, Portugal, deixa teu infante sem distintivos, tua princesa, teu português cansado, dormir. Desde que parti naquele primeiro navio nunca mais dormi bem. O grande sono disso tudo me faz pensar que viver é sonhar. Pois que fales mais, ó alfacinhas; escreva até secar, ó, gajo teimoso e genuinamente português!

Rendo-me, contradigo-me e *releio, em uma destas sonolências sem sono, em que nos entretemos inteligentemente sem a inteligência, algumas das páginas que formarão, todas juntas, o meu livro de impressões sem nexo. E delas me sobe, como um cheiro de coisa conhecida, uma impressão deserta de monotonia. Sinto que, ainda ao dizer que sou sempre diferente, disse sempre a mesma coisa; que sou mais análogo a mim mesmo do que quereria confessar; que, em fecho de contas, nem tive a alegria de ganhar, nem a emoção de perder. Sou uma ausência de saldo de mim mesmo, de um equilíbrio involuntário que me desola e enfraquece. Tudo quanto escrevi é pardo. Dir-se-ia que a minha vida, ainda a mental, era um dia de chuva lenta, em que tudo é desacontecimento e penumbra, privilégio vazio e razão esquecida. Eu não escrevo em português. Escrevo eu mesmo.*

Mas mesmo em estado de tédio quer sair de mim uma revolução. *Porque a ideia patriótica, sempre mais ou menos presente nos meus propósitos, avulta agora em mim, e não penso em fazer arte que não medite fazê-lo para erguer alto o nome português através do que eu consiga realizar! É uma consequência de encarar a sério a arte e a vida.* Ah, fazer barulho em silêncio; ah, desestabilizar, ressignificar velhos códigos; ah, revolucionar logo com a *palavra*, esta que se apresenta como a mais concreta dentre todas as subjetividades, a mais afiada das armas, a surpreendente espada de ferimento silencioso sem remédio conhecido. Ó, esgrima do verbo, aqui jamais dorme ou dormirá o seu fiel lutador: doido, em crise, bêbado, lúcido, fumado, acordado, a dormir ou a sonhar, é tudo o mesmo combate. Sonho e quero que a minha palavra chegue ao futuro e faça sacudir desde agora o cotidiano português! Que o navio da minha palavra possa vir a bater suas ondas no mar do amanhã.

Décimo primeiro capítulo

Presença de Sá, o fixador dos Instantes

DIÁRIO

N.º

N.º

Nem ópio nem morfina. O que me ardeu foi álcool mais raro e penetrante: É só de mim que eu ando delirante — Manhã tão forte que me anoiteceu.

Mário de Sá-Carneiro

Mesmo depois da minha morte deixem que caminhe solta e desvairada a boataria, digam o que quiserem, mas o Sr. Mário de Sá-Carneiro era o meu *Orpheu*! Durou pouco a nossa revolucionária publicação, dois números apenas, da grande revista de Literatura, de Arte. Mas sua passagem, sua presença foi definitiva em minha vida. Amava-o. Havia entre nós dois um pacto particular no qual qualquer conservadorismo que pudesse de nós se aproximar sentir-se-ia ferido com a porta de nossa irreverência a bater-lhe à cara. Éramos os interseccionistas, os paulistas e os futuristas, junto à nossa seletíssima turma; únicos na literatura portuguesa de nosso tempo. Nós, os sensacionistas, e o Álvaro, o grande redator daquilo tudo! Álvaro e Sá me pareciam a mim legítimos irmãos, como Whitman e eu, se eu tivesse a sua dantesca coragem, e tivesse aquele vivido entre nós. O certo é que, até a chegada desse meu "irmão gêmeo", eu me sentia um ser sem amigos íntimos. Sem par. O Sá era irmão, também por causa dos cabeludos segredos que compartilhávamos e, especialmente, pela consanguinidade da nossa letra pensada. Pela irmandade esplêndida de nosso pensamento. Foi-me logo claro que ele seria insubstituível. Há os que o são.

Minhas primeira, segunda e terceira adolescências tiveram como bordadeira a solidão. E o tema era sempre o mesmo, o reflexo no espelho de mim: *Não tenho ninguém em quem confiar. A minha família não entende nada, não tenho amigos verdadeiramente íntimos, e mesmo que houvesse um amigo íntimo, como o mundo o entende, ainda assim não seria íntimo no sentido em que entendo a intimidade. Sou tímido e não gosto de dar a conhecer as minhas angústias. Um amigo íntimo é um dos meus ideais, mas um amigo íntimo é algo que nunca terei. Nenhum temperamento se adapta ao meu; não há um caráter neste mundo que dê o mais leve indício de se aproximar do que eu sonho num amigo íntimo. Basta*! Era assim que eu pensava, e tudo isso, todo esse jeito de pensar, perdura até a chegada do Sá. Só antes de ele chegar em minha vida que era assim. Nossas cartas guardarão para sempre a conversa mais quente, com mais temperatura, mais tutano, mais substância. Ó, meu Deus, muito mais substância do que aquilo que compõe as terríveis embromações do insipiente verbalismo hipócrita daqueles lepidópteros burgueses. A burguesia é a dona dos discursos vazios. É isso mesmo! E com o Sá meu exército ganhava força para insurgir-se contra o pior tipo de português. O que não quer ver.

A presença dele em minha vida fazia-me respirar novos ares, e não aquele contaminado, provinciano e decadente que a letra flexível de nossa cortante literatura tencionava derrubar. Nosso conteúdo revolucionário, embora teórico, era de excelente inquietação no pensamento, e essa eterna provocação valia-se do sentimento amoroso, humano e amigo que tínhamos um para com o outro. E exercíamos isso. A esse sentimento nos devotávamos, sem mesquinharias ou reservas. Nosso encontro fez tremer as panelinhas intelectuais que se aninham como cupins ou traças nas bordas do novo de cada geração para tirar dela esse novo. Para envelhecer o novo rapidamente, criando-o em cativeiro, incompreendendo seus fundamentos, estabelecendo regras na vanguarda de cada tempo, até fazer desse material a carne da mediocridade. E nada muda. E se muda eles não querem divulgar. Julgam que é mister que ninguém saiba de nada. Dorme o silêncio que abafa o grito, mas também o provoca. Nossa amizade gerou um Movimento, senhores! Toda a nossa loucura fora aproveitada em prol de Portugal, ora bolas! Ninguém deveria reclamar.

O sensacionismo começou com a amizade entre Fernando Pessoa e Mario de Sá-Carneiro. Os sensacionistas portugueses são originais e interessantes, porque, estritamente portugueses, são cosmopolitas e universais. O temperamento português é universal; esta é a sua magnífica superioridade. O grande ato da história portuguesa — aquele longo, cauteloso e científico período das descobertas — é o grande ato cosmopolita da história. O povo inteiro deixa ali a sua marca. Toda a literatura clássica portuguesa dificilmente atinge o interessante; dificilmente atinge o clássico. Pondo de lado umas poucas coisas em Camões que são nobres, várias coisas de Antero de Quental que são grandes, um ou dois poemas de Junqueiro que são dignos de leitura, um poema de Teixeira de Pascoaes, que passou o resto de sua vida literária desculpando-se em má poesia por ter escrito um dos maiores poemas de amor do mundo — se isto é excetuado, e algumas menores coisas que são insignificantes, o total da literatura portuguesa é dificilmente literatura e quase nunca portuguesa. É provençal, italiana, espanhola e francesa, e ocasionalmente inglesa, em alguns, como Garret, que conhecia bastante o francês para ler más traduções de poemas ingleses e acertar quando eles erravam. A literatura portuguesa tem alguma boa prosa, Vieira é mestre em qualquer parte, embora pregasse. Há belas coisas nos primeiros cronistas, mas chegaram antes que Portugal despertasse para encontrar-se ausente pelo mundo interior, com todos os oceanos abertos aos povos que não ousaram por eles entrar em primeiro lugar. Há apenas duas coisas interessantes em Portugal — a paisagem e Orpheu. *Tudo quanto está de permeio é palha podre usada. Serviu na Europa afora e chegou a um fim entre as duas coisas interessantes em Portugal. Por vezes estraga a paisagem colocando nela o povo português. Mas não pode estragar* Orpheu *porque este é à prova de Portugal.* Este pensamento que acabo de dizer, este texto é do Álvaro, só pode pertencer a este senhor Campos. Por vezes, temperamental e sem freios na língua que é, Álvaro beira o exagero, mas aqui vejo-me obrigado a concordar com ele. E não é por ser heterônimo meu não. Quem me conhece sabe que não há regalias dentro do palácio das palavras. Trata-se de um Reino honesto, sem corrupção.

Estou agora a escrever, com aqueles meus dois dedos que resumem toda a minha requintada técnica nesta máquina, e deliro que teclo com um dedo meu, e que o outro, a meu Sá pertence. É com ele, esse meu amor-amigo, que bordo estas linhas. Uma vez, disse-me que um dia belo de sua vida foi aquele em que travou conhecimento comigo. Que foi o dia maravilhoso em que realmente ficara conhecendo alguém, e não só uma grande alma como também um grande coração. Isso é lugar-comum, mas é mesmo assim; como os sentimentos são produtos que não se vendem em mercados, nunca é pouco declará-los. Mesmo quando ficávamos longe um do outro, em distância fiscal, territorial, fazíamos uma certa vigília de nossas produções, acompanhávamos nossas criações no berço, ou melhor, no ventre ainda da musa inspiração. Como éramos só um falando! Nós éramos como um só diálogo numa alma. Quando ele tencionou incluir uma bombástica ideia num conto dele, ainda aquela altura inacabado, chamado "O Homem dos Sonhos", consultou-me logo. A ideia era defender a multiplicidade das formas de sexo e questionar essa limitação de só dois, quando poderíamos possuir-nos todos sem restrições ou reservas. Ele julgava limitado demais que não pudéssemos todos nos misturarmos libidinal e independentemente dos gêneros. Quem disse que só pode ser desses dois jeitos? Era assim o Sá. Um verbo rasgado que incomodava muito. E ele estava se rebolando por isso e para tudo isso. Contara-me da conversa ácida e difícil, entre ele e o pai, por conta dos nossos sonhos.

— Mário, meu filho, teu pai está cansado!

— O pai está cansado de quê? De gastar dinheiro comigo?

— Não. Não torças as minhas palavras. Eu não disse que estou cheio de gastar contigo! Vejo-me, sim, cansado de tentar entender que espécie de homem és tu. Não alcanço-te. Não compreendo os teus propósitos, os teus despropósitos, não vejo o trilho do teu futuro em nenhuma hipótese!

— Pai, faça-me um favor, aguarda e ainda verás meu triunfo. Só precisamos de um pouco mais de aporte financeiro para deslanchar. Vamos mudar Portugal!

— Mudar o quê, para quê, para onde? Pois onde é que estão a fazer a revolução? Onde a preparam? (pausa) Nos bares? Na Brasileira do Chiado? Nos Irmãos Unidos, na Cervejaria Jansen, no Martinho da Arcada, ou no Café Montana? Ora, conheço a rota. Não nasci ontem. E é entre copos e tertúlias que pretendem colaborar para o progresso do país? Estou farto de fornecer tijolos para os teus castelos de areia, Mário! Farto.

— Meu pai, mas agora é chegada realmente a nossa hora. A nossa publicação, que vai dar algum lugar à língua portuguesa no mundo, está às portas de nascer! E isso está nas mãos do senhor. O pai não confia em mim? A revista *Presença* abriu os caminhos, e agora, dessa, é o Fernando Pessoa que está à frente. Ele é um gênio. Se não confias em mim, confia ao menos nele!?

— Ora, Mário, aos 20 somos todos gênios, iniciadores da grande mudança do mundo! De que reino, de qual mundo é esse Pessoa-gênio? Fez alguma faculdade? Qual? É formado em quê? Em ópio, em medicina? Ou é como tu, um iniciador eterno que se julga escritor, mas não consegues terminar os estudos de Direito em Coimbra, como deve ser, nem em Lisboa e muito menos em Paris, onde a tua sala de aula, eu bem o sei, são as cadeiras dos cabarés!

— O pai está a exagerar. Queres ofender-me? É certo que sou um homem culto, frequento teatros sim, mas nos cafés dos boulevards franceses, onde tudo está a acontecer, eu frequento ideias, meu pai, revisto-me de ideias! E é aí onde o Fernando, tu irás confirmar com teus próprios olhos, é mestre. (pausa) Empresta-me, ó, meu pai, o dinheiro para editarmos a revista *Orpheu*? É a última vez que te peço algum, juro.

— E o que publicarão aí? Não hão de envergonhar-me com as mariquices de alguns como foi o caso daquele tal de Botto, hã? Basta de constrangimentos! Teu mal é que foste mimado pela ama. E mimado demais. Quando vê-se um miúdo órfão aos 2 anos, exagera-se, e o zelo transforma-se rapidamente em permissividade. Essa é a verdade, nunca tiveste limites para nada! Nada! Espera um pouco, deixa-me olhar-te. Engordaste outra vez mais, ou meus olhos me enganam? (pausa). Está bem, de quanto estamos falando? Mas é, veja bem, a última vez!

O certo é que o militar, tão dedicado à sua carreira e completamente ausente da vida do filho, imerso em suas inúmeras viagens pelo mundo e em missão, sempre em missão, acabara por realmente financiar a nossa sonhada revista. E sai o primeiro número de *Orpheu* a provocar cizânias, celeumas e outras sibilações de contrariedade na sociedade normal nacional. Sim, porque os números esgotaram-se numa velocidade veterana, e não com ares de uma iniciante, como imaginávamos e como realmente era. Os críticos chamavam-nos de loucos, paranoicos e quejandos. Na ribalta literária da inquietude, as vozes de todos os lados levantaram para elogiar ou atacar a publicação. Havia inovação de comportamento e de ideias em toda a diretoria de *Orpheu*; não se economizaram ousadias, e ainda vínhamos com o Ronald de Carvalho, que era o poeta e diretor brasileiro da revista. Queríamos envolver o Brasil, é claro. As coisas por lá respiravam uma atmosfera literária diferente, e nossos modernismos acabariam por se encontrar. Além do quê, sabíamos que vários anarquistas nossos no Brasil exilaram-se a fim de lá criar seus filhos. Êh, êh, êh... Digam o que quiserem, mas inscrevemos nosso olhar, nossa mise-en-scène de um pensamento novo que mudaria para sempre a história sem originalidade alguma da literatura portuguesa. Até então ela era despersonalizada e assemelhava-se a algo que precisava imitar a arte europeia para assim dizer-se literatura. Ao passo que *a geração a que pertencemos traz consigo uma riqueza de sensação, uma complexidade de emoção, uma tenuidade e intercruzamento de vibração intelectual que nenhuma outra nasceu possuindo. A hiperexcitação passou a ser regra. Temos a riqueza inédita de emoções, de ideias, de febres e delírios que a hora europeia nos traz. Em cada alma giram os volantes de todas as fábricas do mundo, em cada alma passam todos os comboios do globo, todas as grandes avenidas de todas as grandes cidades acabam em cada uma de nossas almas.*

Ao mesmo tempo em que vinham de Paris os ares de todos os ismos, de lá também emanava um comichão de ânsias e novidades, e mais mil apelos que mandavam sempre chamar o Sá. Levavam-no de mim. Tragava-o sempre a sedução inescapável da cidade das luzes, a esmorecer-me a alma com essa ausência e, ao fim, desaparecer de vez com meu maior e mais íntimo amigo. Algumas vezes, vi-me às voltas com tais despedidas. Tinha vontade de pregar-lhe uma partida, uma peça, e não ir com ele ter à hora desse Adeus. Mas lá estava eu, *à uma menos cinco na Estação do Rossio, tabuleiro superior — despedida do amigo que vai no Sud Express de toda a gente, para onde toda a gente vai, o Paris... Tenho que lá estar e acreditem, o cansaço antecipado é tão grande que, se o Sud Express soubesse, descarrilava. Brincadeira de crianças? Não, descarrilava a valer... Que leve a minha vida dentro, arre, quando descarrile! Tenho desejo forte, e o meu desejo, porque é forte, entra na substância do mundo.*

Frequentemente via-me a quase suplicar que não tardasses, meu interessantíssimo humano, o Mario de Sá-Carneiro, animal humano de grande porte e desvairado, que esvazia Lisboa quando parte. Parte-me. Mas, por meio de verdadeiras epístolas, e não meras missivas vazias, criávamos um planeta feito de letras, no qual nossa amizade atuava além-fronteiras, e construía, a quatro mãos, a nossa arte. Dos cafés sofisticados, românticos e também malditos do boulevard de la Poissonnière em Paris chegaram inúmeras cartas dele, e era eu, delas, o seu principal destinatário. Havia veneno nessa correspondência, para o caso de algum lepidóptero dela tomar conhecimento, mas, para mim, era bálsamo cada uma daquelas linhas. Principalmente bálsamo era o que não se encontrava nelas dito, mas que ali estava, por debaixo das orações, armado. É ele quem traz de Paris os suvenires das tendências, o cinema e o teatro, através da ponte informal de informação que construímos entre Paris e Lisboa, França e Portugal;

ponte invisivelmente edificada sobre as cabeças de todos. Ninguém nos via. Falar com ele era um jeito claro de falar comigo.

Olho para Lisboa, sinto-me preso, um preso antigo. É manhã e uma manhã tosca. *Meu querido Sá-Carneiro: Escrevo-lhe hoje por uma necessidade sentimental — uma ânsia aflita de falar consigo. Como de aqui se depreende, eu nada tenho a dizer-lhe. Só isto — que estou hoje no fundo de uma depressão sem fundo. O absurdo da frase falará por mim. Estou num daqueles dias em que nunca tive futuro. Há só um presente imóvel com um muro de angústia em torno. A margem de lá do rio nunca, enquanto é a de lá, é a de cá, e é esta a razão íntima de todo o meu sofrimento. Há barcos para muitos portos, mas nenhum para a vida não doer, nem há desembarque onde se esqueça. Tudo isto aconteceu há muito tempo, mas a minha mágoa é mais antiga. Em dias da alma como hoje eu sinto bem, em toda a consciência do meu corpo, que sou a criança triste em quem a vida bateu. Puseram-me a um canto de onde se ouve brincar. Sinto nas mãos o brinquedo partido que me deram por uma ironia de lata. No jardim que entrevejo pelas janelas caladas do meu sequestro, atiraram com todos os balouços para cima dos ramos de onde pendem; estão enrolados muito alto, e assim nem a ideia de mim fugido pode, na minha imaginação, ter balouços para esquecer a hora. Pouco mais ou menos isto, mas sem estilo, é o meu estado de alma neste momento. Como à veladora do* Marinheiro, *ardem-me os olhos, de ter pensado em chorar. Dói-me a vida aos poucos, a goles, por interstícios. Tudo isto está impresso em tipo muito pequeno num livro com a brochura a descoser-se. Se eu não estivesse escrevendo a você, teria que lhe jurar que esta carta é sincera, e que as coisas de nexo histérico que aí vão saíram espontâneas do que sinto. Mas você sentirá bem que esta tragédia irrepresentável é de uma realidade de cabide ou de chávena — cheia de aqui e de agora, e passando-se na minha alma como o verde nas folhas. Foi por isto que o Príncipe não reinou. Esta frase é inteiramente absurda. Mas neste momento sinto que as frases absurdas dão uma grande vontade de chorar. Pode ser que se não deitar hoje esta carta no correio amanhã, relendo-a, me demore a copiá-la à máquina, para inserir frases e esgares dela no* Livro do desassossego. *Mas isso nada roubará à sinceridade com que a escrevo, nem à dolorosa inevitabilidade com que a sinto. As últimas notícias são estas. Há também o estado de guerra com a Alemanha, mas já antes disso a dor fazia sofrer. Do outro lado da Vida, isto deve ser a legenda duma caricatura casual. Isto não é bem a loucura, mas a loucura deve dar um abandono ao com que se sofre, um gozo astucioso dos solavancos da alma, não muito diferentes destes. Ó,* Mário, *de que cor será sentir? Milhares de abraços do seu, sempre muito seu F.P.*, seu Pessoa sem circunflexo.

Pois bastava esse desconforto, meu Sá, essa confissão de um findado homem cansado de recomeçar, bastava um depoimento desesperado de um homem confessado, embora não de todo rendido, para que me respondesses correndo, sentindo lá de onde estás, a minha angústia, íntima e dolorosa, como coisa sua.

"Meu querido Amigo, poeta raro, senhor Pessoa do meu coração, recebi ontem a sua carta. Como sempre sucede com sua correspondência foram alguns deliciosos instantes espirituais que lhe fiquei devendo. Porque define maravilhosamente aquilo que sinto. É o médico expondo ao cliente toda a engrenagem minuciosa da sua enfermidade. E como nos conforta sempre saber-nos compreendidos, sua carta confortou-me. Há coisas que você me diz, Fernando, que me traduzem muito fortemente. Vivo pensando, meu amigo, no meu desaparecer, e nisso há um revólver apontado aos ouvidos, mas há também outra coisa. É que eu, quando busco, acho duas formas de desaparecer: uma fácil e brutal — água profunda, o estampido de uma pistola; outra suave e difícil, o sufocamento de todas as ideias e de todas ânsias, o despojar de tudo quanto de belo, de precioso existe em nós. Ah! Quantas vezes eu tenho um desejo violento de conseguir esse 'desaparecimento'! Mas como? Como? E a dor, a raiva concentrada, despedaçadora e uivante que encapelaria todo o ser, na hora do triunfo? E o outro desaparecimento é horrível, e ambos são egoístas: torpe um, covarde o outro. Depois, coisa interessante, quando medito horas no suicídio, o que trago disso é um doloroso pesar de ter de morrer forçosamente um dia, ainda que não me suicide; aliás, eu tenho a certeza de que esse não será o meu fim. Os meus amigos podem estar perfeitamente sossegados. Mas não falemos mais dessas complicações doentias. (Nos bons tempos de 80, quando Bougert florescia, nos rapazes de 20 anos o que se estudava eram as complicações sentimentais — quer dizer, amorosas. Já a nossa geração, me parece mais complicada, creio, e mais infeliz. A iluminar as suas complicações não existe mesmo uma boca de mulher! Porque somos uma geração superior.) Ah, tenho tantas coisas para lhe dizer, meu amigo. Os disparates e as petulâncias do Santa Rita continuam a torturar-me, e quero desse gajo afastar-me o máximo possível. Há quinze dias não vejo esse que, quando vê que não tem razão, triunfantemente, a cada passo, brama que a razão está do lado dele. Arre, isso é para mim uma coisa insuportável. Mas as suas cartas, meu caro Fernando, essas são, pelo contrário, alguma coisa de profundamente bom, que me conforta, anima, delicia. Elas fazem-me, por instantes, feliz. Como é bom termos alguém que nos fala e nos compreende; alguém bom e sincero, lúcido e inteligente = GRANDE. Ah, prazer com que eu o abraçarei daqui a um semestre. As longas, deliciosas, conversas que teremos. Ouça-me, meu caro Pessoa, tu não és dos que podem fazer as coisas da maneira dos outros. Os outros é que têm que poder fazer as coisas à tua maneira. O que na sua carta me entristeceu foi o que de si diz. Ainda bem que no suplemento escreves que um pouco de energia regressou. Creia-me que compreendo e, melhor, sinto muito bem a tragédia que me descreves, tragédia que tanta vez ando embrenhado. É uma coisa horrível! Um abatimento enorme nos esmaga, o pensamento foge-nos e nós sentimos que nos faltam as forças para nos acorrentar. Pior ainda, sentimos que mesmo se nos dessem essas forças não nos acorrentaríamos. E vamos dormindo o tempo. Intimamente sabemos que a crise passará.

Fixe-se nos seus versos. As suas poesias são belíssimas, admiráveis, já se sabe, mas o que mais aprecio nelas é a sua qualidade. Eu lhe explico: os seus versos são cada vez mais seus. O meu amigo vai criando uma nova linguagem, uma nova expressão poética. E — veja se compreende o que quero significar — conseguiu uma notável força de sugerir, que é a beleza máxima das suas poesias sonhadas. É muito difícil dizer o que quero exprimir: entre os seus versos correm nuvens, e essas nuvens é que encerram a beleza máxima. Peço que me acredite e que acredite também nisto: que eu compreendo os seus versos, e o que é preciso, meu querido Fernando, é reuni-los e publicá-los, não perdendo energias em longos artigos de crítica nem tampouco escrevendo fragmentos admiráveis de obras admiráveis, mas nunca terminadas. É preciso que se conheça o poeta Fernando Pessoa, o artista Fernando Pessoa — e não o crítico só —, por lúcido e brilhante que ele seja. Atente bem para as minhas palavras. Eu reputo mesmo um perigo para o seu triunfo, a sua demora em aparecer como poeta. Habituado a ser considerado como o belo crítico, os outros terão estúpida mas instintivamente repugnância em o aceitar como poeta. E você pode encontrar-se o crítico-poeta e não o poeta crítico. Por isso, embora em princípio eu concorde com a sua resolução de não publicar versos senão em livro, achava preferível a possibilidade de fazer sair, num espaço breve, a inserção de algumas das suas poesias (ainda que poucas) na revista *Águia*. Rogo-lhe encarecidamente que me escute! Saúdo-o em pauísmo do seu, todo seu Mário de Sá-Carneiro."

Cartas... cartas... e mais cartas... Chove demasiado manso no dorso da cidade! Ah, Portugal, cada vez que vos escrevo, cada vez que um poema meu, um verso meu, uma palavra minha risca a página para descrever os vossos céus, leio-me como um homem "fixador dos instantes". Essa expressão, esse título é de autoria sá-carneira. Meu olheiro incessante. Olhos fixos nos instantes. Nossas cartas falavam de tudo. Tudo mesmo. O tudo da superfície e muito do tudo do fundo. E, claro, como não poderia deixar de ser, aos viajantes navegadores dos espantos do mar da vida do qual somos também fregueses, essas cartas falavam até da banalidade e das intrigas das circunstâncias sociais. De tudo, do mais banal acontecimento, poderia nascer um tratado de investigação sociofilosófica. Havia entre nós também aquele tipo de indesejável semente humana que adoecia o grupo, qual uma só metade da laranja que tem o poder de estragar todo o resultado do suco. Mas, em todo movimento, há aqueles que neles estão porque estavam a passar no mesmo passeio, estavam no lugar certo na hora certa da revolução e, por isso, foram confundidos com os protagonistas, quando eram, não digo figurantes, mas coadjuvantes. Um desses personagens, aliás, muito pulverizado de elogios vindos, a princípio, do Almada Negreiros, chama-se Santa Rita Pintor (gajo este que, com seus aparentes encantos, de início, enganou-nos a todos). Deste, Sá-Carneiro convertera-se em grande investigador e analítico, porque esteve a circular com o próprio pelas ruas parisienses por longos períodos e, em pouco tempo, passara da admiração ao quase ódio. Suas conclusões escreveram-me para afirmar que Santa Rita era um aproveitador; que se interessava mais pelos gestos para parecer um artista do que em ser um artista, e que duvidava de que ele tivesse realmente lido Platão e Virgílio, como proclamava, pois toda vez que a discussão chegava na literatura, o gajo interrompia-a para pôr à mesa uma prova de que duvidasse que o Sá, não ele, não estivesse à altura do colóquio. Parece-me que o tipo era hábil na inversão rápida dos papéis e gostava de tentar fazer mágica com a varinha de condão alheia. Os nervos do meu amigo subiam-lhe por toda a espinha por causa de uma atitude dessas. Além disso, o rapaz estava sempre a tagarelar nas rodas bobagens como "artista não usa relógio, por isso não uso relógio"; "artista não usa isso, não come aquilo, não bebe tal coisa". Enfim, um homem desinteressante! Alcunha-se, ele próprio, de pintor futurista, mas mais que tudo, está agarrado ao rótulo. O Sá reclama-me imenso o quanto esse rapaz estava a tornar-se intolerável. Mas o que lhe fez pular mesmo, saltar do salto, foi o dia em que Santa Rita o apresentou a uma polaca horrivelmente feia e disse a ela, com uma expressão cujos propósitos se revelaram obscuros para todos, que meu amigo, o Sá-Carneiro, era homossexualista. E disse isto como um defeito, uma ofensa. Fechou-se o tempo do temperamento na cara do Mário. O fato é que realmente o Santa Rita é desentendido de si mesmo, sendo, por isso, monárquico até a alma, e contraditório. Tanto não leu Nietzsche e Darwin que venera os reis, vive a levantar uma bandeira monárquica cega; pretende ainda, tendo certeza de que a monarquia voltará em três meses, dominar socialmente a comunidade portuguesa intelectual! Imagine, o parvo homem quer fazer apologia à inquisição! O Santa é a favor da Santa Inquisição. Piada. Ah, que vontade de publicar isso num jornal amanhã. Um dia, ele disse ao Sá, fazendo ares de candidato ao trono, que "todo rei é superior". E ainda afirmou, aos quatro cantos, que Dom Manuel é superior a ele. Ao que o Sá respondeu que dava um tiro na cabeça, fosse isso possível. Mário pergunta-me o que acho de tudo isso, se tudo isso é doença da ânsia de triunfar a qualquer custo.

O bonito rapaz Pintor, realmente, agarrou-se ao Mário de Sá-Carneiro. Grudou-se-lhe. Fixou-se, achando que ali iria arranjar alguma coisa, penso eu. Pelo que entendo, andou a querer, embora de forma equivocadíssima para um espírito como o do meu caro Sá, comovê-lo. Bem, pelo menos assim contou-me o meu cúmplice amado: "Imagine você, meu caro Fernando Pessoíssima, estou em uma mesa do Café Bullier, em frente duma laranjada e tendo por horizonte o turbilhão dos pares dançando uma valsa austríaca — de súbito, a propósito já não sei de quê, me desfecha o nosso personagem com mais esta: 'Porque eu, tu sabes, meu caro Sá-Carneiro, não sou filho da minha mãe.' Julguei estar sonhando, mas ele continuou o drama: 'O meu pai, querendo dar-me uma educação máscula e rude, mandou-me para fora de casa quando eu era muito pequeno. Fui para uma ama cujo marido era oleiro. Essa ama tinha um filho. Uma das crianças morreu. Ela disse ao meu pai que fora o seu filho dele. Entretanto, devido a eu ter partido com uma companhia de saltimbancos, tendo sido encontrado em Badajoz, voltei para a casa dos meus pais. Depois, porém, a minha ama morreu e deixou uma carta para minha mãe em que lhe confessava que quem morreu fora o filho dela. Logo, eu não era o filho da minha mãe, mas sim da minha ama. Estava a ocupar o lugar de um outro. É esse o lamentável segredo, a tragédia da minha vida. Sou um intruso, meu poeta. Ah! Mas hei-de dar uma satisfação à sociedade! É por isso que quero ser alguma coisa nesta vida! Quero vingar o meu destino de menino pobre. E abençoo a minha verdadeira mãezinha que, para eu ser mais feliz, não teve hesitação em perder-me, em dar-me a outra mãe! Diga-me você, Fernando, parece que estou a criar uma novela? Estava a parecer-me uma história inventada e sem cabimento. Não se percebe bem. E depois dessa longa tirada, meu amigo, que me deixou boquiaberto na noite parisiense, sorri. Comentei, educadamente, embora com olhos intolerantes, que era muito interessante o enredo dramático daquela vida, um verdadeiro romance, folhetim etc. Saímos. E cá fora do café, ainda falando no caso, o Santa ria nervosamente, sinistramente, ficou encostando-se a mim, CREIA-ME. Que diz você a isso, Fernando Pessoa? Escreva para Grand Hotel Du Globe, 50, Rue des Écoles. E não dê esse endereço a alguém. Se alguém perguntar, diga-lhe que há muito não fala comigo. Ah, antes que eu me esqueça, procura saber notícias do Franco. Estou ansioso pra saber o que foi feito dele. Adeus do seu, do seu Mário."

Estamos a falar da correspondência por escrito, da conversa de dois jovens portugueses, e nada, nada nos escapava; tudo era como se ele estivesse à minha beira. Eu podia sentir seu cheiro, ouvir sua gargalhada, a temperatura morna de sua lágrima, escrevesse de onde escrevesse: Bar Café El Diluvio e Gran Café Restaurant, ambos em Barcelona, Camarat na Quinta da Vitória, Café Martin, em Lisboa, Café Restaurante Montana Lisboa, Restaurante da Estação de Pampilhosa, Continental Palace, em San Sebastian, Brasserie Châteaudun, Café Riche e tantos outros mais. E, incluindo, é claro, vários hotéis. Era como se não fosse carta, era como se fosse em vivo, sem distância física. Mistério. Ora estava eu a correr à Livraria Ferreira para buscar os honorários do seu livro, *A confissão de Lúcio*, e enviar-lhe a Paris por "ordens expressas suas", ora envolvia-me com o bom ouvido conselheiro nas confusões dele e do seu pai, que pretendia o mandar a África, o que para ele poderia significar um anátema; ora estava eu a ir-me encontrar com a sua ama para fazer pendurar-lhe um cordão de ouro e mandar o dinheiro para o meu desesperado grande amigo. Tudo nos era tema, enredo. Simpatias e ilusões que nutria por alguns personagens que cruzavam intimamente seu caminho e que, no outro dia, como bolhas de sabão, desapareciam no cenário; mas não sem antes ferir aquele frágil coração.

E ainda, o que de mais alto havia, compartilhamos nossos processos de criação e inúmeras dessas partituras foram tocadas a quatro mãos. Resultou que, por ser conversa escrita, e por sermos nós seus autores, as cartas viraram literatura, ao meu ver. No hotel onde ele morreu, certamente terão ficado as que enviei, as quais, até hoje, estou a procurar. Escrevi ao hotel onde ele morreu, requerendo-as, mas não me deram notícias do paradeiro delas. Temo que as tenham queimado. Pois, se o fizeram, saibam que foi à boa parte do meu espírito que o fizeram; saibam que foi como um Santo Ofício a incendiar meus segredos e os dele. Sem contar a arte e os estilos que ali propúnhamos para a Nova Poesia Portuguesa. Uma lástima sem perdão! Pois os verdadeiros deuses não serão misericordiosos com esses malfeitores! Vou-me, mas fica a praga, a maldição!

Logo depois da história da tal cena melodramática dos filhos trocados, Sá escrevera-me sem misericórdia, e conclusivamente, sobre Santa Rita Pintor: "Veja bem, Fernando, pequeninas janelas abertas na vida desse rapaz, nos seus pensamentos, fazem-me ver, unicamente, hipocrisia, mentira, egoísmo e cálculo, cujo somatório é este: todos os meios são bons para chegar ao fim. No entanto, creia-me que o Santa foi pouco feliz na escolha desses meios: o cubismo e a monarquia... É, na verdade, uma personagem interessante, mas lamentável e desprezível."

Mas não era sempre assim o meu amigo, envolto em tristezas e implicâncias, tomado por antipatias crônicas, ainda que cheio de razão. Interessava-se por algumas pessoas, e ainda que esse "interesse" o leve de olhos fechados ao caminho da desilusão, costuma bancar o desejo e o impulso e não dar mostras de apto a renúncias. Se tem um copo de fel para tomar, tomá-lo-á até o fim! Certa vez apaixonou-se, digamos assim, ou interessou-se perdidamente por um tal Dr. Ribera, e me descrevera com detalhes suas divertidas impressões íntimas, como se cá, à minha frente, estivesse: "(a) Grau de Lepidopteria: –20; Grau de amabilidade: +20; Sinais particulares: bonito homem; Observações: advogado e diretor d'*El Poble Català*; Aqui tem, meu querido amigo, a ficha de S. Exª. Ui, que amável... Levou-me hoje de passeio e pagou elétricos, gorjetas etc.!... Já me convidou para jantar em casa dele (que estopada!). Tem a preparar um livro 2º de contistas portugueses em que me traduzirá para o catalão! Disse-me logo que eu fazia admiráveis coisas... E pôs-se logo a tratar-me por seu amigo, a dizer assim: Dá-me licença, meu jeito assim tão direto..., mas entendo que entre artistas!... (Passe de largo!...) Acha admiráveis os meus livros, mas foi acrescentando: maravilhosos, fortíssimos, geniais, mas talvez bizarros, obscuros demais... E o artista deve falar ao maior número possível... (Já vê por aqui a lepidopteria.) Para castigo, qualquer dia leio-lhe os PAUÍS e recito-lhe o BAILADO!... Isso e pequeninos detalhes na conversa, mil outras coisas fazem-me dar-lhe o coeficiente –20 de lepidopteria. Mas agora, muito amável, você não calcula, estou-lhe muito agradecido. E parece ser excelente pessoa. Protege até, do seu próprio bolso, um médico português, emigrado político, caído na miséria com uma mulher e um filho. Boa alma e boa noção estética. Hoje levou-me a ver a catedral, em construção, da Sagrada Família, do tal Gaudí. Meu amigo, é uma catedral pauísta! Sim! Pleno pauísmo — quase cubismo até. Um conjunto interessantíssimo, tudo quanto se possa imaginar de mais bizarro, de menos visto! Saia de Lisboa e venha imediatamente ver com seus próprios olhos, você vai A-DO-RAR."

Isso tudo ocorrera na Catalunha, não em Paris. O tal do Dr. Ribera era espanhol, e esse copo de ilusão que meu gêmeo-irmão, dono de tantas horas de abandono e de carência, insistiu em tomar, levou-o a não sair mais de Barcelona, no mesmo dia em que me postara uma carta na qual dizia que o faria. Que Barcelona estava chata, que a Espanha era decadente, que não foi à toa que ali se dera a Santa Inquisição, que devia ser por isso, por pura ignorância, que Rita Pintor tanto se identificava com tal sordidez; pois tratava-se de duas Santas que de Santas não tinham nada.

Era assim o meu dândi que me deixara, trajando-se de gala em sua cena final, que foi programada e articulada duma das janelas do La Regénce, o Le Cardinal, ou Café de La Paix. Nos quatro anos que vivera entre Paris e Lisboa, bebi sua Dispersão, o seu Céu em Fogo, ardendo em fogueira pauísta. Como menino caprichoso que era, insistiu em morar em Paris para viver uma guerra da Europa, desde lá. De todos nós, o Sá é o que o mais entende o Pauísmo, e desse movimento ousado no qual a busca do vago, do sutil e do complexo convivem, brotaram ideias alimentares e comestíveis para nós, os que temos fome de um novo pensamento. Ora, pauís é plural de paul, que quer dizer pântano; e a nossa brincadeira era nos engendrarmos, por meio de uma gama complexa de imagens, de metáforas e símbolos, capazes de fazer arder a ideia da lógica formal, mas que, por estranhamento ou beleza, acabava sempre por tocar em cheio ao coração do homem sensível que quisesse mudar o mundo, e desejasse também escrever na história deste mundo a cara de Portugal, a letra portuguesa. Permitíamo-nos, nós, os pauístas, e eu me permitirei sempre, a oferecer letra maiúscula a todo nome que acharmos muito próprio. Conheço nomes próprios que não mereciam uma letra maiúscula, e conheço algumas simplicidades tão sofisticadas que não ouso escrevê-las com minúscula. Somos inventores da nossa língua. Não, não somos um paisinho inexpressivo cujo único estandarte se fixa na glória dos que descobriram as caravelas. Somos mais. E mais, somos emocionais.

Estou cansado, não sei por que vos escrevo estas linhas, nem para quem as endereço. Merda, sou consciente do que faço, e por isso entrego os meus segredos e os da minha alma gêmea assim, misturando às nossas bravatas as ousadias de vanguarda que só o futuro reconhecerá. Talvez só o futuro dirá que essa pederastia subjetiva que envolve Sá-Carneiro e Álvaro de Campos tantas vezes não é nada de mais. Que minha poesia "Antinous", polêmico êxtase amoroso do rei Adriano pelo seu "Apolo", que nada disso é nada de mais. Talvez, em algum futuro, se confirme o que preconizava Sá em um Homem dos Sonhos: existirem, na prática, mais formas de sexo do que só duas.

Basta por hoje. Dormir. Todos para a cama imediatamente! Vamos, pensamentos, vamos!

Amanheço tarde. Perdi a manhã. Quem dorme muito vive pouco, diz o ditado. Sou eterno, pois! O tempo é cinza e quente. Vou ao Martinho da Arcada, quero lá ir beber, quero lá ir ter com José Régio, ler-lhe poemas, esquecer essa Lisboa que pesa e não chove. Estou chateado com o mundo. Quando acabei de publicar o artigo "Aviso por Causa da Moral", vi que nossos jovens estão velhos, e agora precisam dessa autorização dos nossos ismos para ser o que quiserem, para ser tudo. Ah, se em 1905, digamos, quando regressei de Durban e descobri que quase todos os estudantes daqui eram republicanos, *se alguém me tivesse dito que em 1920 a 1929 quase todos os estudantes daqui seriam monárquicos absolutistas, teria considerado esse profeta louco ou bêbado. Fui sempre, e através de quantas flutuações houvesse, por hesitação da inteligência crítica, em meu espírito, nacionalista e liberal; nacionalista — quer dizer, crente no País como alma e não como simples nação; e liberal — quer dizer, crente na existência, de origem divina, da alma humana, e da inviolabilidade.* Portanto, muito me entristece quando vejo jovens reunidos para um fim retrógrado. Acho que isso trai o princípio da juventude do pensamento. É quase impossível evoluir, progredir na ciência do mundo sem transgressão.

Para a rua. Preciso sair, banhar-me do mundo exterior. O que não se esperava era que, ao ver-me pronto para deixar a casa, me ocorresse, outra vez, um daqueles fenômenos de escrita automática. Uma coisa rápida, um mal-estar brusco, um quase desmaio, pressão nas têmporas. Sento-me na cadeira da secretária, e, suspende-se-me a consciência. Quando volto a mim a mensagem já está ali, por minha letra, sobre a mesa. Ah, quantos mistérios rodam-me sempre! Nunca saberei ser como os outros? Ser comum? Sei que *sou um temperamento feminino com uma inteligência masculina. A minha sensibilidade e os movimentos que dela procedem, e é nisso que consistem o temperamento e a sua expressão, são de mulher. As minhas faculdades de relação — a inteligência, e a vontade, que é a inteligência do impulso — são de homem. Não encontro dificuldade em definir-me.* Ora, sou múltiplo e não encontro dificuldades em compreender isso dentro do pensamento sensacionista de sentir tudo de todas as maneiras. Ó, Sá, ressurges de onde te enfiaste, do obscuro que a morte guarda, e venha comigo ao Martinho, só hoje, eu te suplico! Sempre apreciei as tuas urgências, tua necessidade sempre à beira do limite, a premência de viver à borda do último momento.

Passado o pequeno transe, não me vejo de todo recuperado, sinto-me tonto. Está mesmo uma luta para que eu consiga sair de casa. Resolvo banhar-me para acalmar o espírito do marido da tal Margaret Mansel (aquele espírito feminino obcecado por mim) que anda a espreitar-me desde ontem e a me dizer coisas. Quer que eu lhe dê passagem em mim e, ontem, uma vez que encontrava-se dentro de mim, exigiu-me que escrevesse num papel uma mensagem automática que me fizera suar muito. Esforçou-me demasiado a sessão em que o desencarnado parecia ralhar comigo: "*Homem é homem; homem é homem num sentido; Deus é homem em todos os sentidos. Um homem que decide manter-se casto é um homem que decide separar-se da humanidade. Tu não queres fazer isso; não podes, portanto, manter-te casto. O casamento de almas é para o plano das almas. A vida monástica é para os mosteiros. O meu casamento não foi consumado nesta terra. Tem de o ser. Agora, como ainda não posso regressar à Terra e a minha esposa* Margaret *já lá está, devo torná-la amante do homem que está a seguir a mim na numeração das mônadas.* Que pares com isso, casa-te com ela. *Casar com ela não significa casar com ela numa igreja ou perante um funcionário do registro civil, mas casar com ela significa copular.* Copular!!!" Quando saí do transe, pareceu-me que tinha levado uma surra. Banhei-me, o banho frio dos frágeis peitos; estou mais leve e visto um fato não muito limpo, mas isso agora pouco está a importar-me. Meto as mãos na algibeira e encontro o suficiente para começar a beber agora mesmo, até que algum amigo decida aumentar as doses e assumir a conta do excesso. Enfim, a chave, a porta de casa, uma última olhadela para o derradeiro gole que sobrou numa garrafa de bagaceira a me olhar convidativa. Não. Quero beber à rua, aguarda-me, gole; espera-me, último trago; anseia-me, ó última palavra que uma garrafa tem. Ao menos sua líquida presença me receberá à casa bêbado quando eu a ela voltar. É viva toda água, mesmo essa que passarinho não pode beber. Rua.

No Martinho, estou a beber um bagaço ao balcão quando avisto o Guisado, o Ferro, o Montalvor e o Almada. Estava já a roda formada! Fizemos várias rodadas de brindes ao nosso amigo ausente e presente sempre. Levantamos as taças dionisíacas em milhares e repetitivos evoés, que só os embriagados comemoram como estreia e última ao mesmo tempo. Falta-nos o Sá. Está disperso em bruma. "Dispersão" era o nome de uma das obras nomeadoras de seu espírito alado, e então era à "Dispersão" que, a cada rodada, os ébrios amigos não cessavam de brindar na Arcada. Havia o álcool, o ópio, a cocaína de alguns. Mas, estranhamente, não havia ali um homem nosso inconsciente; ou, se havia, nessa inconsciência transitava com o mesmo desprendimento daquele que opera, consciente, nos corredores da lógica. O certo é que não havia o vexame dos ébrios, e sim as iluminações de uma geração vigilante e ousada. Aquilo não era uma mesa de bar, era uma revista. Aquilo não era só uma revista, era um movimento vivo que nunca mais sairia da história da arte literária portuguesa! Não sem antes ressignificá-la para sempre. Manchá-la da boa mancha para sempre. (Quando se tem 20 anos, "sempre" é uma palavra maior, creia-me.) *Aos 20 anos eu cria no meu destino funesto; hoje conheço o meu destino banal. Aos 20 anos aspirava aos Principados do Oriente; hoje contentar-me-ia, sem pormenores nem perguntas, com um fim da vida tranquilo aqui nos subúrbios, dono de uma tabacaria vagarosa. O pior que há para a sensibilidade é pensarmos nela e não com ela. Enquanto me desconheci ridículo, pude ter sonhos em grande escala. Hoje, que sei quem eu sou, só me restam os sonhos que delibero ter.* À medida que escrevo, vejo a cena dessa cervejaria como quem olha um quadro modernista e realista ao mesmo tempo. Pode uma coisa unir-se à outra. Isso está gravado na novela de minha vida, e é assim mesmo, como vos descrevo. A conversa rolou em torno da *Confissão de Lúcio*. Aliás a *Confissão de Lúcio*, romance de Sá-Carneiro, *O céu de ódio*, de Almada e o meu *O marinheiro* formam a tríade do sensacionismo que defendíamos. Um lugar seguro onde os contrários se completam e convivem, sem mesquinharias, com a imensidão de cacos e contradições de que é feita a alma humana. Tanto no *Marinheiro* quanto em *A confissão*, há três vozes que vêm do mesmo autor. É o drama em gente no qual nos especializamos. O Sá adorou *O Marinheiro*, que lhe enviei antes de obedecer-lhe em publicá-lo no *Orpheu*. Quem narra primeiro na *Confissão de Lúcio* é um homem condenado e inocente ao mesmo tempo, mas de cuja voz nascem os personagens, e de cada narrativa nasce a justiça particular que, àquela relação amorosa de três pessoas, cabia.

Antônio Ferro veio com mais uma rodada, desta vez de pura bagaceira, para potencializar o vinho que bebemos até agora.

A mim pareceu-me ótimo, pois foi mesmo com a bagaceira que comecei! Está já o estabelecimento à meia porta. O nosso garçom preferido sinalizou que é hora de nos separarmos, e me verei outra vez só. É Ferro quem traz a piada do dia e conta-nos: "Em uma mesa de bar conversavam quatro amigos, senhores de meia-idade, a exibirem o bem-sucedido destino de cada filho. Estavam em cinco, mas o quinto, durante esse assunto, encontrava-se na casa de banhos. A conversa desenvolve-se e o primeiro diz:

— Meu filho está excelentemente encaminhado. Não sabes tu que o miúdo, aos 26 anos, já dirige o departamento de Física de uma universidade em Berlim?! O negócio é tão sofisticado que eu nem sei pronunciar o nome da instituição. O danado tem a metade de minha vida, e já ganha mais do que eu. Para você ter uma ideia, o amigo dele fez aniversário este ano, e ele lhe deu, simplesmente, uma casa em Cascais, em frente ao mar, praticamente. E o seu?

Ao que o segundo respondeu:

— Ah, e o meu? Este não para de me dar orgulho! É um jurista brilhante, e, agora, um dos principais conselheiros do governo francês. Na verdade, ocupa uma função diplomática especial, e os seus honorários provam isso. Para você ter uma ideia, ele acabou de dar para um amigo uma casa, quase um palacete do século XVIII, no centro de Paris!

— Já o meu filho é um médico formado em Coimbra, estão a ver? Este sim é que está longe de me dar desgostos. Tem dinheiro e praticamente uma clínica psiquiátrica em cada província. Pessoas ficam meses na fila para ser atendidas por ele, dispostas a pagar uma fortuna pela consulta. Semana passada, o amigo dele chegou da Espanha e ele lhe deu um landau de presente, como prova de sua saudade.

— Acho que vocês três nem imaginam a sorte que eu tive com aquele miúdo. É um engenheiro naval e entende dessa máquina mais que qualquer um. Ninguém constrói nada, nenhuma empresa de fabricação de navios constrói nada sem a sua consultoria. Aquele, está o meu São Jorge de testemunha, ganha dinheiro dormindo! Agora mesmo houve uma festinha que eles fizeram para um amigo e o meu filho comprou-lhe uma terra, uma quinta, para presenteá-lo como prova de sua amizade.

Brindam todos à boa sorte que tiveram com seus filhos e por nenhum deles ter se desviado para o caminho do mal. Todos agradecem a Deus. Nesse momento, volta à mesa o quinto amigo:

— Qual é o tema da mesa?

— Filhos, estamos falando das carreiras de nossos filhos; o seu, faz o quê?

— Ah, o meu filho é homossexual.

Todos se compadecem. Silêncio constrangedor à mesa:

— Mas que lástima, podemos imaginar o teu sofrimento!

— Ao contrário, não há sofrimento algum! Não, vocês estão todos enganados! Este miúdo só me traz felicidades. O gajo é sortudo, nasceu com o destino virado para a lua, e tem mais dinheiro do que nós todos juntos. Para que tenham uma ideia da estrela do rapaz, adianto-lhes que ele tem clientes no mundo inteiro! Só este ano, ganhou uma casa em Cascais, um palacete em Paris, um landau e uma Quinta no Estoril. Vocês estão a crer?

Rimo-nos imenso e regressamos aos lares. Fecha o Martinho, enfim. Eu sou o que volta a pé e cambaleante, porque insistiu que assim fosse, até a minha casa no rés do chão, onde habito como em um palácio. Não tenho dinheiro. Venho sob o céu estrelado de uma Lisboa inocente. Se pegarmos Paris e Londres, é Lisboa a rapariga, virgem ainda. Não se embebedara o bastante a ponto de perder-se o suficiente. Caminhante noturno e sem um vintém para morar perto do mar, como gostava, para lá ter todo o tempo de sobra a fim de realizar minha obra. *Vinte anos inúteis (e sei lá se o foram! Sei eu o que é útil ou inútil?)... Vinte anos perdidos (mas o que seria ganhá-los?). Tento reconstruir na minha imaginação quem eu era, e como era quando por aqui passava há vinte anos... Não me lembro, não me posso lembrar. O outro que aqui passava então, se existisse hoje, talvez se lembrasse. Sim, o termos todos nascido a bordo! Há tanta personagem de romance que conheço melhor por dentro do que esse eu-mesmo que há vinte anos passava aqui! Houve um dia em que subi esta rua pensando alegremente no futuro, pois Deus dá licença que o que não existe seja fortemente iluminado. Hoje, descendo esta rua, nem no passado penso alegremente. Quando muito, nem penso. Tenho a impressão de que as duas figuras* (a do passado e a de agora) *se cruzaram na rua. Olhamos indiferentemente um para o outro. E eu o antigo que subi a rua imaginando um futuro girassol, e eu o moderno lá desci a rua não imaginando nada.* Preciso estabelecer-me, definitivamente, como astrólogo aqui em Lisboa, disso viver, e nisso fixar meu sustento.

O Montalvor disse-me que o comentário no Brasil sobre meu episódio com a poeta deles, a senhora Cecília Meireles, repercutiu mal para mim lá. E aqui também. Mas não podia ser diferente. Levo a sério a vida, suas questões e o que há no céu sobre nossas cabeças a influenciar as ações. Então não se leva uma criança a tomar sol? Então não age sobre nossos espíritos o sol do verão? E a neve quando a tudo cobre também não reveste de gelo nosso coração? Se os ciclos menstruais têm ordem lunar, e se o outono, as primaveras, os invernos e os verões em nossos corpos e almas também se fazem presentes e estacionais, pois, se é assim, por que insistimos, ainda no século XX já, em negar a astrologia, como se essa fosse não uma ciência, não um estudo da influência dos astros? Por que não aceitar a influência dos planetas todos? Não só o Sol e a Lua e a Terra atuam em nossas vidas, senhores! Ora, por que desmoralizam esses saberes científicos, como fossem coisas do domínio de fantasmas e místicos somente? Por que não teriam os outros planetas ações sobre nossas cabeças, nossas personalidades e sobre a subjetividade galáctica de nossa viagem de existir? Cada homem é um Universo, isso lá não fui eu que inventei; quando por aqui cheguei assim estava posto. Tratei pois de estudar o céu desde Durban talvez. E não só: a Quiromancia, a Tarologia, a Astrologia, o *Livro das mutações*; farejei tudo, investiguei o que pudesse garantir-me trânsito livre nas alfândegas que dão para os mistérios.

Se repararmos bem, tudo é tão óbvio. O mundo, uma grande mesa e as cenas, as cartas. É só ler. E saber fazê-lo, evidentemente. O Teatro São Carlos e a Igreja dos Mártires são elementos de uma carta de ouro na minha vida. E trazem-me o meu quintal; o meu pai, sensível teórico de arte; a minha mãe feliz e jovem; meu reino de ouro, onde eu era só feliz, até o dia em que se me partiu o brinquedo à cara. Isso é já outra carta, e uma carta grave, porque traz a morte de meu pai, uma verdadeira Torre, a carta 16 do tarô, um verdadeiro desabar de ilusões das certezas portuguesas que moravam dentro de minha casa. O Tejo, o mar imenso e grosso e alto, e mais os navios, comigo pequeno marinheiro dentro, são outra carta. O sonho da viagem à Ilha da Madeira, à África, com sua rica magia de símbolos, apesar de dominada pela descolorida Coroa Inglesa, com a figura de Paciência, a minha ama bruxa amorosa, mais minha mãe ao piano, mais o comandante Rosa e meus irmãos, formam as cartas de uma outra controversa alegria. E assim vai e assim comigo e assim em toda a vida o que importa é que saibamos ler os nossos mapas. Estou a dizer tudo isso com propósito do que devo aqui confessar que foi por isso, só por um motivo estritamente astrológico, que não fui ter com a Sra. Cecília Meireles. Nutro profundo respeito por essa gente toda brasileira. É lá que Ricardo Reis considera a sua pátria, e é de lá, daqueles tão cantados verdes trópicos, o Ronald Carvalho, poeta e diretor brasileiro do *Orpheu*, como já se sabe aqui. Não bastassem essas insígnias naturais, o Correia Dias, esposo da poeta em questão, fora nosso ilustrador nas revistas *Athena* e *Contemporânea*! Pertencíamos ao mesmo movimento, nossos modernismos se irmanavam, mesmo tendo o nosso vindo primeiro. Paris destacava-se na cena intelectual europeia e nossos principais olhos não estavam para os lados do Brasil. As poucas parcerias que fizemos foram muito significativas, e foi Olavo Bilac que levou minhas poesias para o Brasil, vejam só, grande poeta e muito amigo da Cecília. Observe-se bem, só havia em mim motivos mil para receber essa senhora em Portugal! Sempre admirei a Fernanda Castro, poeta e mulher lusa, mas a Cecília seria a minha primeira poetisa brasileira. Por sua originalidade e liberdade, o fato já, por si, me atraía. Li algumas de suas canções lindas, são poemas com muito ritmo, romantismo, e uma liberdade lírica de conjunto a nos bater como quem está a beijar! Estava curioso, pois. Ocorreu-me que, marcado o encontro, houve-me na véspera uma intuição estranha que me fizera jogar cartas e ver qual conjunção astrológica estava a cobrir-me, e o que me aguardava. Deu-se o que se sabe, a elegante brasileira chegou, e assentou-se na Brasileira, à minha espera. Testemunhas oculares confirmaram sua ansiedade visível, a dominar a calma inicial, porque, àquela hora, eu já me atrasava por duas horas. Não havia mais dúvidas, aquilo não era atraso, aquilo era ausência. Tenho, às vezes, confesso, problemas com o verbo ir e suas conjugações no presente do indicativo e no futuro do presente. Sou refém dos pretéritos, mas tenho gosto pelos subjuntivos. Só nem sempre me convence aquilo que, de imediato, quer me tirar da estase, da inércia, para me lançar a um presente urgente ou a um futuro quase presente de tão próximo. Sei que sou assim, mas não era por isso, nesse dia. Ocorreu que o mapa do céu dizia o quanto aquela data não era bom dia para os encontros e que aquilo podia se revelar um desastre ensimesmado. Eu estava com Mercúrio em plena casa seis. Portanto, um furor na cabeça e na alma, e totalmente órfão dos meus planetas responsáveis pelas relações, que são Urano e Vênus. Ou seja, longe de Touro, com as portas da comunicação aquariana fechadas, meu Gêmeos encontrava-se em ira. Joguei as cartas de tarô para confirmar e a solução deu o Eremita; a imagem de um homem solitário, referenciado na história do filósofo Diógenes, que, com sua lanterna, procura um homem realmente nobre e não o encontra. O que ia eu lá compartilhar com essa senhora, numa tarde perdida na

Baixa, com uma alma perdida e em baixa? Minha sensatez foi a autora de minha ausência. A prudência ordenou-me que em casa eu me mantivesse. Que permanecesse por aqueles dias afastado dos salões, e especialmente nessa tarde eu estaria no auge da minha crise social. Uma fobia, quase. Assim dizia o oráculo. Longe de mim queria ter sido descortês, e não sei se ela a isso percebeu, pois não se interessou em remarcar o encontro. Não sei mais por quanto tempo ela demorou-se em Portugal. O meu cavalheirismo, ou o que ainda havia disso em mim, se não lhe ofereceu flores, deixou-lhe ao menos no Hotel São Pedro, onde havia dito que estava, um exemplar do meu único livro publicado, o *Mensagem*, com esta dedicatória, lembro-me bem: *A Cecília Meireles, alto poeta, e a Correia Dias, artista, velho amigo e até cúmplice na invocação de* Apolo *e* Atena, *Fernando Pessoa*. Sei que não consegui ser de todo perdoado, por causa do tom com o qual ela me respondeu secamente em monossilábico telegrama: "Cecília Meireles — cumprimenta e agradece." Isso já passou, e eu aqui vos peço imensas desculpas, Cecília; sou mesmo um doido, um parvo. Mas hoje não merecia a zombaria dos meus amigos à mesa a desdenhar da astrologia; isso eu não admito! Podem ironizar-me, alcunhar-me de lepidóptero do isolamento, mas não podem negar o baralho dos signos nem questionar o magnetismo dos anéis de Saturno. Isso não!

Chego à casa, falta luz elétrica no bairro todo mas há Lua alta no céu. Chego à janela, parece que não estou mais bêbado. O ar é fresco e caminhar evaporou-me o álcool. Dessa casa onde moro, numa das cartas do grande carteado de minha vida, não é mais rés do chão e, por ser uma janela alta, vejo tudo o que há lá fora que os olhos podem alcançar numa noite iluminada. *O luar quando bate na relva, não sei que coisa me lembra. Lembra-me a voz da criada velha contando-me contos de fadas. E de como Nossa Senhora vestida de mendiga andava à noite nas estradas socorrendo as crianças maltratadas... Se eu já não posso crer que isso é verdade, para que bate o luar na relva? Quem me dera que eu fosse o pó da estrada e que os pés dos pobres me estivessem pisando. Quem me dera que eu fosse os rios que correm e que as lavadeiras estivessem à minha beira. Quem me dera que eu fosse os choupos à margem do rio e tivesse só o céu por cima e as águas por baixo. Quem me dera que eu fosse o burro do moleiro e que ele me batesse e me estimasse. Antes isso que ser o que atravessa a vida olhando para trás de si e tendo pena.* Deito-me. Há uma inquietude que não me deixa parar de escrever nem por um minuto. Preciso cumprir estas páginas! É o meu tempo que se esgota. Devo morrer daqui a quatro capítulos. Estou cansado, mas não é sono. Cansaço é um dos nomes pelos quais atende o meu desespero. A saudade que eu tenho do Sá-Carneiro é a mesma saudade que Álvaro de Campos tem de Alberto Caeiro; a mesma. Com ele não morreu *Orpheu* e não morrerá nunca, mas partira uma certa criança grande, que estabelecera com a vida um pacto que tinha a gravidade de um furacão por atitude, e a delicadeza de uma brisa por sensibilidade. Agora é tarde. Digam o que disserem, Sá-Carneiro não morreu, porque *Orpheu* não morreu nem morrerá nunca.

Bem, então é isso que está mesmo a ocorrer? Eu, um funcionário? Quando o dia amanhecer serei aquele que irá aos escritórios colher a moeda que foi dada ao César que sou. Amanhecerei com o destino necessário de correr atrás do pão, mas não do circo. O circo sou eu. O bobo da corte. A caveira da cabeça de Yorick nas mãos de Hamlet. Sou eu o palhaço do palácio abandonado. Um palhaço desgraçado. Sem graça. Aquele que se pretendia rei, príncipe ou princesa, sei lá, qualquer realeza no panteão da poesia portuguesa. Este sim é o reino que eu cobiço: Rei do Reino das Palavras. O Grande Rei de Portugal. Meu reino é a palavra! AAAaaaaahhhhhhhhh!!!!!! Sou capaz, fosse ela um fio de seda, de tecer milenares tapetes sem que eu seja a Penélope de algum Ulisses. Não. O motivo do meu tear não é para mim nem para os meus deste tempo de então. Nãããão!! Teço tapetes quilométricos que lanço daqui, para que cheguem ao futuro. E mais, meu tapete de letras é a minha língua, minha grande língua que um dia há de ser grande e há de ser ouvida por todas as democracias, todas as repúblicas, todas as realezas, a língua que é a minha pátria, a língua portuguesa! Eu mesmo tecerei o tapete para o meu rei passar!

Fumo. A garrafa é quem me sorrira assim que entrei de volta ao meu quarto. Mistério: havia um gole a mais do que quando eu partira. É essa a metáfora de minha vida, quanto mais bebo, mais aumenta a minha sede, e mais sobe o nível de líquido da garrafa bebida. Ora, numa vida sensacionista não é só nas *Confissões de Lúcio* ou no *Marinheiro* que o realismo fantástico aparece. Na vida real também brilha o oculto. Minha cabeça cambaleia, pesa, por que não descanso um pouco? A natureza me olha lá fora com olhar de luar humano no qual a madrugada se espalha. *Deste modo ou daquele modo, conforme calha ou não calha, podendo às vezes dizer o que penso e outras vezes dizendo-o mal e com misturas, vou escrevendo os meus versos sem querer, como se escrever não fosse uma coisa feita de gestos, como se escrever fosse uma coisa que me acontecesse como dar-me o sol de fora. Procuro dizer o que sinto sem pensar em que o sinto. Procuro encostar as palavras à ideia e não precisar dum corredor do pensamento para as palavras. Nem sempre consigo sentir o que sei que devo sentir, o meu pensamento só muito devagar atravessa o rio a nado, porque lhe pesa o fato que os homens o fizeram usar. Procuro despir-me do que aprendi, procuro esquecer-me do modo de lembrar que me ensinaram, e raspar a tinta com que me pintaram os sentidos, desencaixotar as minhas emoções verdadeiras, desembrulhar-me e ser eu, não Alberto Caeiro, mas um animal humano que a Natureza produziu. E assim escrevo, querendo sentir a Natureza, nem sequer como um homem, mas como quem sente a Natureza, e mais nada. E assim escrevo, ora bem, ora mal, ora acertando com o que quero dizer, ora errando, caindo aqui, levantando-me acolá, mas indo sempre no meu caminho como um cego teimoso. Ainda assim, sou alguém. Sou o Descobridor da Natureza. Sou o Argonauta das sensações verdadeiras. Trago ao Universo um novo Universo. Porque trago ao Universo ele-próprio. Isto sinto e isto escrevo, perfeitamente sabedor e sem que não veja que são cinco horas do amanhecer, e que o Sol, que ainda não mostrou a cabeça por cima do muro do horizonte, ainda assim, já se lhe veem as pontas dos dedos agarrando o cimo do muro do horizonte, cheio de montes baixos.*

O que mais amo no Mário é difícil dizer, mas ele tinha coragem de não ser polido, e de se deixar envenenar pelo disse me disse. De tal modo isso me distraía tanto, que, às vezes, fazia-me rir às bandeiras despregadas. Uma hora estava a falar mal do francês de Guerra Junqueiro, a dizer que aquilo era outra língua de tão ruim. Outra hora abominava Paris, a mesma cidade que me descrevia como encantada, mesmo em tempo de guerra. O Sá reclamava de solidão lá; quando soube que Carlos Franco ia visitá-lo, ficou eufórico e disse: "Que bom, vou falar com uma alma, enfim, o que não me sucede desde que me despedi de ti na Gare do Rossio." Uma coisa eu digo, Sá-Carneiro não tem e não tinha medo do inferno. Implicava com alguns lepidópteros com quem não tinha nenhuma paciência, mas a quem mais destilou seu fel foi a Santa Rita Pintor. E subiu nas paredes quando soube que ele planejava emprestar dinheiro a *Orpheu* para fazermos o terceiro número, já que seu pai realmente não queria ouvir falar nem da revista, nem das nossas ideias e muito menos de nós. Então, me obrigou a assumir-me como o único diretor de *Orpheu*, e não aceitei. "Somos os mentores espirituais dessa revista", ele me disse, "e não admitirei que esse talzinho pertencente à Lepdopteria Nacional e à Ordem Alfacinha de Colarinhos Sujos na Alma venha se arvorar a tentar estar em posição de nos subjugar!" E ainda me escreveu, irado e cínico: "Hahaha, o sarrilho do Orpheu-Rita desopilante a todas as bandeiras despregadas. Mestre Rita, Chefe de nós. Ui! É de arrebentar! Curioso constatar isto: não podendo fazer sair o nosso *Orpheu*, nem armar-se em nosso chefe, Santa Rita, renuncia à sua revista. Combine isso com a viva força de ele querer ser servilmente futurista, e não ele próprio, e vê-se aí o péssimo resultado! Do seu sempre doido Sá-Carneiro."

Nenhum de nós queria o Santa como nosso chefe ou dono da revista, o que dá no mesmo. Vi-me moralmente convocado a escrever para espantá-lo de vez da ideia:

Meu caro Santa Rita:

Agradeço-lhe comovidamente a proposta que me faz na sua carta, que apenas ontem à noite me foi entregue na Brasileira do Rossio. Comovidamente, porque essa carta representa bem o seu interesse por Orpheu, *e portanto não pode deixar de impressionar com agrado a quem foi um dos fundadores espirituais da revista. Infelizmente, e por duas razões, é-me impossível aceitar essa proposta. Em primeiro lugar, não me compete a mim — que nenhuma parte financeira tenho na revista — dispor de qualquer modo dela. Qualquer opinião minha sobre o assunto redundaria, mesmo, numa indelicadeza para com o Sá-Carneiro. Há, porém, uma outra consideração que não posso deixar de fazer, sobretudo porque sei que, nela, o Sá-Carneiro concorda comigo. A revista* Orpheu *representa uma determinada corrente, a cuja testa estão o Mário de Sá-Carneiro e eu. A transferir para alguém essa revista, só podia ser aos discípulos. Não posso por isso, meu caro Santa Rita, encarar afirmativamente a sua proposta, embora do coração lh'a agradeça. De resto,* Orpheu *não acabou.* Orpheu *não pode acabar. Na mitologia dos antigos, que o meu espírito radicalmente pagão se não cansa nunca de recordar, numa reminiscência constelada, há a história de um rio, que, a certa altura do seu curso, se sumia na areia. Aparentemente morto, ele, porém, mais adiante — milhas para além de onde se sumira — surgia outra vez à superfície, e continuava, com aquático escrúpulo, o seu leve caminho para o mar. Assim quero crer que seja — na pior das contingências — a revista sensacionista* Orpheu. *Creia, meu caro Santa Rita, na reciprocidade da amizade e da admiração do (assinado) Fernando Pessoa.*

Há dias não escrevo uma só linha, tenho estado daquele jeito. Sob a tarde para a qual acordo com os dedos cediços do que chamo literatura minha, desaba o céu. É de chumbo seu revestimento e eu também, plúmbeo, transito nas conjunções de minhas gramáticas e nas linhas das efemérides dos meus planetas. Não aconselho que se fique dependente de oráculos, por isso não abuso. Agora, consulto-os para mim só quando a intuição grita e arde por dentro e eu sei que alguma coisa se explode em sinais, para que se saiba que está mesmo algum fenômeno a passar. Um fenômeno especial, pois; pois sempre há de estar algum fenômeno a passar! Há o fenômeno do aparentemente banal, falar ou o escrever (o que dá no mesmo); há o fenômeno do homem que vê coisas que ainda não aconteceram; e há também os fenômenos terremotos, e ainda esses céus fenomenalmente aterrorizadores, que ocorrem mesmo a um pequeno marinheiro como eu, lançado desde cedo ao mar revolto e que, menino, terá mesmo ficado agarrado a alguma dessas paisagens à beira-mar, que abundam em certos cantos de minha alma. O resto é investigação da vida, da ficção, como no caso de eu ter que fazer o horóscopo dos heterônimos, ou um favor para um amigo; ou umas curiosidades políticas, como no caso do mapa de Portugal, como no caso do bruxo Aleister Crowley, e ainda como no caso de Mário, o Sá. Aliás, o Sá não está nada bem. Vem perdendo o senso, vem esvaindo-se numa Dispersão autodestrutiva tão forte que, às vezes, penso ter essa apenas um endereço: o pai. Andei mesmo deitando as cartas de seus números pessoais (contagem das letras do nome, sobrenome, operadas com data de nascimento) para abrir-lhe o baralho astrológico do céu do seu agora. Ousei ler sua realidade astral. Temo perdê-lo. Será muitíssimo difícil evitá-lo. Logo depois escrevera-me com muitíssima franqueza e coragem a exigir-me que eu lhe compre e envie frascos de estricnina! A princípio encomendava o veneno como se não fosse para si. Disse-me também que sua obra acabara já, que estava ali concluída. Aos 26 anos? Preocupo-me. Onde está o desespero, que sempre houve, a fazê-lo suplicar-me uma linha? Onde está a vontade de beber meus correios, aquela necessidade irrefreável e voraz de alimentar-se dessa correspondência?

O Mário estava a fazer asneiras por cima de asneiras, e isso lá já estava a beirar, a roçar demais as bordas do abismo definitivo. Nem todos os abismos são definitivos, eu é que sei. A casa até era um nó. O pai de Mário, perdido numa paternidade atrapalhada, cheia de vazios de afetos e incompreensões mútuas. Quanto mais tentava envolver-se às tramas do filho, tanto mais o perdia. Sem contar que *Orpheu* nos deu o selo oficial do constrangimento exposto. Revistas e jornais, críticos e populares, todos ficaram sabendo do que aprontamos; nós, os loucos. Piadas de mau gosto, o medo que os outros tinham de que contaminássemos a juventude com nossa doença mental ali impressa. Tentavam todos desmoralizar a literatura nova e inquietantemente potente publicada lá, naquele começo de século em que a letra ainda não era o pão de todo Portugal. Era a revolução pela palavra poética o que fazíamos e fizemos, não há como parar! O psiquiatra Julio de Matos, reitor das Universidades de Lisboa e agora diretor do asilo de Rilhafoles, afirmou que, embora fôssemos rapazes, podia ser que estivéssemos mesmo loucos, porque aquilo lhe parecia "literatura de manicômio". Magoava-me a comparação pelo conservadorismo, e porque lá minha avó esteve tantas vezes; e agradava-me a mesma comparação porque minha avó era uma cena humana viva, uma literatura das possibilidades. A palavra loucura, para mim, portanto, estava longe de ser uma ofensa. Quiseram achincalhar-nos, mas nosso *Orpheu* vendeu imediatamente 350 exemplares. Todos querem ler o pensamento dos doidos. E o que eu tinha era simpatia pela palavra doido. Para o hospício de Rilhafoles também um dia partira Angelo de Lima, o poeta que, entre choques e maus-tratos, acusado de uma "doença" que sempre envergonhou a humanidade, viria a morrer ali. Angelo também escrevera no *Orpheu II* seus poemas inéditos, porque aí nem o Montalvor, que era o diretor em Portugal, nem o Ronald Carvalho, que era o diretor no Brasil, suportaram as porradas nem tinham o couro duro para aguentar as retumbâncias de um escândalo como eu e Sá. Antes de nascer, *Orpheu* teria tido outro nome, seria revista *Europa*. Mas, lá mesmo no Café Montana, eu, o Montalvor e o Sá decidimos pelo nome *Orpheu*, o herói dos poetas; ideia que tomou logo corpo no grupo, que tinha ainda o Alfredo Guisado, o Almada Negreiros, Cortes Rodriguez, José Pacheco e o próprio Santa Rita Pintor. O grupo estava seguro de que o nome bem nos representava, porque, na mitologia grega, Orfeu, poeta, médico e filho de Apolo, quando tocava a lira que seu pai lhe dera, paravam todos os pássaros para escutá-lo. Os animais em fúria acalmavam-se e perdiam o medo e a raiva. O seu canto fazia dobrarem-se as árvores, curvarem-se os troncos para alcançar o belo som no vento. Sua poderosa lira salvara os tripulantes do navio, quando seu canto silenciou as perigosas sereias, provocadoras dos naufrágios de inúmeras embarcações. E por último, Orfeu, além de ir até o reino dos mortos em busca do seu amor, era um Argonauta. Depois, não faltaram comparações maldosas da história do mito de Orfeu com o "inferno" que propúnhamos.

Mas o que importa é que quebramos o que queríamos. A nossa loucura é que era a carabina contra aquela literaturazinha que me fez entender melhor ainda o Caeiro quando diz que *há poetas que são artistas e trabalham nos seus versos como um carpinteiro nas tábuas!... Que triste não saber florir! Ter que pôr verso sobre verso, como quem constrói um muro e ver se está bem, e tirar se não está!... Quando a única casa artística é a Terra toda.*

Sobre nós deitaram-se todas as fúrias, e eu cada vez mais forte me sentia, quanto mais nos atacavam. As críticas nos alcunhavam infinitamente como os "Artistas de Rilhafoles" ou a "Rapaziada do Orpheu", ou a "Prova do Zé Maluco". Eu mesmo me divertia escrevendo umas outras críticas, nunca publicadas, num papel pautado: Acaba de aparecer o segundo número de uma revista chamada *Orpheu*. Os súcios (marginais), trajados de artistas, andam por aí a fingir de homens por fora. Invertidos a querer uma literatura social é a primeira vez que se vê, desde que o mundo é mundo. O que toda esta cáfila (corja) de degenerados pensa fazer com sua literatura não se sabe. É preciso que se saiba quem é que está lendo. Houve também quem tentasse nos defender: "Deixemos em paz os nossos enfatuados maluquinhos das letras pátrias." "Os bardos do *Orpheu* são doidos com juízo, arte exótica!" Nossa fama chegou a tal ponto que Armando Cortez Rodrigues, tão grande compreendedor do meu trabalho e com quem muitas teorias partilhei, viu-se obrigado a publicar no *Orpheu II* sob o pseudônimo de Violante de Cisneyro, a fim de evitar a hostilidade dos professores à revista, já que ele era estudante do curso superior de letras àquela altura. Reconheço que o pseudônimo quem deu fui eu, por ser Violante o nome de uma das musas, digo um dos amores de Camões na juventude. Sem contar que, em meio a tantos homens, isso para nós haveria de pegar bem, no departamento das ousadias, pois, afinal, haveria uma mulher no índice. Mesmo depois do *Orpheu*, Cortez Rodrigues voltou a usar esse pseudônimo. Penso que tomara gosto.

Resolvo ir até o fogão para aquecer uma dobrada à moda do Porto, que comprei ontem e penso que ainda é uma boa provisão para o jantar de hoje. A chuva parou de súbito. A noite, que já está a cair, será de céu limpo. Brado-me. Perdido entre um copo e outro, e com mil cigarros nos cinzeiros da casa, penso mesmo que, embora nos atacassem, por motivo de aprofundamento ou de pensamento, acho que, sem o saber, eles estavam certos quando nos chamavam de literatura de manicômio; pois que um doido sempre entende que doido é o outro. E eu, o que penso disso? *Ora até que enfim... perfeitamente... Cá está ela! Tenho a loucura exatamente na cabeça. Meu coração estourou como uma bomba de pataco, e a minha cabeça teve o sobressalto pela espinha acima... Graças a Deus que estou doido! Que tudo quanto dei me voltou em lixo, e, como cuspo atirado ao vento, me dispersou pela cara livre! Que tudo quanto fui se me atou aos pés, como a sarapilheira para embrulhar coisa nenhuma! Que tudo quanto pensei me faz cócegas na garganta e me quer fazer vomitar sem eu ter comido nada! Graças a Deus, porque, como na bebedeira, isto é uma solução. Arre, encontrei uma solução, e foi preciso o estômago! Encontrei uma verdade, senti-a com os intestinos! Poesia transcendental, já a fiz também! Grandes raptos líricos, também já por cá passaram! A organização de poemas relativos à vastidão de cada assunto resolvido em vários — também não é novidade. Tenho vontade de vomitar, e de me vomitar a mim... Tenho uma náusea que, se pudesse comer o universo para o despejar na pia, comia-o. Com esforço, mas era para bom fim. Ao menos era para um fim. E assim como sou não tenho nem fim nem vida...*

A verdade é que, agarrados ao decadentismo, eles não suportavam esse pensamento libertado daquelas viciosas referências de bom comportamento nas artes da velha Europa. Agora, àquela hora, *Orpheu* era dirigido por dois neossimbolistas, mais sensacionistas e pauístas do que jamais fora visto antes. Dois gênios, e um deles estava muito perto da morte. O Sá confessou-me: "Meu amigo, creia, tudo quanto doravante eu escrever são escritos póstumos. Não lhe dizia tanta vez que não me via com uma obra muito longa? Entretanto, qual será o meu fim real? Não sei. Mas, mais do que nunca, acredito no suicídio... Pelo menos o suicídio moral... Acabarei talvez um corpo exilado da minha alma! Mas creio menos nessa hipótese. Nas páginas psicológicas da revista *Ressurreição* está bem descrito o meu estado de alma atual. Ah, Fernando, o céu da minha obra não quero dizer que seja grande — não sei se na verdade o será. Entretanto, estou bem certo de que é pesadamente dourado (talvez de ouro falso, mas, em todo o caso, dourado), com muitas luzes de cor e lantejoulas, todas a girar, fumo policromo, aromas, maquilagens, lagos de água, dançarinas nuas, atrizes de Paris, salas de restaurantes, densos tapetes... e isso me basta. Passei na vida literária, creio, qual uma rapariga estrangeira, esguia, pintada, viciosa, com muito gosto para se vestir bizarramente — pelo menos — e para dispor orquídeas em jarras misteriosas, em esquisitas talhas do Japão — gulosa de morangos e champanhe, fumando ópios, debochada, ardendo loucamente. E se assim é, se não me engano, eu fui o que quis: a minha obra representa zebradamente, entre luas amarelas, aquilo que eu quisera ser fisicamente: essa rapariga estrangeira, de unhas polidas, doida e milionária... Perdoe-me mais uma vez tomar-lhe tempo com tudo isso, tão mal expresso; e já agora, peço-lhe, fale longamente de tudo quanto lhe digo de mim... Assim me dará uma ilusão: a ilusão da sua companhia e, não lhe sei explicar por quê, a ilusão de que ainda me interesso por mim... Tenho muita pena de mim. Doido! Doido! Doido! E no fundo tanta cambalhota. E vexames. Que fiz do meu pobre orgulho? Veja o meu horóscopo. Mil saudades tem de ti essa minha pobre alma."

Estava o Mário confuso. Queria informar-me de tudo e dizia ser vítima de um medo fixo: o pai estava a viver em Lourenço Marques com uma mulher que certamente levaria os três a uma convivência bombástica, caso levassem a cabo a ideia-convite do pai para que Mário fosse ir com eles morar. Mas, de Paris, meu amigo querido, principal comandante de minha revolução íntima, já estava mesmo a anunciar sua partida: "Quando eu morrer batam em latas, roubem aos berros e aos pinotes, façam estalar no ar os chicotes, chamem palhaços e acrobatas. Que o meu caixão vá sobre um burro, ajaezado à andaluza: a um morto nada se recusa e eu quero por força ir de burro... Mas, então, para fixar o instante dessa vinda ao Café Riche, onde agora estou, aproveito para mostrar-te a confecção de um poema irritadíssimo que comecei ontem à noite, quando me roubaram um chapéu de chuva. Chama-se 'Feminina': 'Eu queria ser mulher para me poder estender ao lado dos meus amigos, nos banquetes dos cafés. Eu queria ser mulher para poder estender pó de arroz pelo meu rosto, diante de todos, nos cafés. Eu queria ser mulher para não ter que pensar na vida, e conhecer muitos velhos a quem pedisse dinheiro. Eu queria ser mulher para passar o dia inteiro a falar de modas e a fazer potins, muito entretida. Eu queria ser mulher para mexer nos meus seios e aguçá-los ao espelho, antes de me deitar; eu queria ser mulher para que me fossem bem estes enleios, que num homem, francamente, não podem se desculpar. Eu queria ser mulher para ter muitos amantes e enganá-los a todos, mesmo ao predileto. Como eu gostava de enganar o meu amante louro, o mais esbelto, com um rapaz gordo e feio, de modos extravagantes... Eu queria ser mulher para excitar quem me olhasse, eu queria ser mulher para me poder recusar...' Como você vê, isto promete, hein, meu amigo amado? E repito-lhe do fundo de minha alma todos os meus perdões e minha gratidão. Estás a escutar-me, senhor Fernando Álvaro de Campos Pessoa?"

E a partir daí, passou a descrever-me os passos de sua morte mesmo, rascunho e cena, com métodos, carta final e recados de despedidas. Tratou a morte como um teatro, sendo ele o seu autor. O novelista dos seus últimos momentos. E ao final, conscientes ou não, é isso mesmo o que se dará a todos nós. Roteiristas de nosso fim, armamos o gatilho, preparamos a armadilha e nos colocamos estrategicamente alguma hora na cara da morte, e ela faz simplesmente o gesto final. O Sá pretendeu nisso agir em tudo. Estava demasiado triste, imerso numa angústia sem saída. Nenhum lugar era lugar. Tudo estava a doer-lhe; Paris, Barcelona, Lisboa, tudo era o mesmo enjoo do mar de existir. O pai, sempre insatisfeito com o filho que via derrotado, e ele, o filho sempre frustrado tentando dar mostras de que valera alguma coisa a pena. Incrível. Mas o que ele me disse, com tudo o que há por baixo das linhas, sob o que não é dito, mas de cuja verdade emergira aquele feixe de palavras, é que a angústia de seu peito era tamanha que a morte enquanto dor ou angústia não lhe assustava. Ser-lhe-ia como um cessar-fogo. A bandeira da paz hasteada para acabar com a Grande Guerra Mundial de um homem.

"Meu querido amigo, a menos por um milagre, na próxima segunda-feira (ou mesmo na véspera) o seu Mário de Sá-Carneiro tomará uma forte dose de estricnina e desaparecerá de uma vez deste mundo. É assim tal e qual. Custa-me escrever esta carta pelo ridículo que sempre encontrei nas cartas de despedida... Não vale a pena lastimar-me, meu querido Fernando: afinal, tenho o que quero, o que tanto sempre quis, e eu, em verdade, já não faria nada por aqui... Já dera o que tinha a dar. Eu não me mato por coisa nenhuma: eu mato-me porque me coloquei pelas circunstâncias, ou melhor: fui colocado por elas numa áurea temeridade, numa situação para a qual, a meus olhos, não há outra saída. Antes assim. É a única maneira de fazer o que devo fazer. Vivo, há 15 dias, uma vida que sempre sonhei: tive tudo durante eles; vi realizada a parte sexual, enfim, da minha obra, vivi o histerismo do seu ópio, as luas zebradas, os mosqueteiros roxos da sua ilusão. Hoje vou viver o meu último dia. E pensar que tudo seria tão fácil, tão sem perigo se não fosse o eterno dinheiro. Enfim, não sei, não sei nada, não te posso escrever, mas juro-lhe que senti a tua ternura admirável, que alma, que estrela, que ouro! Perdoe-me, o menino Mário não está muito bem. É como se estivesse bêbado. Meu amigo, veja-me lá o que os astros estão a dizer-te sobre mim. Adeus. Se não quiser arranjar amanhã a estricnina em dose suficiente, deito para baixo do metrô... não se zangue comigo. Mandei-lhe ontem meu caderno de versos, que você guardará e que você pode dispor para todos os fins, como se fosse seu. Pode fazer publicar os versos em volume, em revistas e deve juntar aquela quadra: 'quando eu morrer batam em latas...' Perdoe-me por não lhe dizer mais nada: mas não só me falta o tempo e a cabeça, como acho belo levar comigo alguma coisa que ninguém sabe ao certo se não eu, se não eu: não me perdi por ninguém: perdi-me por mim, mas fiel aos meus versos: atapetemos a vida contra nós e contra o mundo... atapeteia-a sobre tudo contra mim — mas que me importa se eram tão densos os tapetes, tão luxo e de festa... Tu e meu pai são as duas únicas pessoas às quais escrevo. Todo meu afeto, meu querido Fernando Pessoa, num longo e interminável abraço de alma. Vá comunicar ao meu avô a notícia de minha morte, e vá também ter com a minha ama à Praça dos Historiadores. Diga-lhe que me lembro muito dela nesse último momento. Adeus. O seu pobre Mário de Sá-Carneiro. P.s.: Envio-lhe, como última recordação, o meu retrato na faculdade de Direito, em Paris. As coisas não correm senão cada vez pior. Mas houve um compasso de espera. Até sábado. Não me mato hoje. Estava tudo mesmo preparado para o meu suicídio na Estação de Pigalle (Nord-Sud), preparei tudo para minha morte, efetivamente preparei tudo para a minha morte. E agora sei que não vai ser mais na Estação. Adeus do seu, sempre seu, eternamente seu, de joelhos e seu Sá."

Depois, nunca mais. Sei que foram cinco frascos de estricnina que fecharam a última página da vida do meu parceiro de tudo. Estava vestido de gala e não morreu. Ele é esta minha Dispersão e a minha Dispersão será a nossa imortalidade.

Décimo segundo capítulo

Dramaturgia dos dias

DIÁRIO

N.º

N.º

A terra e o mar, os animais, peixes e pássaros,
o céu do firmamento e as órbitas, as florestas,
montanhas e rios não são temas pequenos...
Mas as pessoas esperam que o poeta indique o
caminho entre a realidade e suas almas.

Walt Whitman

Salve a palavra, Rainha do meu palácio, fio com o qual teço minha vida, pincel e tinta da tela por onde espio o acontecer da realidade. Salve a Palavra! *Amo, pelas tardes demoradas de verão, o sossego da cidade baixa, e sobretudo aquele sossego que o contraste acentua na parte que o dia mergulha em mais bulício. A rua do Arsenal, a rua da Alfândega, o prolongamento das ruas tristes que se alastram para leste desde que a da Alfândega cessa, toda a linha separada dos cais quietos — tudo isso me conforta de tristeza, se me insiro, por essas tardes, na solidão do seu conjunto.* Nota-se bem o que estou eu a fazer? Descrevo-te o céu de uma cidade, seu clima, sua temperatura, o cenário de uma capital que me ordena, que me obriga a escrevê-la. *Sou um homem para quem o mundo exterior é uma realidade interior. Sinto isto não metafisicamente, mas com os sentidos usuais com que colhemos a realidade.* Sem chicotes, sem tortura física, cumpro o castigo. Desde que fui alfabetizado, sou refém eterno desses símbolos; sou refém da música, da expressão humana convertida em letra na partitura da canção de cada dia. Tudo o que vejo vai para esta fotografia que faço com a união das letras. A luminosidade que adentra e promove sombras e escuros do outro lado onde não atinge; o movimento das gentes, a temperatura do ar, o pensamento de uma criança que vai a bailar pequenina e ausente da vida urbana, caminhando em companhia da mãe que de loja em loja procura aquele tecido e o vai ainda levar ao alfaiate para o marido. Tudo isso tem por pincel minha caneta, tem por tinteiro meu sangue, tem por máquina fotográfica a minha datilográfica. Viver é essa loucura, essa compulsão para a escrita em mim. Como Gaudí, importa-me muito pouco se o que me faltam para completar uma ideia são oitenta palavras ou dez mil. Não faz diferença. Traduzir o que vejo passou a ser a minha especialidade, e relatá-lo ao meu modo e gosto uma incumbência que a vida me deu e a qual eu, implacavelmente, resignadamente aceito. Possuo uma memória prodigiosa apesar de a bebida não faltar ao meu sangue, e lembro bem, ou alguém mo contou, que o aprender a falar foi para mim uma entrada num grande circo, num país gigante cheio de brinquedos, símbolos que eu podia usar para ser o estojo do sentido do que eu já via, antes de o saber pronunciar. Minha mãe relatava e meu pai isso gostava de contar, que eu parecia um miúdo aflito para falar, ensaiava os sons como se dissesse: aguardem-me, logo, logo entrarei no jogo. Embora seja hoje um homem reservado, o que mais faço é falar, senão o que será isto que estou a fazer aqui? Pequeno ainda, quando a minha mãe ensinou-me o francês, foi como se me tivessem dado mais soldadinhos de chumbo, mais cavalinhos, mais exércitos. Entender que uma mesma coisa podia ter dois nomes, um em cada língua, fascinou-me logo de entrada. Minha mãe contava que eu perguntava como era aquela palavra em francês e eu sempre sorria para a resposta. Acho que eu já sorria para a palavra. E, afinal, foi isso mesmo que se deu comigo. Não fui mais do que uma palavra tratada com pompas e circunstâncias de um humano, pela prolixidade do meu verbo. Conheço e tenho especial apreço por um menino de apenas 2 aninhos, o Gabriel, que sempre sorri para tudo que gosta: para o bico, para o peito, para o ursinho, para o mar, para a comida e, por fim, para a palavra. Eu também sorria para ela e só a ela depois reservei sorrisos sinceros, até o dia em que quebrou-se de súbito minha infância. Derreteu-se o que de ouro era num só relance. Mas isso é outra história. O que vale é que, pronto para batalhas verbais, sou um escritor dos dias no meu Castelo fortemente fundamentado em sílabas. Calcado no verbo eu sou. Estrategicamente posicionadas estão as falas que eu ainda não disse. Poeticamente dispostos estão os pensamentos sobre os quais ainda não pus os olhos; organicamente escondido vive pelos meus cantos o teor das frases dos discursos que ainda não proferi. Estão todos aqui no caos de minha mente especial. Como nos exércitos, esses grupos verbais organizar-se-ão rapidamente, conforme a necessidade do que se quer exprimir. É quase automático, abro a janela sobre Lisboa e começa o meu relato das chuvas, da neve, do frio, do sol, do azul sobre as casas, e meu pensamento produz sem esforço um disparo, uma correria de grupos, de palavrinhas de todo tipo e sorte. Todas querem compor o banquete, e ninguém se admite fora da festa. Do outro lado, novas definições se aproximam, enquanto ao leste da minha cabeça vem vindo um grupo de Sujeitos já com seus Verbos e Complementos, buscando apenas achar a circunstância em que caibam; vêm, e como ondas de mar grosso fossem, todos esses símbolos avançam no tabuleiro. Sigo anotando os dias, o que anoto é a experiência única de cada hora. *Tenho o costume de andar pelas estradas olhando para a direita e para a esquerda e de vez em quando olhando para trás. E o que vejo a cada momento é aquilo que nunca antes eu tinha visto. E eu sei dar por isso muito bem, sei ter o pasmo essencial que tem uma criança se, ao nascer, reparasse que nascera deveras. Sinto-me nascido a cada momento para a eterna novidade do mundo.* É como se alguém me houvesse soltado a mão, em pequeno, no mercado das palavras, numa imensa cidade feita só delas; criança perdida da mãe no mercado da vida, no país onde as estradas são sinalizadas pelas pontuações, tudo acontece no perigo da curva das vírgulas, nos tropeços evitados pelo ponto e vírgula, nos lamentos pedintes das interrogações, nos caminhos dos acentos, na via dupla que nos põe à mercê das exclamações. Criança caída nos abismos da passagem do tempo que mora entre os perigosos espaços dos parágrafos. É só o que fui, um pedaço de verso escrito em um caderno de viagem. Quem sem mágoa ou medo quiser explicar-me ou compreender-me não imagine mais do que um texto de um personagem sem drama. Escarafunchem-me, perfurem-me, sacudam-me e só palavras encontrarão. Atapeteia-me, estendei-me como a um tecido ou uma toalha de mesa para o banquete de todos, e comerão verbos. *E só words verão.* Viva. Generosa, moldável a cada boca, como uma roupa ajeitada a modo e gosto do seu pronunciador, a palavra palavra está em toda língua, word, wort, parola, mot, verbum. A palavra é sempre convocada a estar onde não há ação; precede-a. São as palavras que disparam as ações. Casamentos são com elas selados, guerras são por elas declaradas. Eu é que sei. Passei a vida sob as leis do reino da palavra. Ela é a minha ação.

Pensei em ir à Inglaterra a visitar o meu irmão Luis Miguel, pensei em aceitar o convite para ministrar aulas em uma universidade londrina, pensei em aceitar todos os cargos que me oferecem, mas todos me tiram da escrivaninha da minha vida, e quem tem Lisboa na algibeira não precisa ir a parte alguma. Nenhum sítio agora a supera. Sei bem onde fica o Tejo e sei que dele partem todos os navios. Sei também que o rio à beira do qual minha alma está sentada a fazer versos corre para ele. Ninguém deixa Portugal por água sem que seja através desse imenso rio-mar; *O Tejo tem grandes navios e navega nele ainda, para aqueles que veem em tudo o que lá não está, a memória das naus. O Tejo desce de Espanha e o Tejo entra no mar em Portugal. Toda a gente sabe isso. Mas poucos sabem qual é o rio da minha aldeia e para onde ele vai, e de onde ele vem. E por isso, porque pertence a menos gente, é mais livre e maior o rio da minha aldeia. Pelo Tejo vai-se para o Mundo. Para além do Tejo há a América e a fortuna daqueles que a encontram. Ninguém nunca pensou no que há para além do rio da minha aldeia. O rio da minha aldeia não faz pensar em nada. Quem está ao pé dele está só ao pé dele.* Portanto, deixe-me ficar aqui. Deixe-me ser português. Já fui inglês demais. E querendo ser africano de quando em vez. Deixe-me ser o internauta das sensações de tudo que vê e que transforma em jorro de palavras. Devolvo em palavras tudo o que me pressiona a cabeça: tempo, sociedades, terra, estrelas. Estou disponível ao seu capricho, estou nu convosco no quarto escuro cósmico, exposto às exigências sadomasoquistas da grande charada da vida. É como se o mundo soubesse que tudo que me der, cuspo de volta em versos. Ou prosa, tanto faz. Nem sempre agrado; *A finalidade da arte não é agradar. A finalidade da arte é elevar. O artista deve exprimir não só o que é de todos os homens, mas também o que é de todos os tempos.* A universalidade não é um assunto referente unicamente ao universo como lugar. Não. Seu sentido global envolve também o tempo, e ser universal somente para o tempo presente é ser parcialmente universal. É quando o óbvio triunfa, porque ser parcialmente universal é não ser universal. Ora, pois! *Como quem num dia de verão abre a porta de casa e espreita o calor dos campos com a cara toda, às vezes, de repente, bate-me a Natureza de chapa na cara dos meus sentidos, e eu fico confuso, perturbado, querendo perceber não sei bem como nem o quê.* Curiosamente deu-me vontade de guiar um carro agora e ir ter para os arredores de Lisboa, de onde posso olhar para os escritórios que apelam por minha presença, com certo desdém. Quero ir, mas não poderia fazê-lo hoje, porque agora já são horas de entregar as traduções ao Moreira e de ter aquela longa reunião no escritório do Lavado. A boa notícia é que me sobrou um tempo livre num dia cheio de deveres. Dever: mazela peçonhenta para um escritor ocupado e comprometido em escrever a própria vida. Não vivo, escrevo. Escrever é uma incompetência minha para agir. Nunca tive tino para viver como os outros. Ter a confiança que possuem na vida só porque tenho um carro tipo landau, uma quinta extensíssima, um castelo em Paris. Minha felicidade nunca veio em vida adulta da posse das coisas. Minha felicidade vem da interpretação da realidade. Minha felicidade vem da tentativa desesperada de passar com o meu sonho em meio ao mar adverso. Sonho esse que, embora saído do coração de uma espécie de almirante, não sabe nadar. *Meu coração é um almirante louco que abandonou a profissão do mar. Meu coração é uma avozinha que anda pedindo esmola às portas da Alegria.*

Nessa folga, aproveito a tarde ensolarada lisboeta para ir até a casa do Almada entregar-lhe um exemplar do *Mensagem*. No caminho, vem-me à boca o fragmento de uma canção de um poeta do subúrbio do Rio de Janeiro, de quem Olavo Bilac me falou derramando-se em áureos elogios. Trata-se de um jovem muito esquisito, pela fotografia que vi, e que é um poço de talento inversamente proporcional à sua enganosa feiura aparente. Pessoalmente não o conheço, pois ainda nunca estive ao Brasil e pelo que sei nem ele cá esteve, mas conheço o tipo. E sei, inclusive, que pelo encanto poético que provoca, tem boa fama com os amores. O brasileiro chama-se Noel Rosa e da canção não sei a melodia; só ficou-me o verso que parece mesmo ter sido feito para mim: "Quem acha vive se perdendo." Pois é sempre o que está a ocorrer comigo, nunca estou a nada buscar e, no entanto, a realidade sussurra seus palpites em meu ouvido e ganho o jogo sem ninguém saber como e por quê. Com os pensamentos soltos a receber, como uma chávena de chá, esta elegante brisa que beija as ruas de minha passagem, chego ao fim da tarde à casa do meu amigo. Veio atender-me uma robusta e rosada criada. Ao ver-me, Aurora (eu sabia que ela assim se chamava embora esta não me conhecesse) olhou-me com espanto e tomou-me por um vendedor de livros:

— O senhor Almada não está e a sua esposa também não está nada interessada em comprar livros. Já é esta casa em si um poço de livros! Eu sozinha não dou conta de limpar. Pois veja o senhor, quatro mil livros! Isso lá é número no qual algum humano possa ser capaz de realizar faxina? Além do mais, o senhor pensa que a poeira tem alguma consideração pelos empregados? Nenhuma. Adora um papel. É oferecida. Não se respeita. Dá-se a qualquer caderno e com ele deita-se. Embrenha-se por entre as páginas, cobre a parte de cima das estantes onde os olhos não chegam, e, quando livramos o móvel de sua maldita fina seda, não te iludas: amaldiçoada, a poeira regressa no dia seguinte. É como estou a vos dizer, se fosse uma mulher, eu diria: a poeira não tem vergonha na cara.

Fiquei encantado com a absurda senhora. Proferia disparates em disparada como uma hemorragia, como algo ao qual se precisa estancar, mas não para mim. Eu não queria pará-la. Segui fingindo ser o caixeiro-viajante imaginado, o previsível vendedor de livros de porta em porta que ela julgava. A Aurora pareceu-me uma personagem perdida de alguma história e eu desejei muito ser o seu autor. Confunde-me com um vendedor e inspira-me a fazer uma brincadeira com o Almada. Fiz menção, com o corpo, de entrar, já disposto a representar no claro teatro da vida.

— Pois avise lá, minha querida, que não saio daqui enquanto não vender ao menos um livrinho somente; e por sinal os meus são muito limpinhos, pois!

— Aqui o senhor não entra!

— Pois bem. Então vou ficar aqui. Espero na soleira da porta!

— Por favor, o senhor deixa de graça, porque eu preciso fechá-la. Vendedores inconvenientes não são bem-vindos aqui!

— Pois daqui é que não saio!

— Será que tenho que te pôr para fora aos gritos? Afasta-te, empurro-te a porta à cara e vamos medir forças para ver quem é que vai perder esta batalha!

Nesse momento, alarmado pela barulheira que traziam as palavras alteradas da criada, vem o Almada à porta ver o que se passa e, surpreso, encontra-me ali. Ao vê-lo, irrompo em uma grande gargalhada. Nos abraçamos muito e, antes que a Aurora possa perceber por si própria a partida, o trote que eu lhe passara, o meu amigo, depois de muito abraçar-me e bater-me às costas, apresenta-nos:

— Este é o ilustre Fernando Pessoa, Aurora. E ele não é um vendedor de livros, mas sim um escritor de livros! Veja bem com seus próprios olhos: o maior escritor português de todos os tempos. Cá está um livro e seu homem!

— Ah, muito gosto. Aqui nesta casa os ignorantes se tornam logo, logo, cultos. Muito prazer, senhor escritor, assim segue muito bem o dia e me desculpe o engano. Veja lá se não vai, por isso, o senhor Almada ralhar comigo. Só saio de vossa presença com o vosso perdão.

— Pois estás perdoada, Aurora, bela Aurora. Necessária Aurora.

No interior do bom gosto da bela casa, mostrou-me o Almada os quadros para a sua nova exposição. Belíssimos. Bebi com ele um alentejano tinto (por acaso, muito parecido com este que bebo agora ao escrever). Nutro um grande amor por Almada Negreiros. Está a construir-se sempre. Renova-se. Um escritor sincero com densidades nas bordas e nos interiores de suas considerações, mas nenhuma de suas artes possui mais exuberância do que o seu traço, a sua pintura. É o mais elegante dos caricaturistas. Nesse dia, entre uma taça e outra, afirmou-me, com uma eternidade própria dos homens seguros:

— O escândalo que o aparecimento de *Orpheu* produziu no público foi inédito e permaneceu inédito na vida literária portuguesa. O Portugal-leitor, de norte a sul, delirava de regozijo, exatamente como se cada português tivesse sido o achador daqueles loucos à solta.

— *Houve* realmente algo de muito novo ali, não houve, ó Almada?

— Claro, meu amigo. Todos éramos autores e sem chefes, o que de verdade só é possível entre gente da arte. Mas éramos independentes e a cabeça de Portugal estava desabitada, até então. Estava a necessitar de nosso recheio.

— Acho que *Orpheu* quis livrar os portugueses do europeísmo assim como os brasileiros queriam livrar-se do americanismo...

— Isso mesmo. Pelo menos assim pensa o Príncipe das Letras, o nosso cúmplice brasileiro, Ronald Carvalho; e eu concordo.

— É, tens razão, *Orpheu* é um grito eminentemente português que pretendeu criar um novo português. Mais amplo e mais genuíno.

— E, mais que isso, ó Fernando, *Orpheu* foi o primeiro grito moderno que se deu em Portugal! Por isso, é o pioneiro do movimento moderno em Portugal!

O auge da conversa pediu um novo brinde e uma nova garrafa. Mais um par de horas, e eu disse: Adeus, ó Almada, depois de partilhar com ele meu desejo de dar um passeio, a sós, ao Portugal mais perto e longe que eu pudesse. O amigo encorajou-me. Eu precisava dar umas voltas mais longas ao redor de mim. E assim se deu. Era o prometido, *tenho sido sempre um sonhador irônico e infiel às promessas interiores. Gozei sempre, como outro e estrangeiro, as derrotas dos meus devaneios. Nunca dei crença àquilo em que acreditei. Enchi as mãos de areia, chamei-lhe ouro, e abri as mãos dela toda, escorrente. A frase fora a única verdade. Com a frase dita estava tudo feito; o mais era a areia que sempre fora.* Não houve ouro. *Se não fosse o sonhar sempre, o viver num perpétuo alheamento, poderia, de bom grado, chamar-me um realista, isto é, um indivíduo para quem o mundo exterior é uma nação independente. Mas prefiro não me dar nome, ser o que sou com uma certa obscuridade e ter comigo a malícia de me não saber prever. Tenho uma espécie de dever de sonhar sempre, pois, não sendo mais, nem querendo ser mais que um espectador de mim mesmo, tenho que ter o melhor espetáculo que posso. Assim me construo a ouro e sedas, em salas supostas, palco falso, cenário antigo, sonho criado entre jogos de luzes brandas e músicas invisíveis. Guardo, íntima, como a memória de um beijo grato, a lembrança de infância de um teatro em que o cenário azulado e lunar representava o terraço de um palácio impossível. Havia, pintado também, um parque vasto em roda, e gastei a alma em viver como real aquilo tudo. A música, que soava branda nessa ocasião mental da minha experiência da vida, trazia para real de febre esse cenário dado.* O certo é que desta vez não trairei meus ímpetos. A fera que há em mim, que me faz ser outro a cada dia, faz parecer a existência uma grande aventura. Quem vai comigo? Quando desembarca a humanidade deste comboio que, para muitos, termina na morte e que, para outros, começa? Oxalá seja este último o meu caso.

Pronto. É de se notar a passagem rápida do tempo e o dia novo começa a envelhecer na minha cara. Vai morrer, ninguém o acode. Vai morrer tão belo sobre minha cidade, enquanto turistas italianos tiram fotos de seu alaranjado fim. Vai morrer o pobre lindo rei dia e, nesta noite onde desponta o luar, eu pego por empréstimo de um amigo o carro da viagem onde dirigirei, escrevendo o percurso, como um espião contratado por um Deus desconfiado. Levo a tarefa de anotar a travessia. Adeus por enquanto, minha Lisboa vaporosa! Lá vou eu... *Ao volante do Chevrolet pela estrada de Sintra, ao luar e ao sonho, na estrada deserta, sozinho guio, guio quase devagar, e um pouco me parece, ou me forço um pouco para que me pareça, que sigo por outra estrada, por outro sonho, por outro mundo, que sigo sem haver Lisboa deixada ou Sintra a que ir ter, que sigo, e que mais haverá em seguir senão não parar mas seguir? Vou passar a noite a Sintra por não poder passá-la em Lisboa, mas, quando chegar a Sintra, terei pena de não ter ficado em Lisboa. Sempre esta inquietação sem propósito, sem nexo, sem consequência, sempre, sempre, sempre, esta angústia excessiva do espírito por coisa nenhuma, na estrada de Sintra, ou na estrada do sonho, ou na estrada da vida... Maleável aos meus movimentos subconscientes do volante, galga sob mim comigo o automóvel que me emprestaram, sorrio do símbolo, ao pensar nele, e ao virar à direita. Em quantas coisas que me emprestaram eu sigo no mundo! Quantas coisas que me emprestaram guio como minhas! Quanto me emprestaram, ai de mim! Eu próprio sou! À esquerda o casebre — sim, o casebre — à beira da estrada. À direita o campo aberto, com a lua ao longe. O automóvel, que parecia há pouco dar-me liberdade, é agora uma coisa onde estou fechado, que só posso conduzir se nele estiver fechado, que só domino se me incluir nele, se ele me incluir a mim. À esquerda lá para trás o casebre modesto, mais que modesto. A vida ali deve ser feliz, só porque não é a minha. Se alguém me viu da janela do casebre, sonhará: Aquele é que é feliz. Talvez à criança espreitando pelos vidros da janela do andar que está em cima. Fiquei (com o automóvel emprestado) como um sonho, uma fada real. Talvez à rapariga que olhou, ouvindo o motor, pela janela da cozinha no pavimento térreo, sou qualquer coisa do príncipe de todo o coração de rapariga, e ela me olhará de esguelha, pelos vidros, até à curva em que me perdi. Deixarei sonhos atrás de mim, ou é o automóvel que os deixa? Eu, guiador do automóvel emprestado, ou o automóvel emprestado que eu guio? Na estrada de Sintra ao luar, na tristeza ante os campos e a noite, guiando o Chevrolet emprestado desconsoladamente, perco-me na estrada futura, sumo-me na distância que alcanço, e, num desejo terrível, súbito, violento, inconcebível, acelero... mas o meu coração ficou no monte de pedras, de que me desviei ao vê-lo sem vê-lo, à porta do casebre, o meu coração vazio, o meu coração insatisfeito, o meu coração mais humano do que eu, mais exato que a vida. Na estrada de Sintra, perto da meia-noite, ao luar, ao volante, na estrada de Sintra, que cansaço da própria imaginação, na estrada de Sintra, cada vez mais perto de Sintra, na estrada de Sintra, cada vez menos perto de mim...*

É outono nas águas do Tejo, *tenho escrito mais versos que verdade*, mas não vou desistir de deixar aqui o testemunho de quem tem a escrita por ofício. Tal qual uma novela literária, tenho dividido em capítulos esta pequena odisseia. Nela está minha dor escrita, está minha loucura cuja especificidade a ciência ainda está no dever de explicar. Está marcada a ferro na alma do meu mais patriótico pensamento a grande incompreensão que a minha época e o meu país têm por mim. Mereço os ataques, é bem verdade, sou repetitivo, reitero certezas que brado aos sete ventos, e tenho histórico de intelectual contraditório, porque sou mesmo aquele que protegeu Sá-Carneiro dos olhos vesgos da moral conservadora, o que brinca de rainha com a cabeça da sociedade lusa que se acha superior, e sou também aquele que se acha superior e às vezes inferior. Sou eu o democrata que defende uma monarquia sebastianista, e que não suporta impérios, mas, à parte isso, sou um gênio e de um gênio é natural que dele se esperem equívocos, já que é um destrambelhado, sem ambiente numa época despreparada para tal perfil. Mas é que o gênio, por nem ter a certeza certa disso, sem saber, a todo o tempo lança-se sem as devidas precauções. A princípio, entende-se como homem nascido em seu tempo, já que realmente nascera naquele tempo. Mas, observe-se bem quanto de veneno e ardil pode conter um grupo de palavras:

nascer no seu tempo não significa necessariamente nascer para aquele tempo. Assim como há irmãos estrangeiros entre si, estrangeiros e consanguíneos de pai e mãe, verdadeiros estranhos em família, há filhos do tempo anterior pertencentes ao pai futuro. Pois só a quem arrisca é dado conhecer. O erro é condição *sine qua non* para garantir a nossa permanência na estrada certa do sonho. Ninguém deve ficar impedido de tomar outra dose de uma experiência só porque a primeira lhe desceu mal. Mesmo que o meu passeio a Sintra não tivesse se dado em nenhuma forma de realidade, agora estando escrito e sendo um dia lido, cada leitor pegará o mesmo Chevrolet, fará a viagem sem mim, estando ele, não eu, ao volante (porque é assim que se dá com leitor de poesia), fará sua particular e intransferível leitura de minhas impressões e a sua viagem a Sintra só poderá ser dele porque, agora escrita, a história pode pertencer a muitas realidades e inclusive pode pertencer a de Álvaro de Campos.

Quem quisesse resumir numa palavra a característica principal da arte moderna, encontrá-la-ia, perfeitamente, na palavra sonho. A arte moderna é arte de sonho. E os grandes homens antigos eram homens de sonho. A própria ignorância medieval era uma força de sonho. A um sonhador cabe toda a parte teórica da própria aventura, é dele o roteiro do que está por vir e não há perigo de que tal porvir venha sem que o sonhador o construa. Sendo, portanto, o sonho o principal objeto do sonhador, ele também é matéria que pode ser compreendida como sinônimo para a palavra projeto. Rascunhos, estratégias e dinâmicas são preocupações, embora rudimentares e intuitivas, são preocupações constantes do inovador/sonhador. Uma outra característica típica desse "profissional" da vida é o desprezo pelo fato de a ciência considerar ou não exequíveis as coisas sonhadas. Isso não importa ao sonhador. Poder ou não poder fazer é o de menos. Por ser sonho, tudo pode, por isso é sonho, para isso garantir. Quem mo confirma é Antonin Artaud: "Quero estar acordado no sonho e conduzir o meu sonho como homem desperto." Pois o sonho de um homem desperto não difere tanto do sonho do homem que está a dormir; em ambos os casos, tudo é passível e possível de acontecer. Penso que *o infante D. Henrique é o perfeito tipo de sonhador. Desde a sua assexualidade até o seu perfeito sacrifício dos outros. Mas viveu no tempo em que se podia sonhar.* Creio que *o maior poeta da época moderna será o que tiver mais capacidade de sonho. Quem tenha lido as páginas deste livro terá formado a ideia de que sou um sonhador. Ter-se-ia enganado se a formou. Para ser sonhador falta-me o dinheiro.*

Fui novamente ao Estoril, visitar a minha irmã Teca, o marido e a sua filha. Passei com eles todo o fim de semana, e, para mim, é uma concessão de Deus, ou de quem quer que seja, que me seja dado o tesouro de conviver com uma criança. Não tive filhos, nunca pensei em tê-los, penso que ainda não é permitido a uma criança gerar outra. Mas confesso-vos, ter a Mimi, a minha Manuela, sobrinha e afilhada, a brincar comigo, a fazer-se passar por meu barbeiro, é para mim um êxtase sem nome que vai dar-me muito trabalho para encontrar a palavra certa que esteja à altura do nosso encontro. Ainda não houve uma civilização que, ao educar, não deseducasse uma criança. Há alguma coisa de muito errado que é feita aos pequenos que acaba por resultar num triste mundo de adultos perdidos dos seus desejos reais. As conversas com os menores sempre confirmaram a minha poesia. Vejo que os homens e mulheres futuros são, do lago que a própria criança é, um reflexo que terminou mal. Ilegítimo. Se no espelho onde está refletido o homem crescido não se veem vestígios daquele miúdo que fomos, não correspondemos à beleza inocente da qual nutriram-se nossos primeiros saberes. Nós, os crescidos, não estamos à altura da criança que fomos. Frequentemente traí-mo-la, e um homem que trai o sonho da própria infância está pronto para trair toda a humanidade. *Sim, julgo às vezes, considerando a diferença hedionda entre a inteligência das crianças e a estupidez dos adultos, que somos acompanhados na infância por um espírito da guarda, que nos empresta a própria inteligência astral, e que depois, talvez com pena, mas por uma lei alta, nos abandona, como as mães animais às crias crescidas.* Ah, todo esse preâmbulo, tudo isso é para que limpem os olhos para verem a minha Mimi, uma pequena menina inteligente a me colocar o avental depois de receber de mim os objetos do ofício: bacia com água, sabão, pincel. Como numa barbearia verdadeira. Tesoura não pode, então quem está, pois, a fazer o papel da navalha em nosso teatrinho caseiro é uma faca de cortar papel e abrir cartas, a mais inocente das armas. Não corta a gente. Mimi tenta imitar o Manasés, dando-me ordens com sua vozinha de pétala e de flor:

— O senhor, por favor, tenha a bondade de sentar-se para começarmos?

— Estou às suas ordens, senhor Manasés.

— Assim está bem. E não lhe cobrarei nada se o senhor me responder a mais esta charada: um peixe está lá em cima, na parte mais alta de um castelo muito alto e cai violentamente lá embaixo, partindo-se todo. Ao cair faz um som. Coitadinho, como é o nome do peixinho?

— Ó, e agora, pequena Mimi? Seu velho tio está fora de forma. Estou sem cartas até para arriscar.

— Então lá vai. A resposta é: Aaaaaaaaaa...tuuummm!

Assim o pequeno anjo distrai-me um pouco da doença de ser grande e faz-me rir de uma despretensiosa asneira como essa. Por isso, volto do Estoril renovado, forte e dinâmico à minha Lisboa, ao meu velho quarto alugado no rés do chão. Penso que com a pequena estive ludicamente abastecido, como em presença de meu primeiro amigo invisível; faz muitos anos que não vejo o Cavaleiro de Nada. Se repararmos bem, Caeiro é carneiro sem a carne. Tirada do nome. É uma homenagem a Sá-Carneiro? Também. Ele, o Sá, é um inspirador dos meus afetos adultos e foi uma criança rica que, abandonada, cresceu nessa angústia infernal, mas ainda assim havia muitas flores dentro dele. Caeiro é o meu Cavaleiro de Nada que cresceu, a minha criança-deus. O Cavaleiro de Nada representa o reino da minha infância, o meu Quixote criança, o meu herói mirim. Um miúdo, um menino são. Dos meus amigos invisíveis, ele é o pioneiro e me faz devoto do reino onde é rei. Errei quando julguei mal alguns reis; foram muitas vezes crianças mimadas que receberam somente ouro quando queriam amor. Muitos foram tornados imperadores antes de se tornarem homens. Tenho pena de alguns reis. Antes de os adultos deformarem a sabedoria infantil, em geral, por natureza, uma criança tem o olhar tão límpido que se pode extrair frequentemente de sua fala belíssimas divindades filosóficas. Adoro-as. Tomo as crianças como meus tutores, para que eu possa aceitar, sem ópio, a náusea que me causam as mentes já formadas. *A criança sabe que a boneca não é real, e trata-a como real, até chorá-la e se desgostar quando se parte.* A arte da criança é de irrealizar. Bendita é essa idade errada da vida, quando se nega a vida por não haver sexo, quando se nega a realidade por brincar, tomando por reais as coisas que não o são! *Que eu seja volvido criança e o fique sempre, sem que importem os valores que os homens dão às coisas nem as relações que os homens estabelecem entre elas. Eu, quando era pequeno, punha muitas vezes o soldado de chumbo de pernas para o ar... E há argumento algum, com jeito lógico para convencer, que me prove que os soldados reais não devem andar de cabeça para baixo? A criança não dá mais valor ao ouro do que ao vidro. E na verdade, o ouro vale mais? A criança acha obscuramente absurdos as paixões, as raivas, os receios que vê esculpidos em gestos adultos. E não são na verdade absurdos e vãos todos os nossos receios, e todos os nossos ódios, e todos os nossos amores? Ó divina e absurda intuição infantil! Visão verdadeira das coisas, que nós vestimos de convenções... Será Deus uma criança muito grande? O universo inteiro não parece uma brincadeira, uma partida de criança travessa?* Decididamente prefiro a liberdade do que é transformável, prefiro os processos. Só alguém que ainda não está prisioneiro de nenhuma lógica pode autorizar-nos a cumprir nossa própria e natural beleza criativa, se esta houver.

Já em Lisbon, estou hoje estranhamente dinâmico e sinto cheiro da tarde, posso tocá-la, e porque escrevo o cheiro dela aqui, tu podes, meu leitor, senti-lo. Basta que eu o descreva a contento. Tudo vai depender da minha competência em unir vernáculos, e do meu repertório, donde escolherei os mais indicados para a experiência a ser traduzida. Há um aroma de lembrança feliz, algo entre lírio e mistério, um perfume de livro antigo, que faz com que no coração tilintem as sensações das horas em flor que já vivemos. Esta tarde cheira à maravilha das horas sem dor. Ah, *gosto de dizer. Direi melhor: gosto de palavrar. As palavras são para mim corpos tocáveis, sereias visíveis, sensualidades incorporadas. Talvez porque a sensualidade real não tenha para mim interesse de nenhuma espécie — nem de sonho —, transmudou-se-me o desejo para aquilo que em mim cria ritmos verbais, ou os escuta de outros. Como todos os grandes apaixonados, gosto da delícia da perda de mim. E, assim, muitas vezes, escrevo sem querer pensar, num devaneio externo, deixando que as palavras me façam festas, criança menina ao colo delas.* Assim as ideias, as imagens, trêmulas de expressão, passam por mim em cortejos sonoros. Meu pai Joaquim respeitava muito as palavras. Dizia-as com gosto. Da minha mãe Magdalena nem preciso redizer, era poeta e importava-lhe, sobremaneira, o floreio. Via-se-lhe nas cartas, vê-se-lhe nos olhos e nas mãos a tocar piano eternamente em mim. Olhos, mãos, saudade, tudo em finíssima distorção. Estou em tamanho contato nesse momento com os meus sentidos que até poderia beijar a cara dessa tarde, e quem me ensinou isso foi a avó Dionísia. Em nossas secretas brincadeiras vendava-me os olhos, eu, menino ainda:

— O meu netinho tem que saber logo que os sentidos são a nossa ligação com o mundo. Estes, são os nossos moleques de recado. Por trazerem notícias das condições de cada realidade, são nossa preciosidade. Há os que perdem os sentidos; não é o meu caso; tratam-me por doida porque vejo demais. Então vamos lá: caminhando pela sala, usando o tato para saber se não vá espatifar-se contra alguma parede ou cômoda. Vamos ver.

— Mas minha avó, eu tenho medo de cair.

— Pois conheça a angústia dos cegos, meu pequeno. Estou aqui, não deixarei que te firas. Mas é bom que saibas que mesmo os cegos têm uma certa qualidade de visão. Desenvolvidos, os outros sentidos estão todos treinados em conjunto para suprir a falta do ver. Pelo som dos autos na rua sabe-se a distância que estamos deles, e atravessa-se ou não. E o olfato é, embora isso pouco seja anunciado, um dos mais protetores sentidos. Com ele, um bom mamífero fareja o perigo, analisa o que exala daquilo que ele vai comer, beber, amar. Quando tu fores grande e amares uma mulher, meu netinho, usa todos os teus sentidos; deixa por último o ver com os olhos.

Hoje sei que a Dionísia entendia a *ciência do ver* que o Caeiro tanto propaga: *sou um guardador de rebanhos. O rebanho é os meus pensamentos e os meus pensamentos são todos sensações. Penso com os olhos e com os ouvidos e com as mãos e os pés e com o nariz e a boca. Sinto todo o meu corpo deitado na realidade.* Um dia a avó Dionísia contou-me uma piada interessante. A essa altura eu já estava a viver em definitivo em Lisboa, morando em sua companhia. Bebíamos vinho atravessando a madrugada de uma noite, que já começara muito fria. Minha avó, como quem vai contar uma história muito séria, começa a narrar-me a anedota:

Um cego entrou no restaurante, meu neto, sentou-se e pediu o cardápio. O maître, ao vê-lo, e ao perceber a ausência desse silencioso sentido, disse que leria para ele as opções. Ao que o simpático e elegante senhor respondeu:

— Não é necessário, pois sou dono de um privilegiadíssimo olfato. Afirmo-lhe que minha capacidade de perceber o mais discreto e oculto perfume dos acontecimentos, das coisas, das pessoas, e em especial da culinária, é conhecida em toda a região do Minho, de onde venho; portanto, apenas ao cheirar o guardanapo e os talheres limpos sou capaz de adivinhar o cardápio do dia e, se calhar, até a sugestão especial do chef.

— Não pode ser. Que incrível, esta eu quero ver! E o senhor não veja como desrespeito o meu desafio, por favor.

— Claro que não, meu jovem. Já, já o verás. Bem, pelo que acabo de aspirar aqui, temos o famoso Bacalhau à Gomes de Sá, como sugestão da casa.

— Mas é realmente incrível! Por acaso é esta a especialidade da casa.

E todos os dias, o deficiente visual, que passara a considerar aquela como sua segunda sala de jantar, repetia o ritual de acuidade, destreza e precisão das ventas. Afinadas, as tais campeavam sobre o guardanapo e adivinhavam os cardápios com menos tropeço ou dúvida do que aqueles que os podiam ler. Um dia, era dobrada à moda do Porto, outro dia era galinha ensopada à brasileira, não importava, nada escapava às ventas videntes do nosso herói. Num dia, quando já estavam todos, sem o impacto da novidade, a achar pouca graça nas habilidades raras daquele senhor, resolveram, os da cozinha combinados com o maître, pregar-lhe uma peça. O garçom-chefe chamou a Rita, a cozinheira; pediu que esta untasse com as partes íntimas os talheres do freguês especial. Rita o fez. Impregnou do aroma de suas partes púbicas os ditos talheres. Banhou-os e, ato contínuo, os mesmos foram levados até a mesa à espera da "vítima" para o "golpe". O maître esperava ansioso para ver a reação do ceguinho, que, com conceituado nariz, investigava a faca, o garfo, a colher de onde exalava o cheiro hormonal de Rita:

— Algum problema, senhor? Hoje estás com dificuldades de adivinhar o prato, depois de tantos dias a acertar todos?

— É verdade. Tens razão, meu bom rapaz. Mas o que se passa é que hoje, estranhamente, já cheirei duas vezes esses talheres e plantou-se-me uma dúvida curiosa à cabeça.

— Qual dúvida, senhor?

— Pois o senhor maître diga-me uma coisa, sinceramente: se não me falha a memória dos sentidos, a Rita está trabalhando aqui?

Por essa eu realmente não esperava e ri-me outra vez, como se naquele momento voltasse a ser criança. Embora o entendimento da anedota dela fosse de teor considerado ousado, erótico e nada, nada infantil, e eu já era um rapaz entregue às poluções noturnas, a sonhos que eu jamais lembrava com nitidez, mas que, por fim, acabavam por me fazer despertar no meio da noite surpreendido com as revoluções e espasmos do meu corpo masculino, pois, apesar de tudo isso, ri-me muito. Ri-me como uma criança diante de uma palhaçada inocente. Dava para ver a barriguinha do Cavaleiro de Nada rindo-se em mim, a balouçar em conformidade com o ritmo de minha risada funda. Ai, como era bom rir-me assim. Tanto melhor em companhia da Doida a quem eu sucedia e que, tomada por uma irresponsabilidade, uma falta de pudor incomum às senhoras da época e da faixa etária dela, estava autorizada pelo diagnóstico de seus disparates mentais a estabelecer comigo esse tipo de conversa. Ríamos muito. Além de seu maltratado riso, do ponto de vista dentário, eu gostava daquela liberdade, lembrava-me das histórias que Paciência costumava contar sobre a família dela; sempre com brincadeiras maliciosas tanto no sentido do teor apimentado erótico de duplo sentido, como no sentido inocente da palhaçada débil. (Ó, quantos sentidos para a palavra sentido!) Lembrei-me também das coisas que o Luis de Montalvor e o Ricardo Reis me trazem sobre o Brasil, aquele país para onde eu talvez devesse ir morar imediatamente. Se calhar, lá entender-me-iam melhor. Para o Brasil... Pobre de mim, sonhador inveterado! Se eu tivesse a coragem para chegar ao menos a Cascais, onde há meses procuro diuturnamente um lugar para estar e dar um ponto final nessa minha famigerada e eterna obra. Mas não importa, o que vale agora a pena nessa hora é lembrar que a anedota do ceguinho sensível surpreende porque não se espera tamanho brilhantismo, tamanha especialização do sentido olfativo do nosso protagonista, a ponto de lembrar o cheiro íntimo da gorda cozinheira Rita. Ao recontar aqui o dizer da minha avó, omiti sem querer: comandante da cozinha, essa que pilotava as panelas do restaurante era de uma obesidade fogosa; lembro-me bem de que isso minha avó ressaltou, mas tão pouco importa agora esse detalhe.

O fascínio é que o espaço de ficção em que ocorre uma anedota imbui-se de um realismo fantástico tão sem limites que tudo nele pode acontecer. Ninguém questiona nada e, com pouquíssimos elementos para nos convencer, acreditamos em tudo o que nela contém; não fazemos as perguntas básicas que, numa novela policial, faríamos: quem é esse cego? De onde veio exatamente, o que fazia no Minho? Como poderia ele ter essa habilidade fantástica, fenomenal? Não, nada perguntamos. Ele poderia sair da mesa e até voar, e nós não estranharíamos. Quem nos conta a anedota é o bobo da corte da vida. Necessitamos dele. Há intelectuais que não suportam os chistes. Estes são considerados de baixo nível de evolução da razão humana; julgam tratar-se não de uma arte, mas de um costume que, por ser popular, são vistos como coisa menor. Mas eu sei por que incomoda a fala do bobo da corte. Ora, veja, o que é o palhaço? É um perdedor, um errante com sapatos maiores que os pés, tal qual nossas ilusões, trajando roupas de um colorido imprevisível e vibrante. O anti-herói é o nosso retrato, representa o nosso ridículo e rimos de nós, esquecidos de que o palhaço é o homem, e o circo, o nosso espelho. O circo revela todos. Expõe-nos. Se não somos a bailarina do arame no equilíbrio entre a razão e a loucura, somos o domador, seu chicote e sua tortura; ou somos os animais pelo próprio domador confinados em jaulas apertadas, comprados pelo dono do circo sem pena e sem compromisso com o saudável daquelas vidas. Ou somos o cachorrinho domesticado, o elefante que ri e senta no minúsculo banquinho; o trapezista que, sem motivo, solta as mãos da corda sem medo da queda porque confia numa rede que supõe; ou os atiradores de facas que não passariam horas a lançá-las se não tivessem como alvo outro ser humano à sua frente a correr perigo; somos a mulher barbada, o gorila, o feio, o bonito, o anão, a mocinha e as crianças, tão tenro público a entender tudo. Só nós, os adultos, é que não sabemos nada, e por isso mesmo a verdade nos incomoda tanto. Basta, quero ir-me daqui! De qualquer forma, nunca tive uma mulher a quem eu amasse tão plenamente a ponto de usar na prática as orientações sexuais e amorosas da avó Dionísia.

Ai de mim, que espírito é esse o meu? Lembro-me da Ophelia, a única rapariga com quem namorei, quando, no auge de uma discussão entre nós, disse-me que os dias estavam passando ligeiro e que não podia mais esperar que eu me decidisse a casar. Não sei por que aquilo enjaulou-me como um animal que foi capturado e terá que, sob a colorida e surrada lona, saltar por entre círculos de fogo em várias praças do interior de mil províncias. Como fera, estremeci, mostrei os dentes e respondi à minha pretensa noiva estas palavras Caeiras: *Vive, dizes, no presente; vive só no presente. Mas eu não quero o presente, quero a realidade; quero as coisas que existem, não o tempo que as mede. O que é o presente? É uma coisa relativa ao passado e ao futuro. É uma coisa que existe em virtude de outras coisas existirem. Eu quero só a realidade, as coisas sem presente. Não quero incluir o tempo no meu esquema. Não quero pensar nas coisas como presentes; quero pensar nelas como coisas, não quero separá-las de si próprias, tratando-as por presentes. Eu nem por reais as devia tratar. Eu não as devia tratar por nada.* Como se pode ver, embora não houvesse ali nenhuma palavra feia ou malvestida a ponto de ser barrada nos salões clássicos, Ophelia chorou. Estava comprovada a minha inabilidade para navegar até o coração do outro sem danos. *Não só quem nos odeia ou nos inveja nos limita e oprime; Quem nos ama não menos nos limita. Que os deuses me concedam que, despido de afetos, tenha a fria liberdade dos píncaros sem nada. Quem quer pouco, tem tudo; quem quer nada é livre; quem não tem e não deseja, homem, é igual aos deuses. Quero ser livre. A esperança é o dever do sentimento*, por isso quis cortar a esperança do coração dela.

Fecho a porta do quarto pensando realmente em partir e viver em outro sítio. Estou outra vez em casa, longe das visitas, ocupado com minha obra. Hoje no escritório eu estava disperso. Triste. A sorte é que a alegria viera acenar-me, quando, no almoço, num restaurante popular, uma criança na mesa ao lado (porque Deus nos dá licença para que não precisemos às crianças ser apresentados) sorriu para mim. Como estavam próximas nossas cadeiras, entabulamos, sem que minha ranhetice se desse conta, uma conversa que sempre renova ao que chamo literatura. A menina Juliana iluminava com sua voz e presença aquele meio-dia:

— Pois eu adoro praia.

— A Juliana gosta de mergulhar?

— Gosto. Eu sei mergulhar muito, mas aí eu prefiro o rio.

— E por quê?

— Porque me dá um pouco de medo a praia, lá a água é muito cheia de mar.

Nesse momento, minha pequena poeta de apenas 4 aninhos abriu sua bolsinha vermelha de crochê e de lá tirou uma conchinha. Com essa pequena concha rosada na palminha da mão igualmente rosada, perguntou-me, mostrando-me o objeto marítimo: "Eu posso achar uma concha?" Ó, meu Deus, traduzir com minhas palavras o diálogo que houve entre nós é pouco, é incompetente, não consegue em beleza ser condizente com a magia que envolveu nossa conversa suspensa no tempo e no espaço daquele restaurante improvável. Todas as conversas de crianças deveriam ser reouvidas pelos adultos para que não se esqueçam do grande brinquedo que o mundo é. O próprio trabalhar é o nosso brinquedo. O meu é a palavra. Depois disso, no dia de hoje, nada mais a declarar. À casa.

O homem que amanhecerá, se é que se pode amanhecer tendo na alma uma velha noite no mar, será um homem constipado. Embora o amor não tenha conseguido criar-se com desenvoltura em nenhum dos recônditos do meu coração, sempre tive o peito fraco. Conversamos várias vezes sobre essa minha fragilidade física pulmonar, eu e o meu primo médico, o Jaime. Tanto que, noutro dia, falávamos sobre um artigo que o Sá-Carneiro me mandara, publicado em

França sobre as ideias do Freud a respeito das doenças respiratórias. Como o Dr. Sigmund acredita no fundamento inconsciente em todos os nossos atos, afirma que o nascedouro dos problemas respiratórios de um ser humano tem sua origem na relação materna. Costumam ser asmáticos os que não trazem um histórico de abastecimento afetivo suficiente em relação aos carinhos maternos ou o trazem cheio de excessos. Não sei se de mim se pode dizer isso. Amava-me a minha Magdaglena; e mesmo quando pensou em deixar-me por um tempo para viver em África, ganhei aquela batalha à base de versos, com minha primeira quadra, o meu primeiro poema, assinado por Cavaleiro de Nada, no auge do meu desespero mirim. No entanto, faltou-me, falta-me. Quis mais mãe do que tive, talvez. Olho o passado e vejo-me criancinha de braços estendidos a pedir o colo dos piedosos, a implorar o seio materno, não sei por quê, se fui por tantos anos o único. Do que não se pode duvidar é de que há uma forte possibilidade de o psiquiatra alemão estar correto e, sendo assim, estou no grupo cuja tendência é sofrer do peito. De um modo ou de outro, o homem reitera que os asmáticos e os que têm crises constantes de bronquite estão ainda, desde o nascimento, com dificuldades para respirar sozinhos. O temor do Dr. Jaime é que me pegue a tuberculose, mal que levou o meu pai e tem preferência por poetas e artistas. Sabe-se também, de público, que ajudo à doença, ministrando-me de dia e de noite, a qualquer hora, diversas qualidades de álcool e fumo. Pigarros, uma certa insuficiência para respirar, tosses, tudo isso me faz ouvir ao Jaime e tomar sempre banhos frios. Nem sempre obedeço, mas isso o Jaime não precisa saber. Parece que estou no navio eternamente por dentro. Minha alma tem enjoo do mar. É isso mesmo ou uma gripe que se avizinha? Oxalá seja bílis. Oxalá seja a velha náusea que acompanha meus dias de sacolejo no mar da vida. Sou um aviador do mar! O navio da minha alma é que é o veículo onde Urano faz voos rasantes sobre o mar grosso e alto do que carrego em mim. Ondas que não cessam de bater nos rochedos, que eu bem sei, não terão fim. *Escrevo essas linhas. Parece impossível que mesmo ao ter talento eu mal o sinta! O fato é que esta vida é uma quinta onde se aborrece uma alma sensível. Pertenço a um gênero de portugueses que depois de estar a Índia descoberta ficaram sem trabalho. A morte é certa. Tenho pensado nisto muitas vezes. Leve o diabo a vida e a gente tê-la! Nem leio o livro à minha cabeceira. Caio no ópio por força. Lá querer que eu leve a limpo uma vida destas não se pode exigir. Almas honestas com horas para dormir e para comer, que um raio as parta! E isto afinal é inveja. Porque estes nervos são a minha morte. Não haver um navio que me transporte para onde eu nada queira...* O meu navio é rápido e poderia fazê-lo. Agora, exatamente agora, ao escrever a palavra navio vejo que esta palavra contém a palavra avião dentro. Só lhe falta o "n" do navio que está lá representado pelo til. Ó cabeça, cabeça batendo firme a favor da gramática do meu mundo! Ninguém pode acusar-me de não refletir. Sou um descobridor do que há debaixo das saias dos dias. O Brasil inventou o avião e nós, portugueses, podemos nos apoderar desse feito, afinal, inventamos o Brasil!

Que horas são? Não sei. Não tenho energia para estender uma mão para o relógio, não tenho energia para nada, para mais nada. Só para estes versos, escritos no dia seguinte. Sim, escritos no dia seguinte. Todos os versos são sempre escritos no dia seguinte. Estou a chamar tudo de verso porque se trata aqui de uma prosa emocionada e há nela, na medida do possível, o ritmo que a orquestra de um poeta toca solenemente e sem parar. Ninguém escreve bem uma prosa se não tiver a poesia dentro de si. Quem quiser ser bom escritor tem que ter alma de poeta; porque quem o é traz dentro de si a humanidade. *Minha alma é uma orquestra oculta; não sei que instrumentos tangem e rangem, cordas e harpas, tímbales e tambores, dentro de mim. Só me conheço como sinfonia.* Quando escrevo, ouço a batuta do meu maestro. Disse-o bem, ouço, mas não a vejo. Ele mesmo rege o meu ritmo e sugere a próxima palavra, a próxima coisa, a próxima ocorrência, a próxima associação. Temo e creio que seja o mesmo maestro da minha infância, que aparece naquele meu poema "Chuva oblíqua". Não importa. Rege-me. É difícil explicar, mas sem os segredos que tumultuam a minha circulação emocional sanguínea, nenhuma literatura me seria possível. Se não fosse a presença fiel dos meus fantasmas particulares e tenebrosos, eu não precisaria escrever nada e minha poesia seria uma mendiga a pedir inutilmente um pão velho à minha porta.

Merda! Deu-se o esperado. É dia já, mas nunca em mim: amanheci gripadíssimo, o corpo mole, a doer-me muito em todas as partes. Seguiram-se as horas a arrastar-me sob o domínio da doença. Sofro. *Tenho uma grande constipação, e toda a gente sabe como as grandes constipações alteram todo o sistema do universo, zangam-nos contra a vida, e fazem espirrar até à metafísica. Tenho o dia perdido cheio de me assoar. Dói-me a cabeça indistintamente. Triste condição para um poeta menor! Hoje sou verdadeiramente um poeta menor. O que fui outrora foi um desejo; partiu-se.* Mas, se alguém está a observar-me bem, verá que escrevo a prosa dos dias e tudo o que neles contém e, mesmo que eu me utilize sempre de papel, caneta, lápis ou uma máquina de escrever, mesmo que eu tenha o papel por ofício, não preciso objetivamente deles para escrever. Quero dizer que estando esses objetos/instrumentos a uma distância de mim, isso não impede que eu esteja a escrever. É assim meu pensamento. É desse jeito e modo seu curso, têm mãos meus pensamentos e datilografo tudo dentro da minha cabeça. Tac-tac-tac-tac-tac. É assim mesmo, em tempo de crises é um teclar incessante que não para e bate bate bate tal qual um segundo coração; ou se calhar, em mim é este o primeiro. Nada disso, de tudo tiro poesia. Aqui neste caderno dos dias, por exemplo, estão misturados à prosa os meus versos e os dos meus heterônimos, que, afinal, tudo sou eu. E se calhar, ainda corro o risco de ter inimigos a me preterirem ao Álvaro de Campos; a preferirem a calmaria campestre e livre do Caeiro ao paganismo comportado de Reis! E ainda pode ser que o Bernardo Soares, que é mais uma personagem literária do que um heterônimo, seja mais um eu meu paralelo demais, até este é bem possível que possa se tornar mais célebre do que eu. Ora, isso não domino e está feito. Digo isso porque *em prosa é mais difícil de se outrar.* É uma tarefa inglória para quem se despeja no cursivo que uma prosa exige, mas isso não significa que a ela seja obrigatório que falte o ingrediente poético só pelo simples fato de ser prosa. Não, não é assim que a banda toca por essas bandas do meu olhar. Não falo aqui com o peito estufado e orgulhoso em demasiado, pela façanha de multiplicar-me, mas faço-o em defesa da arte. *A arte, que se faz com a ideia, e portanto com a palavra, tem duas formas — a poesia e a prosa. Visto que ambas elas se formam de palavras, não há entre elas diferença substancial. A diferença que há é acidental. O que há de exterior na palavra é o som; o que há, pois, de exterior numa série de palavras é o ritmo. Poesia e prosa não se distinguem, pois, senão pelo ritmo. O ritmo corresponde, é certo, a um movimento íntimo da alma; na palavra, a inteligência dá a frase, a emoção dá o ritmo.* Parece complicado mas é simples: o que afirmo é que toda *palavra contém uma ideia e uma emoção. Por isso não há prosa que não ressume qualquer suco emotivo.* Logo, é de se crer que esteja a poesia em tudo.

Pronto, a mim que venho vindo neste mundo, desde que embarquei no carro da existência, desde que tomei assento no vagão, tendo a escrita como sina, há ritmo até no meu sono. Nem sempre há o melhor ritmo, mas há sempre um. Ao carro, ao comboio, deitado, gripado, sonhando acordado, escrevo, e a poesia que a minha prosa expele ao caminhar não admite exclusões; quer entrar, vai entrar, meto as portas abaixo, mas ela vai entrar! Não importa o gênero, porque a poesia, ó finíssima ironia, é uma leitura e invade todos os conceitos. A palavra poética é como uma membrana fina que traduz, que extrai de todo acontecimento real ou irreal sua essência. Então vario de acordo com o vento, com as estrelas, com o mar, com as cenas da vida. *Nem sempre sou igual no que digo e escrevo. Mudo, mas não mudo muito. A cor das flores não é a mesma ao sol de que quando uma nuvem passa ou quando entra a noite e as flores são cor da sombra. Mas quem olha bem vê que são as mesmas flores. Por isso pareço não concordar comigo. Não concordo comigo mas absolvo-me, porque só sou essa coisa séria, um intérprete da Natureza. Por mim, escrevo a prosa dos meus versos e fico contente, porque sei que compreendo a Natureza por fora; e não a compreendo por dentro porque a Natureza não tem dentro; senão não era a Natureza.* Atribui-se ao conceito de natureza uma ideia de sistema natural ao qual julgamos, em conceito, pertencer. A natureza é qual uma senhora a quem se vai visitar. Muitos a tratam por mãe, e a ela rendem homenagens, enquanto avançam com as cidades, seus carros, suas máquinas e luzes. Resta-nos saber quem é ela. O índio não distingue lua, sol e floresta de si mesmo, já que também é, ele próprio, uma espécie de mato, ave, macaco ou rio, se calhar. Deitado na realidade planetária, reparo que somos reféns dos símbolos. E aceito que minha palavra queira atingir o patamar de acontecimento. Porém, às vezes, desvenda-se muito claro à minha frente o que a vida é. Crua, exuberante e livre de mim, ocorrendo independentemente de minha caneta e de minha vontade. E é quanto basta para caírem para fora dos tapetes da razão os pobres conceitos, e tudo pulsa e tintila provando o ridículo de nossa explicação. Tanto o é, que, *num dia excessivamente nítido, dia em que dava vontade de ter trabalhado muito para nele não trabalhar nada, entrevi, como uma estrada por entre as árvores, o que talvez seja o Grande Segredo, aquele Grande Mistério de que os poetas falsos falam. Vi que não há Natureza, que Natureza não existe, que há montes, vales, planícies, que há árvores, flores, ervas, que há rios, e pedras, mas que não há um todo a que isso pertença, que um conjunto real e verdadeiro é uma doença das nossas ideias. A Natureza é partes sem um todo. Isto é talvez o tal mistério de que falam. Foi isto o que sem pensar nem parar, acertei que devia ser a verdade que todos andam a achar e que não acham, e que só eu, porque a não fui achar, achei.*

Ó, meu Deus, não fosse essa dor, esse mal-estar a dar-me nos nervos, a analgésica poesia não teria ressonância em mim. Sei de filosofias impressionantes e isso não me traz por si bem-estar. Falhei. O grande sonho requer circunstâncias sociais e eu sou um homem sem títulos, mas, não fosse assim, qual seria o motivo da poesia em mim? Talvez tenha sido a minha solidão contemplativa que erigiu em mim o milagre poético. Não estou aqui a exibir-me, percebe bem. Percebame. São reclamações de um doente cuja vida é um papel. Milhões de papéis. Como um ator que faz o papel de escritor, foi e é este o meu grande papel na vida. Se numa entrevista me perguntassem como vivi, eu diria: não vivi, escrevi. Insurgi-me contra tudo que ousasse usurpar o precioso tempo de dedicação integral a essa minha obra. Não negocio suas horas e *todas as horas são minhas*. Percebes-me?

No parágrafo anterior, quando conjuguei o verbo perceber a pedir a compreensão do leitor, lembrei-me da minha velha Paciência. Paciência era cabo-verdiana, como o Luis de Montalvor. Importante entreposto de escravos (ó, lástima!), esse arquipélago situado a meio Atlântico é uma maravilha de azuis vindos do turquesa das águas. O Montalvor nasceu na Ilha de São Vicente, que tem Mindelo por capital. Toda vez que ele fala daquele país, daquela ilha, seus olhos rebrilham como filhos do mesmo azul. A Paciência saiu de sua ilha muito ainda novinha, mas me contava suas iluminadas lembranças de lá; muitas dessas eram memórias herdadas das quais ela tanto ouviu dizer e, por tempo e ocupação na casa da mente, tornaram-se memórias dela. Todos somos assim. Expostos à ficção da vida, seguimos à mercê da nossa imaginação e da alheia. Porque também deitamos imaginação sobre a nossa vida vivida. A Paciência e a Dionísia são duas figuras que me deram o avesso maravilhoso, fantástico e heterogêneo que toda a educação inglesa jamais poderia oferecer-me. São fundamentais na minha formação como homem das letras, que, ao final, é o que sou e terei sido. Meu avô, o pai do meu pai, era general, combatente, e minha Dionísia Estrela, uma moça com ideias soltas que certamente não achavam conforto na disciplina rígida do trabalho do marido. Sua loucura, para mim, foi antes uma manifestação de liberdade. Uma afirmação. Vale dizer que esse meu avô, Joaquim Antônio de Araújo Pessoa, natural de Tavira, no Algarve, alistou-se aos 15 anos nas tropas liberais, depois de ter fugido das perseguições movidas contra a sua família. Ele foi uma interessante figura do liberalismo, era um homem íntegro, que defendeu até o fim da vida os ideais políticos e humanísticos que justificaram suas batalhas; mas era um militar, e não há militarismo sem rigidez. Podemos dizer que a minha avó amava-o até a loucura. Já a Paciência, minha preta Pá, trouxe a África para mim, com todas as suas generosidades. Falava-me sempre de um marisco que dá em Praia, nome da capital da Ilha de Santiago, em Cabo Verde. Eram como pequenos rolinhos compridinhos, um bichinho com tentáculos cuja forma era muito interessante e parecia uns pequeninos falos, um cachinho deles. Chamam-se "percebes". E, segundo Paciência, quando alguém perguntava: "Mas por que esse marisco chama-se percebes?" O que respondia dava um sorriso de malícia, destacava uma perninha do cacho e, a segurar a pequena varinha fálica de carne do mar, disparava: "Percebes?" E rapidamente entendia-se o duplo sentido na pista da vida. Todas as anedotas são tiradas da vida. Não existe nenhuma piada que não tenha inspiração na vida, que esteja fora dela.

Uma vez, a Pá disse-me que na tribo da sua gente cada um tem sua planta; uns são folhagens, outros, a casca dos troncos, outros, a seiva, alguns, a semente. Não importa a especificidade da parte da planta, mas todo o homem tem sua erva de destino. Quando a criança nasce, o curandeiro ou o chefe da tribo, ao fazer-lhe o ritual de boas-vindas ao mundo, revela qual a árvore, o mato, a flor correspondente àquele espírito. Passando a mão na minha cabeça, Paciência dizia, com carinho: "Todo mundo tem sua erva, mô fi! Tu ainda irás encontrar a tua." Ó minha Paciência querida, sei agora, amo a rosa e os lírios, mas a minha erva é o ópio. Ao escrever isso ri-me sozinho de canto de boca. Por que não se ri sozinho à solta, ou seja, a bandeiras despregadas? Será que a gargalhada, ao contrário do pranto, é uma exigência social? Ou pior, um descontrole da timidez, um espasmo, um nervosismo dela? Nada disso, estou errado. É natural sorrir, gargalhar, abrir-se, expandir o diafragma, descompor-se da prisão do bom comportamento. Ninguém ensinou o homem a rir. Não houve na história, com data e hora, o advento do riso. Ri-se por si.

Mais uma vez fiquei tempo demasiado, não sei quanto, sem escrever este diário. Embora tenha escrito versos nesse período, ficar ausente daqui foi como ter estado longe de mim. Já estou a viver numa nova casa. Mudo-me muito, foi assim a vida inteira. Habito zonas nobres e pobres, porém não fui tão príncipe nem claramente vagabundo. Trago o universo a ebulir em mim. *Mas, enfim, também há universo na rua dos Douradores. Também aqui Deus concede que não falte o enigma de viver. E por isso, se são pobres, como a paisagem de carroças e caixotes, os sonhos que consigo extrair de entre as rodas e as tábuas, ainda assim são para mim o que tenho, e o que posso ter. Alhures, sem dúvida, é que os poentes são. Mas até deste quarto andar sobre a cidade se pode pensar no infinito. Um infinito com armazéns embaixo, é certo, mas com estrelas ao fim... É o que me ocorre, neste acabar de tarde, à janela alta, na insatisfação do burguês que não sou e na tristeza do poeta que nunca poderei ser.*

Passam-se os dias. Sou um contador de ilusões. Aliás, eu sou tal qual um "dia". O dia mesmo. Ele que só vive por um dia, pois é. Sou o dia: nunca conhecerei meus pares, um dia sempre morre sem conhecer seus irmãos, uma vez que nunca existem dois dias no mesmo dia. Talvez eu ache quem me compreenda, mas talvez também a essa altura eu já esteja morto e serei como o dia de hoje, que tem um irmão que ainda está por nascer. Parece trágico, mas um terá que morrer para que o outro nasça. Por isso nunca se encontrarão. É bem verdade que estou a exagerar um pouco. Tenho, sim, esses ou aqueles pares. Não gosto de citar, quem cita omite. *Citar é ser injusto. Enumerar é esquecer. Não quero esquecer ninguém de quem não me lembre. Confio ao silêncio a injustiça. Quem são os meus contemporâneos? Só o futuro o poderá dizer. Coexiste comigo muita gente que vive comigo apenas porque dura comigo. Esses são apenas os meus conterrâneos no tempo, e eu não quero ser bairrista em matéria de imortalidade. Que sei eu do presente, salvo que ele é já o futuro?* Devo a alguns pouquíssimos o meu reconhecimento em vida; o estudo que o Gaspar Simões, por exemplo, fez da minha obra merecerá sempre a minha indimensionável gratidão. Também não desprezo o melhor poeta de todos os jovens poetas que tenho conhecido, que é o brilhantíssimo José Régio, para quem, felizmente, meus versos, segundo ele mesmo diz em tribuna e artigos, têm grandessíssima importância. Não o escutam todos, mas o espalha aos quatro ventos o Régio, autor do antológico poema de libertação, o "Cântico negro". O poema que quebra qualquer armadura humana de qualquer alma, e a leva para o Éden de escolher o próprio caminho na Terra. Gostava de ter eu feito aquele poema. O Álvaro poderia tê-lo feito. Mas foi o Régio, estamos em casa. Não fui capaz de inventar um Régio. Meu querido. Amo muito a esse meu amigo, ele me vê. Existo aos seus olhos. E não é o único que me vê. Lembro-me de que o Gaspar Simões fez um sistemático estudo do que leu de mim. Na ocasião eu disse-lhe que *os acasos da vida a que chamo minha, ou a fatalidade superior que dirige todas as aparências dos acasos, têm feito com que, até agora, eu tenha sido uma personalidade objetivamente obscura. Pela primeira vez sinto nitidamente o sol das almas externas à minha, e não sei como agradecer-lhe o dourado matinal desta sensação. O seu estudo é uma voz amiga que me surge contrária às malícias de hesitação e às maldades do caminho, para que eu possa ter alguma confiança na minha existência pessoal como nação independente. O seu estudo comove-me e anima-me. Ele representa a primeira tentativa, para mim inesperadíssima, de me considerar, não como um escritor, mas como uma alma que escreve, de me encontrar na realidade e não na literatura. O seu estudo dá-me como celebridade, um momento pelo menos sonhado de libertação. Porque para mim — confesso sem escrúpulo — só a celebridade (a larga celebridade) seria o sinônimo psíquico de liberdade. A tal ponto me enredei nas fascinações de não ser eu, que me chega a ser difícil falar com o que os outros compreendam que é sinceridade.*

Obrigado, amigo Gaspar. Arre. Não sei mais nada, preciso beber. Ou antes, sair para jantar e, se calhar, antes de jantar já estou, há muito, a beber; e lá se vai a possibilidade de comer hoje para um outro dia qualquer. Abastece-me o álcool. O Jaime disse que eu deveria trocar para "apodrece-me", em vez de "abastece-me". Ó, como sabem ser cruéis os médicos responsáveis! Não sei o que dizer. Apenas peço que me respeitem. Bebo, mas *pertenço à raça dos navegadores e dos criadores de impérios*! E estes também bebiam. Porém, *se falar como sou, não serei entendido, porque não tenho portugueses que me escutem. Não falamos, eu e os que são meus compatriotas, uma linguagem comum. Calo. Falar seria não me compreenderem. Prefiro a incompreensão pelo silêncio. A minha arte é ser eu. Eu sou muitos. Mas, com o ser muitos, sou muitos em fluidez e imprecisão. Muitos creem coisas falsas ou incompletas de mim; e eu, falando com eles, faço tudo por deixá-los continuar nessa crença.* Por isso tudo, repito, e dessa vez o faço a bater com força os pés contra o chão: não é que não publique porque não quero, não publico porque não posso!

Na "Crônica da vida que passa", seção em que publiquei vários artigos, minha língua ferina quase levou-me ao linchamento público. Havia uma recém-inaugurada associação de classe do integralismo lusitano, chamada de Centro Monárquico de Lisboa; e eu, no meu artigo, comparei-os a alguns motoristas de Lisboa que conduzem mal por falta de treino. Foi uma comparação que pretendia atingir o Centro Monárquico e sua corja reacionária mas não aos *chauffeurs* que dirigem bem, evidentemente. Porém, não fui compreendido, minha ironia provocou a ira dos motoristas profissionais e, no dia seguinte à publicação, dezenas deles protestavam em frente ao jornal. E os monárquicos, que foram hostilizados e receberam bem a aguda alfinetada à ponta da esgrima afiada de minha palavra, reagiram por seus meios, que eram meios mafiosos, com fúria para cima de mim. Aqueles senhores eram membros da Carbonária, maior das sociedades secretas portuguesas. Clamam por vingança. E aí, não sei como, o restaurante Irmãos Unidos, onde nós, os do *Orpheu* nos reuníamos, foi cercado por um bando suspeito, de tipos esquisitos. E eu estava lá. Minha sorte é que um garçom, amigo meu, sabendo que os malfeitores estavam à minha procura, apressou-se em correr até a casa de banho onde afortunadamente eu me encontrava, e avisou-me a tempo. Por essa janela dos fundos do mictório, fugi e refugiei-me num esconderijo para lá de inusitado: um galinheiro na praça da Figueira! Foi triste, mas foi engraçado. Trágico e cômico, como cabe à vida. Só faltou-me bater os braços ao lado do corpo, como para preparar o voo e imitar um galo, a fim de que tivesse mais impacto a farsa. Para essas coisas de violência física não me presto, nem nunca tive corpo para levar pancada. Só bato com palavra. No dia seguinte à tentativa de revanche, os diretores do periódico, o Boavida Portugal e o Baramoura Trajoso (parecem nomes inventados, mas é mesmo assim), publicam a seguinte nota em lugar de minha crônica, sob o título "Explicação Necessária": "Devido à falta de compreensão de qual seja uma folha independente, demonstrada nas frases grosseiras do Sr. Fernando Pessoa, ontem por lapso aqui publicadas, deixou este senhor de fazer parte da colaboração d'*O Jornal*." Resultado, fui mesmo demitido em público e sem direito à defesa. Não me entenderam, estava a dizer que a nação, sob o pensamento daqueles senhores, não estava indo em boa direção, só isso. Tratava-se de uma metáfora. Eu era inocente nesse caso.

É verdade que também já fiz muitas asneiras ao dirigir doidamente o carro da palavra. Por isso, até peço que tirem da minha biografia aquela história do folheto "O Interregno", aquilo foi uma espécie de *defesa da ditadura militar em Portugal*, e, por amor de Deus, deve ser desconsiderado. *Deve ser considerado como não existente. Há que rever tudo isso e talvez que repudiar muito.* Ah, mas nem isso domou-me. Quando fui para o Diário de Lisboa, *defender a maçonaria, uma coisa, e uma só, me preocupa: que com* aquele *artigo eu contribua, em qualquer grau, para estorvar os reacionários portugueses em um dos seus maiores e mais justos prazeres — o de dizer asneiras.* Falo assim, mas não se ofendam, nem ralhem comigo, ó portugueses do tempo futuro! Vós não sabeis o que venho passando nas mãos dos portugueses de agora! Mas o fundamento do homem luso é bom, por isso não quero mais sair deste país. Gosto do modo como articulamos essa língua tão rara, tão rica, que, só por causa de nossa coragem, é falada em África e no Brasil. Por isso digo e repito, apesar dos temores da minha mãe, quando fomos viver em Durban, de que eu me perdesse de minha língua para sempre, e me transformasse no português torto que sou, digo e repito: minha pátria é a língua portuguesa! Já caminhei demais, viajei eu também por mares nunca dantes navegados, por isso não me convidem para viajar, nem me chamem novamente para lecionar e ocupar a cátedra de língua e literatura inglesa na Faculdade de Letras em Lisboa, porque não vou. Adoro os autores ingleses, mas foi-me um castigo aprender a cumprir horários rígidos nessa língua, que não é afinal a que corre em meu sangue. A disciplina britânica não faz bem a um espírito como o meu, que não é dado a fardas nem acha a Inglaterra tão chique assim.

A vida é o que fazemos dela. As viagens são os viajantes. O que vemos, não é o que vemos, senão o que somos. Esse é o motivo pelo qual não quero mais viajar, por terra ou mar, para fora do meu Portugal. Eu, o supra-Camões, confio num futuro brilhante dos descobridores do Brasil, de Angola, Moçambique, Cabo Verde e de outros paraísos, o que é, em matéria de descobrimento, a nossa especialidade. Portugal sustentou-se isoladamente até aqui como o único país a falar português em toda a Europa. Muitas outras linguagens da vida essas nossas colônias ainda hão de espalhar pelo mundo. Liberta de nosso império, está lá nossa língua-mãe, renovada na boca dos filhos. Gasto essa história porque é tudo que temos. E sei que será um dia louvor o que hoje for castigo. Creiam-me. Portanto, não me convidem, por exemplo, ao Oriente. *Quem cruzou todos os mares cruzou somente a monotonia de si mesmo. Que me pode dar a China que a minha alma não me tenha já dado? E, se a minha alma não me pode dar, como me dará a China, se é com minha alma que verei a China, se a vir?*

Estou pela rua, agora já vindo do Abel. Daquele jeito. Passam rapidamente os anos. Rapidamente passa a vida e não há nisso novidade. *Não vem com a tarde oportunidade nenhuma.* Quando fiz 38 anos, vi que estava sempre mais próximo de nunca ter realizado coisa alguma na vida, e ainda pensei: Que bom, a realização envelhece-nos. Tudo tem o seu preço; o preço da realização é a perda da juventude. Não me casei e por isso mantive-me livre tanto dos prazeres especiais como dos cuidados próprios dessa espécie de parceria; e o bem e o mal desse estado são igualmente envelhecedores. *Nunca fiz um esforço real atrás de coisa alguma, nem apliquei fortemente a minha atenção exceto a coisas fúteis, desnecessárias e ficcionais. Sinto-me jovem porque tenho vivido desta maneira. Dirá o senhor que não prestei qualquer serviço à humanidade. Mas prestei a muitas pessoas o serviço de não estar no seu caminho. Não competi com as ambições de nenhum homem, nem me pus no caminho da grandeza natural de nenhum tolo.* Ah, *tudo isso é bastante literário, pois sou sempre bastante literário — já que é esta a inclinação certa de um espírito que não tem inclinações. Aqui, neste misérrimo desterro onde nem desterrado estou, habito, fiel, sem que queira, àquele antigo erro pelo qual sou proscrito. O erro de querer ser igual a alguém feliz.* Estou a sentir que passo pela rua no horário em que os maridos voltam do trabalho, entram em suas casas, jantam com os seus filhos. Ao passar aqui fora, ouço todos os sons da cena familiar por dentro. Por um momento sou parte daquilo:

— Papai, um dia você me leva às touradas espanholas? Leva, não leva, papai?

(Silêncio)

— Ó Fernando, onde estás com a cabeça? Sou tua mulher. Não estás a ver-me aqui? Não escutas o que teu filho está a pedir-te?

— Não te deixes incomodar com eles, papai, compre um vestido novo para mim porque sábado haverá baile e o meu vestido, o senhor sabe, eu quero que seja o mais bonito. Estás a ouvir-me, meu papá?

(Silêncio)

— Fernando, não escutas a tua filha? Já é uma rapariga linda, e tu nem percebes?

— Ah, seu Fernando, para aproveitar a oportunidade que o senhor está aqui, eu estava a precisar de um aumento, porque o que eu ganho cá não está a compensar, não. Melhor voltar para Trás-dos-Montes, largar Lisboa para trás.

(Silêncio)

— Fernando, tu estás doido, surdo, em estado de choque ou o quê? A Alvina, nossa empregada, está a esperar a tua resposta, aliás como estamos todos!

Felizmente, minha imaginação foi quem me conduziu àquela mesa portuguesa, onde não bebi a açorda nem gostei do que vi. E foi a mesma imaginação que de lá me tirou, graças a Deus! Que maçada, aquele homem, aqueles filhos, aqueles assuntos, aquela família! Não. Não nasci para marido, definitivamente. A pessoa tem que ter vocação para aquilo. A pessoa do Pessoa não tem. Quem escreveria por mim, enquanto eu estivesse a jantar com aquela tribo vestida? Sigo meus próprios passos no breu da rua. Tudo que me cerca é feito de enormes silêncios. Ora, ora, meu verdadeiro clã é feito de palavras, sou o pai delas. É certo que tenho palavras grandes, desenvolvidas, independentes já, mas ainda há aquelas palavras pequenas, eu tenho palavras de colo ainda, palavrinhas. E, se não sou eu, quem há de garantir-lhes o leite? Vivo entre próclises e mesóclises a fazer bacanais indescritíveis e inconfessáveis. E, como sou português, o cardume de ênclises não sai de minha cama! Agora, casado verdadeiramente sou com uma figura de linguagem: uma Metonímia, uma Hipérbole, uma Metáfora, quem sabe? Também há desconfianças de que andou pela minha casa um tal de Substantivo, sendo que o Adjetivo, este sim não sai de lá. Sou um escravo do Adjetivo. Mas não é nada disso. Não houve nada, são as más línguas. Essa é que é minha gente.

Rua deserta. Excesso de silêncio. Está confirmado, estamos cá sós eu, a rua, o universo e os meus pensamentos. *A noite é muito escura. Numa casa a uma grande distância brilha a luz duma janela. Vejo-a, e sinto-me humano dos pés à cabeça. É curioso que toda a vida do indivíduo que ali mora, e que não sei quem é, atrai-me só por essa luz vista de longe. Sem dúvida que a vida dele é real e ele tem cara, gestos, família e profissão. Mas agora só me importa a luz da janela dele. Apesar de a luz estar ali por ele a ter acendido, a luz é a realidade imediata para mim. Eu nunca passo para além da realidade imediata. Para além da realidade imediata não há nada. Se eu, de onde estou, só vejo aquela luz, em relação à distância onde estou há só aquela luz. O homem e a família dele são reais do lado de lá da janela. Eu estou do lado de cá, a uma grande distância. A luz apagou-se. Que me importa que o homem continue a existir?*

Ainda impressiona-me que a vida seja para mim esse espanto; que a vida me caia bem, pois que dela nada eu desperdiço. Tudo serve como elemento, como alimento para a ficção que deito sobre essa realidade. *Cruz na porta da tabacaria! Quem morreu? O próprio Alves? Desde ontem a cidade mudou. Quem era? Ora, era quem eu via. Todos os dias o via. Ele era o dono da tabacaria, um ponto de referência de quem sou. Mas ao menos a ele alguém o via, ele era fixo, eu, o que vou, se morrer, não falto, e ninguém diria: Desde ontem a cidade mudou.* Tudo o que vejo vai compondo a minha dramaturgia, toda essa gama de atores cujos novelos se tramam às minhas linhas no grande passeio da vida. É estranho o meu amor por esses seres que compõem a cena do que vejo, e todos têm função no meu teatro. Existo anônimo como um pobre camponês numa cidade do interior, que fez uma horta linda e não encontra quem a admire. Pareço um desinteressado da vida, mas tudo ganha importância no extenso palco do meu olhar. *Saudades! Tenho-as até do que me não foi nada, por uma angústia de fuga do tempo e uma doença do mistério da vida. Caras que via habitualmente nas minhas ruas habituais — se deixo de vê-las entristeço; e não me foram nada, a não ser o símbolo de toda a vida. O velho das polainas sujas que cruzava frequentemente comigo às nove e meia da manhã? O cauteleiro coxo que me maçava inutilmente? O velhote redondo e corado do charuto à porta da tabacaria? O dono pálido da tabacaria? O que é feito de todos eles, que, porque os vi e os tornei a ver, foram parte da minha vida? Amanhã também eu me sumirei da rua da Prata, da rua dos Douradores, da rua dos Fanqueiros. Amanhã também eu — a alma que sente e pensa, o universo que sou para mim — sim, amanhã eu também serei o que deixou de passar nestas ruas, o que outros vagamente evocarão com um "o que será dele?". E tudo quanto faço, tudo quanto sinto, tudo quanto vivo, não será mais que um transeunte a menos na cotidianidade de ruas de uma cidade qualquer.*

Não quero saber de nada. *Já disse que não quero nada. Não me venham com conclusões! A única conclusão é morrer.* Apesar do meu amargo espírito de hoje, não está mal o Café Montana; agradável e vazio. Vou lá ter para escrever, para deitar estes pensamentos em meu caderno. Estive a pensar: eu realmente não poderia ter me casado com a Ophelia, nem com a filha da lavadeira. O corpo de uma mulher deixa a dever, falta aos princípios do conceito da beleza grega. *Das três formas, que podemos conceber, da beleza física — a graça, a força e a perfeição —, o corpo feminino tem só a primeira, porque não pode ter a beleza da força sem quebra da sua feminilidade, isto é, sem perda do seu caráter próprio; o corpo masculino pode, sem quebra da sua masculinidade, reunir a graça e a força; a perfeição, só aos corpos dos deuses, se existem, é dado tê-la. Um homem, se se guiar pelo instinto sexual, e não pelo instinto estético, cantará, como poeta, só o corpo feminino. Essa atitude representa uma preocupação exclusivamente moral.*

O instinto sexual, normalmente tendente para o sexo oposto, é o mais rudimentar dos instintos morais. A sexualidade é uma ética animal, a primeira e a mais instintiva das éticas. Como, porém, o esteta canta a beleza sem preocupação ética, segue que a cantará onde mais a encontre. E é natural que cante *de preferência o corpo masculino, por ser o corpo humano que mais elementos de beleza, dos poucos que há, pode acumular.* Pelo menos assim pensavam os gregos e assim também penso eu. Quando escrevi o "Antinous" e o "Epithalamun", uma boa parte da sociedade que os leu, corou. Eram, sim, dois poemas obscenos do ponto de vista moral oficial, mas legitimamente gregos e em especial o "Antinous". Não sei por que eu o fiz em inglês, mas foi muito bom colocar-me no lugar daquele rei, da solidão de um rei, cujo amante foi arrancado dos seus braços pelas garras da morte. O rei, viúvo daquele jovem, derrama-se, numa dor tão funda que de alguma maneira me comoveu escrevê-la, a penetrar naquela caverna pontiaguda de dores, cujas rochas internas, revestidas de lâminas finas de pedras cortantes, marcaram a alma do dono de um reino que, ao perder o seu amor, perdia também ele a beleza, a força, o poder e a realeza.

A verdade é que eu não me poderia ter casado com Ophelia nem com ninguém. Todos os poetas que criei são bons poetas, modéstia à parte, mas nenhum deles é especialista em amor, essa foi a falha da minha dramaturgia; eu poderia ter disfarçado melhor e casado alguns deles. Ao menos os principais. Mas é assim, escrevemos o que somos. Foi assim com Shakespeare, e tudo que sai da pena de um homem é autobiográfico. A inglesa de Álvaro, minha Mary, a Lidia de Ricardo, e a misteriosa amada de Caeiro, nosso pastor amoroso, nada disso deu em nada. Nenhum de nós amou, nenhum de nós foi realmente amado. Não falei de Bernardo, mas nem precisa. Somos um homem só. Nessa hora, ninguém me entende, e o Sá-Carneiro ainda me fez a "gentileza" de morrer! Suicídio. Ora, ora, ou seja, morreu de propósito. É preciso ter disposição. E o meu cúmplice deixou-me aqui sozinho neste mundo cão. Quero então o endereço da minha matilha;

onde se reúne? Acabo de fumar dois cigarros do melhor ópio de que já se ouviu falar nos últimos tempos, no mercado livre e clandestino desta minha Lisboa, que, posso dizer, conheço bem. É aí que as saudades de Sá me apertam o peito. Nossas discussões, nossa intensa correspondência, que seguiam do apartado dos correios de Lisboa até Paris, a Barcelona, a outras províncias de Portugal. Cartas: foi esse o modo escolhido pela nova literatura portuguesa que de nós brotou, meu doce e carente irmão! Fumo agora por nós dois, continuarei fumando toda a vida e até depois. Por isso, por faltar-me agora quem já não existe, saúdo e rezo a Walt Whitman. *De aqui, de Portugal, saúdo-te, Walt, saúdo-te, meu irmão em Universo, eu, de monóculo e casaco exageradamente cintado, não sou indigno de ti, bem o sabes. Sou dos teus, tu bem o sabes, e compreendo-te e amo-te, e embora te não conhecesse, nascido pelo ano em que morrias, sei que me amaste também, que me conheceste, e estou contente. Sei que me explicaste e conforme tu sentiste tudo, sinto tudo, e cá estamos de mãos dadas, dançando o universo na alma. Ó, sempre moderno e eterno, cantor dos concretos absolutos, concubina fogosa do universo disperso, grande pederasta roçando-te contra a diversidade das coisas, sexualizado pelas pedras, pelas árvores, pelas pessoas, pelas profissões. Cantor da fraternidade feroz e terna com tudo, grande democrata epidérmico, contíguo a tudo em corpo e alma, Carnaval de todas as ações, bacanal de todos os propósitos, irmão gêmeo de todos os arrancos, rameira de todos os sistemas solares... Quantas vezes eu beijo o teu retrato! Lá onde estás agora (não sei onde é mas é Deus) sentes isto, sei que o sentes, e os meus beijos são mais quentes (em gente). E tu assim é o que queres, meu velho, e agradeces de lá, sei-o bem; qualquer coisa me diz, um agrado no meu espírito, uma ereção abstrata e indireta no fundo da minha alma. Meu velho Walt, meu grande camarada, evoé, pertenço à tua orgia báquica de sensações em liberdade, sou dos teus, desde a sensação dos meus pés até à náusea em meus sonhos. Nunca posso ler os teus versos a fio... Há ali sentir demais... Atravesso os teus versos como a uma multidão aos encontrões a mim, e cheira-me a suor, a óleos, a atividade humana e mecânica. Nos teus versos, a certa altura não sei se leio ou se vivo, não sei se o meu lugar real é no mundo ou nos teus versos, não sei se estou aqui, de pé sobre a terra natural, ou de cabeça pra baixo, pendurado numa espécie de estabelecimento, no teto natural da tua inspiração de tropel, no centro do teto da tua identidade inacessível. Abram-me todas as portas! Por força que hei de passar! Minha senha? Walt Whitman! Mas não dou senha nenhuma... Passo sem explicações... se for preciso meto dentro as portas... Sim — eu, franzino e civilizado, meto dentro as portas, porque neste momento não sou franzino nem civilizado, sou EU, um universo pensante de carne e osso, querendo passar, e que há de passar por força, porque quando quero passar sou Deus! Tirem esse lixo da minha frente! Metam-me em gavetas essas emoções! Daqui pra fora, políticos, literatos, comerciantes pacatos, polícia, meretrizes,* souteneurs, *tudo isso é a letra que mata, não o espírito que dá a vida. O espírito que dá a vida neste momento sou EU! Que nenhum filho da... se me atravesse no caminho! O meu caminho é pelo infinito fora até chegar ao fim! Se sou capaz de chegar ao fim ou não, não é contigo,* é *comigo, com Deus, com o sentido — eu da palavra Infinito... Pra frente! Meto esporas! Sinto as esporas, sou o próprio cavalo em que monto, porque eu, por minha vontade de me consubstanciar com Deus, posso ser tudo, ou posso ser nada, ou qualquer coisa, conforme me der na gana... Ninguém tem nada com isso... Loucura furiosa! Vontade de ganir, de saltar. Salta comigo, Walt, neste batuque que esbarra com os astros, cai comigo sem forças no chão, esbarra comigo tonto nas paredes, parte-te e esfrangalha-te comigo em tudo, por tudo, à roda de tudo, sem tudo.*

Ah, alívio mágico imediato que sinto depois de entregar-me a esse transe que só um Álvaro de Campos legítimo sabe promover! Se não fosse esse engenheiro descontrolado talvez eu não estivesse mais aqui. Teria morrido já, explodido por dentro. Como escrevo agora no Montana, julgo que alguém possa estar a observar-me. É, este ópio é realmente de excelente qualidade. Penso essas coisas todas, escrevo-me e entro, por essa via, em um portal. A coisa é tamanha que não sei se nesses momentos chego a falar, a balbuciar alguma coisa em voz alta. E se alguém está a observar-me? "Olha lá aquele maluco a falar com suas vozes." Se ao menos eu me esvaziasse mais um pouco. Estou cheio de livros no peito e mais os que estão no baú que organizo. Estão todos a uivar pela rua como se a rua fosse a lua daquela matilha de poemas inéditos. Não publico, confesso, mas a tudo quero publicar. Cartas, artigos, poemas. Bernardo Soares, que é quem cuida e assina o *Livro do desassossego*, vem avançando especialmente sobre a minha prosa. Nos textos que a ele pertencem, marco "L.D.". Distingo tudo com iniciais. Ou melhor, cada um deles de mim deixa a sua marca num papel no qual se deixou imprimir. O Bernardo é um ajudante de guarda-livros que usa esse *Desassossego* como um depósito de ideias que só se apresentam viçosas porque criadas na sombra da solidão de um homem vivente entre livros na grande estante do mundo. Eu também sou um ajudante de guarda-livros de mim. Talvez neste livro que agora escrevo, eu marcasse "L.E.", e o chamasse *Livro dos enganos*. Mas parecer-me-ia ter deixado o testamento de um feixe de ilusões, e talvez eu não me tenha equivocado tanto. Como não estarei aqui para saber, prefiro que as páginas deste livro que componho agora, se um dia publicado, tenham seu título dado com o nome de uma criança, o Cavaleiro de Nada, quando a minha vida de poeta começou.

Ao menos eu tenho a coragem de sonhar. *Sonhar repugna aos que agem, porém os que agem são os que erram. Não há errar no não agir. Os edifícios por fazer não acabam em ruínas.* E se disserem-me que essa mania que tenho de dizer que não faço nada é um sintoma, uma repetição monocórdica de um doido? Uma mania de um doente das ideias que não difere nada daquele que vive dizendo que é Cristo ou Napoleão? E se o futuro provar, pelo esquecimento, que eu fui um doido, que o Fernando Pessoa não passou de um maluco a escrever coisas sem sentido nas paredes dos mictórios do mundo? É o que pareço: digo que não faço nada e não paro de escrever! Então sou um escritor, é isso?

Portanto, tudo que chamo ócio em mim foi o trabalho da minha vida inteira? Então, bêbado ou sob a densa névoa do fumo do ópio, estou e estive sempre a trabalhar. Além do mais, *uma obra-prima não passa de ser uma obra qualquer e portanto uma obra qualquer é uma obra-prima. Se este raciocínio é falso não é falsa a vontade que eu tenho de que ele seja de fato verdadeiro. E para os usos do meu pensar isso me basta.* Volto para casa, sob o luar de Lisboa, querendo hoje, só hoje, um delicioso, um amoroso, um quente e forte abraço. E que não me dissessem: "Mas, ó, Fernando, estás a cheirar a puro cigarro, pareces um cinzeiro! Hum... andaste outra vez a beber? Já comeste hoje?" Pois queria e não queria tudo isso. *Uma vez amei, julguei que me amariam, mas não fui amado. Não fui amado pela única grande razão — porque não tinha que ser. Consolei-me voltando ao sol e à chuva, e sentando-me outra vez à porta de casa. Os campos, afinal, não são tão verdes para os que são amados como para os que o não são. Sentir é estar distraído.*

À casa outra vez. Lá fora tudo reluz. É noite linda e alta, tão bonita que parece ficção, parece inventada, uma noite de literatura. Jamais irei andar debaixo do céu sem sentir sua influência, há sempre um astro a emitir seus raios invisíveis sobre a cabeça humana. A minha parece ter um tampão receptor que deixa o trânsito livre entre o céu e a terra, como uma cabeça aberta, não só a mente. A noite serve de pano de fundo para o espetáculo da linda esfera que prateia toda a cena. *Lento, no luar lá fora da noite lenta, o vento agita coisas que fazem sombra a mexer. Não é talvez senão a roupa que deixaram estendida no andar mais alto, mas a sombra, em si, não conhece camisas e flutua impalpável num acordo mudo com tudo. Deixei abertas as portas da janela, para despertar cedo, mas até agora, e a noite é já tão velha que nada se ouve, não pude deixar-me ao sono nem estar desperto bem. Um luar está para além das sombras do meu quarto, mas não passa pela janela. Existe, como um dia de prata oca, e os telhados do prédio fronteiro, que vejo da cama, são líquidos de brancura enegrecida. Como parabéns do alto a quem não ouve, há uma paz triste na luz dura da lua. E sem ver, sem pensar, olhos fechados já sobre o sono ausente, medito com que palavras verdadeiras se poderá descrever um luar. Os antigos diriam que o luar é branco, ou que é de prata. Mas a brancura falsa do luar é de muitas cores. Se me erguesse da cama, e visse por trás dos vidros frios, sei bem que, no alto ar isolado, o luar é de branco cinzento azulado de amarelo esbatido; que, sobre os telhados vários, em desequilíbrios de negrume de uns para outros, ora doura de branco preto os prédios submissos, ora alaga de uma cor sem cor o encarnado castanho das telhas altas. Ao fundo do horizonte será quase de azul-escuro, diferente do azul negro do céu ao fundo. Nas janelas onde bate, é de amarelo negro. Daqui, da cama, se abro os olhos que têm o sono que não tenho, é um ar de neve tornada cor onde boiam filamentos de madrepérola morna. E, se o sinto com o que sinto, é um tédio tornado sombra branca, escurecendo como se olhos se fechassem sobre essa indistinta brancura.* Devo dormir. Preciso dormir. Há aí alguém que me mande à cama, que me conduza antes à casa de banhos para que eu me esvazie e não molhe a cama durante a noite? Não gosto de falar disso, mas eu sei que fantasmas não autorizados a entrar no meu quarto visitam-me enquanto durmo. Os meus mortos então, é indescritível o sentimento de presença que tenho deles à roda do meu sono. O que querem, comunicação entre obscuros mundos? Pois acabou. Fechei a banca. Desceram-se-me as cortinas da tenda, não jogo mais tarô, não faço horóscopos, não psicografo mensagens de quem não está mais por aqui. Estou farto de mediunidades. Estou farto de ser eu mesmo. E estou farto de fingir. Sou um cigano mentiroso, um embuste. Ah, dormir, dormir. A última garrafa vazia olha-me do canto junto a outras vazias também. Estou descuidado com os meus vícios. Deveria haver reservas, estoque. No meu caso, é remédio. Estou sem dinheiro. Não quero pedir ajuda a ninguém. É extremamente desagradável pedir dinheiro. Meu orgulho é traiçoeiro. Põe-me roto, mas não pedinte. Meu orgulho transforma toda a minha decadência num romance de Dostoiévski em vida. A poesia sintetiza as minhas dores e a minha inteligência vai sistematizando as doenças, extraindo tratados da subjetividade múltipla de um cérebro enfermo. Todo esse esforço será chamado loucura. Merda. Talvez eu seja mesmo um enfermo de uma doença psicossomática chamada depressão. Reparem bem, não é episódica a minha dor. Não. É a ela que volto sempre. É pano de fundo, é o chão, assoalho onde plantei espantos, é sempre para a dor que eu volto, para os braços dela. Amante indesejada espera-me na cama. Medusa tenebrosa que ergue com a mão direita a taça e o líquido que tem dentro é pranto meu. Excesso de lágrima minha que faz espuma na superfície da taça de cristal da Dor. Não vês? Sou um doente de uma enfermidade muito grave, um mal que atingiu a Shakespeare e atingiu a mim, e há de invadir os próximos séculos como uma peste. Diagnosticado e sem tratamento, é isso que eu sou. Moribundo da alma às portas dos hospitais públicos em greve para mim. Há os que, modernos da psicanálise, afirmam que escrever organiza, detém o delírio. Ata-nos ao chão e talvez seja por isso que realizo obsessivamente este diário dos meus dias. Alto lá: mas se escrever fosse remédio eu já estava bom, estava curado, e a esta hora seria como os meus desiguais, e o meu ronco se ouviria da vizinhança e eu acordaria satisfeito ao olhar para o uniforme da fábrica pendurado ao cabide a me olhar satisfeito. Quero descansar. Para, cabeça, para, para antes que eu te bata contra o muro da loucura completa, sem volta, sem saber nome nem telefone, sem ter endereço conhecido eu deixo-te. Para, cabeça, que não seguro mais a corda, e te solto de vez para o infinito. *Não durmo, nem espero dormir. Nem na morte espero dormir. Espera-me uma insônia da largura dos astros, e um bocejo inútil do comprimento do mundo. Não durmo; não posso ler quando acordo de noite, não posso escrever quando acordo de noite, não posso pensar quando acordo de noite — meu Deus, nem posso sonhar quando acordo de noite! Ah, o ópio de ser outra pessoa qualquer! Não durmo, jazo, cadáver acordado, sentindo, e o meu sentimento é um pensamento vazio. Passam por mim, transtornadas, coisas que não são nada — todas aquelas de que me arrependo e me culpo; passam por mim, transtornadas, coisas que não são nada — todas aquelas de que me arrependo e me culpo; passam por mim, transtornadas, coisas que não são nada, e até dessas me arrependo, me culpo, e não durmo. Não tenho força para ter energia para acender um cigarro. Fito a parede fronteira do quarto como se fosse o universo...* "Vá dormir, já para a cama, ó Fernando, meu neto, deixe de inventar problemas onde não há! Assim, não tenho paz na eternidade, contigo metido nesses pensamentos peçonhentos, que para a insônia são vitaminas. Pois pare de fortalecê-la imediatamente, eu ordeno-te." Assinado: Avó Dionísia. Obedeci.

Amanhece uma cidade de ares limpos. Parece que nos banhamos à noite: eu do bom sono que tive, como há muito não desfruto, e a manhã lisboeta com sua graça de menina em botão, por ser manhã e novíssima. Estamos eu e ela limpos de nossas transparências matinais. Em mim uma novidade, nela uma redundância. Pensando bem, se depender da lógica do Noronha, as coisas não vão tão mal comigo. É sempre a mesma merda, mas cada dia seu perfume é diferente e cada um deixa aqui sua história no mais minúsculo dos atos. Quem é Noronha? Li uma vez num jornal americano que um explorador casual, que por ousadia se aventurou por uma garganta intransitável das Montanhas Allegheny, ficou surpreendido com o aparecimento *numa parte lisa de um rochedo escuro, de umas breves palavras gravadas.* Era impossível que alguém lá antes estivesse estado. *O viajante era de raça inglesa, e, como tal, não falava outra língua senão a sua. Desconheceu por isso a língua em que a inscrição estava feita. Copiou-a porém, esperando sem dúvida ter descoberto o indício de qualquer povo primitivo, misterioso e estranho. Porém quando, regressado à planície e à povoação, mostrou a inscrição que copiara, alguém houve que a lesse logo. A inscrição, afinal, era em português; era simples: ESTEVE AQUI O NORONHA. O Noronha não seguiu a rotina, porque a rotina não conduzia a paragens desconhecidas. O Noronha não buscou celebridade, porque então teria deixado ao menos o nome próprio também, para sabermos qual dos numerosos Noronhas é que tinha passado por ali. O Noronha é o exemplo supremo da iniciativa, que tem por prêmio só a mesma iniciativa.* Aquela frase simples que o inglês não pôde traduzir dizia, na verdade, *aqui esteve o inédito, o Noronha.* Por isso, cuida-te. Ama o que fazes e faça-o com tudo o que tens. *Qualquer que seja o teu trabalho, põe individualidade nele, esforça-te por lhe pores qualquer coisa de único, de diferente, de teu. Há aventuras até no fazer embrulhos. Há campo para criação até na redação de faturas. Lembra-te do Noronha. Ninguém podia passar pelas gargantas das Allegheny. Foi lá ter o Noronha. Eras capaz de ir lá ter? Sê ao menos capaz de ir ter a um novo modo de redigir cartas, de dobrar circulares, de colar selos. Sê todo em cada coisa. Põe quanto és no mínimo que fazes. Assim em cada lago a lua toda brilha, porque alta vive. Sê original em qualquer coisa. Vive. Sê gente... Não te deixes ser igual aos outros como se tivesse nascido carneiro. Não faças isso para brilhar. O Noronha não quis brilhar, pois nem sequer disse bem quem era. Faz isso para te sentires homem. Ele deixou o bilhete da visita e é de supor, retornou, se não morreu lá. Mas, seja como for, fez aquilo só porque ninguém o tinha feito. Tanto basta para justificar uma vida. Tudo é encontrar qualquer coisa. Mesmo perder é achar o estado de ter essa coisa perdida. Nada se perde, só se encontra qualquer coisa. Sentir é buscar.*

Sol alto sobre a Cidade Baixa. Há um brilho translúcido sobre o verde dos arbustos. É variada a vegetação dos campos, das cidades. É variada a vegetação da vida. Escrevi ontem um poema muito bem rimado, mas foi sem querer. *Não me importo com as rimas. Raras vezes há duas árvores iguais, uma ao lado da outra. Penso e escrevo como as flores têm cor, mas com menos perfeição no meu modo de exprimir-me porque me falta a simplicidade divina de ser todo só o meu exterior. Olho e comovo-me, comovo-me como a água corre quando o chão é inclinado, e a minha poesia é natural como o levantar-se vento... Ouço passar o vento, e acho que só para ouvir passar o vento vale a pena ter nascido. Eu não sei o que é que os outros pensarão lendo isto; mas acho que isto deve estar bem porque o penso sem estorvo, nem ideia de outras pessoas a ouvir-me pensar; porque o penso sem pensamentos, porque o digo como as minhas palavras o dizem. Eu nem sequer sou poeta: vejo. Se o que escrevo tem valor, não sou eu que o tenho: o valor está ali, nos meus versos.*

Dia importante. Fui ao Manasés, despertei cedo. Barbeado, resolvi, nesta data, tirar definitivamente o circunflexo do meu nome. A pessoa na pessoa de Fernando Pessoa declina desse inútil circunflexo, devido a cálculos numerológicos feitos na semana passada por este escritor astrólogo, que está seguro da importância dessa decisão. E agora, sim, sem o circunflexo as coisas se desenvolverão numa velocidade impressionante, creio eu. Além do mais, geminiano, entregue à fúria subjetiva de Mercúrio, sinto a planetada arder-me no cérebro e a fazer-me cumprir freneticamente páginas manuscritas, datilografadas, psicografadas desse extenso depoimento do que foi minha vida. *Que grande vantagem trazer a alma virada do avesso! Ao menos escrevem-se versos. Escrevem-se versos, passa-se por doido, e depois por gênio, se calhar, se calhar, ou até sem calhar, maravilha das celebridades!*

O que ocorre é que a mim não me importa se é hoje domingo ou segunda. Escrevo. A vida voltou-se por sobre mim como uma onda à praia, e misturou-nos, areia e mar, a vaticinar: Tudo é escritório. Todos os cenários de tua história serão uma escrivaninha, uma secretária onde tu hás de apoiar-te para escrever. Isto está apontado no caderno de águas da minha vida. E este caderno ambulante está apoiado nas mesas do Café do Martinho, da Brasileira, dos Irmãos Unidos, do Montana, do escritório do Mayer e do Lavado. Não importa se à beira do Tejo, nos conveses, nas cabines, no cais, em casa, ao caminhar na rua, na minha cama, nos comboios, tanto faz; para mim tudo é onde deitar os meus versos, minha prosa, tanto faz também. Prosa e verso... Onde começa um é onde o outro acaba? *São três os elementos essenciais da poesia: Sentimento, Cor e Forma. O sentimento poético, e, em certo grau, a cor poética podem ser usados na prosa.* O que escrevo são cartas, cartas e mais cartas que, ao final, é o que todo verso é: mensagem desesperada enviada a algum escaninho do mundo onde houver um lugar para mim. Eu mesmo me acho um tipo difícil de se definir. O que sei é que *conviver com os outros é uma tortura para mim. E eu tenho os outros em mim. Mesmo longe deles sou forçado ao seu convívio. Sozinho, multidões me cercam. Não tenho para onde fugir, a não ser que fuja de mim.* Por isso escrevo, trago uma cidade inteira dentro. Vou dando estradas às minhas vozes interiores e cada uma delas há de acabar por compor o meu drama em gente. *Tenho a alma num estado de rapidez ideativa tão intenso que preciso fazer da minha atenção um caderno de apontamentos, e, ainda assim, tantas são as folhas que tenho a encher, que algumas se perdem, por elas serem tantas, e outras se não podem ler depois, por com muita pressa escritas. As ideias que perco causam-me uma tortura imensa, sobrevivem-se nessa tortura, escuramente outras. A minha pobre cabeça tem sido a rua do Arsenal em matéria de movimento. Versos ingleses, portugueses, raciocínios, temas, projetos, fragmentos de coisas que não sei o que são, cartas que não sei como começam ou acabam, relâmpagos de críticas, murmúrios de metafísicas... Toda uma literatura que vai da bruma — para a bruma — pela bruma.*

Sei eu o quanto deixo de dizer? Tenho consciência do que deixei de falar? Piedade de mim, sou um menino portuguesinho educado à inglesa, que nunca mais achou o endereço de casa. A casa agora era portuguesa, mas o dia que começara bem não terminou como eu esperava. Deixei as janelas abertas e centenas de papéis separados por autores e temas sobre a cama. Do lado direito, perto do travesseiro, estavam os poemas que compõem os "Indícios de Ouro" e outros escritos do Sá, uma vez que sou eu o herdeiro de seu livro *Dispersão*, e que fora incumbido de publicá-lo na obra completa, conforme ele merecia e desejava. Não é difícil de adivinhar. O vento tratou como portas as janelas e, vendo-se na oportunidade de fazer-me de bobo da corte, diante de minha pretensa síndrome de organização, não hesitou em promover uma bagunça de vendaval entre os papéis. O alvoroço foi tanto que até no chão da casa de banhos havia alguns. Sobre a pia, outros misturados aos que voaram de cima da secretária. A festa do vento fora completa, parecia uma tarefa meticulosamente executada por vândalos. A peripécia me custará, senhor Vento, o irreparável dano de mais dois dias, no mínimo, a outra vez fazer o que eu já havia feito! Vento, sou teu admirador, não de ti merecia essa peraltice inconsequente. Revolto-me. Gostava de ser acometido por uma crise em que me seja dado um tipo de ataque que não se intimide em fazer-me comer todos esses papéis por arrumar. Mas não posso. Não há também um amor, um espaço para que me cuidem e me tratem por amor. Merda, estou só entre os papéis, abandonado pelos astros e mais todos os oráculos. Quem me espera no próximo capítulo? Quem misterioso continuará tal enredo? Minhas cartas estão repetitivas, sua leitura resulta fora de contexto. Arde a lua sobre minha cabeça mesmo dentro de casa. Pelas mesmas janelas, quase a sentir falta do circunflexo no "o" do meu Pessoa, como se sente a falta de um chapéu no sol a pino, olho para cima e amaldiçoo os céus. Amaldiçoo-os incluindo-me, comigo dentro! Gritei ao firmamento, com raiva e chorando por dentro: *Cortei relações com o sol e as estrelas, pus ponto no mundo. Levei a mochila das coisas que sei para o lado e pro fundo. Fiz a viagem, comprei o inútil, achei o incerto, e o meu coração é o mesmo que foi, um céu e um deserto. Falhei no que fui, falhei no que quis, falhei no que soube. Não tenho já alma que a luz me desperte ou a treva me roube, não sou senão náusea, não sou senão cisma, não sou senão ânsia. Sou uma coisa que fica a uma grande distância, e vou, só porque o meu ser é cômodo e profundo, colado como um escarro a uma das rodas do mundo!*

Décimo terceiro capítulo

O amor no livro-razão

DIÁRIO

N.º

N.º

Fazedor da minha vida, não me deixes! Entende a minha canção! Tem pena do meu murmúrio, reúne-me em tua mão! Que eu sou gota de mercúrio dividida desmanchada pelo chão...

Cecília Meireles

Solidão. É domingo. Escrevo hoje em honra aos domingos nos quais não estarei. Quando se vai morrer, nem se pensa que se está prestes a perder o lugar no comboio do presente. Nosso "quando" registra-se ao que deixamos e vivemos. Para os que ficam com a notícia de nossa partida, mais que triste, penso que deva ser chocante a nova circunstância de, imediatamente, ter-se de conjugar os verbos dos que amamos com as inflexões do passado; porque ao fim, depois do fim, é que hão de vir novas terminações. Morre-se novamente a cada vez que se diz "ele foi", "ele era", "ele morava", "ele vivia", "ele gostava". Reitera-se que a pessoa ali já não habita no tempo nem no espaço; não há mais, portanto, lugar para ela no presente. É o que partiu. Só ficará, só perdurará aquele cuja palavra ainda tiver validade. Aquele cujo verbo falar a partir do tempo do morto, mas com olhos claros para o que veio a existir depois da sua morte. Falo de quem tiver olhos leitores do novo tempo antes desse tempo vir, como se o adivinhasse. Esse, cuja palavra ainda soe depois do seu desaparecimento, é o que continuará a ser conjugado no presente. Sua palavra o libertará do ter morrido e dele dir-se-á, em navegações do modo indicativo presente: Shakespeare diz, Rousseau pensa, Nietzsche afirma, como atesta Milton. E quando digo que a palavra de um homem fica, digo também que essa palavra pode ser, inclusive, de outras letras. Pode ser pintura, escultura, estrutura naval, remédio, música, cinema e ciência. Tudo que se entenda como obra, tudo que sirva e vibre como utilidade e serventia para o mundo e para além de seu tempo é palavra que ficou e garante a imortalidade do seu autor. Ó, Eternidade, teu nome é Palavra! Arre, que estou vivo e que o sino da minha aldeia chama os viventes. Marca as horas dos que persistem. O badalar é escutado por todos e no meu coração faz alarde. Arre, pois ninguém me espera nem de mim tem saudades! Isso é o que geme o coração do tempo presente desse homem que ainda não conheceu o amor nem nunca o conhecerá, pelo visto.

Escrevo num domingo, manhã alta, num dia amplo de luz suave, em que, por sobre o telhado da cidade interrompida, o azul do céu sempre inédito fecha no esquecimento a existência misteriosa de astros. É domingo em mim também. Também meu coração vai a uma igreja que não sabe onde é, e vai vestido de um traje de veludo infante, com a cara corada das primeiras impressões a sorrir sem olhos tristes por cima do colarinho muito grande. Não sei o que fazer, e eu estou cá a produzir minha profusão verbal, no ambiente amplo de minha habitadíssima solidão. Todos os dias tenho escrito. Preparo a minha obra, catalogo tudo o que guardo na Arca, a fim de cumprir as ordens do meu Mário, que sempre achava que todos deveriam conhecer-me logo e sempre como poeta, e não como crítico somente. Minha Arca que guardo no fundo do mar da minha vida está repleta. Qual um louco escrevente, aponto a vida, anoto Lisboa, pensamentos, medos, loucuras, obscenidades, tudo vai para o mesmo cofre de belezas e horrores da alma humana. Quem a julgará?

Há dias como hoje em que tudo muda a meio dele, e a minha cabeça, que está sempre a sofrer e a desolar-se, surpreendentemente, atinge os píncaros de um Alberto Caeiro quando esse compreende o tempo exato das coisas, quando esse mestre sabe e ensina que cada coisa tem o momento de ser, de existir. Cada coisa tem um momento de existir. Por exemplo, esperou-se o regresso de Dom Sebastião para um dos dias entre 1878 e 1888 e o homem não veio. *Ora, neste último ano (1888) deu-se em Portugal o maior acontecimento da sua vida nacional desde as descobertas; contudo, pela própria natureza do acontecimento, ele passou e tinha de passar inteiramente despercebido.* E esse dia foi o dia 13 de junho. Cá estou desde então a desvendar os mistérios de toda a humanidade que me habita, e a escrever isto. Estou me lixando para a minha inabilidade em ganhar dinheiro; importa, sim, aprumar-me sobre meus pés para seguir até o próximo presente e anotá-lo. Por isso, ordeno-me: *Organiza tua vida como uma obra literária, pondo nela tanta unidade quanto seja possível.* Concentra, cabeça doida, concentra!

Não namoro com ninguém, ó renitente solidão! *Sinto frio na alma; não sei com que me agasalhar. Para o frio da alma não há manta nem capa. Quem o sente não se esquece.* Estive sempre só. Vejo-me a ir aos escritórios, entregue às traduções de transações de negócios, às contabilidades traduzidas, às importantíssimas cartas comerciais. Depois de lá os amigos, os cafés, os poemas escritos nesses cafés, depois a família, as cartas aos afetos que moram longe, as visitas, os estudos filosóficos, minhas leituras obrigatórias, os escritos mediúnicos, a astrologia, incluindo os mapas de pessoas, de lugares, de heterônimos e empreendimentos, mais as horas de ócio e recordação e mais o tempo de inércia em que componho textos em pensamentos, mais a preparação da grande obra, sem citar as revistas, artigos, colaborações em jornais, sem mencionar estas memórias que escrevo agora. Agora diz-me tu, meu leitor imaginário, que tempo, onde haveria eu de o arranjar para dedicar-me a namoros? Ophelia mesmo não suportou a disputa e tampouco suportara os coices desferidos por Álvaro em sua direção. E nunca se sabia quando esse poderia aparecer e intrometer-se onde não fora chamado. Não posso amar ninguém. Não tenho inclinação para ser igual aos outros. *Felizes aqueles para quem o Mistério se resume em Padre, Filho e Espírito Santo. Deles é a felicidade. São aqueles entes para quem o Espaço é a distância entre a sua casa e o escritório ou repartição, tempo o que leva a jantar e matéria o que borbulhas deitam quando espremidas. Estupidez o teu nome é Felicidade. A felicidade consiste numa adaptação razoavelmente exata à monotonia da vida do burguês que vive em regularidade cotidiana, e da mulher dele que se entretém no arranjo da casa e se distrai nas minúcias de cuidar dos filhos e fala dos vizinhos. Isto é que é a felicidade. Parece, a princípio, que as coisas novas é que devem dar prazer ao espírito; mas as coisas novas são poucas e cada uma delas é nova só uma vez. Depois, a sensibilidade é limitada, e não vibra indefinidamente.* Estou tonto. É muitas vezes em minha alma que ocorre o soco do *sentir tudo de todas as maneiras.* É aqui dentro o meu inferno. Tenho cá no interior de mim o palco do Coliseu e não é raro a cena em que estamos todos nela, eu e todos os meus eus. No entanto, acalma-me saber que deve ser assim mesmo: *para o homem superior não há outros. Ele é o outro de si próprio. Se quer imitar alguém, é a si próprio que procura imitar. Se quer contradizer alguém, é a si mesmo que busca contradizer. Procura ferir-se, a si próprio, no que de mais íntimo tem... Faz partidas às suas próprias opiniões, tem longas conversas cheias de desprezo com as sensações que sente. Todo o homem que há sou Eu. Toda a sociedade está dentro de mim.* Todavia, ignorantes disso, há os que me querem para outros fins.

Jamais esquecerei a tarde em que conheci Ophelia. No meu olhar, que considera a dramaturgia da vida, Ophelia pareceu-me realmente saída de uma ficção. Ela chegara ao escritório do Mário de Freitas, o meu primo, para quem a essa altura eu não trabalhava, mas colaborava esporadicamente, a meio de uma negociação estrangeira, a convencer em bom inglês. E se calhar em bom francês, conforme a necessidade do freguês. Mário aqui não está, e eu, à espera dele, pela narrativa do destino, cá estou aparentemente em seu lugar. A princípio, tomou-me por ele a bonita e estranha morena; jovem, magra e de um mistério muito aplicável ao tipo de névoa que esses personagens trazem consigo. Expliquei-lhe que eu era o Fernando e não o Mário. Mas, não sem antes lhe escutar os anseios: que a família não queria que ela trabalhasse, que nesses recintos não havia mulheres, que para a família o ambiente de um escritório não era lugar onde a presença feminina pudesse elevar-se em virtudes. Ouvi-a atento, os olhos de um escuríssimo castanho, que se fecha em preto ao final, para olhares observadores mais apressados. Não os meus, que se detêm na gala daquela mulher simples, e, ao mesmo tempo, se não andava a assemelhar-se a uma verdadeira princesa, estava ao menos a rondar as boas maneiras de um palácio. Levantei-me para pegar um café. Um café brasileiro, eu disse, querendo exibir nosso orgulho português. E era o que eu era. Herdeiro do Dom Manoel, herdeiro de Dom Sebastião, e ainda de Dom João, pai de Dom Pedro, o infante que foi dono do Brasil. No entanto, ao virar-me outra vez — para o ângulo esquerdo dela — para entregar-lhe a xícara, achei a moça muito esquisita. Não era a mesma beleza que eu via do lado de lá. De repente, perguntei-lhe outra vez, ou talvez ainda ela não me tivesse dito, o seu nome, a sua graça. Ai de mim, porque, quando ela disse "Ophelia", de minha boca, sem que eu pensasse, ou quisesse, ou soubesse, saíram-me falas de Hamlet, a peça:

Hamlet: Mas, silêncio! Aí vem vindo a bela Ophelia. És honesta?

Ophelia: Como assim, príncipe?

Hamlet: És bela?

Ophelia: Que quer dizer a Vossa Alteza com isso?

Hamlet: É que se fores, a um tempo, honesta e bela, não deves admitir intimidade entre a tua honestidade e a tua beleza.

Ophelia: Mas, príncipe, poderá haver melhor companhia para a beleza do que a honestidade?

Hamlet: Ó querida Ophelia! Meço mal os meus versos; Careço de arte para medir os meus suspiros, mas amo-te ao extremo, acredita!

É isso mesmo que os senhores estão a ver. Ela respondia o texto certo do príncipe Hamlet, pois havia também decorado a mesma cena. Certa. Tinha-as decorado e até aquele momento não lhes havia visto função e era esta a sua oportunidade. De súbito, estamos nós num dos quartos do grande castelo inglês, e não no escritório Félix, Valladas e Freitas, Ltda., situado à rua da Assunção 42-2. De repente, a rapariga de 19 anos, que respondera a um anúncio do *Diário de Notícias* para ser admitida como secretária na firma, era outra Ophelia, filha do Polônio, lá da peça do Shakespeare; e eu era não o Fernando, o correspondente e primo do dono que ali por acaso estava. Não, eu era o Hamlet que a teria amado, até o momento em que a mente desse príncipe envenenou-se, e a vingança o fez enlouquecer. Passados uns dias, e já iniciara-se o namoro. Ophelia parecia ter querido sempre ter sido notada, alguma vez, por palavras tratadas à base da arte. Por palavras escolhidas. Então, abriu-se-me todo o seu coração. Mas, ó meu Deus, hoje vejo, não foi amor, foi literatura.

Se *sábio é o que se contenta com o espetáculo do mundo*, devo dizer que aqui, na vida real, sem que haja um autor a cuidar sempre das cenas dos outros (pois as minhas escrevo-as eu), as coisas não vão equilibradas como deveriam. Seguem bêbadas, com dias em que não há nada para comer. Não cuido tão bem assim da subsistência direta. E nada percebo da culinária. Tenho mesmo é que comer fora de casa. Não há dinheiro, e isso agora não é subjetivo. Procuro, nesses momentos em geral, o Pena Fiel. Ele não sabe, mas é um dos "marujos" do meu navio invisível que está sempre a me salvar nas horas em que o dinheiro deixa claro que, sem ele, o homem pode parecer não valer nada.

Bem, sou, sobretudo, um raciocinador, e pretendo dar um pouco de rascunho ao que chamo desenrolar dos fatos, sucessão inequívoca dos dias. Estamos a namorar mesmo, eu e Ophelia, mas não me interessa que todos saibam. Ela ralhava sempre: "Ó, Nininho, por que ninguém pode saber de nós? Acaso é pecado amar?" Perguntava-me, a portar olhos de um castanho desespero, castanho ânsia, castanho negro; aqueles olhos revelavam o desejo de tudo comigo ir ter. Não comigo, exatamente, mas com quem imaginava que eu fosse. E eu sou um homem sem inserção no comum. Precisava ao menos tentar ser aquele a quem podem amar. Devo apressar-me. *Um plano geral de vida deve implicar, em primeiro lugar, a conquista de uma certa estabilidade financeira. Estabeleci como limite mínimo necessário para a coisa humilde a que chamo estabilidade financeira cerca de sessenta dólares, quarenta para as coisas necessárias e vinte para as coisas supérfluas da vida. A forma de o alcançar é adicionar aos trinta e um dólares pagos pelos dois escritórios outros vinte e nove dólares, cuja origem tem ainda de ser determinada. Em rigor, para viver, cinquenta dólares chegariam, pois tomando trinta e cinco como base necessária, quinze cobririam o resto. A coisa essencial que vem a seguir é arranjar uma casa onde haja bastante espaço, uma boa área e bem distribuída, para arrumar todos os meus papéis e livros na devida ordem; e tudo isto não tendo eu grande possibilidade de me mudar dentro em breve. O mais fácil, aparentemente, seria alugar eu próprio uma casa — por uns oito ou, no máximo, nove dólares — e aí viver à vontade, mandando que lá me levassem o jantar (e o pequeno-almoço) todos os dias, ou algo do gênero. Mas seria isto inteiramente conveniente? Substituir, quanto à ordem dos papéis, a minha caixa grande por outras mais pequenas, contendo os papéis por ordem da sua importância. Na caixa grande e na outra ficariam apenas os jornais e revistas que guardo. Se alugar uma casa, com que mobília? Será o que o Destino quiser!*

Muito perto da estação do Rossio, à noite, linda, linda paisagem onde vivia a minha donzela, conversávamos. Ela, chateada, por eu ter vindo do Abel.

— Tu não deves mais fumar cachimbo, nem beber nem... Ah, o meu bebezinho está a me dar trabalho! Tenho tanto cuidado com o Nininho e o Nininho não está a cuidar de mim.

— Ah, não estou?

— Não me apresentas a tua família, nem mesmo ao Mário e ao tal de Valladas, que eu nunca vi e que já estou quase a desconfiar que és tu. É isso, ó Fernando, és tu mesmo o sócio misterioso do teu primo Mário! Não há um terceiro sócio. Como podes enganar-me?

— A Ophelinha está a dizer asneiras! Sou eu o bêbado e és tu quem mistura as ideias? Não metas o Mário em tuas caraminholas! Não o enredes em teus devaneios!

— Por que não? Em tudo, em todos os assuntos, há um imenso mistério a envolver-te, ó Fernando... Pois queres saber? Estou tonta, parece mesmo que eu é que estou a vir do alambique do Abel.

E por causa dessa presença de espírito dela, ri-mo-nos muito, e só por isso retornara à sua beleza o Rossio, sua iluminada estação, meu afeto. Amante ou namorada sempre fora um desejo meu. Resta saber se saberei cumpri-lo. Há desejos que, uma vez saídos da teoria, bastam-nos para dele nos arrependermos e verificarmos a nossa incompetência na prática daquilo que em tese queríamos tanto! No entanto era bom o beijo da Ophelia e eu. Ou pelo menos aquele em mim que a beijava. Era doce, suave, por segundos acalmava-me. Despedimos-nos à porta da sua casa. Olhou-me como se olha um futuro marido. Tremi. Não sei o que fazer, como agir.

No outro dia voltamos a nos ver, e ela outra vez queixava-se de não conhecer minha família, e de que eu só tinha olhos para minha sobrinha, filha da Teca, e para que manter tanto segredo de um amor, uma coisa tão simples? Queixava-me. *Não falemos mais. As coisas que se amam, os sentimentos que as afagam guardam-se com a chave daquilo a que chamamos pudor no cofre do coração. A eloquência profana-as. A arte, revelando-as, torna-as pequenas e vis. O próprio olhar não as deve revelar. Sabeis decerto que o maior amor não é aquele que a palavra exprime. Nem é aquele que o olhar diz, nem aquele que a mão comunica tocando levemente noutra mão. É aquele que quando dois seres estão juntos, não se olhando nem tocando, os envolve como uma nuvem. Esse amor,* Ophelinha querida, *não se deve revelar.* Naquela hora, minha morena que tanto quis ser minha, e a quem não fiz feliz como sonhava, segurava ali, à minha frente, uma vontade imensa de chorar. Queria desabar, mas não. Conteve-se. Tivera vergonha talvez. Não me compreendia e esforçava-se tanto, coitadinha. Abracei-a, e ela continuou com os braços cerrados sobre o peito, como a proteger-se de mim, o doido.

Basta! Vou dormir, não tenho sono, mas preciso desligar a máquina do pensamento. Voltei para casa sem beber, tive muitas dores no estômago ontem e hoje, outra vez. Dores fortes. Tenho que estudar o que é peritônio ao certo. Merda. Espero não estar podre por dentro. Ó, Sá-Carneiro, quero matar-me também amanhã à tarde. Pensando isso, o espelho da alma atira-me de volta e é o Álvaro quem, doutro lado, esfrega-me um feixe de verdades à cara: *Se te queres matar, por que não te queres matar? Ah, aproveita! Que eu, que tanto amo a morte e a vida, se ousasse matar-me, também me mataria... Ah, se ousares, ousa! De que te serve o quadro sucessivo das imagens externas a que chamamos o mundo? A cinematografia das horas representadas por atores de convenções e poses determinadas, o circo policromo do nosso dinamismo sem fim? E, de qualquer forma, se te cansa seres, ah, cansa-te nobremente, e não cantes, como eu, a vida por bebedeira, não saúdes como eu a morte em literatura! Fazes falta? Ó sombra fútil chamada gente! Ninguém faz falta; não fazes falta a ninguém... Sem ti correrá tudo sem ti. Talvez seja pior para outros existires que matares-te... Talvez peses mais durando, que deixando de durar... A mágoa dos outros?... Tens remorso adiantado de que te chorem? Descansa: pouco te chorarão... O impulso vital apaga as lágrimas pouco a pouco, quando não são de coisas nossas, quando são do que acontece aos outros, sobretudo a morte, porque é a coisa depois da qual nada acontece aos outros. Tens, como Hamlet, o pavor do desconhecido? O que é que tu conheces, para que chames desconhecido a qualquer coisa? Encara-te a frio, e encara a frio o que somos... Se queres matar-te, mata-te! Ah, pobre vaidade de carne e osso chamada homem, não vês que não tens importância absolutamente nenhuma?* Fecho o espelho, apago a luz. Passa, ó noite longa, passa, que eu preciso dormir!

A novidade é que no navio *Lourenço Marques*, a começo de abril, regressava a minha família diretamente da África, para viver definitivamente aqui. O país estava com vários focos de greve, inclusive nos correios, o que prejudicou a comunicação entre nós. As coisas em Durban andavam muito difíceis. O comandante Rosa morrera e a sua morte, somada à doença da minha mãe, apressara o seu regresso. O Luiz, o João e a Henriqueta vieram também nessa longa viagem de quarenta dias, com todos ainda em luto e deprimidos pela falta do homem que tinha determinado aquele destino anglo-africano como parte de nossas vidas. Ficariam por umas semanas na casa de uns amigos da família, mas logo depois viriam todos viver na Coelho da Rocha comigo, e isso, de viver com outros, eu não sabia se ainda sabia fazer. Além do quê, os nossos laços vinham sendo mantidos por intensas cartas a atravessar os mares. Fotografias, preocupações, conselhos, tudo voava navegante para mim através das letras, e de mim saía do mesmo modo. Eu era mesmo uma fábrica de palavras e apreciava que as cartas nos tivessem mantido separados e juntos ao mesmo tempo. Mas em verdade nunca mais nos vimos, desde os meus 18 anos. Quem foi ao estuário receber a família fomos eu e o primo Mário. Ophelia não me perdoaria por isso, mas era assim que devia ser. Estou seguro de que ela gostaria de ter ido ao cais, mas isso não era mesmo assunto dela. Estou eu muito abatido nesta data, o dia da chegada dos meus. Doem-me as costas, todo o corpo, e o peito, abafado, pede ar. *Que grande constipação física! Preciso de verdade e da aspirina.*

Não sei dizer o que senti quando vi o grande navio *Lourenço Marques* adentrar o nosso Tejo; estremeci, velho marinheiro, novamente diante das partidas e chegadas. Nunca mais parti de Lisboa e nunca deixei de partir. Vi a paragem do barco imenso e lembrei-me do dobrar das velas das caravelas descobridoras. Nem todos sabem, mas, a isso, a esse dobrar dos panos delas, do longo tecido das velas, chama-se "chegar". E esse gesto faz-se com o sorriso satisfeito pela terra encontrada. Por isso, quando envolvemos alguém, uma criança nos panos, dizemos aconchegar. Não importa isso agora. Sofri um forte impacto quando vi a minha mãe na cadeira de rodas, empurrada por uma enfermeira, os cabelos muito brancos, muito mais brancos do que a felicidade e a saúde permitiriam se lá estivessem. Tive vontade de não estar ali. Ninguém pode nada contra o Inevitável, uma vez o Cavaleiro de Nada disse-me, e eu nunca me esqueci. Toda aquela decadência materna era precoce. Os movimentos parcialmente paralisados, a cabeça branca muitas vezes pendida, a meditar, sabe-se-lá por qual perda. Talvez, por uma de cada vez, com uma parada de lágrimas na conta de cada terço. Ah, minha Magdalena, seu coração também se confirmara como um porto de partidas e sucessivas perdas! Fitando-lhe agora, via-se que venceram a sua beleza os incansáveis esforços da dona Dor. Tanto fizera, tanto a perseguira que já não mais se via aquela linda e exuberante figura feminina que eu conhecia e amava. Não havia piano nessa minha simples casa, mas na primeira noite ali, por insistência da Teca, tratamos de aninhar-nos com o que tanto nos unia e separava: as palavras. Conversamos muito em inglês, nossa língua comum a todos, mas, à certa altura, a minha mãe sugeria que eu lesse uns versos, em voz alta. Escolhi uns fragmentos de "Passagem das Horas". Gosto especialmente dele, mas o clima pareceu pesar na sala. Sinto-me mesmo nessa família qual um peixe fora d'água. Não sabem quem sou, não acreditam que eu leia o futuro nem me levam a sério quando, inúmeras vezes, afirmo que não sou deste tempo. *Trago dentro do meu coração, como num cofre que se não pode fechar de cheio, todos os lugares onde estive, todos os portos a que cheguei, todas as paisagens que vi através de janelas ou vigias, ou de tombadilhos, sonhando, e tudo isso, que é tanto, é pouco para o que eu quero.*

Dizem que os gênios não sabem que o são. Isso lá é o que vamos ver. Era como se eu não fosse mais daquela família; aquele, naquele momento, só poderia ser meu bando, o bando de mamíferos que somos, de longe. Mas de perto eu não os queria. E além do mais, sou hoje um homem dependente das letras. Preciso de cartas para me relacionar com o mundo. Estou velho, há muito tempo o estou. Desde criança. É desde lá que envelheci rapidamente. Cavaleiro de Nada é que sabe bem do que digo. Um dia uma criança, um menino iluminado que brincava com pedrinhas nos degraus da porta lá de casa, perguntou-me se o anão era uma criança grande ou um homem pequeno. O que eu gostaria de ter respondido é que a verdade não é só uma. Sou um pobre animal transbordante que luta, ou melhor, luta mal, para ter alguma possibilidade de acasalamento. Mais nada. Como estou cheio do que entendo por humano e por reflexões, não tenho como exercer-me a contento em espécie animal. Mas isso é uma asneira. Sim, *a existência da humanidade, se por ela se entende qualquer coisa mais que a espécie animal chamada homem, é tão hipotética e racionalmente indemonstrável como a existência de Deus. Se, porém, por humanidade se entende a espécie animal chamada homem, então existe para os biologistas, para os médicos — para todos quantos estudam, de um modo ou de outro, o corpo humano; existe como existem os peixes e as aves, e mais nada.* É isso, necessito de um biólogo para que me explique que tipo de animal, que tipo de besta sou eu, e que tipo de erro esta besta comete ou cometeu que parece não sair do lugar. E tudo, no entanto, dentro da besta, não para um minuto sequer. Move-se-me por dentro.

Pela rua caminho nesta tarde lenta. Nada acontece. Nem eu aconteço. Vejo, no entanto, um burburinho. Uma pessoa diante de uma porta fechada onde se lê a faixa "estamos em greve". Só que o letreiro de tinta sumida já não dizia o que era aquele estabelecimento e que tipo de profissional havia parado de trabalhar. Vi uma mulher de olhos trocados e enviesados; era uma senhora com uma bengala. Apoiava-se. Os cabelos molhados com uma fivelinha cor-de-rosa presa neles. Perguntei-lhe que lugar era aquele. Antes de responder, mirou-me demorado, com olhos inesquecíveis. Tinham a profundeza do pântano, mesclada à candura de um bobo ou de uma criança. Vi que era meio cigana, pobre, desprezada pelos ricos do mundo. E disse-me: "É aqui que eles distribuem remédio para doido, para quem tem problema mental." Com a mão direita batia de leve na própria cabeça, como a indicar, a exemplificar a fala, e a me oferecer o mesmo inocente e grave sorriso desdentado da avó Dionísia.

Deu-me vontade de chorar. Eu vi a solidão do doido. Avistei-a como a uma ilha. Aquela senhora a endoidecer à própria custa, sem acompanhante, sem ninguém por ela. Ela, a louca pelas ruas, sem guarida, meu Deus! Eu quis internar-me imediatamente, se pudesse. Quis um remédio para mim também. Despedimo-nos. Partimos cada um por ruas opostas, levando nossos hospícios dentro.

Minha relação com Ophelia, por outro lado, não ia nada bem. Eu gostava dela, mas, como já disse aqui, o Álvaro não. E quando era ele que com ela saía podia ser que um desastre acontecesse. Em uma ocasião, estava o Álvaro numa das ruas da Baixa a caminhar com ela à noite, a acompanhá-la a casa, no escuro da rua noturna e da fraca força da luz elétrica. Álvaro seguia, monossilábico, enquanto Ophelia desmanchava novelos de tentativas de angariar para si um mínimo carinho que fosse:

— Oh, Nininho, teu bebezinho está a ficar muito tempo sem ver-te. Mal chegas e já é hora de partires! Estivestes toda a tarde na Brasileira com os amigos, a beber, com certeza. O meu Íbis talvez nem tenha almoçado, se calhar...

— E o que tens tu com isso?

(silêncio)

— Apesar da tua suprema indelicadeza vou responder-te: preocupo-me com tua saúde! Se eu estivesse a morar junto do Nininho, só nós dois, lado a lado, como deve ser, prepararia para ti cada sopa fortificante que nunca mais terias aquela gripe feia que te alcançara um pouco antes de tua mãe regressar de Durban. Mas, para isso, preciso saber das reais intenções do Nininho com a Nininha.

— A minha intenção é acompanhar-te até a casa e voltar a beber na Brasileira. Tenho uns poemas para escrever. Você sabe, necessito, tenho necessidade de escrever versos.

— Então, não podes ao menos declamar uns versos pra mim? Eu suplico!

— *Só quero a liberdade!*

Amor, glória, dinheiro são prisões.
Bonitas salas? Bons estofos? Tapetes moles?
Ah, mas deixem-me sair para ir ter comigo.
Quero respirar o ar sozinho,
Não tenho pulsações em conjunto,
Não sinto em sociedade por quotas,
Não sou senão eu, não nasci senão quem sou, estou cheio de mim.
Onde quero dormir? No quintal...
Nada de paredes — ser o grande entendimento —
Eu e o universo,
E que sossego, que paz não ver antes de dormir o espectro do guarda-fato
Mas o grande esplendor, negro e fresco de todos os astros juntos,
O grande abismo infinito para cima
A pôr brisas e bondades do alto na caveira tapada de carne que é a minha cara,
Onde só os olhos — outro céu — revelam o grande ser subjetivo.
Não quero! Deem-me a liberdade!
Quero ser igual a mim mesmo.
Não me capem com ideais!
Não me vistam as camisas de força das maneiras!
Não me façam elogiável ou inteligível!
Não me matem em vida!
Quero saber atirar com essa bola alta à lua
E ouvi-la cair no quintal do lado!
Quero ir deitar-me na relva, pensando "Amanhã vou buscá-la"...
Amanhã vou buscá-la ao quintal ao lado...
Amanhã vou buscá-la ao quintal ao lado...
Amanhã vou buscá-la ao quintal
Buscá-la ao quintal
Ao quintal
ao lado...

(silêncio)

— E então?

— Pois não sei nem dizer-te, ó Nininho malvado, se é bonito isso. Por que falas como quem vomita? Queres agredir-me, é isso?

— *Não tirei bilhete para a vida,* Ophelia, *errei a porta do sentimento.*

— Chega de cifras e charadas, por que não consegues ser claro como os outros? (choro)

Nesse exato momento, como num teatro armado no passeio público, ia passando, do outro lado da rua, um personagem, um tipo por quem Álvaro não gostaria de ser visto se não estivesse sozinho; e jamais acompanhado por uma mulher... O que se sucedeu, imediatamente, foi um arroubo, um ímpeto de desejo, ou qualquer coisa parecida, que fez com que Álvaro, como um Romeu desesperado, se lançasse sobre a Ophelia e desse-lhe, não sei se o único, mas o mais apaixonado de todos os beijos! Foi de tirar-lhe o fôlego. Puxou-a para debaixo de uma sacada mais recuada e ocultou o seu rosto no dela, na confusão estética das sombras que faz com que todos os gatos à noite pareçam pardos. Refeita do beijo impetuoso, ousado e repleto de línguas e afoitos lábios, com o peito arfante, Ophelia perguntou-me:

— O que aconteceu? Por que me tratavas mal ainda há pouco e agora me beijas assim, fervorosamente?

— Não fui eu quem tratei-te mal. Foi o Álvaro. Ele não te quer, não aceita-te. Mas eu estou aqui. Pronto. Acabo de chegar, meu bebê. Está tudo bem, aqui está o seu Fernando Pessoa. Abraça-me.

Ninguém há de tirar-me da cabeça que aquele que cruzara a noite era algum rapaz, algum affaire do Álvaro que estivesse a passar por ali justo naquele instante. Para que não surpreendesse o casal e pudesse, em meio à penumbra da noite, ser reconhecido, Álvaro usara de um ímpeto e de uma astúcia para não ser flagrado por aquela que dele me roubava também. Mas eu, ao contrário do Álvaro, apreciava muitíssimo a existência da Ophelia. Eu gostava dela, deixava-me tranquilo. Havia entre nós uma espécie de voltar a ser criança, uma espécie de bosque reservado aos inocentes. Nem sempre eu estava à altura daquele regaço, mas, à minha maneira, amava-a.

De qualquer modo, as contas não esperam e estou a viver numa Lisboa que vive a cobrar-me alguns afazeres. Detesto horários rígidos, odeio ter que cumprir um dever, mas como o que me exigem são pensamentos, aceito o preço. O certo é que tenho que passar no escritório da Baixa, e depois na Martins da Hora, uma firma de publicidade com a qual colaboro. Lá querem de mim que crie um slogan para um líquido escuro, de espuma marrom, gasoso, doce, levemente xaropado, não alcoólico e curiosamente refrescante. Principalmente se bem fresco. Gostava de pensar essas coisas. Não estava tão mal isso de ganhar para ter ideias. Ser operário pensador nas fábricas neurais. Passei primeiro no Abel; estou muitíssimo impressionado com a qualidade de seus aguardentes conservados em carvalho; só de os cheirar, ritual que sempre exerço antes de beber, já é quase uma ingestão. Há uma espécie de paladar que o olfato atinge e envolve. Talvez por isso os cozinheiros tenham menos fome do que os outros, talvez o cheiro do tempero e da comida lhes produza uma certa saciedade. Bebi dois copos na companhia do meu amigo, dono do depósito de bebidas e aonde eu ia muitas vezes ao dia, conforme fosse o meu humor. É aonde até hoje, mesmo agora, ainda vou.

No caminho para a firma, o álcool a fazer seu serviço maravilhoso no meu cansaço e na minha tristeza, uma espécie de alegria sobe-me ao peito e uma dúvida ronda meu pensamento: se tenho a minha obra por terminar, por que me dedico ainda mais a estas memórias? Não está lá o arsenal da minha vida escrito nos versos? Os guardados na Arca? Se eu morrer sem publicá-los, quantos mais 25 mil papéis deixarei? Mas devo escrever isto, é um escrito à parte. Tratarei de o esconder bem protegido, e ao mesmo tempo encomendá-lo muito bem encomendado às mãos do Destino, para que um dia seja achado, para além da Arca. Se calhar, nunca será descoberto este diário controverso. Bem, mesmo sabendo que há toda uma obra para organizar, mesmo assim, o que faço aqui compulsivamente, a cometer um híbrido de prosa e verso, é o ensaio aberto de pensamentos em construção também. Pensamentos inacabados. Tudo que de aqui não se entender é porque não foi bem desenvolvido, e eu não tive tempo para acabar de pensá-lo. Se, ao contrário, tudo o que escrevo for compreendido, é porque eu realmente, sem o saber, já havia acabado de pensar tudo. E aqui, como é a prova dos meus dias, sigo discípulo criativo e transgressor dos rigores da língua portuguesa. É linda. *Meditei hoje, num intervalo de sentir, na forma de prosa de que uso. Em verdade, como escrevo? Tive, como muitos têm tido, a vontade pervertida de querer ter um sistema e uma norma. É certo que escrevi antes da norma e do sistema; nisso, porém, não sou diferente dos outros. Compreender que a gramática é um instrumento, e não uma lei. Suponhamos que vejo diante de nós uma rapariga de modos masculinos. Um ente humano vulgar dirá dela, "Aquela rapariga parece um rapaz". Um outro ente humano vulgar, já mais próximo da consciência de que falar é dizer, dirá dela, "Aquela rapariga é um rapaz". Outro ainda, igualmente consciente dos deveres da expressão, mas mais animado do afeto pela concisão, que é a luxúria do pensamento, dirá dela, "Aquele rapaz". Eu direi "Aquela rapaz", violando a mais elementar das regras da gramática, que manda que haja concordância de gênero, como de número, entre a voz substantiva e a adjetiva. E terei dito bem; terei falado em absoluto, fotograficamente, fora da chateza, da norma e da cotidianidade. Não terei falado: terei dito.* É preciso entender como é simples este conjunto de nomes, regras e classificações. Ora, não nos assustemos à toa. São nomes que inventamos para nomear o que fazemos. Toda a gramática, afinal, está para nos servir. Não é o bicho de sete cabeças que os maus mestres querem nos fazer crer que seja. Inclusive, *a gramática faz divisões legítimas e falsas. Divide, por exemplo, os verbos em transitivos e intransitivos; porém, o homem de saber dizer tem muitas vezes que converter um verbo transitivo em intransitivo para fotografar o que sente, e não para o ver às escuras, como o comum dos animais homens. Se quiser dizer que existo, direi "Sou". Se quiser dizer que existo com alma separada, direi "Sou eu". Mas se quiser dizer que existo como entidade que a si mesma se dirige e forma, que exerce junto de si mesma a função divina de se criar, como hei de empregar o verbo "ser" senão convertendo-o subitamente em transitivo? E então, triunfalmente, antigramaticalmente supremo, direi "Sou-me". Terei dito uma filosofia em duas palavras pequenas. Que preferível não é isso a não dizer nada em quarenta frases? Que mais se pode exigir da filosofia e da dicção? Obedeça à gramática quem não sabe pensar o que sente. Sirva-se dela quem sabe mandar nas suas expressões.* É o que faço.

Passo no escritório, traduzo umas cartas para o francês, para um grande negócio que o chefe, não meu, que eu não tenho chefe, mas que o dono da empresa está a fechar com uns empresários parisienses. Rabisco algumas coisas neste diário e vou arriscar-me no assunto do tal refrigerante. Recebi uma pequena amostra do senhor Moltinho, a fim de prová-lo e falar com autoridade experiente sobre o caso. Esse senhor é dono dessa agência de propaganda e confia em mim. Trouxe então comigo a pequena garrafa. Provei. Achei estranho, não sabia exatamente o que pensar, o que dizer. Tornei a provar, bebi a garrafinha toda. E imediatamente brotou: *Primeiro estranha-se, depois entranha-se.* Minhas ideias para a publicidade não me custavam nenhum esforço, a não ser o tempo que me roubavam de minha obra. Fiz uma publicidade de uma tinta, a Barryloid, que foi um sucesso. E agora achei que uma propaganda falando dessa verdade, a verdade que aconteceu comigo em relação ao teste de gosto com a bebida poderia, portanto, convencer ao mundo inteiro e dar-lhe ao menos uma curiosidade de experimentar. Devo esclarecer que Carlos Moltinho é meu amigo, sincero respeitador do meu compromisso com a literatura. Um homem cujas qualidades e apreço por mim levá-lo-iam, caso fosse necessário, a assumir os custos de meus medicamentos e até os do meu enterro, se calhar. Eu estava seguro de que meu slogan o agradaria muito. Fui até à sua sala, radiante:

— Moltinho, meu caro, cá estão as palavras certas que vão levar todos os portugueses a deitarem em sua mesa uma bebida negra, que, creio eu, não faltará mais a nenhuma festa. Veja o que achas: "*Primeiro estranha-se. Depois entranha-se.*" Armou-se densa nuvem de silêncio entre nós. Conheço-o, trata-se do silêncio da negativa. Pressenti-a, e o Moltinho disparou:

— Não pensas que a Coca-Cola pode julgá-la demasiado semelhante ao processo da dependência química?

— Não percebi.

— Ora, Fernando, és tão inteligente. Então não percebes o perigo que pode aparentar uma coisa que ao primeiro gole não se aceita bem, e que, no segundo, já não se controla, como se ocorresse-nos uma escravidão automática? Eles não vão aceitar, ó Fernando!

— Eu penso que o Sr. Moltinho deveria ao menos tentar, sou muito experiente em pontos de vista contraditórios, meu amigo, e pode ser que, ao mostrar a minha ideia ao nosso cliente, este empolgue-se tanto a ponto de realizar uma campanha a falar desse mistério, dessa atração que nenhuma outra bebida sem álcool foi capaz de provocar até agora.

Moltinho, mais calmo agora, aquiesceu, já um pouco tendendo a crédulo. E ponderou:

— É, talvez tenhas razão. Quando tu me falaste, estranhei a frase, tal qual estranhaste a bebida. "Coca Cola: primeiro estranha-se, depois entranha-se." Veja que incrível: ao dizê-la pela segunda vez já tive mais gosto, pois! Se calhar, Fernando, tu és quem terá razão!

Permaneci no escritório, e o homem saiu para ir ter com os representantes, esperançoso de que estivesse diante de um negócio da China, digo, da América do Norte, no caso. Eu o aguardava ansioso. Não sou de envolver-me emocionalmente com esses assuntos, mas agrada-me o jogo. Porém, duas horas e um quarto depois, telefonou-me para a minha sala o Moltinho, decepcionado, triste, desiludido, derrotado, e, claro, seco comigo:

— Perdemos a representação da Coca-Cola em Portugal, ó gênio!

Fiquei mudo. E ele ainda foi, embora frio, cuidadoso comigo. Não me derramou toda a sua raiva, eu sei. Perdera dinheiro e deixara de ganhar mais prestígio com o meu fracasso, ou com o atraso mental dos da Coca-Cola? Perdoou-me o prejudicado. Preservava o apreço por este velho e desvairado amigo. Silêncio. Dali, dirigi-me calado, frustrado e imerso na grande incompreensão que o mundo tem de mim. *Minha dor é inútil como uma gaiola numa terra onde não há aves.* Maltratar-me-ia essa espécie de fim, lenta e cruelmente. Quero ir findar-me no Martinho da Arcada, como profetizara o Sá. Ele dizia sempre que não podia permanecer em Lisboa, porque assim saberia que seu fim seria no Martinho, que era um lugar, segundo ele, crepuscular. Um lugar onde ir-se ter para acabar. Hoje dói ser só. Ó, meu Deus, como eu gostaria de influenciar alguém, acender alguma coisa no peito de outro, alguma chama que o inquietasse e o fizesse mudar de ideia. *Ah, mas como eu desejaria lançar ao menos numa alma alguma coisa de veneno, de desassossego e de inquietação. Isso consolar-me-ia um pouco da nulidade de ação em que vivo. Mas vibra alguma alma com as minhas palavras? Ouve-as alguém que não só eu?*

Observo o lusco-fusco que ilumina em amarelo o crepúsculo e faz a gente ver com delicadeza já a silhueta da noite nova a forrar seu manto, a soprar seus ares, a tocar sua música incidental às portas abertas do bar: a minha sala de reuniões comigo, a minha escrivaninha, o meu escritório da vida, a minha reunião com os amigos. Adoro cafés, bares. São as igrejas dos boêmios. Muitas confissões e declarações aqui se fazem. Agrada-me que seja aqui minha vida social. Ninguém me vai a casa visitar, a quase ninguém participo meu endereço e já não moram comigo os parentes que voltaram da África.

No balcão do estabelecimento ainda vazio, aguardo o Almada. Recebi dele umas novas caricaturas minhas e combinamos para hoje, casualmente, um encontro. Explico o casualmente. Preservamos ao menos alguma fatia do acaso. Dissemos apenas: nos encontramos esta semana no Martinho? Sim, respondemos os dois, sem especificar dia e hora, mas confiantes de que desses pormenores era que estava o Destino encarregado, ora bolas! Para que astrologias e leis metafísicas e físicas de sintonias, atrações-reações, combinações alquímicas, senão para que promovam as atividades sincrônicas do imprevisível? Pra que estrelas e planetas a incidirem sobre nossas cabeças senão para garantir o nosso lugar no balcão do Improvável, sendo atendidos pelo sorriso de Dona Coincidência?

Chove lá fora. Cheguei e encontrei o estabelecimento meio vazio. Penduro o chapéu e o sobretudo no cabideiro. Um rapaz que conheço, não me lembro bem de onde, se de uma conferência, ou se um jovem leitor de nossa *Orpheu*, adentra o lugar. Ao meu lado, apoiou-se no balcão e pediu uma taça de vinho a João Franco, o nosso garçom preferido. Passou a lamentar-se, sem no entanto mirar-me, de um amor perdido. Abatido, queria a minha piedade. E ainda com problemas sexuais?! Ora, *mas isso depois dos quinze anos é uma indecência. Preocupação com o sexo oposto (suponhamos) e a sua psicologia. Mas isto é estúpido, filho, o sexo oposto existe para ser procurado e não para ser compreendido. O problema existe para estar resolvido e não para preocupar. Compreender é ser impotente.* Entre copos esvaziados com sofreguidão, eu lhe disse isso. Mas como ele continuava a sofrer, a lamentar-se e a procurar razões nas explicações dos amores, resolvi aprofundar o tema e esfregar-lhe uma verdade mais madura à cara. Conheço o Livro-Razão, é o nome do caderno-fichário que tem a finalidade de demonstrar a movimentação analítica das contas escrituradas, em que se faz o balanço das contas dos escritórios. Mas é também, do ponto de vista do nome do livro, um espaço subjetivo e objetivo no qual a humanidade tenta analisar as paixões. Pensando nisso, e com pouca paciência para débeis romantismos, derramei-lhe então: *Meu pobre amigo, não tenho compaixão que te dar. Sintamos a chuva e deixemos a psicologia para outra espécie de céu. Não me mace, nem me obrigue a ter pena! Olhe: tudo é literatura. Vem-nos tudo de fora, como a chuva. Nós somos páginas aplicadas de romances? Traduções, meu filho. Você sabe por que está triste? É por causa de Platão, que você nunca leu. A chuva cai por uma lei natural e a humanidade ama porque ama falar no amor.* O meu conhecido desconhecido amigo nada falava, bebia mais e mais um pouco, e eu o deixei no passado, quando avistei o Almada entrar no café.

Entornei por dentro em mim de uma vez só todo o álcool de mais um copo cheio. Vi quando ele chegara acompanhado de sua elegantíssima Sarah Afonso. Ela iria dali encontrar-se com a amiga para irem às compras, segundo nos disse. Linda. Sentara-se à mesa. Uma mulher inteligente e gostava de mim, das nossas conversas, dos meus poemas, das minhas esquisitices surpreendentes. Chama-me de "palhaço engraçadamente triste". Mas, acima de tudo, orgulhava-se da minha amizade com o seu marido. Gostava do movimento ao qual nós dois pertencíamos e do qual éramos porta-vozes. (Eu nunca me permitiria deixar-me interessar facilmente por uma mulher, muito menos quando esta vem a ser a mulher do amigo meu. Portanto, nada feito e de nada valeu anotar isto.) Na divertida mesa, Almada, por respeito, pede permissão a Sarah para contar-me uma anedota não muito fina, tendo nós uma tão especial presença feminina à mesa. Ela consente com um sorriso luminoso e sereno. Parecia uma pintura. Trata-se de um casal que é amante e amigo. São cúmplices. Então Almada Negreiros começa seu show:

— Ó, Fernando, eu espero que, ao final, me aches um pouco de graça, porque se existe uma coisa frustrante é ter-te na plateia a constranger o contador de anedotas ao deparar-se com a tua cara de nada, a tua ausência de expressão e um sorriso muito magro num canto de boca apresentando-se nitidamente como um favor. Não é possível que desta não te rias.

— Meu amigo, não posso garantir com antecedência o meu riso, mas ouvirei com atenção, e não vai aqui nenhuma retaliação prévia à sua piada, que ainda não conheço. Vamos, ó Almada, esforça-te!

— Lá vai então: Quatro colegas, estudantes de medicina, seguiam pela Baixa à noite quando avistaram um homem a andar pela rua com muita dificuldade, as pernas como que coladas uma à outra, os joelhos semidobrados, passos curtos. O primeiro propôs: "Vamos diagnosticar aquele caso? Eu começo. Para mim é um caso típico de uma esclerose parcial concentrada nos membros inferiores. Como pode-se notar as pernas são mais finas e ele com certeza perderá todos os movimentos delas em breve." "Tu estás maluco", disse o outro. "Não vês que é um caso de paralisia infantil? E que o corpo dele todo apresenta um desenvolvimento frágil, atrofiado, diferente de uma súbita esclerose?" E o outro: "Ora, estão todos doidos. Só um parvo não sabe que aquele trapo humano está bêbado, tentando, a qualquer custo, encontrar o caminho de casa!" Daqui a pouco, cai.

Então, resolvem ir até o moribundo, pois não chegaram a um acordo sobre qual era afinal a enfermidade do pobre homem, e a ele perguntam: "Meu amigo, somos estudantes de medicina, estamos no último ano, e temos algumas hipóteses para o teu mal. Os teus sintomas aparentes acenderam-nos animada discussão acerca do teu caso clínico." Depois que relataram as possibilidades que imaginaram, o homem, pálido, vira-se para os rapazes e responde: "Pois enganaram-se todos. Não é nada disso, meus meninos, é que acabo de ser traído: fui dar uma bufa e acabei-me todo borrado. Estou andando devagar para que a merda, com as pernas juntas, não me desça pelas calças afora e entre-me toda pelos sapatos." Pois, para a surpresa de todos, *ri-me às bandeiras despregadas*. Nunca iria imaginar tal desfecho. Estava mesmo a crer na esclerose parcial, ora veja! Almada ficou satisfeito pela façanha de fazer-me rir. Ele considerava uma arte a vitória de surpreender-me.

Ainda desenvolvi uma variante filosófica do fundamento da anedota, considerando o episódio da história uma metáfora das pequenas autossabotagens, das miúdas traições que nós, humanos, fazemos a nós mesmos; pois, se nem em nosso próprio ânus podemos confiar, o que dizer do outro? Além disso, ficara provado que o mais profundo saber pode errar redondamente. Como pode uma anedota caricatural desnudar as circunstâncias de todas as previsões humanas?

A essa altura, Sarah já avistara a sua amiga e com ela partira para uma compra de vestidos e tecidos femininos. Eu e o Almada bebemos mais um pouco, sendo que ele passara vários copos a vangloriar-se por ter-me feito rir. São as repetições dos bêbados. São crianças que mamam o álcool, como às tetas da mãe que perderam ao crescer. A noite avançava, o bar mais uma vez fechava e era mais uma despedida. Vou a pé para casa. A noite é muito silenciosa e o som desse silêncio tão habitado das coisas noturnas que não se veem há de ser pano de fundo para o ganir dos cães que, de uma hora para outra, começa. Um extenso uivado prolonga-se, cortando o firmamento noturno, sinistra abóbada a cobrir a arena do caminho onde passo, lona de circo estrelada e tenebrosa que cobre o picadeiro de minha rua. Sou eu o palhaço medroso que dança na mão do destino. Sou eu a bailarina do arame que pressente que vai cair porque os cães começaram a ganir durante a sua passagem. É sempre assim. Quando passo na noite escura e só, alguma coisa há em mim que desperta nos cães esse grito, esse uivo, e, por que não dizer, esse temor. Pois temo eu também, ó cães da noite, temo eu também.

Chego a salvo, enfim, ao discreto e solitário lar. Como animais de estimação que chamam a atenção do seu dono ao adentrar a sala, papéis reconhecem-me, roçam o rabo da alegria em minhas pernas. Gosto que passem as horas dos compromissos aos quais faltei. Alivia-me que o tempo do compromisso expire. *Respiro melhor agora que passaram as horas dos encontros. Sou livre, contra a sociedade organizada e vestida. Estou nu, e mergulho na água da minha imaginação. É tarde para eu estar em qualquer dos dois pontos onde estaria à mesma hora. Está bem, ficarei aqui sonhando versos e sorrindo em itálico.* Espera-me a Ophelia? Meus sobrinhos, minha irmã, esperam-me? Que esperem! *Até não consigo acender o cigarro seguinte. Se é um gesto, fique com os outros, que me esperam, no desencontro que é a vida.* Quero dormir. Não pensar em nada. *Estou cansado da inteligência. Pensar faz mal às emoções. Uma grande reação aparece. Chora-se de repente, e todas as tias mortas fazem chá de novo na casa antiga da quinta velha. Para, meu coração! Sossega, minha esperança factícia! Quem me dera nunca ter sido senão o menino que fui... Meu sono bom porque tinha simplesmente sono e não ideias que esquecer! Meu horizonte de quintal e praia! Meu fim antes do princípio! Estou cansado da inteligência. Se ao menos com ela se percebesse qualquer coisa! Mas só percebo um cansaço no fundo, como baixam na taça aquelas coisas que o vinho tem e amodorram o vinho.* Resíduo no fundo da taça de minha alma.

Amanhece sem surpresas. Devo ir a Belém, preciso falar com Ophelia. Proponho que almocemos no Papaçorda do Antônio Joaquim, onde servem um bacalhau com natas inesquecível. Já vestido para sair, abro a janela para que a brisa arrefeça um pouco minha habitual dor de cabeça, que aparece no Abel e cura-se no Abel. *Do lado do oriente, entrevista, a cidade ergue-se quase a prumo falso, assalta estaticamente o Castelo* [de São Jorge]. *O sol pálido molha de um aureolar vago essa mole súbita de casas que aqui o oculta. O céu é de um azul umidamente esbranquiçado. A chuva de ontem talvez se repita hoje, mas mais branda. O vento parece leste, talvez porque aqui mesmo, de repente, cheira vagamente ao maduro e verde do mercado próximo.* Com ombros cabisbaixos peguei o comboio a lembrar-me de mais um dia triste da minha vida, o dia da morte da minha mãe, sua definitiva partida. Até agora não posso crer na sua morte, ela era uma referência, uma prova viva de que o que chamo passado realmente existiu. Sua doce presença a tocar "Un Soir à Lima", eu declamando os versos do Cavaleiro de Nada para que ela não me deixasse ficar, para que não partisse para a África sem mim, isso tudo são as cartas do meu baralho feito de lagriminhas secas. Cartas amarelecidas pela invisibilidade da dor de um miúdo. Mas, agora, era sem apelo. Todos os meus versos chegaram atrasados à estação final, ao beiral da morte que nos empurra ao precipício sem amurada, sem parapeito, sem para nada. Mortos pai e mãe, avó e irmãos, essa penca de defuntos que a minha história traz acrescenta-me à razão mais um saber: findou-se a ilusão de que algo ainda havia a proteger-me. Não, ninguém por mim reza, nem por caridade. Foi porque um dia minha mãe Magdalena e meu pai Joaquim amaram-se com aquele fervor das inexperiências, é que nasci e assim inseri os dois na horda do mundo, na estirpe de Adão. E eu que não deixo herdeiros estou fora da roda. Sou árvore cujos frutos são apenas palavras. Chorei noites sem fim à falta de Magdalena, nos últimos anos. Antes de ela regressar, já era uma abstração, já eram cartas escritas a pedir que eu me ajeitasse, que eu fosse feliz, que eu me casasse, que eu fosse menos estranho e mais normal. Era abstração, mas ela ainda respirava e podia responder às malcriações e incompreensões de ambas as partes tantas vezes. Mas não, agora não. Acabou-se, mãe, mater, regaço. Minha mãe, que triste jantar dos vermes! Só parei de sofrer por isso quando lembrei-me que aquela que morrera estava uma órfã perene da alegria, já não tocava, não cantava, não era mais a amada de algum vivo homem, não andava, não lia, não poemava, não existia. Enterrou-se a que morta ainda existia. *Hoje, recordando o passado não encontro nele senão quem não fui... a criança inconsciente na casa que cessaria, a criança maior errante na casa das tias já mortas, o adolescente inconsciente ao cuidado do primo padre tratado por tio, o adolescente maior enviado para o estrangeiro (...). O homem inconsciente tão diverso e tão estúpido de depois... Não tendo nada de comum com o que foi, não tendo nada de igual com o que penso, não tendo nada de comum com o que poderia ter sido. Eu... vendi-me de graça e deram-me feijões por troco — os feijões dos jogos de mesa da minha infância varrida.*

Já dentro de um vagão, vou ao encontro de Ophelia para almoçarmos num restaurante por ela sugerido. Dentro do tempo em que dura o percurso da pequena viagem, avistei um rapaz que me fez lembrar de um outro dia, num outro vagão, em outra estação e uma longa distância. Naquele dia compreendi que estamos todos os do mesmo tempo a fazer uma grande travessia juntos. Há uma estranha irmandade nisso. Ainda que não nos conheçamos. Talvez nunca mais, como realmente se deu, eu voltasse a vê-lo. Senti por ele um estranho gostar; quando s*aí do comboio, disse adeus ao companheiro de viagem, tínhamos estado dezoito horas juntos. A conversa agradável, a fraternidade da viagem, tive pena de sair do comboio, de o deixar. Amigo casual cujo nome nunca soube. Meus olhos, senti-os, marejaram-se de lágrimas... toda despedida é uma morte... sim, toda despedida é uma morte. Nós, no comboio a que chamamos a vida somos todos casuais uns para os outros, e temos todos pena quando por fim desembarcamos. Tudo que é humano me comove, porque sou homem. Tudo me comove, porque tenho, não uma semelhança com ideias ou doutrinas, mas a vasta fraternidade com a humanidade verdadeira. A criada que saiu com pena a chorar de saudade da casa onde a não tratavam muito bem... Tudo isso é no meu coração a morte e a tristeza do mundo. Tudo isso vive, porque morre, dentro do meu coração. E o meu coração é um pouco maior que o universo inteiro.*

Chego. Desço bem perto do tal Restaurante Papaçorda, como ela indicara. Avisto-o em detalhes. É um lugar escuro e nobre, *num salão nobre de penumbra em que há azulejos azuis colorindo as paredes. O chão é escuro e pintado e com passadeiras de juta. Dou entrada. Sou naquele salão como qualquer pessoa mas o sobrado é côncavo e as portas não acertam. A tristeza das bandeiras crucificadas nos entrevãos das portas é uma tristeza feita de silêncio desnivelada pelas janelas reticuladas entre a luz quando é dia que entorpece os vidros das bandeiras. Correm às vezes frios ventosos pelos extensos corredores. Mas há cheiro a vernizes velhos e estalados nos recantos dos salões e tudo é dolorido neste solar de velharias.* No entanto, gosto da comida e o vinho é de excelente gosto e safra, com preços que não insultam nem humilham as algibeiras de um poeta desprovido de ouro visível. Sim, porque, se trago em meu peito alguma literatura que preste, se o que escrevo for um dia considerado tesouro, terei sido o mais roto dos milionários.

Pronto. Agora é a cena em que Ophelia entra. Enfim, chega Ophelia, na espera de que eu tenha nas mãos a foto de uma criança que ela me mandou no postal, como que sugerindo que tivéssemos um filho. Sentou-se. Pedimos o cardápio porque a ela interessava uma sopa de legumes antes. Eu bebia vinho e ela pediu Coca-Cola, sem o meu slogan, é claro. Quis beijar-me, tirei os lábios da mira. Tocou minha mão, escapei a pegar o copo; quis abraçar-me, fugi alegando necessidade urgente de ir à casa de banhos. Ao regressar à mesa, em silêncio, sentei-me a ajeitar compenetrado o lenço na algibeira. Voltei-me a ela. Olhei o fundo de seus olhos. Pareci-me sincero. Creiam-me, sou um homem sincero. Então eu disse:

— Queres um filho meu, Ophelia, logo eu, um remediado? Entendi a tua carta, percebi teus sinceros propósitos. Serei eu mesmo aquele indicado a ser pai de um filho de alguém?

— Ó Nininho, não fales assim. Tu amas tanto os teus sobrinhos, as crianças fazem gato e sapato de ti! Com elas tu não ralhas e ao lado delas desaparece-te qualquer vestígio de esquisitice, ficas a parecer uma criança também, parece-me até que o Cavaleiro de Nada, que é o teu espírito criança, como sempre o dizes, assume as rédeas de tua alma nessa hora.

— Ophelinha, vejo bem, minha Íbis, que conheces minha inclinação e gosto pelos miúdos, e pela sua exemplar falta de hipocrisia; mas não vejo-me ideal para ser um pai de família. E não sei o que se passa comigo, mas não me vejo a presidir mesas de jantares na hora da janta lisboeta. Tampouco em uma mesa inglesa. Se eu fosse mulher, não me escolheria para par. Não sou bom partido. Meu compromisso com a minha obra é tal, que todos os nossos encontros marcados a que falto e em que te deixo afogada na indelicadeza de minha ausência têm por motivo meu ofício de escrever a minha obra.

— Por que não me dás um beijinho daqueles sem-fim? Tu és muito menito e eu também sou menita e quero dar-te tantos beijinhos gostosos como o líquido que há no Abel. Depois do meu Nininho ter a sua "bebida" à sua disposição, já não vai mais ao Abel, pois não? Dá-me um beijinho, dá-me!

— Eu não gostaria de te beijar agora, meu amor.

— Está bem, porém, depois, a Ophelinha vai coblar. Mas agola, ponto. Eu já papei e porque papei bem estou contente. O meu amor com certeza tamém gostou do papá dele. Ó Fernando, não me rejeites, abraça-me ao menos.

Atendi. Permanecemos enlaçados no salão como dois solitários sem descanso e cujo encontro verdadeiro não depende da proximidade dos corpos. (tempo.) A Ophelia era uma menina que me obrigava a reter-me menino com ela. Éramos duas crianças que escreviam cartas e marcavam encontros cheios de faltas de minha parte, porque ao homem adulto outra coisa interessava. Aqui, abraçado a ela, este calor que sinto é só proveniente da natural temperatura aquecida do corpo humano; estamos vivos, afinal. Não passa de uma temperatura de vivos. Não precisamos chamar de amor. Quem manda nisso? Oh, meu Deus, *eu não possuo o meu corpo — como posso eu possuir com ele? Eu não possuo a minha alma — como posso possuir com ela? Não compreendo o meu espírito — como através dele compreender?*

Saímos de mãos dadas pelas ruas sem o amor que ela queria, e o meu coração sem remédio. Vim pensando, lembrando-me da primeira vez em que terminei o nosso namoro, quando insistiu que eu a pedisse em casamento, senão acabaria por se casar com o tal do Eduardo, que a amava e coisa e tal. Veio a falar no caminho a respeito de ideias que não me atraíam e davam-me extremo enfado:

— Sabe que o bigode do Íbis faz cócegas na boca da Íbis? O Nininho é meu, eu quero ter o Nininho sempre comigo. Custa-me tanto ter que separar-me do Fernandinho. Naquele dia eu fiquei contente em o meu Nininho ter dito que também tem saudades de mim, é sinal que também gosta da Íbis pequenina. Por que o Nininho não leva-me de novo à pastelaria? Ainda tenho na boca o gosto daquele beijo que a Ophelinha ganhou lá, foi uma feliz ideia do meu Ibizinho. A minha vontade é papar o meu Íbis querido. Vem cá, Nininho, para mais perto de mim? Qualquer dia vou em sua casa buscá-lo, roubo-o e vou pô-lo numa caixinha muito bonita, bordada de cetim amarelo, toda perfumada, e, de vez em quando, vou abrir a caixa, dou muitos beijinhos no Nininho, e torno a fechar. O Nininho contenta-se com os meus beijinhos, nunca morre e é sempre meu, e sendo só meu trazer-lhe-ei sempre comigo. Ah, meu Ibizinho, seja como for, eu quero ter o Nininho e mais nada. E mais uma coisa, desse jeito na caixinha, nunca mais o Ibizinho iria ao Abel. Enquanto isso eu peço-te: não entre mais lá ou ralho seriamente com o Nininho, hein?

— Minha Ophelia querida, eu não sou quem estás pensando, não posso atender ao teu pedido. Não posso morar numa caixa de alguém, muito menos como metáfora. É, pois, o que me ameaça! Não vês? Por quem me tomas? Somos diferentes, eu sou louco, tenho crises mentais, tenciono internar-me em Rilhafoles. De noite tu dormes, e eu? Já te interessaste por isso? *Meu coração é um albergue aberto toda a noite.*

Por uns instantes detive-me a mirar a sua beleza frágil e morena, cuja presença me agradava por eu ser tão feio e pobre e estar assim acompanhado por uma mulher bonita. Perto de mim são todos belos. *Se ao menos eu por fora fosse tão interessante como sou por dentro.* Tive vontade de visitar a Teca, em Évora. Tive saudades da Mimi, minha adorável sobrinha que não poupa carinhos inteligentes a este velho tio doente, e o melhor, não necessita que eu case com ela. Sem escutar meu pensamento Ophelia põe-se a chorar. Lágrimas quietas, um pranto silencioso, sem me arguir, sem reclamar. Sabia que não me possuía, do jeito dela.

Por sorte, o destino botou-me no atalho, por onde sugeri que caminhássemos até a Estação, um circo armado. Sem que combinássemos ou falássemos qualquer frase, fomos a ele nos dirigindo. Dois meninos perdidos das mães a gazetear a aula da vida. Entramos; era um circo pobre, mas nós o amávamos. A lona colorida, as cores sumidas de seus antigos tons gastos da experiência em tantas praças, mesmo assim, e por isso mesmo, fazia com que se desse um suspense de um alto trapézio no peito. Ó dono do circo, levai-me e alimentai-me junto aos leões. Trocai-me por um de vossos palhaços! *Os artistas de circo são superiores a mim porque sabem fazer pinos e saltos mortais a cavalo e dão os saltos só por os dar. E se eu desse um salto havia de querer saber por que o dava e não os dando entristecia-me. Eles não são capazes de dizer como é que os dão, mas saltam como só eles sabem saltar. E nunca perguntaram a si mesmos se realmente saltam.* Saímos do circo mudos e ridentes, ambos aliviados, sabe-se lá de quê. *Meu passeio calado é uma conversa contínua, e todos nós, homens, casas, pedras, cartazes e céu, somos uma grande multidão amiga, acotovelando-se de palavras na grande procissão do Destino. Quando me sinto isolado a necessidade de ser uma pessoa qualquer surge e redemoinha em volta de mim em espirais oscilantes. Esta maneira de dizer não é figurada e eu sei que ela redemoinha em volta de mim como uma borboleta em volta de uma luz. Talvez o meu destino seja eternamente ser guarda-livros, e a poesia ou a literatura uma borboleta que, pousando-me na cabeça, me torne tanto mais ridículo quanto maior for a sua própria beleza.* Viajamos eu e Ophelia de volta no comboio e agora eu estou só como uma estátua grega, faltando-me apenas a beleza para tanto.

Estou de volta à minha velha casa. Antes de aqui chegar passei na Brasileira e lá atravessei o crepúsculo a beber, a escrever estes manuscritos na mesa deste meu estimado café do Chiado até que a madrugada me devolvesse ao meu quarto neste sobrado da Coelho da Rocha, onde oxalá um dia hão de erguer um museu em meu nome. Gostava de parar de escrever este meu diário de nada. Queria poder deter-me ou detê-lo. Tão desinteressante. Como posso eu saber se a alguém interessaria esta verborragia de um opiário de quem a pseudo-namorada roubou o cachimbo e a paz? Ah, louco sonhador que sou! Por que anoto este amontoado de dados do que afinal não foi minha vida? *Duas horas e meia da madrugada. Acordo e adormeço. Durmo com a mesma razão com que acordo e é no intervalo que existo.* Arre! *Vou atirar uma bomba ao destino.* Afinal, qual é o meu problema?

Amanhece um novo dia em Lisboa. Quisera ver o Tejo, ter direito aos seus louvores. Sou um raciocinador que usa as palavras numa luta. *Hoje que tudo me falta, como se fosse o chão, que me conhece atrozmente, que toda a literatura que uso de mim para mim, para ter consciência de mim, caiu, como o papel que embrulhou um rebuçado mau — hoje tenho uma alma parecida com a morte dos nervos, necrose da alma, apodrecimento dos sentidos. Tudo quanto tenho feito, conheço-o claramente: é nada. Tudo quanto sonhei, podia tê-lo sonhado o moço de fretes. Tudo quanto amei, se hoje me lembro que o amei, morreu há muito. Ó Paraíso Perdido da minha infância burguesa, meu Éden agasalhando o chá noturno, minha colcha limpa de menino! O Destino acabou-me como a um manuscrito interrompido. Nem altos nem baixos — consciência de nem sequer a ter... Papelotes da velha solteira — toda a minha vida. Tenho uma náusea do estômago nos pulmões. Custa-me a respirar para sustentar a alma. Tenho uma quantidade de doenças tristes nas juntas da vontade. Minha grinalda de poeta — eras de flores de papel, a tua imortalidade presumida era o não teres vida. Minha coroa de louros de poeta — sonhada petrarquicamente, sem capotinho mas com fama, sem dados mas com Deus — tabuleta de vinho falsificado na última taberna da esquina!*

Sou um homem diferente. Explicarei a Ophelia que não sirvo para ela, não sirvo para amar. Não sirvo mesmo, apesar de ter sempre esperado de uma certa forma o amor, mesmo entendendo-me como um homem feio. Prefiro o exílio. *Sofri a humilhação de me conhecer. Nunca duvidei que todos me traíssem; e pasmei sempre quando me traíram. Quando chegava o que eu esperava, era sempre inesperado para mim. Nem posso conceber que me estimem por compaixão, porque, embora fisicamente desajeitado e inaceitável, não tenho aquele grau de amarfanhamento orgânico com que entre na órbita da compaixão alheia, nem mesmo aquela simpatia que a atrai quando ela não seja patentemente merecida; e para o que em mim merece piedade, não a pode haver, porque nunca há piedade para os aleijados do espírito. De modo que caí naquele centro de gravidade do desdém alheio, em que não me inclino para a simpatia de ninguém. Compreendi que era impossível a alguém amar-me, a não ser que lhe faltasse de todo o senso estético — e então eu o desprezaria por isso.* Ophelia há de entender que não sou talhado para ser o amor de alguém! Além do quê, circulo tão bem cá nos meus interiores que o tempo que passo com o outro me desencontra de mim e deixo de fazer essas filhas-palavras com que vos escrevo. Conclusão: se calhar será melhor para o mundo que eu permaneça solteiro. Nem eu e nenhum dos meus heterônimos conseguimos adentrar com sucesso no pântano que separa um ser humano do outro. Acaso é alguém casado realmente feliz? Talvez o seja, a vida é o que fazemos dela. Por isso Bernardo Soares, bom relator da depressão que acompanha meu drama diário, também não achou uma rapariga com quem pudesse deitar-se, a quem penetrar com a fúria ou a doçura ou os outros modos de um macho penetrar na mulher que deseja.

Passei a vida a ouvir essas perguntas, insistências curiosas para que o Fernando apresentasse a toda a sociedade e à família a sua noiva, alguma noiva à alguém. *Quando digo que sempre gostei de ser amado, e nunca de amar, tenho dito tudo. Magoava-me sempre o ser obrigado, por um dever de vulgar reciprocidade — uma lealdade do espírito — a corresponder. Agradava-me a passividade. De atividade, só me aprazia o bastante para estimular, para não deixar esquecer-se, a atividade em amar daquele que me amava. Reconheço sem ilusão a natureza do fenômeno. É uma inversão sexual fruste. Para no espírito. Sempre, porém, nos momentos de meditação sobre mim, me inquietou. Não tive nunca a certeza, nem a tenho ainda, de que essa disposição do temperamento não pudesse um dia descer-me ao corpo. Não digo que praticasse então a sexualidade correspondente a este impulso, mas bastava o desejo para me humilhar. Somos vários desta espécie pela história abaixo — pela história artística sobretudo,* mas não só. Mas isso... o que realmente importa? Estamos sempre expostos e confiados aos desconhecidos de confiança neste mundo, e talvez tenhamos em nossas casas os quadros, os livros, as pinturas de homens ilustres que jamais conheceram uma mulher; não sabemos da sexualidade de tantos que admiramos! E os burgueses, os moralistas, os conservadores, os implacáveis julgadores da moral alheia? Nunca tiveram desejos obscuros, inconfessáveis, no escuro do quarto, enquanto dormem ao lado de suas esposas frias, escolhidas por dote e interesse? E que decisão tomarão os intolerantes à escolha do objeto amoroso alheio quando souberem que o médico que esta noite há de operar e salvar, por sua bela reputação e competência, a vida do filho deles é mantenedor de um apartamento montado em Coimbra para um certo robusto jovem estudante de medicina a quem venera como a um Apolo e a quem faz mimos quando volta cansado do hospital? E se souberem disso os que tiverem filhos salvos por um profissional homossexual, desvalorizarão imediatamente o venerável feito? Retira da medicina o mérito, recolhe da ciência a glória o sexo de seus atores? Há muitos espalhados na história, eu sei. Há os anônimos: padres, dentistas, tutores, marinheiros, militares, escritores (conheço alguns), bombeiros, advogados e até delegados que veem no espelho do desejo a figura doutro homem. Ó Portugal, por que tanta severidade? Ninguém tem culpa disso. É portanto crime querer-se?

Uma vez, uma doida internada no hospício onde minha avó Dionísia tanto viveu disse-me que sua família a confinara. Estava lá desde que tinham descoberto seu caso com uma freira. Chamava-se Maria de Fátima e no fundo não perdoava a santa por ter permitido que ela se embrenhasse em um amor de virgens. Ó humanidade, não sabeis dos segredos que habitam os lençóis da história! Quem sabe o que oculta a cama dos reis? Somos todos herdeiros da libido que gemia sem escrúpulos na cama romana. E trazemos a autorização para o pecado indistinto ofertado-nos pelas orgias gregas.

Ninguém sabe o que acontece de verdade nas coxias do grande teatro da vida. São muitos os grandes homens do mundo que muito contribuem para o avanço da civilização que são homossexuais. Ou, ao menos, casos como o meu, que têm um temperamento feminino com uma inteligência masculina. Nessas situações, já que somos homens, a nossa vida é controlar o impulso, esse impulso de temperamento feminino, de modo que ele não desça ao corpo. E não é fácil. Não vou citar muitos, mas *Shakespeare e Rousseau são dos exemplos, ou exemplares, mais ilustres. E o meu receio da descida ao corpo dessa inversão do espírito* está no fato de perceber que em Shakespeare *desceu completamente em pederastia*; já em Rousseau, a coisa virou-se *num vago masoquismo.*

Meu Deus, onde estou com a cabeça? Eu não devia ter escrito isso! Oxalá ninguém jamais encontre essas provas contundentes contra mim e os meus. Oxalá morrerei antes de isso vir a público. O que posso fazer? *Toda obra tem que ser imperfeita. Imperfeito é tudo, nem há poente tão belo que o não pudesse ser mais. Choro sobre as minhas páginas imperfeitas, mas os vindouros, se as lerem, sentirão mais com o meu choro do que sentiriam com a perfeição, se eu a conseguisse, que me privaria de chorar e portanto até de escrever. O perfeito não se manifesta. Releio, sim, estas páginas que representam horas pobres, pequenos sossegos ou ilusões, grandes esperanças desviadas para a paisagem, mágoas como quartos onde se não entra, certas vozes, um grande cansaço, o evangelho por escrever. Cada um tem a sua vaidade, e a vaidade de cada um é o seu esquecimento de que há outros com a alma igual. A minha vaidade são algumas páginas, uns trechos, certas dúvidas... Releio? Menti! Não ouso reler. Não posso reler. De que me serve reler? O que está ali é outro. Já não compreendo nada.* Minha sorte está mesmo na afortunada possibilidade de a minha glória ser somente póstuma. Sinto-me mais à vontade a pensar assim. Um morto está sempre protegido. Do que podem ameaçá-lo? Estou a prever o meu destino. E o que digo assim será, segundo as cartas que ontem deitei para ler a minha sorte. Acompanha-me a carta d'O Enforcado, como síntese. Sinceramente pressinto que caminho para a morte, e não acho a graça que O Enforcado encontra no sacrifício. Gasto tantas palavras, para quê? A única coisa que almejo é que, lendo-me, a alguém possa servir às minhas inquietações. Talvez a dúvida de um possa reforçar a certeza do outro, e vice-versa. No entanto, sinto que a minha tarefa é garantir a liberdade aos que virão depois de mim, principalmente os portugueses. Serão mais modernos quando eu partir? Menos rígidos e mais livres quando por aqui eu não mais perambular? Eu, o poeta metido a gênio que nunca pôde realmente bem viver nesta terra e tampouco dela conseguiu livrar-se? Uma história com tamanho imbróglio dramático deve ter uma grande recompensa para o morto no final. I hope so. Não percebo com clareza minha relação com as mulheres. O amor também é uma associação de símbolos. O amor que ofereço às palavras poderia oferecê-lo às mulheres? É esse o mesmo que aprendi com a minha mãe, a primeira mulher da minha vida? Pois se não houve outro, só pode ser esse!

De qualquer modo procuro entender-me e *tudo na vida se faz por recordações. Ama-se por memória. Certa mulher faz-nos ternura por um gesto que lembra a nossa mãe. Certa rapariga faz-nos alegria por falar como a nossa irmã. Certa criança arranca-nos da desatenção porque amamos uma mulher parecida com ela quando éramos jovens, e não lhe falávamos. Tudo é assim, mais ou menos, o coração anda aos trambolhões. Viver é desencontrar-se consigo mesmo.*

Li com muita atenção os versos de Álvaro a uma *rapariga inglesa: tão loura, tão jovem, tão boa que queria casar comigo... que pena eu não ter casado com ela... teria sido feliz. Mas como é que eu sei se teria sido feliz? Como é que eu sei qualquer coisa a respeito do que teria sido, que é o que nunca foi? Hoje arrependo-me de não ter casado com ela, mas antes que até a hipótese de me poder arrepender de ter casado com ela. E assim é tudo arrependimento, e o arrependimento é pura abstração. Dá um certo desconforto mas também dá um certo sonho... Sim, aquela rapariga foi uma oportunidade da minha alma. Santo Deus! Que complicação por não ter casado com uma inglesa que já me deve ter esquecido!... Mas se não me esqueceu? (Escuso de me achar feio, porque os feios também são amados, e às vezes por mulheres.)* Depois, o Álvaro segue a delirar que a tal rapariga casou e já está *com o quarto filho nos braços, debruçada sobre o Daily Mirror*, compondo um quadro típico da casa suburbana inglesa; e ao mesmo tempo que imagina isso, tem ciúme da própria imaginação. Sou doido. Maluco. E é doido também meu pobre filho Álvaro de Campos. E a escrever tudo isto penso em vingar-me dela: *comem marmelada ao pequeno almoço na Inglaterra; vingo-me em toda a linguagem inglesa de ser um parvo português, e não é com piadas de sal do verso que te apago da imagem que tens no meu coração; não te disfarço, meu único amor, e não quero nada da vida.* Deitarei tudo isto para longe de mim, de meu pensamento, minhas teorias sobre as mulheres com quem nunca me casarei são enfadonhas. (ronco)

Amanhece. *O sorriso triste do ante-dia que começou.* Ficamos eu e Ophelia tanto tempo separados, dez anos! Desde o dia em que blefara, ao exigir-me que, se não a quisesse, que então eu deixasse o caminho livre para o Eduardo, o outro pretendente. Deixei, e o que se deu é que passamos uma década com ela a pensar em mim sem ter-me. Ora, não estou bem, nasci para imaginar, para criar ilusões, uma vida paralela em lugar da real. Nunca chamo a realidade para a mesa, não a quero por perto, não me interessa a sua exatidão. Não caibo em seu formato, não há prateleira onde haja um tipo igual a mim para pôr-nos em conjunto como fazem aos pratos. Sou estrangeiro e por isso mesmo essencialmente português. E sei que aos olhos dos outros tudo pode parecer de difícil compreensão, mas já disse aqui, já expliquei mil vezes aqui que agi sempre para dentro... *Nunca toquei na vida. Sempre que esboçava um gesto, acabava-o em sonho, heroicamente... Uma espada pesa mais que a ideia de uma espada... Comandei grandes exércitos, venci grandes batalhas, gozei grandes derrotas — tudo dentro de mim... Gostava de passear sozinho pelas alamedas e pelos grandes corredores e de comandar as árvores e desafiar os retratos das paredes. No grande corredor sombrio que há ao fundo do palácio passeei com minha noiva muitas vezes. Eu nunca tive uma noiva real. Nunca soube como se amava. Apenas soube como se sonhava amar... Se eu gostava de usar anéis de dama nos meus dedos é que às vezes queria julgar que as minhas mãos eram de princesa e que eu era, pelo menos no gesto das minhas mãos, aquela que eu amava. Um dia foram-me encontrar vestido de rainha... Eu estava sonhando que eu era a minha esposa régia... Gostava de ver a minha face refletida porque podia sonhar que era a face de outra criatura — porque era de formas femininas, que era da minha amada que era a minha face refletida... Quantas vezes a minha boca tocou na minha boca num espelho! Quantas vezes apertei uma das minhas mãos com a outra, quantas adorei meus cabelos com a minha mão alheada, para que parecesse dela ao tocar-me. Não sou eu que te estou dizendo isto... É o resto de mim que está falando.*

Comecei a beber cedo. Passei o dia todo a pensar na pobre da Ophelinha, tão meiga, tão dedicada. Mas o que tinha essa parva moça de ocupar sua emoção com um velho decadente, quase da idade das tias com quem ela vive? Não fosse o poeta Carlos Queiroz, seu sobrinho e muito meu amigo, não nos teríamos nos reencontrado agora, já tão perto, eu o sinto, do meu final. Faltam-me quantos anos de vida ou quantos meses? Não sei. *A morte faz parte da vida*, isto sei. Mandei ao Carlos uma foto minha a beber em pé no Martinho. Não gosto de fotografias, mas dessa gostei, porque achei real, achei condizente com a minha ébria e ainda observadora alma. O Queiroz disse-me que a Ophelia viu e adorou mesmo sendo contra o meu consumo excessivo e contumaz de álcool. Amava-me. E ainda revelou-me que ela estava sozinha, e que adorava receber uma cópia com uma dedicatória minha. Foi então o registro do meu perfil, de pé, a virar o copo na boca, de olhos fechados, cabeça inclinada para o céu que está lá fora a cobrir o teto e a justificar as luzes acesas durante o dia, dentro da taberna, tendo centenas de garrafas ao fundo. Com a foto, o meu dedicar: "Fernando Pessoa em *flagrante* ***delitro***. Beijinhos para o bebê." Então, veja-se bem, a partir de uma fotografia é que recomeçamos o namoro, e vi-me às voltas com uma católica querendo casar-se comigo, outra vez! Ó meu leitor, tu me vês pai de família, camisa de noite, aprisionado no uniforme de sono pelos próprios sonhos literários não realizados? Imaginas-me em alguma outra personalidade, a não ser aquelas dos meus escritos, meus fantasmas, minhas vozes, meus espíritos, os meus heterônimos desde o Cavaleiro de Nada? Duvido. Duvido. Não creio que quereis de mim que seja diferente da surpresa que sou. Ó Cavaleiro de Nada, reapareça! Leve-me outra vez à pátria do Marinheiro, vista-me como um pequeno marujo, encolha-me até o cais do meu revestimento interior.

Uma vez estive com um rapaz lá na Cervejaria Jansen, e este, muito amigo do Sá-Carneiro, passou a noite a beber comigo e a ouvir-me falar de Kant, Nietzsche, Freud, uma bagunça etílica que se apoiava na névoa que envolve a lucidez e a clareza das ideias quando toda a roda está a beber. A certa altura perguntei-lhe: Tu serias capaz de amar alguém por sua beleza interior? Ao que o destemido jovem respondeu-me, de chofre: "Eu seria capaz de amar a vossa beleza interior com muita facilidade, meu caro Fernando, mas, uma vez conhecendo o vosso interior, gostaria de um dia conhecer-vos a capital." (silêncio.)

Não sei por quê, mas apanhei-me muito constrangido; o rosto muito vermelho e quente. Comecei a achar que não estava a perceber as coisas do modo certo. Fugi para casa bruscamente, e, na cabeça, só uma palavra, um grito como uma tocha ardente com força de tempestade: *Volta amanhã, Realidade!*

Aquele monte de tias, a parentada que acompanhava a Ophelia, assustava-me sobremaneira. Nossos assuntos íntimos, minha recusa em desfilar ao seu lado oficialmente como minha noiva, mulher ou companheira, qualquer oficialidade de rótulo e estado civil, as minhas ausências inexplicadas, as minhas faltas aos encontros, a minha bebedeira, as minhas dúvidas e, acima de tudo, uma dedicação obsessiva aos meus escritos contra tudo e contra todos eram o grande tema na varanda e na sala da casa dela. Sustentavam as conversas. Nutriam os boatos. Às vezes, quando a passar na rua estão elas todas a observar-me de cima da sacada, imediatamente, sinto-me queimar a orelha esquerda. Lembro-me de que a negra Paciência dizia que esse era um sinal de que alguém não está de boas línguas com o nosso nome. Sei lá, pode ser cisma, mas não era justo arrastar a casadoura rapariga para a companhia incerta de um homem que decididamente nesse campo não sabe o que quer. E pior que isso, nem sabe querer. As tias dela tinham razão. Além do quê, era uma moça romântica que merecia o cavalheiro que um verdadeiro romance lhe oferecesse. Eu não queria ser-lhe o vampiro da esperança nem o fornecedor das ilusões. Escrevi então uma carta portando uma delicadíssima honestidade e essa carta pretendia devolver a Ophelia o seu futuro, entregar-lhe de volta intacto o seu sonho de casar. Sonho este que esteve refém de um pirata bêbado da fúria do mar.

Ophelinha pequena: Como não quero que diga que eu não lhe escrevi, por efetivamente não lhe ter escrito, estou escrevendo. Não será uma linha, como prometi, mas não serão muitas. Estou doente, principalmente por causa da série de preocupações e arrelias que tive ontem. Se não queres acreditar que estou doente, evidentemente não acreditará.

Mas peço o favor de me não dizer que não acredita. Bem me basta estar doente; não é preciso ainda vir duvidar disso, ou pedir-me contas da minha saúde como se estivesse na minha vontade, ou eu tivesse obrigação de dar contas a alguém de qualquer coisa. O que lhe disse de ir para Cascais (Cascais quer dizer um ponto qualquer fora de Lisboa, mas perto, e pode querer dizer Sintra ou Caxias) é rigorosamente verdade: verdade, pelo menos, quanto à intenção. Cheguei à idade em que se tem o pleno domínio das próprias qualidades, e a inteligência atingiu a força e a destreza que pode ter. É pois a ocasião de realizar a minha obra literária, completando umas coisas, agrupando outras, escrevendo outras que estão por escrever. Para realizar essa obra, preciso de sossego e um certo isolamento. Não posso, infelizmente, abandonar os escritórios onde trabalho (não posso, é claro, porque não tenho rendimentos), mas posso, reservando para o serviço desses escritórios dois dias da semana (quartas e sábados), ter de meus e para mim os cinco dias restantes.

Toda a minha vida futura depende de eu poder ou não fazer isto, e em breve. De resto, a minha vida gira em torno da minha obra literária — boa ou má, que seja, ou possa ser. Tudo o mais na vida tem para mim um interesse secundário: há coisas, naturalmente, que estimaria ter, outras que tanto faz que venham ou não venham. É preciso que todos que lidam comigo se convençam de que sou assim, e que exigir-me os sentimentos, aliás muito dignos, de um homem vulgar e banal é como exigir-me que tenha olhos azuis e cabelo louro. E estar a tratar-me como se eu fosse outra pessoa não é a melhor maneira de manter a minha afeição. É preferível tratar assim quem seja assim, e, nesse caso, é "dirigir-se a outra pessoa" ou qualquer frase parecida. Gosto muito mesmo da Ophelinha. Aprecio muito — muitíssimo — a sua índole e o seu caráter. Se casar, não casarei se não consigo. Resta saber se o casamento, o lar (ou o que quer que lhe queiram chamar), são coisas que se coadunem com a minha vida de pensamento. Duvido. Por agora, e em breve, quero organizar essa vida de pensamento e de trabalho meu. Se a não conseguir organizar, claro está que nunca sequer pensarei em pensar em casar. Se a organizar em termos de ver que o casamento seria um estorvo, claro que não casarei. Mas é provável que assim não o seja. O futuro — e é um futuro próximo — o dirá.

Ora aí tem, e, por acaso, é a verdade. Adeus, Ophelinha. Durma e coma, e não perca gramas. Seu muito dedicado, Fernando.

Soube, pelo Carlos Queirós, que a carta lhe doeu muito. E depois ela própria respondeu-me com todos os seus prantos. Compreendo-a, sei bem o que é não realizar o que desejamos. Acontecera também algo de que não gostei e não precisava mesmo depois disso. O Álvaro, que tanto atrapalhara o nosso romance, meteu-se outra vez na conversa e também escreveu-lhe uma carta. E quem a postou fui eu, o parvo do Fernando. Lástima! Merda! Como o pude permitir?! Mas aquele que conhece os seus versos sabe que não é possível deter o Álvaro. É um engenheiro naval enlouquecido que traz consigo uma sinfonia de máquinas e ruídos, e vem disposto a não perdoar ninguém:

Exma. Senhora D. Ophelia Queirós,

Um abjeto e miserável indivíduo chamado Fernando Pessoa, meu particular e querido amigo, encarregou-me de comunicar a V.Exª., considerando que o estado mental dele o impede de comunicar qualquer coisa, mesmo a uma ervilha seca (exemplo da obediência e da disciplina) — que V. Exª. está proibida de:

(1) pesar menos gramas,

(2) comer pouco,

(3) não dormir nada,

(4) ter febre,

(5) pensar no indivíduo em questão.

Pela minha parte, e como íntimo e sincero amigo que sou do meliante de cuja comunicação (com sacrifício) me encarrego, aconselho V. Exª. a pegar na imagem mental que tens formada do indivíduo cuja citação está estragando este papel razoavelmente branco, e deitar essa imagem mental na pia, por ser materialmente impossível dar esse justo

Destino à entidade fingidamente humana a quem ele competiria, se houvesse justiça no mundo.

Cumprimenta V.Exª., Álvaro de Campos, Eng. Naval — 25/09, ABEL

Ao reparar-se que escrevia no Abel, notar-se-á que o Sr. Campos estava mesmo bêbado. E é surpresa que só agora esteja eu dando-me conta de que a carta de Álvaro chegara antes da minha. Fora escrita quatro dias antes! Ó perturbação, tereis algum dia fim? Espero ao menos que estes escritos sirvam para a ciência como testemunho das mordidas da loucura dentro da cabeça de um homem estudioso, justiça me seja feita! É isto o que me ocorre. Tenho cura, ó Tempo futuro? Ninguém responde. As semanas que se sucederam a esse fim de namoro fitaram-me com olhos de vizinhos curiosos sobre um homem derrotado. Na luta entre Eros e Psiquê, quem vencera em mim, ó Senhor Deus? Passei a ver-me mesmo como um louco, *estou alheio a tudo e igual a todos: estou dormindo desperto com sonhos que são loucura porque não são sonhos.* Perdi o juízo. As coisas nunca estiveram tão fora de ordem. Passo noites e noites acordado, tentando deixar bem claro as divisões de minha obra, suas sessões, seus "autores" identificados pelas iniciais, tudo muito bem arrumado e disposto no baú para que, no futuro, a publicação aconteça. Estarei morto e não quero incômodo póstumo de não ter arrumado isto. Outro dia fiquei sem banhar-me, quase sem comer e sem sair de casa por dias, envolto nos meus papéis, como um mendigo e isolado, como um verso por terminar, ao qual o poeta nunca volta.

Tenho bebido muito. Não sei onde isso vai parar, se vai parar. Tenho feito coisas com as quais não concordo. A sandice volta a escrever à Ophelia e já com um grau de álcool a fazer calda para os neurônios que a doida escrita vem provar: *"Bom dia, bebê: Estou doido, e não posso escrever uma carta: sei apenas escrever asneiras. Se me pudesse dar um beijo, dava? Então por que não dá? Má. A verdade é que o dia de hoje se embrulhou de tal maneira, que mal tenho tempo de lhe escrever mal este pouco tempo. Vespa. E acabei e pronto. Dá-me a boquinha para comer? Íbis.*

Peço desculpinha de arreliar. Partiu-se a corda do automóvel velho que trago na cabeça, e o meu juízo, que já não existia, fez tr-tr-r-r-rr... Gosta de mim por mim ser mim ou por não? Ou não gosta mesmo sem mim nem não? Ou então? Todas estas frases e maneiras de não dizer nada, são sinais de que o ex-Íbis, o extinto Íbis, o Íbis sem concerto nem gostosamente alheio, vai para o hospício de Telhal, ou para o de Rilhafoles, e lhe é feita uma grande manifestação à magnífica ausência. Preciso cada vez mais de ir para Cascais, Boca do Inferno, mas com dentes de cabeça para baixo, e fim, e pronto e não há mais Íbis nenhum. E assim é que era para esse animal ave esfregar a fisionomia esquisita no chão. Mas se o bebê desse um beijo, o Íbis aguentava a vida um pouco mais. Dá? Lá está a corda partida — r-r-r-r-r-r-r-r-r-r-r-r — a valer. Fernando.

O fato é que sou um covarde, crescer foi cedo e duro para mim. Hoje digo que *tive um dia a ocasião de casar, porventura de ser feliz, com uma rapariga muito simples, mas entre mim e ela ergueram-se-me na indecisão da alma catorze gerações de barões, a visão da vila sorridente do meu casamento, o sarcasmo dos amigos nunca íntimos, um vasto desconforto feito de mesquinhezas, mas de tantas mesquinhezas que me pesavam como a comissão de um crime. E assim, eu, o homem de inteligência e de desprendimento, perdi a felicidade por causa dos vizinhos que desprezo.* Desde que voltei da África eu disse que era sozinho. Quando parti em todos os navios julguei que fosse sozinho porque já naquela altura foi-me necessário criar amigos com os quais circulo nos largos campos da imaginação, e de cuja pátria sou prisioneiro, sou o argonauta, mais conhecedor dos mares do que da terra firme, o Capitão das Sensações. *Começo a conhecer-me. Não existo. Sou o intervalo entre o que desejo ser e os outros me fizeram, ou metade desse intervalo, porque também há vida. Sou isso, enfim... Apague a luz, feche a porta e deixe de ter barulhos de chinelos no corredor.*

Décimo quarto capítulo

Impressões do meu crepúsculo

Fernando pessoa em flagrante delitro.

DIÁRIO

N.º

N.º

A vida... branco ou tinto, é o mesmo:
é para vomitar.

Álvaro de Campos

Tenho estado esses dias como árvore seca. Sem frutos. Será este um poente? O meu poente? Um homem não se põe com a mesma dignidade do sol. Falta-lhe estilo e sobra-lhe consciência. Para ser verdadeiramente astro há que se ser espontâneo. E há mais: o sol não apodrece. Em casa, nos últimos tempos, nunca tenho estado a escrever. Escrevo em folhas soltas no pensamento, quero dizer, em meu caderno eterno, meu caderno de cabeça. Um gole de bagaceira continua a vir ilustrar os meios de minhas manhãs. Tenho muitas náuseas. Quando consigo caminhar e estou sem dores intermitentes, fico assim: da casa para o Martinho da Arcada, do Martinho para casa. Gosto de ali estar. Sozinho com meus escritos, ou entre os garçons. São os rapazes companheiros da minha fraqueza, cúmplices de minha dependência. E são apenas, também, homens trabalhadores, pais de família, inocentes, fazendo o seu serviço honesto. Isto é, o serviço de me deixar matar-me lentamente. E para isso servem-me.

Mentira, ó injustiça minha. Minha alma já carrega sua embriaguez, e é isso o que a claudica. Não o álcool, não o ópio. *É antes do ópio que minha alma é doente.* São inocentes as coisas. Sem os viciados não existem os vícios. Cambaleante, em versos passo-me nas noites novas que nascem dos fins de tarde dos meus escritórios, guio-me à cadeira do Café A Brasileira e não bebo deste café. Meu aguardente, que mais cólicas me provoca por efeito e princípio, também alivia-me, anestesia, aquece. Para isso sou eu, que bem entendido seja, um arranjador de paradoxos. A *velha angústia transbordou da vasilha em lágrimas, em grandes imaginações, em sonhos em estilo de pesadelo sem terror, em grandes emoções súbitas sem sentido nenhum. Transbordou. Mal sei como conduzir-me na vida com este mal-estar a fazer-me pregas na alma!*

As cólicas têm aumentado muito. Os intervalos entre elas é que me parecem estar a diminuir. Não me intrigam mais as longas noites de insônia ou o que há para o lado da Baixa, ou se a rapariga do Chiado esteve mesmo a olhar para mim naquele meio de tarde de um dia baço e quente, quando eu, parvo, não correspondi às expectativas dela ou dele, porque mais me preocupavam os trovões que, pelo peso das nuvens, eu sabia que viriam. Apanhar-me-ia a chuva oblíqua àquela hora? Não sei, não me interessa. *O meu caráter é tal que detesto o princípio e o fim das coisas, pois são pontos definidos.* E acho mesmo uma chatice hoje que alguma coisa tenha lá que ter razão, e mais, que a razão exista e importe a quem quer que seja. Digo isso porque estou tonto, agora não é mais cansaço, agora quase já espero o solavanco, o golpe que cada contração que me dobra o corpo e amarga a minha boca faz comigo. Parece quase que equiparar-se à amargura que trago numa boa parte da alma. Dizem os médicos que meu fígado foi machucado por mim mesmo como se fosse um inimigo meu, como se não me pertencesse e eu o esfaqueasse acreditando na mágica que o refizesse como a um herdeiro de Prometeu. Quem é o traidor? Eu vos pergunto. Se silencioso estava lá o órgão para proteger-me, para filtrar, e eu, tão ocupado com os afazeres da inércia, não poderia seguir também incumbido de cuidar das funções de um fígado! Se trata-se de um órgão pertencente a um bebedor, ora pois, tem de estar-me à altura. Estou surdo às ordens médicas, portanto. Não pararei de beber. Se o fizer, aí é que morro mesmo. Sem beber, viver é tremer. Pois parece um pouco ter a graça de uma publicidade, mas o pensamento ocorreu-me mesmo assim, como está escrito. Não quero fazer graça. Há muito morreu-me o palhaço. Enjoo, Mal-Estar, Amargurado e Quase Morto são os nomes de meus palhaços de agora. Como cabe também ao fígado a regulação química da alegria ou tristeza, os danos ao meu fazem do Mau Humor meu mais constante anjo da guarda.

Acabarei por findar-me sem ter os livros que eu queria ver lidos nas mãos de todo português. Quero ser o orgulho português um dia! Não foi possível e vejo que não dará tempo de publicar o *Arco do Triunfo*, por exemplo, do Campos. São tantas coisas. Se eu fosse publicado em vida, poupar-me-ia o juízo moral e intolerante dos chamados homens de bem de minha terra? Acaso sobreviveriam às tiranias os meus versos? O português médio me compreenderia? Compreender-me-ia o homem popular com os dentes roxos do vinho de toda uma vida? Que diriam se soubessem dos meus pensamentos que abrigam homens como Álvaro de Campos, que é uma pessoa que não esconde de ninguém seus costumes gregos e sua, não apenas tendência, mas preferência pelo mesmo sexo? Acaso viriam as preferências do Álvaro para a minha conta? Trago tantas perguntas caladas. Trago metros de palavras em lugar das tripas e sou um livro a explodir no peito. É de fole o meu coração, feito destas páginas, se vistas na vertical. Queria-me para os de agora, gostava de poder ser do meu tempo, porém dedico-me ao que ficará inédito, pelo visto. *Sou inteligente: eis tudo.* E minha inteligência exige que eu corra contra o tempo, estando eu tão próximo do meu último capítulo e não podendo, mesmo sendo eu o seu autor, desviar-me do anunciado fim, do desenrolar do inexorável. Ontem fui cobrado por um estudante, leitor do Álvaro de Campos no *Orpheu*; pressionou-me ao perguntar-me por que não publico mais nada e em nenhum jornal. Sem razão aparente, não é que apanhei-me com raiva do jovem!? Talvez houvesse um pouco do que fui nele. Irritou-me a densa camada de ilusão que vi a cobrir-lhe os tenros pensamentos. Respondi com fúria: Queridíssimo fedelho, *não é que não publique porque não quero: não publico porque não posso. Ora sucede que a maioria das coisas que eu pudesse escrever não poderia ser passada pela censura. Posso não poder coibir o impulso de escrevê-las: domino facilmente, porque não o tenho, o impulso de as publicar nem vou importunar os censores com matéria cuja publicação eles teriam forçosamente que proibir. Sendo assim para que publicar?* O menino, recém-feito-homem, a portar o garbo inocente dos seus 20 anos, saiu atordoado com o ralhar do admirado sobre a cabeça do admirador. A pergunta do gajo de alguma maneira ardera em mim? Ou seria o gole de aguardente a escorrer em fogo por uma estrada de carne viva? Morta minha mãe, mortos meus mortos, ninguém agora nessa hora me salva. Vamos lá ver se a morte há de saber ferir-me mais do que a vida o fez? Vida? Que vida? Ah, sim, esta que vos narro, esta que sonhei.

Mesmo com demoníacas dores abdominais esforço-me para chegar até o fim destas memórias. Temo que não se cumpra esse meu último desejo. *Nenhum dos meus escritos foi concluído. Pelas minhas tendências naturais, pelo ambiente que rodeou a minha infância, pela influência dos estudos realizados sob o impulso destas mesmas tendências, por tudo isto o meu caráter é do gênero interior, egocêntrico, calado, não autossuficiente, mas perdido em si próprio. Toda a minha vida tem sido de passividade e sonho.* Aliás, *não reflito, sonho; não estou inspirado, deliro. Não consigo evitar a aversão que tem o meu pensamento pelo ato de acabar seja o que for. Nenhum dos meus escritos foi concluído; sempre se interpuseram novos pensamentos, associações de ideias... pode ser que um dia eu venha a ser realmente célebre, nos termos e nas condições em que desejo que isso seja tratado. Cada vez estou mais só, mais abandonado. Pouco a pouco quebram-se-me todos os laços.* Se ao menos eu pegasse um livro para ler, mas para quê? *Antigamente sabia ler. Hoje, quando leio, extravio-me. Estou aqui sentado, a escrever à minha mesa, com a caneta na mão e de súbito acomete-me o mistério do universo e paro, estremeço, receio. Desejo nesse momento deixar de sentir, matar-me, bater a cabeça contra a parede.* Embora esteja eu vivendo meus instantes finais, desde que perdi minha primeira infância tudo fora sempre assim. Meus mortos, meus mortos, clamo por todos; meu pai, minha Magdalena, meu irmãozinho e minhas irmãzinhas, o cheiro profundo da avó Dionísia... O vinho da avó Dionísia... suas palavras a armarem o baralho do delírio, a fazerem-me viver numa infância eterna dentro de um grande quebra-cabeças. O caleidoscópio de emoções arrasta-me e não há ninguém aqui. Álvaro de Campos, Ricardo Reis, Alberto Caeiro, nenhum dos meus três cavaleiros salvar-me-á do meu apocalipse. O quarto cavaleiro seria eu, mas eu estou muito ocupado em morrer. O bom seria que Chevalier chegasse e levasse-me outra vez à casa de minha infância. Uma só vez mais, eu imploraria, porque é da espécie dele viajar e transitar no tempo daqueles cinco anos, o teatro com suas óperas e peças ao lado de minha primeira morada na terra. Que Chevalier me conduzisse até lá, grita agora, exatamente como a vida inteira gritou, o meu desespero. Silêncio como resposta. Ah, *pobre velha casa da minha infância perdida! Quem te diria que eu me desacolhesse tanto! Que é do teu menino? Está maluco. Que é de quem dormia sossegado sob o teto provinciano? Está maluco. Quem de quem fui? Está maluco. Hoje é quem eu sou.*

Ah, meu amado Mário, a quem confiei o mais íntimo de meus segredos, mais do que o fiz à minha literatura. O que na minha literatura esteve tramado e urdido nas subintenções das frases, a Mário de Sá-Carneiro ofereci cru. Não quero ir. Partir daqui. *Que tristeza a de partir! What time did the captain say an order to leave?* Haverá Deus? Mário, estou a caminho e sei que não o encontrarei. Nem a ti, nem a Whitman. Nenhum de nós críamos num céu que fosse possível. Inferno que fosse o destino de nossos planos no Juízo Final, também lá não caberíamos, porque seria preciso no inferno crer para que lá estivéssemos, ora pois! Quando Goethe partiu pediu "luz, mais luz", e foram estas suas últimas palavras antes de adentrar a grande treva. Eu nada peço além de passagem. Pois façamos de conta, ao escrever versos, que estamos escrevendo uma peça. Ó Mário, deixaste o mesmo Portugal que eu deixarei, cheio de lepidópteros. Fiquei mais um pouco por aqui e escuso dizer que não melhorei muito as coisas que deixaste. Tudo continua igual. *Tenho a náusea física da humanidade vulgar, que é, aliás, a única que há. E capricho, às vezes, em aprofundar essa náusea, como se pode provocar um vômito para aliviar a vontade de vomitar. Sou como alguém que procura ao acaso, não sabendo onde foi oculto o objeto que lhe não disseram o que é.* É cego também aquele que não sabe o que busca. *Uma espécie de antineurose do que serei quando já não for gela-me corpo e alma. Uma como que lembrança da minha arte futura arrepia-me de dentro. Numa névoa de intuição, sinto-me, matéria morta, caído na chuva, gemido pelo vento. E o frio do que não sentirei morde o coração atual.* Ah, Mário, saudades imensas, saudades tuas é o que sinto! Quisera agora mesmo receber um bilhete teu, como já houve, a dizer assim: "Se não chover, meu querido amigo, estarei depois de amanhã, segunda-feira, 19, no Martinho, à tarde, entre as três horas e as três e um quarto. Em ponto. Ficaria-lhe muito grato se aparecesses. Mil saudades e um abraço do seu Mario de Sá-Carneiro." Ah, como desejava agora criar uma outra realidade, um paralelo real no qual vivesses ainda; como quisera fazer contigo agora um brinde a nós, bailando no ar, a tocar as taças, sentir o brilho de teu tilintar, o toque do cristal, o badalar do agradável choque de um objeto contra o outro entre dois homens, um a favor do outro, a beberem e a dizerem juntos, como sempre fazíamos: *A vida, tinto ou branco, é para vomitar!* Mário, Mário, ainda bem que estou a publicar suas obras completas. Que o mundo o saúde e conheça seu verso desconcertante, sua prosa sem pena de qualquer aristocracia, Ah, meu doce irmão amigo, tanta falta me fazes! De ninguém mais nesta vida recebi tantas cartas. O meu Sá, a quem mostrei até os poemas ruins, a quem expus a literatura que compromete o avesso de um homem em estado de rascunho. Mostrei-vos a parte interna da costura do meu fato. Aquilo que não se vê num homem, a não ser que o afeto de um irmão verdadeiro lhe abra a porta. Tua amizade também para comigo era uma confissão, e talvez eu tenha sido, se não o único, o primeiro a saber a data, as condições, as circunstâncias, o cenário de toda a cena de tua calculada morte. Mesmo com toda a nossa graça e humor, nossa correspondência era de sangue, era essa a tinta e eram os nossos corações os tinteiros.

O terror noturno avança com suas implacáveis botas pisando em minha direção. Nada me socorre. Outro dia tive a nítida sensação de ver a avó Dionísia claramente a me olhar pela janela do quarto. Certifiquei-me de que se tratava mesmo de um delírio quando a mesma imagem eu vi no céu da noite de insônia, depois que a tempestade passou. Era ela, e falava: "Sei bem no que estás a pensar, Fernando Antônio, estás com medo da loucura, não é? Pois este medo, meu neto, é já a loucura. E, pensando bem, há muitas horas em que, entre um fumo e outro, ela não vos parece lá tão mal." Ouvir a voz da imagem no meio das crises estranhamente me refaz. Ao trabalho, rapaz! Tenho que organizar Álvaro de Campos, tenho que me mexer! A inatividade provocada pelos picos da doença tem me feito adiar a organização sistemática do meu baú, de minha obra por terminar. Quero mudar-me daqui, ir viver para Cascais ou mesmo para os lados de Sintra, repito. É-me muito triste a irreparável perda de tempo, quando percebo, no meio das tarefas, certos *impulsos, criminosos alguns, loucos outros, atingindo, em meio de minha agonia, uma horrenda tendência para a ação, uma terrível musculosidade, sentida nos músculos, são comuns em mim e o horror deles e da sua intensidade — maiores agora do que nunca em número e em intensidade — não pode ser descrito.* Há muito o que fazer e o meu tempo está a apertar. A morte anda no meu encalço, e não há na vida um lugar seguro onde possamos dela nos esconder. Será que ninguém vê que sou um louco sem tratamento ou medicação? Não te rias de mim, mas analisa bem as provas que atestam a enfermidade de uma cabeça: tenho medo ou timidez doentia da vida social; sou médium, embora não acredite em espíritos; na mesma linha, sigo ouvindo as vozes dos mortos que amei, as vozes que me ditam as obras dos meus heterônimos, a minha própria voz, que escuto a soprar-me poemas e da qual sou datilógrafo; organizo a papelada toda que compulsivamente produzo, confiante de que, como um tesouro, será descoberta no futuro e fará de meu nome um verdadeiro supra-Camões. Não amei ninguém, não fui amado, não tive filhos, sogra, cunhados, não aceitei bons cargos promissores porque tudo isso roubar-me-ia de minha obsessão. E o pior, fiz tudo na certeza de que sou um gênio incompreendido do meu tempo e por isso preparo a minha obra para os dias que ainda virão. Ou seja, neste momento, os hospícios estão cheios de Napoleões, Cristos e de outros doidos que, como eu, acham-se superiores, incompreendidos e injustiçados. Arre! *Estou cansado de confiar em mim próprio, de me lamentar, de derramar lágrimas de piedade de mim próprio.* Pois de fato, é verdade: *tenho pensamentos que, se pudessem revelá-los e fazê-los viver, acrescentariam uma nova luminosidade às estrelas, uma nova beleza ao mundo e maior amor ao coração dos homens.* Oh! Mas de que adianta pensar nisso agora. Está aí nas livrarias o *Mensagem*, meu único livro publicado, e ainda assim eu não estou bem. Só foi publicado por causa de um concurso. Magoa-me tudo. Dói-me o que vejo. *Cerca-me um vazio absoluto de fraternidade e de afeição. Mesmo os que me são afeiçoados não me são afeiçoados; estou cercado de amigos que não são meus amigos e de conhecidos que não me conhecem.*

O meu amigo Mário dizia-me que eu devia ter paciência. Por amar meus versos, acreditava que um dia o mundo saberia da minha grandeza. O Sá-Carneiro era um grande provocador e sua irreverência nutria a nossa amizade de uma maneira que nenhum outro laço o fez em toda a minha existência. Ele defendia-me com unhas e dentes; lembro-me de uma carta em que o fazia com ardor: "Não é o pensamento que deve servir a arte — a arte é que deve servir o pensamento, fazendo-o vibrar, resplandecer — ser luz, além de espírito. Mesmo, na sua expressão máxima, a Arte é Pensamento. E quando por vezes é grande arte e não é pensamento; é-o no entanto porque suscita o pensamento — o arrepio que uma obra plástica de maravilha pode provocar naquele que a contempla. Ah! Como eu amo a Ideia! E como você, o admirável ideólogo, é o magnífico estatuário. Como me enraiveço que tantos não estremeçam os seus versos e encolham até os ombros desdenhosamente. Há que lamentá-los, só. São ancilosados da chama;

incapazes de fremirem em frente do que não está catalogado dentro deles — que não compreendem uma língua, só porque ignoram que ela existe, quando, se reparassem um pouco mais, breve veriam que essa língua era bem sua conhecida; apenas ampliada e mais brônzea, mais sonora e mais de fogo... Mas não há senão, meu caro Fernando, que ter paciência..." Pois resultou que o senhor Mário de Sá-Carneiro teve menos paciência do que eu. Obrigado, Mário, por me teres compreendido. Obrigado por eu vos ter amado.

Falhei em tudo. Como não fiz propósito nenhum, talvez tudo fosse nada. A aprendizagem que me deram, desci dela pela janela da traseira da casa. Ah! Quem me dera a vontade de ter aquela alegria dos luares africanos, minha mãe ao piano, os amigos aristocratas do comandante Rosa, uma alegria rica. Tenho saudades de sentir falta daquilo. Saudades de desejar. Portugal, cá estou eu, sem nada a sentir no peito a não ser a depressão, a angústia e a falta de jeito para estar vivo. Pudera, enterrou-me vivo a não glória! Lisboa me vê e não. O que entra pela janela é um ar abafado irritante que não me tira da cama para cumprir estas linhas, para escrever estas linhas, o que certamente só farei depois. Amanhã talvez. Eu, o da Raça dos Navegadores, Capitão de um vapor à deriva, desde a infância perdida! Como pude ter sido aquele menino pseudoinglês com episódios de graça, humor e criatividade para alegria dos meus irmãos menores? Onde terá ficado retida aquela criança? Em que mar, ó Tejo, terá se perdido o seu menino para sempre, para sempre? *O fato é que isso da gente sentir-se socialmente enterrado vivo é muito desagradável. E então a tampa do caixão das convenções está tão bem soldada! Algumas pessoas porém sentem a necessidade imperativa de bater nessa tampa, ainda que apenas esfolem os dedos. E depois não está hermeticamente fechada; pode-se respirar o bastante para se saber que não se pode respirar.* Tortura.

Acalma-te, alma, não haverá Deus. Vozes ocupam-me, as novas e as de sempre. E nenhuma delas tem a força de ordenar-me que basta de letargia, basta de ser a personagem estática da novela que eu mesmo teço. Pois que está ali, a um palmo de minha testa, a secretária por arrumar, a papelada marcada sobre a mesa. A marca da escrita frenética, dedos nervosos sobre a máquina de escrever. É isso o que dizem aquelas letras tatuadas com força no papel. Folhas assinadas por diversas iniciais. Confio que percebam a diferença: L.D, A.C, B.S, R.R. e F.P. Espero que não confundam Álvaro de Campos com Alberto Caeiro, enganados pelas mesmas iniciais. Pronto. Vou para os campos da morte, e, para que eu cruze sem arrependimento a porteira, já deixo marcados os bois. Como para que um dia, o que haja na arca resulte em sucessivas publicações através dos tempos. Quero que a obra seja infinita. Para isso tatuei a boiada. Ora, estou a armar minha charada. Preparo-vos minuciosamente a partida de minha partida. Porque haverá o dia, ouçam bem, em que nunca outra arca vos terá parecido tão funda! Sou rei escrito, absoluto no que ainda não foi dito. Perambulo e grito pelos corredores vazios do meu palácio invisível. Arrasta-se a ponta do meu manto, e este, roto, agarra-se às farpas dos tacos, embrenha-se entre as madeiras corridas do velho palco de minha alma. *Moro à beira irreal da Vida, sou onda indefinida. Deslembro incertamente. Meu passado não sei quem o viveu. Bem sei que estou endoidecendo. Bem sei que falha em mim quem sou. Um cansaço feliz, uma tristeza informe, o meu espírito intranquilamente dorme. Combati, fui o gláudio e o braço e a intenção e dói-me a alma na alma e no gláudio e na mão. Não combati: ninguém mereceu. A natureza e depois a arte amei.*

Está tudo errado, meu país não me conhece. E eu, o quanto amei e o tenha amado foi pouco. *Dorme, mãe Pátria, nula e postergada.* Estou só, onde estão meus súditos? *Manda quem manda porque manda, nem importa que mal mande ou mande bem. Todos são grandes quando a hora é sua. Por baixo cada um é o mesmo alguém.* Só que eu sou diferente. Gênio. *Gênio? Neste momento cem mil cérebros se concebem em sonho gênios como eu, e a história não marcará, quem sabe?, nenhum. Nem haverá senão estrume de tantas conquistas futuras.*

Não, não creio em mim. Em todos os manicômios há doidos malucos com tantas certezas. Eu, que não tenho nenhuma certeza, sou mais certo ou menos certo? Seja como for, o certo é que estou a poucos metros da mesa caótica de onde o frenético acontecimento do que chamarei minha obra não repousa. Pulsa, porque o que lá está escrito é sangue fora da veia e foi o jeito que escolhi de ser, de estar vivo. *Sou o fantasma de um rei que sem cessar percorre as salas de um palácio abandonado... Minha história não sei. Longe de mim, morre a ideia de que tive algum passado... Eu não sei o que sou, não sei se sou o sonho que alguém do outro mundo esteja tendo... Creio talvez que estou sendo um perfil casual de um rei tristonho numa história que um Deus está relendo.* Mas nada disso me faz ter forças para levantar-me daqui e alcançar o que não repousa sobre a mesa onde escrevo versos como se marca num diário a prosa dos dias. Isso, mesmo em versos, escrevo a prosa do cotidiano, e tudo quanto fui e todos quantos fui estão ditos e espalhados ali. Sou todos os que criei. Mas sou também o único a parir o próprio mestre. Caeiro, este sim, tão Deus que não o consegui matar por completo. Sabe de coisas que eu nunca soube, a não ser que tenham tais saberes brotado da inocência da infância perdida. Talvez Caeiro seja um Deus administrado pela filosofia simples dos meninos. Quantas vezes o novo enojou-me, fez-me rezar ao Grande Abstrato para que jamais voltasse a amanhecer. Quantas vezes olhei para as manhãs sem nenhuma espécie de esperança. Mas, aos olhos de Caeiro, esse acordar em que tenho um antiquíssimo sono é uma festa. Do jeito que ele entende sem conflitos a vida, e bebe, de cada momento, todas as bordas das estreias, se eu considerar a noite alta de minha depressão cheia de horas novas que só diminuem a minha vida, e nada de realmente novo a ela acrescentam, vejo que não há paridade real, às vezes, entre mim e esse pastor de ovelhas-pensamentos. Seu rebanho, solto à liberdade, aceita a natureza como regente realidade de tudo. Caeiro brinda a vida; eu parto a taça contra o peito. Somos muito diferentes um do outro, embora ele tenha nascido de minha caligrafia num meio-dia do dia da mais esplendorosa escrita automática de minha vida, depois do qual estive a dormir por uma semana e ninguém de mim dera falta.

Sempre foi fora do padrão o meu adormecer. Houve sempre inferno no meu sono, creio. Agora mesmo estou regressando de ter dormido dois dias seguidos, depois de ter ficado três acordado. A insônia tomara a cidade do interior de mim, e quando libertou-me, desmaiei. Desperto perdido. Suponho que estive a dormir por um par de dias, mas não estou bem seguro disso. Se calhar, foi até mais. Abro os olhos para o agora e é aquela hora do lusco-fusco, em que não se sabe ao certo se aquela luz azul madrugada a parecer emergida do ápice do negror, que está lentamente iluminado por uma bola de fogo, é a de um crepúsculo ou a de uma aurora. Que horas serão essas? Está a findar um dia ou a começar outro? Crudelíssima dúvida, para quem apenas somam-se as horas para mais perto do fim. O que é preciso é organizar minhas coisas, minhas folhas dispersas. Vou fumar. Quero fumar. Ó ópio potencializa-me as sensações, "alvarodecampisa-me" de uma vez, para que eu tenha forças para agir e, enfim, concluir o meu livro definitivo. Tenho vontade de publicar o que acho realmente importante, na ordem que, naquele dia, assim o perceber. Porque não dá para organizar a teia dos caminhos que, a cada hora, cada um de mim está a traçar, posto que *meu coração é um pórtico partido dando excessivamente sobre o mar. Vejo em minha alma as velas vãs passar, e cada vela passa num sentido.* Por isso não releio estas memórias. Não disponho de muito tempo, e, além do que, todos os escritores acabam por saber, com o tempo, que é infinito o verbo revisar; inacabável. E sabes por que é inacabável, ó meu leitor compreendedor póstumo de mim? Porque mesmo os que têm uma só personalidade já são outros quando leem suas obras próprias. Quem a relê é um outro, mais experiente, e que, por isso mesmo, não faria o que fez no dia anterior daquele mesmo modo. Por estar mais atualizado, mais de acordo com a última experiência que teve de tudo, o seu saber tem mais autoridade e até novos critérios para cortar ou acrescentar ao escrito aquilo que não sabia antes. O que fazer se alguma ideia, ou aquele jeito de expor um pensamento não sobrevive até o dia, o mês e o ano seguintes? Sem contar que, a cada estado de alma, varia sempre o ambiente emocional onde acontece a leitura. Há poemas deprimidos que caem muito mal num momento em que estamos alegres, e há também os versos otimistas que soam ridículos aos olhos de um espírito que esteja, naquele momento, a sofrer ou não. São tantas as variantes que podem influir e determinar o compulsivo aperfeiçoamento de um texto que o melhor é não reler. Tanto é assim que, um dia, um rapazito muito bonito, um jovem poeta do olhar, de nome Juliano, disse-me: "Nenhum assento é esgotável, portanto toda abordagem é recorte. Aquieta-te, ó Fernando, nunca terminamos uma obra; livramo-nos dela!" Pois veio de um jovem a lição para um velho; eis aí mais um dos mistérios do viver. De qualquer modo, é mister que eu me faça compreender à minha maneira, e rápido. Preciso agir. Agir meu livro definitivo e aí, sim, enfim, acabar de morrer.

Gostava agora de saber mesmo que horas são essas deste céu. Se é manhã, por que não se nos abre logo o novo dia? Se é de anoitecer que se trata, por que nos tarda tanto esta tarde a escurecer? Que miragem! São realmente horas esteticamente parecidas essas horas de nascimento e morte de um dia! As cores são as mesmas, só que em movimentos de escalas oponentes. Numa, a luz de um amarelo-ouro-róseo, indescritível amarelo ascende; e na outra, a mesma luz declina. Uma o espelho inverso da outra. Provando a importância de ser escuridão, é dela que a primeira luz emerge, e é para ela que retorna ao fim. Eu é que sei. Da escuridão é que também nascem meus versos. O certo é que é assim mesmo, parvo, estive a dormir muito. Estou descansado cansado, tonto e fraco como que regressado de longa viagem. O relógio do quarto, rente à janela donde se podem ver os lados de uma Lisboa triste, marca seis horas. Mas, como é verão, serão essas seis senhoras-horas personagens do dia ou da noite? Ao relógio cabe apenas dizer os números dos bandos de instantes; mas, em que parte do dia isso está a acontecer, ah, isso lá é conosco. Como então saber? Não, não posso ir à janela para perguntar a algum transeunte a que turno pertencem essas horas. Afinal, pensariam "em que mundo está a viver este louco?" E eu, o que responderia? Eu, o homem texto, perderia as palavras hoje.

Amarga-me muito a boca. Pesa-me o lado direito do corpo; um peso envolve-me este lado da cintura em clima de inflamação. Minha saúde não está para festas. Andei a reparar no amarelo do branco de meus olhos. Nem sempre estivera ali. É amarelo, mas é diferente. O adjetivo é relativo sempre. Este amarelo aqui não é de beleza, qualidade, sanidade, e muito menos de boas-novas. Fui amarelando aos poucos, sem sentir. Ai, meu Deus, já vai começar novamente: o suor, o frio, o tremor, a presença do agudo da grande dor. Consola-me, ó eterna dor da alma, para que a outra dor não me mate exatamente agora. A realidade está a saborear a cada hora um pedaço de meu fígado. Mas, à noite, quando o desejo de fazer meu livro impera, meu fígado de Prometeu refaz-se, recupera-se. Seu trunfo é a luz que pretende dar aos homens. Pois está decidido: agora que não me dirigirei mesmo à janela. Se faltam-me forças até para escrever estas necessárias linhas sem destinatário certo, que dirá para ir-me até seja lá aonde for! Febre. Febre. Escrevo para a posteridade. Ai, ai. Acho-me necessário, eu o que não fui necessário ao mundo em que vivi, e que nele não tive ainda serventia, por falta da inteligência alheia. Isso é que é a minha febre. Fervo por dentro. É essa a minha doença que o mundo um dia chamará de poesia. Não agora, não neste tempo. Ó loucura! *Escravos cardíacos das estrelas, conquistamos todo o mundo antes de nos levantar da cama; Mas acordamos e ele é opaco, levantamo-nos e ele é alheio, saímos de casa e ele é a terra inteira, mais o sistema solar e a Via Láctea e o Indefinido. Mas ao menos fica da amargura do que nunca serei a caligrafia rápida destes versos.*

Ah, se a ninguém interesso em vida, a quem interessarão estas páginas de minha morte? Na semana passada dediquei-me a folhear o meu diário de 1906. *O que era o mundo para mim? Nada, zero; contudo um zero cheio de mistério. Um nada, mas um nada sem nome. Aparecendo-me o mundo desta maneira, todo eu era desejo de o fazer parecer incerto, de fazer a ciência humana parecer impossível.* Matriculado no curso superior de Letras de Lisboa, o jovem louco que eu fui, com nada de vida por fora e muitas aventuras por dentro, anotara por um ano inteiro o que fizera e mais o que não fizera todos os dias. Também ali encontrei um ovo, digo, um rascunho de uma ideia, de dissertação sobre os direitos da mulher, numa argumentação satírica a favor da prostituição masculina. O jovem casto, com desconcertantes ejaculações noturnas, a tudo registrava: se foi a Pedrouços, se jantara com a tia Anica, se bebera, a que jogos jogara, suas anotações astrológicas, seus livros de Milton, Byron, Shakespeare, Baudelaire, Aristóteles, Platão, Antero de Quental, Walt Whitman, Nietzsche, Oscar Wilde. Ah, o jovem infante cheio de sonhos e determinado a escrever um livro de poemas em inglês atacando a religião. Abri-lhe o diário aleatoriamente numa quinta-feira de abril em que dizia assim: *Planejei e comecei a escrever um trabalho em inglês contra a pena de morte e talvez contra os maus-tratos nas prisões. Tenho de ler livros sobre o livre-arbítrio para poder atacar a pena de morte.* Fui acometido por uma certa lamentação retroativa em relação a mim. Ai de ti, pobre pequeno homem, *ai de ti e de todos que levam a vida a querer inventar a máquina de fazer felicidade!* Olhei com certa ternura, uma ternura paterna, para o jovem ingênuo e combativo que tentei ser, o menino que achava que iria desconcertar e acrescentar mais inquietações ao mundo! Quisera eu hoje estar mais certo da inocência da humanidade, mais acerca do direito dessa humanidade à vida, para poder, mais velho, dizer a esse rapazito que eu fui, que todos os ensaios em defesa da horda humana resultam inúteis. *Cortei a laranja em duas, e as duas partes não podiam ficar iguais. Para qual fui injusto — eu, que as vou comer a ambas?* O mundo é pequeno para a justiça. Ó meu jovem Fernando Pessoa, senti-me tão estranho a ti, tão velho, tão sem esperança que pareceu-me incorreto ler-te o tenro diário, espiar as vísceras de um rapaz antes dos 20 anos!

Desse diário de 1906, só uma coisa fez-me chorar de o ter lido. Uma coisa que não era a minha procura incessante de pares, nem o meu coração maior do que o mundo. Não, o que espremeu-me em lágrimas foi a descrição dos passeios com a tia Maria; era de mãos dadas à sua sensibilidade que eu seguia pelas ruas. Encheu-me de saudade, pus-me a reviver tudo. Saudades *da minha casa ao pé do rio, da minha infância ao pé do rio, das janelas do meu quarto dando para o rio de noite, e a paz do luar esparso nas águas... Minha velha tia*, mulher do tio Galdino, *que me amava* dobrado *por causa do filho que perdeu... Minha velha tia costumava adormecer-me cantando-me (se bem que eu fosse já crescido demais para isso...). Lembro-me e as lágrimas caem sobre o meu coração e lavam-no da vida, e ergue-se uma leve brisa marítima dentro de mim. Às vezes ela cantava a "Nau Catarineta": Lá vai a nau catarineta por sobre as águas do mar... E outras vezes, numa melodia muito saudosa e tão medieval, era a "Bela Infanta". Relembro, e a pobre velha voz ergue-se dentro de mim e lembra-me que pouco me lembrei dela depois, e ela amava-me tanto! Como fui ingrato pra ela — e afinal o que fiz eu da vida? Era a "Bela Infanta"... Eu fechava os olhos, e ela cantava: "Estando a Bela Infanta no seu jardim assentada..." Eu abria um pouco os olhos e via a janela cheia de luar, e depois fechava os olhos outra vez, e em tudo isto era feliz. "Estando a Bela Infanta em seu jardim assentada, seu pente de ouro na mão, seus cabelos penteava..." Ó meu passado de infância, boneco que me partiram!* Infinita tristeza *não poder viajar para o passado, para aquela casa e aquela afeição, e ficar lá sempre, sempre criança e sempre contente!*

Mas tudo isso foi o Passado, lanterna a uma esquina de rua velha. Pensar nisto faz frio, faz fome de uma coisa que não se pode obter. Dá-me não sei que remorso absurdo pensar nisto. Porém, aos poucos também compreendo-me aí, sou romântico, sou ridiculamente romântico. *Os outros também são românticos, os outros também não realizam nada, e são ricos e pobres, os outros também levam a vida a olhar para as malas a arrumar, os outros também dormem ao lado dos papéis meio compostos, os outros também são eu.* Só uma coisa eu não compreendo: se estou mesmo perto de minha morte, por que resisto? O que temo? Que vida me assusta deixar? Quisera encontrar Aleister Crowley. Uma consulta. Ele, sim, entender-me-ia. O mês passado tive coragem de fazer o mapa deste capítulo de minha vida, esta que ainda (soluço) estou a viver. Interessava-me saber exatamente em que parte estou. Então andei a bisbilhotar a minha revolução solar e vi que tudo estará findo no céu de Escorpião. O que se passa é que talvez eu não seja lá um astrólogo de confiança. Vamos aguardar.

Sinto um frio de doença súbita na alma. Não tenho força para me revoltar contra esse absurdo. A que janela para que segredo de Deus me abeiraria eu sem querer? Para onde dá a montra, a vitrine *do vão da escada? Durmo e desdurmo. Do outro lado de mim, lá para trás de onde jazo, o silêncio da casa toca no infinito. Sei que fui erro e descaminho, que nunca vivi, que existi somente porque enchi tempo com consciência e pensamento.* É muito doloroso o que sinto. Como não falo e cá comigo não vive neste momento ninguém, há muitas coisas que não sei de mim. O outro, quando muito próximo, poderia revelar-me. Não sinto meu hálito por fora, mas sinto o cheiro do meu respirar se ponho as mãos em concha sobre o nariz e a boca, e as ocluo como se fossem as portas de um teatro; ao fechá-las, sinto o cheiro nitrogenado que tem o hálito de um fígado que não trabalha mais, que não faz o seu serviço nem desocupa o escritório. Um amor suportaria tal agonia, não enojar-se-ia de mim? Meu fígado está a confiar demais na mitologia grega e tem certeza de que sou realmente o Prometeu acorrentado. Na verdade, como não processa mais os gases, o órgão deixa as coisas sem controle, espalhadas nos meus ares. É lixo o que ele não cuida mais, não filtra. Endureceu. A barriga está muito aumentada; posso vê-la como o primeiro monte, daqueles que eu costumava ver de minha janela, se eu tivesse aprendido a ver com os olhos do meu mestre Caeiro. Sei o que está a me acontecer. A Usina Pessoa se prepara para o seu colapso final. Por isso devo apressar-me, ter forças para levantar-me da cama.

Ontem senti de novo a presença da Dionísia no quarto. Ai, ai, meu desassossego. *Para compreender, destruí-me. A solidão desola-me; a companhia oprime-me. Vejo que tudo quanto tenho feito, tudo quanto tenho pensado, tudo quanto tenho sido, é uma espécie de engano e de loucura. Sou, neste momento de ver, um solitário súbito, que se reconhece desterrado onde se encontrou sempre cidadão. No mais íntimo do que pensei não fui eu.* Incrível! Não estou mesmo nada bem. Dr. Jaime, filho de minha tia Adelaide, por isso mesmo meu primo, insiste em querer que eu cuide de mim com mais afinco, com mais coragem de cura. Ora, disposição para sanidade é coisa para a qual tudo indica que eu não tenha sido realmente talhado. Não venham então exigir-me visitas ao médico para que ele me diga que não beba, para que ele dê ordens como se eu fosse obrigado a lhe prestar as contas de minha vida, como faço em meu livro-razão, aos chefes. Basta, não quero chefes para a minha saúde. Estou inválido. A neurastenia, a apatia, a profunda anemia, o fígado aumentado, não posso sair daqui. Não posso mover-me. Só para fumar tenho forças nesta tarde parada. Mesmo depois de morto continuarei fumando. Escrevo em pensamento tudo isso, e há quem há de julgar esse diário uma coisa artificial. Creia-me. Apodreço por dentro e quero beber mais. A merda é que não consigo levantar-me desta cama. *Se ao menos endoidecesse deveras! Mas não: é este estar entre, este quase, este poder ser que. Isto. Um internado no manicômio é, ao menos, alguém. Eu sou um internado no manicômio sem manicômio. Estou doido a frio, estou lúcido e louco... Estou assim.*

Flores para os mortos, flores aos mortos!!! *Vendedeira da rua cantando o teu pregão como um hino inconsciente, rodinha dentada na relojoaria da economia política, mãe, presente ou futura, de mortos no descascar dos Impérios, a tua voz chega-me como uma chamada a parte nenhuma, como o silêncio da vida... Olho dos papéis que estou pensando em arrumar para a janela por onde não vi a vendedeira que ouvi por ela, e o meu sorriso, que ainda não acabara, inclui uma crítica metafísica.* A boa-nova é que esta vendedeira, feita em presença através da voz dentro do meu quarto enfermo, diz-me, com isso, que é dia claro o que se vê lá fora e não a noite com a sua lua usual, mensal, concreta e metafórica. Portanto, do interstício em que acordei, só desperto agora: é dia mesmo; era ele o bebê que a manhã me trazia ao colo. Ah! Como choro. Choro do bebê que fui e do que não tive. Livrai-me, Caeiro, desta dor, desta febre constante, desta lágrima. Sou a pérola de minha ostra, ou essa bola intumescida, essa bolsa de versos, essa algibeira de carne de versos que trago ao corpo é nada? É estrume? Preciso de rendimentos para ir viver em Caxias, sei lá, qualquer coisa longe de Lisboa; Cascais, eu prefiro. Preciso agir, organizar o baú da minha eternidade. Aguenta mais um pouco, fígado meu. Ele responde-me com um soco de dor que me nocauteia. Escrevo sem mover-me. Gravam-se as palavras no pensamento, nada me resta. Fumar dá-me sono. Outra vez, ópio, sou teu freguês! É isso. O tempo comeu-me por dentro, e ninguém vê. Ninguém me vê. Então, *onde não sou o primeiro, prefiro não ser nada. Onde não posso agir primeiro, prefiro só ver agir os outros. Onde não posso mandar, antes quero nem obedecer. Excessivo na ânsia de tudo, tão excessivo que não falho, e não falho, porque não tento. Por isto tomo ópio. É um remédio. Sou um convalescente do Momento. Moro no rés do chão do pensamento e ver passar a Vida faz-me tédio.*

Depois de dias aqui dentro deste quarto adoecido de cenas de crises, deste quarto, testemunha e cenário recorrentes dos meus fantasmas, com suas paredes revestidas do lodo da loucura manchando a realidade real, acabei por sair e chegar tarde ontem. As dores passaram já nos primeiros goles no Martinho da Arcada, onde agradavelmente bebi alguns muitos copos com o Cochado Torres. Por lá apareceu-nos o Antônio Ferro, a ler em voz alta em nossa mesa uns antigos versos meus, a fim de ver se arrancava-me do peito alguma alegria. Nada. Voltei-me a casa sozinho em meio à noite alta sob o céu de Lisboa. Um silêncio de deserto na rua. Ninguém nas sacadas, nenhuma alma às janelas. Só a cidade ressona a respirar de acordo com as ondulações do Tejo. Caminho para casa e vejo que, discretamente, a linha da direção por onde pretendiam ir meus pés não está lá tão fiel ao destino imediato ao qual me dirijo. Dá para ver que não estou a seguir reto. Meu corpo dança. Indiferente ao ritmo da música que não toca em minha alma. Uma tonteira na testa, no frontal sobre os olhos pesados, acompanha-me enevoando a caminhada solitária na rua nua. Passo por fictícias sombras de árvores e postes humanos demais. No entanto, uma súbita matemática brotada dos subterrâneos de alguma consciência faz com que eu ouça um som duplo de passos na noite vazia. Deliro? Quem alguém no mundo por que motivo me seguiria? Eu, o passeador das horas inúteis!? Um outro homem? De repente, um baque. O tombo de um homem, como se estivesse atrás de mim, percebi. *O bêbado caía de bêbado e eu, que passava, não o ajudei, pois caía de bêbado, e eu só passava. O bêbado caiu de bêbado no meio da rua. E eu não me voltei, mas ouvi. Eu bêbado e a sua queda na rua. O bêbado caiu de bêbado na rua da vida. Meu Deus! Eu também caí de bêbado!*

Em casa, amanhecido na roupa com a qual saí na noite passada, acordo mal, com a cabeça a estourar na nova manhã. Um suspeito ralado no cotovelo e um roxo no outro braço. Pois houve mesmo outro homem ali no chão ou o mesmo homem era eu? Sou eu quem bate a cabeça contra a quina dos instantes? Ó sempre a mesma dor do pensamento! *O cão que veio do abismo roeu-me os ossos da alma e erguendo a perna — o que eu cismo — mijou no meu misticismo que me dava a minha calma.* Quando estiver mais disposto, se o Diabo ou Deus, alguns dos mandantes oficiais do mundo, resolverem por bem mandarem-me mais um dia são, irei morar em Cascais e terminar a minha obra! Minha mãe morreu sem que me visse com rendimentos dignos de um filho de um respeitado crítico de arte, enteado de um renomado diplomata. Para que mais doa meu peito disso, releio uma de suas angústias de expectativas por mim em forma de carta. "Meu filho querido, estou a preocupar-me muito com vossa dificuldade de promover o próprio sustento. Pois não é possível que um homem tão estudado não tenha tanta oportunidade de trabalho."

Ó mãe, quero espremer-me e chorar. Sou um velho decadente menino, *o menino de sua mãe.* Mãe, fui um pobre menino rico, sempre. Mãe, eu troquei meus brasões pelos escritórios comerciais e cartas traduzidas. Mas o que realmente verti foi a vida, mãe. O que traduzi foi a invenção de uma vida em carne viva por dentro. Não fui rico e *tenho dó dos pobres. E também tenho dó dos ricos. Tenho mais dó dos ricos, porque são mais infelizes. Quem é pobre pode julgar que, se deixasse de o ser, seria feliz. Quem é rico sabe que não há maneira de ser feliz.* Quisera ser, mãe Magdalena amada, aquele menino cuja infância não tivesse partido. *Enfureço-me. Queria compreender tudo, saber tudo, realizar tudo, dizer tudo, gozar tudo, sofrer tudo, sim, sofrer tudo. Mas nada disso faço, nada, nada. A minha vida é um sonho imenso.* Mãe, como está longe aquele menino a quem o Cavaleiro de Nada convenceu a declamar-te aquela quadra, naquela tarde lisboeta ao piano da minha infância. Tu eras a minha língua e eu não pude ser nada. Quero chorar em teu colo. Chorar por não ter sido. Preciso de dinheiro urgente, quero ir a viver em Cascais, repito. Quero que o mar faça-me a corte, faça-me às vezes e as vozes maternas.

Preocupante; nas cartas de previsão que abri ontem, confirma-se a minha morte para daqui a dois anos no céu de Escorpião. Demoro-me demasiado a alongar as ações, a postergar seus resultados e dois anos é muito pouco. Portanto, devo apressar-me. Esta cólica que tomba o homem, que contorce o que havia de hirto em mim, não, isso ainda não é o fim, mas é quase. Os desmaios na casa do Estoril do lado de Teca, as preocupações do meu barbeiro Manasés pela frequência com que vem testemunhando meus acessos e tremores, minha palidez e sobretudo os escombros do que sonhei e ainda não realizei são o abismo no cenário de minha alma, o prenúncio de que minha morte não tardará. *Devo-me à humanidade futura. Quanto me desperdiçar desperdiço do divino patrimônio possível dos homens de amanhã; diminuo-lhes a felicidade que lhes posso dar e diminuo-me a mim próprio, não só aos meus olhos reais, mas aos olhos possíveis de Deus.* Com dificuldade chego à escrivaninha. É outono. À merda todos que não compreendem a minha poesia, que se dirijam todos ao cais, que sejam desrespeitadas suas mães e violadas sem consentimento suas irmãs! Estou me rebolando para o que pensam! Escrevo, sou protagonista e plateia deste acaso. *Procurei sempre ser espectador da vida, sem me misturar nela.* Gostem os senhores ou não, escrevo esta literatura desconcertante, em que faço anotações para que sejam encontradas. Não suportaria ver a minha obra queimada como as de Botto e Whitman. Serei eu próprio o rei dos fantasmas? Se assim for, com a foice do horror não pouparei ninguém, nem os inocentes, se houver. Sou remetente e destinatário dos versos. São cartas enviadas ao futuro. Pertenço a uma geração que está por vir. Devo-te confessar que, enquanto estou aqui na escrivaninha, uma centopeia olha-me. Verde, imensos olhos. De tanto vê-la com cinco metros de extensão, já se tornara, ela mesma, minha companheira de quarto. A centopeia anda mais rápido do que eu, porque eu sou os meus versos. *Os nossos versos que não têm rodas, os nossos versos que não se deslocam, os nossos versos que, nunca lidos, não saem para fora do papel. (Estou farto — farto da vida, farto da arte —, farto de não ter coisas, a menos ou a medo. Quando é que parte o último comboio?) Como um grande borrão de fogo sujo, o sol posto demora-se nas nuvens que ficam.*

A morte — esse pior que tem por força que acontecer; esse cair para o fundo do poço sem fundo; esse escurecer universal para dentro; esse apocalipse da consciência, com a queda de todas as estrelas — isso que será meu um dia, um dia pertíssimo, pinta de negro todas as minhas sensações, é a areia sem corpo escorrendo-me por entre os dedos o pensamento e a vida. Bêbado, bêbado, bêbado, vou escrevendo o fim a pisar o freio. O *delirium tremens* faz com que eu conviva sempre com a centopeia verde e outros répteis aqui no quarto; às vezes, vinham tomar comigo o chá as tias velhas, as torradas com os primos ausentes, mas agora nada, só répteis, monstrengos, e o vulto da avó Dionísia. Que importa, bebo mais. Jaime, meu primo médico, telefonou-me de novo, sei que é ele. Não atendo. Quer curar-me. *Dá-me mais vinho, porque a vida é nada.* Arre, *que sei eu do que serei, eu que não sei o que sou? E afinal o que eu quero é fé, é calma e não ter estas sensações confusas. Deus que acabe com isto! Abra as eclusas e basta de comédias na minha alma.*

Papéis, papéis, anotações infinitas. Serei eu mesmo o autor dessa loucura escrita? Fará um dia algum sentido para outros dos outros mundos, fora Gaspar Simões e outros amigos do *Orpheu*? Muitos papéis, creiam-me. Qualquer um ficaria louco ao ver essa fábrica de pensamentos anotados freneticamente. Felizmente não corro tal risco. Louco? Já o sou. Ora, já eram horas de as coisas definitivas apresentarem-nos alguma vantagem. Entre a resma sobre a mesa há o papel de minha vida. O papel que sou. Seja como for, o que sou realmente é uma espécie de correspondência. Carta perdida, arremessada na mesa do jogo no jogo das palavras. Por isso, tudo aqui é uma charada, faz parte do Livro dos enganos, e eu estou pouco me lixando se tem ou não alguém piedade de mim. Não releio estas páginas, não tenho tempo, estou ocupado em morrer. *Faço riscos moles nas costas do envelope do que sou. Toquem num arraial a marcha fúnebre minha! Quero cessar sem consequências...* Boca amarga, barriga inchada, eterna dor interna abdominal, nada disso dói mais do que não ser lido, do que não ter o destino cumprido. *Eu sou um rei que voluntariamente abandonei o meu trono de sonhos e cansaços. Minha espada, pesada a braços lassos, em mãos viris e calmas entreguei; e meu cetro e coroa — eu os deixei na antecâmara, feitos em pedaços. Despi a realeza, corpo e a alma, e regressei à noite antiga e calma como a paisagem ao morrer do dia.* Olho para a Arca que estou a organizar enquanto escrevo este diário de folhas soltas no baú da cabeça. A mesa é grande, o conteúdo imenso, e eu um pobre homem doente e minúsculo.

Basta! *Quero ir para a morte como para uma festa ao crepúsculo!*

Décimo quinto capítulo

A morte do príncipe

— sinfonia da última noite

DIÁRIO

N.º N.º

Quero, por fim, ser coroado Rei do Nada
a que enfim vou.
Será minha coroa o que serei,
e o cetro o que sou.

DIÁRIO DE NOTÍCIAS

2 de dezembro de 1935

"Fernando Pessoa, o poeta extraordinário de *Mensagem*, poema de exaltação nacionalista, dos mais belos que se têm escrito, foi ontem a enterrar.

Surpreendeu-o a morte, num leito então do Hospital de S. Luiz, no sábado à noite.

O desaparecimento de Fernando Pessoa, que deixa uma obra notável, em grande parte inédita, e cujo nome irá crescendo à medida que o tempo for passando, representa uma perda irreparável para a inteligência nacional. Da capela do cemitério dos Prazeres para o jazigo de família, cerca das onze horas de ontem, partiu o corpo do grande poeta. Alguns amigos de sempre acompanharam-no. Foram eles, pelo *Orpheu*, Luiz de Montalvor, Antônio Ferro, Raul Leal, Alfredo Guisado e Almada Negreiros; pela revista *Presença*, João Gaspar Simões; pela revista *Momento*, Arthur Augusto e José Augusto, Antônio Botto, Augusto de Santa Rita, Carlos Queirós e outros. Em frente ao jazigo que Fernando Pessoa passa a habitar, Luiz de Montalvor, seu companheiro de vinte e quatro anos de vida literária, proferiu simples e emotivas palavras em nome dos sobreviventes do grupo do *Orpheu*, e disse: 'Com ele só está bem o que está perto de Deus. Mas também não deviam, nem podiam, os que foram pares com ele no convívio da sua beleza, vê-lo descer à terra, ou antes, subir, ganhar as linhas definitivas da eternidade, sem anunciar o protesto calmo, mas humano, da raiva que nos fica da sua partida. Não podiam, seus companheiros de *Orpheu*, deixá-lo aqui na terra extrema sem ao menos terem desfolhado sobre a sua morte gentil o lírio branco do seu silêncio e da sua dor. Lastimamos o homem que a morte nos rouba. O resto é com o gênio Fernando Pessoa.'"

Com clareza, agora vejo como estavam equivocadas as minhas leituras tarológicas e previsões na interpretação dos astros. E logo num assunto tão sério. É isso mesmo: o que o oráculo me quisera fazer entender era que seria dali a dois meses a minha morte, não dois anos como mentiram as falsas bolas de cristal. É já bem próxima essa hora. Daqui a dois dias, agora presumo com exatidão, sairá no *Diário de Notícias* a informação do meu passamento, a revelar alguns detalhes da cerimônia do adeus. Estará no jornal, o mesmo em que eu soube, pequeno ainda, da primeira notícia fúnebre de minha vida. Nós, homens de palavras, temos, na notícia de nossa morte, nosso último cortejo. Quando meu pai partiu, partiu-me. Ferirá algum coração a minha ida? Quem serão os filhos que não tive? Viva meu pai! Meu Joaquim, o pai é o Deus terreno dos homens. Mesmo os errados. O que digo é que entramos neste instante, realmente, no último dia de minha vida e no primeiro de minha morte. Abram-se as cortinas da cena final:

Amanheço muito mais cansado do que tenho sido nos últimos 42 anos, tirando os cinco primeiros nos quais fui feliz. No entanto, como um último trago da vida, recebo a visita da saúde. Mesmo com o plasma a escorrer pelas pernas, algo em mim esteve a revigorar-se com a força de uma fúria! Meu quadro é triste. Não quero explodir como Oscar Wilde, que se liquefez em morte derretida caixão adentro e terra afora. *Meu coração é um balde despejado. Como os que invocam espíritos invocam espíritos invoco a mim mesmo e não encontro nada.*

Hoje é exato o dia do aniversário de Teca, não faltarei ao jantar. Sou útil onde me querem. Tenho febre alta, estou a suar frio. Morrer dói? Dramaturgo de minha existência errante, o que escrever agora? Como mudar o final? Quero-o? Que se mordam as cartomantes, que se esbofeteiem os meus críticos de plantão, pois preciso de mais tempo, ora bolas! O que se via nos últimos dias, na câmera que filma os interiores do meu quarto de um ocre verde e hepático, era um homem caminhando com muita dificuldade entre um vômito e outro. Mas não hoje. Estou é, como se diz, estranhamente disposto e abro o jornal de ontem à procura de um apartamento nos arredores de Lisboa-mar para eu morar. Desolador. É que os preços estão como eu, pela hora da morte!

Estou um homem meio bambo. Com dificuldade, caminho até o espelho. Nunca fui belo, mas, vê-se bem, é agora que a feiura parece ter realmente tomado o poder. As coisas habitantes da não beleza aninharam-se a mim de um modo tal que nem a Ophelia, com seu inocente amor por mim, conseguiria não ver. Até a ela, para quem fui príncipe, embora torto, seria difícil negar o meu triste poente. Tenho aparentemente vinte anos a mais. Pareço mais velho do que sou. Não estou na flor de minha idade. Perdi-a. O espelho escraviza-me, diz-me coisas. *Tenho a alma rachada pelo indicador curvo que lhe toca. Que há de ser de mim? Correram o bobo a chicote do palácio, sem razão, fizeram o mendigo levantar-se do degrau onde caíra. Bateram na criança abandonada e tiraram-lhe o pão das mãos. Oh mágoa imensa do mundo, o que falta é agir... Tão decadente, tão decadente, tão decadente. Só estou bem quando ouço música, e nem então. Jardins do século dezoito antes de 89, onde estais vós, que eu quero chorar de qualquer maneira?* Que loucura, eu aqui a mirar o que está do outro lado da lâmina mágica, à qual as princesas imploram "espelho, espelho meu..." Isso tudo explica a minha incapacidade de conviver. Horror, uma observação nítida do que aconteceu com a minha pele; microvasos aracnídeos desenham inúmeros rios na epiderme. Pele: o maior órgão do corpo humano, o exposto, o camaleônico. *Não sei sentir, não sei ser humano, conviver de dentro da alma triste com os homens meus irmãos na terra. Não sei ser útil mesmo sentindo, ser prático, ser cotidiano, nítido, ter um lugar na vida, ter um destino entre os homens, ter uma obra, uma força, uma vontade, uma horta...*

Quando me vejo, o que vejo é roto. Andaram a dizer de mim que as camisas que ultimamente visto nunca estão brancas e, o que houver de tecido amarfanhado achar-se-á comigo dentro. A febre aumenta, a cordilheira de espelhos multiplica-se à minha frente. Logo mais virão alguns parentes, o próprio Jaime é o que me levará a um bom hospital, se calhar de eu o precisar. Já está tudo combinado com ele. Interrompo a viagem de imaginar isso para ir ao banheiro vomitar uma vez mais. Vomitar o quê? Nada. Tenho fome e não. Na triste geladeira do pobre quarto, uma lata de atum fechada salva-me e sorri para mim. Penso em abri-la, mas ocorreu-me que eu estivesse mesmo a partir. Pensava se, para quem vai virar elemento da terra, estrume, morrer-se nutrido não seria melhor para o posterior jardim? Em verdade não consigo ingerir nada. Sou como um papel, uma folha em branco que sobrou da resma. O que fui então? Mensagem cifrada e não lida. *Sim, enfim, eu o destinatário das cartas lacradas, o baú das iniciais gastas...* Enjoo. Fumo. Não como nada. Meu quarto parece um grande navio do ar, exalando nitrogênio. Sou eu e o fígado que está quase a parar. O que era esponja tornou-se rígido. Ninguém me amou. Onde está aquele ou aquela que nem sequer me abandonou nas estações desertas? *Foram dados na minha boca os beijos de todos os encontros, acenaram no meu coração os lenços de todas as despedidas, todos os chamamentos obscenos de gestos e olhares batem-me em cheio em todo o corpo com sede nos centros sexuais. Fui todos os ascetas, todos os postos-de-parte, todos os como que esquecidos, e todos os pederastas — absolutamente todos (não faltou nenhum). Rendez-vous a vermelho e negro no fundo inferno da minha alma! (Freddie, eu chamava-te baby, porque tu eras louro, branco e eu amava-te. Quantas imperatrizes por reinar e princesas destronadas tu foste para mim! Mary, com quem eu lia Burns em dias tristes como sentir-se viver... Mary, eu sou infeliz... Freddie, eu sou infeliz.*

Choro. Volto-me ainda mais uma vez ao espelho, o que não é nada recomendável. Dói todo o abdômen que a alma puder supor. Mesmo assim escrevo e *na tarde em que escrevo, o dia de chuva parou. Tornei-me uma figura de livro, uma vida lida. O que sinto é (sem que eu queira) sentido para se escrever que se sentiu. De tanto recompor-me destruí-me. De tanto pensar-me, sou já meus pensamentos mas não eu. Sondei-me e deixei cair a sonda; vivo a pensar se sou fundo ou não, sem outra sonda agora senão o olhar que me mostra, claro a negro no espelho do poço alto, meu próprio rosto que me contempla contemplá-lo. Sou uma espécie de carta de jogar, de naipe antigo e incógnito, restando única do baralho perdido. Não tenho sentido, não sei do meu valor. E assim, em imagens sucessivas em que me descrevo, não sem verdade, mas com mentiras, vou ficando mais nas imagens do que em mim, dizendo-me até não ser, escrevendo com a alma como tinta. E alguma coisa de lágrimas sem choro arde nos meus olhos hirtos, alguma coisa de angústia que não houve me empola asperamente a garganta seca. A ficção acompanha-me, como a minha sombra. E o que quero é dormir.*

Muitas cólicas — já não consigo escrever. *Partirei para a Morte nada esperando encontrar, mas disposto a ver coisas prodigiosas do outro lado do Mundo. Quando eu abandonar o meu ser como uma cadeira donde me levanto, deixar atrás o mundo como a um quarto donde saio, abandonar toda esta forma, de sentidos e pensamento, de sentir as coisas, como uma capa que me prenda, quando de vez minha alma chegar à superfície da minha pele numa viagem oblíqua do meu leito de moribundo, viagem em diagonal às dimensões dos objetos para o canto do teto mais longe, a cama erguer-se-á do chão, erguer-se-á como um balão ridículo... Não tenho medo, ó Morte, ao que não deixa entrever o teu postigo proibido na tua porta sobre o mundo. Estendo os braços para ti como uma criança do colo da ama para o aparecimento da mãe... Por ti deixo contente os meus brinquedos de adulto, por ti não tenho parentes, não tenho nada que me prenda.* A morte é que é a minha verdadeira mãe e a vida apenas uma criada severa a quem a própria mãe o filho confiara. Pois que venha então buscar-me o inevitável. Daqui a pouco serão as horas de Jaime vir. Hão de querer levar-me quase à força para o Hospital São Luiz dos Franceses. Quando o doutor aqui chegar espero estar inconsciente o bastante para não ouvir-lhe os elogios patéticos aos recursos desse tão bem equipado hospital. Não sei por que o alvoroço se dará. Não sou nada, por que o tumulto? *Tenho assistido, incógnito, ao desfalecimento gradual da minha vida.* Chega com isso. Ouço a sirene da ambulância que há de levar-me para longe do meu sobrado, do meu quarto pobre, do que eu não realizei. E o meu baú de inéditos, para onde o levarão? *O irreparável do meu passado — esse é que é o cadáver!*

Não será fácil morrer. Não está sendo fácil. Sabe-se mas não se acredita. Muitas vezes tivemos tanto medo de morrer, de ter chegado a nossa hora, e tanto nos aliviamos pelo erro de cálculo e intuição, que agora não se nos alheia uma sombra que duvida que é realmente chegada a hora. *Todos nós sabemos que morremos; todos nós sentimos que não morreremos. Não é bem um desejo, nem uma esperança, que nos traz essa visão no escuro de que a morte é um mal-entendido: é um raciocínio feito com as entranhas, que repudia* o fim... Comprimo-me. O rosto colado à superfície subjetiva do vidro que reflete estes instantes finais de minha peça, meu drama, meu teatro tétrico. *A poesia foi a da nossa incompetência para agir. O que é fazer versos senão confessar que a vida não basta? O que é arte senão um esquecer de que é só isto?* Quanto mais escrevo estas linhas, mais me compreendo como dramaturgo de minha vida. Uma espécie de Shakespeare duma tragédia que ninguém viu, nem leu, nem montou. *Mas a Julieta ideal da realidade melhor fechou sobre o Romeu fictício do meu sangue a janela alta da entrevista literária. Ela obedece ao pai dela; ele obedece ao pai dele. Continua a rixa dos Montecchios e dos Capuletos; cai o pano sobre o que não se deu.* No entanto, olho-me moribundo, doente, bêbado, e nada poderia ser pior do que esta visão. Mas não. Pior do que ver no real as centopeias da imaginação, pior do que tremer a delirar (não necessariamente nessa ordem), o fato de ouvir comentários desdenhosos por causa da minha camisa que há muito não é branca, o fato de eu encontrar-me febril todos os dias, de ver vazar todo o tempo pelos poros das pernas esta água plasmática que me escorre em decorrência do avançado de minha cirrose, nem este olhar amarelíssimo, profundo, num rosto pálido e desassistido de esperança, nem isso pode ser pior do que olhar no espelho e ver muitos rostos. Qual de vocês ficará, sobreviverá? Quem vai não me deixar morrer? Quem de vós será o meu arauto e fará com que meu verso enrubreça o rosto do morto e apague os vestígios de um órgão que, embora importante, passara a vida a encher a cara? Quem terá mais literatura do que eu tive para encobrir a cara que se tem quando se vai morrer sem ter realizado nada? Ninguém responde. *Fiz de mim o que não soube, e o que podia fazer de mim não o fiz. O dominó que vesti era errado. Conheceram-me logo por quem não era e não desmenti, e perdi-me. Quando quis tirar a máscara, estava pegada à cara. Quando a tirei e me vi ao espelho, já tinha envelhecido. Estava bêbado, já não sabia vestir o dominó que não tinha tirado. Deitei fora a máscara e dormi no vestiário como um cão tolerado pela gerência por ser inofensivo.* A velha cordilheira de rostos alterna-se com suas vozes e até a avó Dionísia acerca-se ao meu lado para assistir ao desfile das falanges, a passagem da matilha, a correição de entidades. A merda foi eu ter vindo mais uma última vez a esse lago; Narciso incorrigível, caco de vidro quebrado, é o que sou. Ah, *estala, coração de vidro pintado!* Não há humildade na glória de amar a si próprio cegamente. Nunca deveria ter sido permitido ao homem mirar-se, admirar-se de pé. *O homem não deve poder ver a sua própria cara. Isso é o que há de mais terrível. A natureza deu-lhe o dom de não a poder ver, assim como o de não poder fitar os seus próprios olhos. Só na água dos rios e dos lagos ele podia fitar seu rosto. E a postura, mesmo, que tinha de tomar, era simbólica. Tinha de se curvar, de se baixar para cometer a ignomínia de se ver. O criador do espelho envenenou a alma humana.*

Encontram-me ao chão, desacordado, a suar frio. Já desperto num quarto do Bairro Alto: Hospital São Luiz dos Franceses. Dos franceses... Que ironia! De volta ao começo. O francês que a Magdalena me ensinara a ler e a escrever, tão criança ainda eu era, meu Deus!

Quantas traduções para o francês, para o inglês, agora sou eu próprio um português sem tradução. Estão todos preocupados, é hoje que vou morrer, só pode ser. O primo Jaime tem um ar de "é tarde demais" sobre os olhos que não conseguem disfarçar: "Ó, Fernando, sei que lá não são horas para isso, mas quantas vezes eu te disse? Pois bem, agora vou mais uma vez repetir, implorar que dês uma chance ao teu fígado, uma trégua. Quando alivia-se, quando dá-se um descanso, a máquina logo se recupera. Mas tu estás hoje, justo hoje, até o dia de hoje a cheirar a bagaceira! Ora, sou teu primo, sou médico e tudo farei para salvar-te, mas..." O discurso dele soava numa estrada longe, era como se eu já não pudesse ouvi-lo. Pedi que me chamassem o Manasés, meu barbeiro, meu vizinho. Veio. Reclamou que eu não me cuidava e houve uma hora em que até cheguei a pensar que chorava. Com cuidado e navalha afiados, aparou-me os cabelos e fez-me a barba para o infinito.

Teca é mesmo valente, enferma, com uma fratura na perna e ainda assim comemora-se! Pedi ainda que enviassem um telegrama a essa minha irmã e flores por ocasião da noite de seu aniversário. Será esta noite. *Minha irmã querida, como vai a perna partida? Ainda que chova não faltarei ao jantar de mais um ano de sua vida. Do seu Fernando que sempre te amará.*

Torna-me humano, ó noite, torna-me fraterno e solícito, só humanitariamente é que se pode viver. Só amando os homens, as ações, a banalidade dos trabalhos. Só assim — ai de mim —, só assim se pode viver. Só assim, ó noite, e eu nunca poderei ser assim. O que será que terá a mim faltado? Uma vida social frutífera? Um editor moderno, de espírito avançado, que me compreendesse? Alguém que tivesse o faro de perceber-me como um inovador no campo das ideias poéticas e da poética ideia da vida? Houve esse homem e eu até agora, no tão próximo do fechar de minhas cortinas, não o encontrei? Ó Grande Teatro da Vida, só mais uma sessão, eu peço-te. Pago extras aos camareiros, bilheteiros, pago até ao mar, se calhar de ele estar a invadir a plateia. A essa altura do precipício donde avisto o despenhadeiro onde baterá meu corpo, estou a fazer qualquer pacto que me garanta mais um verso. Só mais um. É a despedida. O último gole a que todo ébrio tem direito. Despeço-me porque estou perto do único compromisso certo e inescapável de todos nós. A vida é uma experiência particular embora ocorra no coletivo. Estamos, junto a outros vivos, a fazer coisas, ao lado dos companheiros. Mas só cada um sabe o que é o gosto disso ou daquilo. Mesmo sendo compartilhado com o outro ou provocado pelo outro, o gozo é particular. É sempre o homem solitário diante de cada sensação e a sensação é a reação do homem ao momento. No seu lá, bem no fundo do seu segredo de ser indivíduo, o homem espanta-se com o seu nascimento, espanta-se com a vida e espantar-se-á quando chegar ao balcão a senhora Morte. É sozinho que deve enfrentá-la ou entregar-se. Para sua estação vamos todos; mesmo os que amam a vida. Cá estou, *a gare no deserto, deserta; o intérprete mudo; o boneco humano sem olhos nem boca; embandeirado a fogo-fátuo num mar que é só puro espaço sob um céu sacudido por relâmpagos pretos... Entremos na morte com alegria! Caramba. O ter que vestir fato, o ter que lavar o corpo, o ter que ter razão, semelhanças, maneiras e modos; o ter rins, fígado, brônquios, pulmões, dentes. Coisas onde há dor e sangue e moléstias. (Merda para isso tudo!) Estou morto, de tédio também. Eu bato, a rir, com a cabeça nos atores como se desse com ela num arco de brincadeira estendido, no carnaval, de um lado ao outro do corredor, irei vestido de astros; com o sol por chapéu de coco no grande Carnaval do espaço entre Deus e a vida. Meu corpo é a minha roupa de baixo; que me importa que o seu caráter de lixo seja terra no jazigo, que aqui ou ali a coma a traça orgânica toda? Eu sou Eu. Viva eu porque estou morto! Viva! Eu sou eu. Que tenho eu com a roupa-cadáver que deixo? Que tem o cu com as calças? Então não teremos nós cuecas por esse infinito fora? O quê, o para além dos astros nem me dará outra camisa? Bolas, deve haver lojas nas grandes ruas de Deus. Eu, assombroso e desumano, indistinto a esfinges claras, vou embrulhar-me em estrelas e vou usar o Sol como chapéu de coco neste grande carnaval do depois de morrer. Vou trepar, como uma mosca ou um macaco, pelo sólido do vasto céu arqueado do mundo, animando a monotonia dos espaços abstratos com a minha presença sutilíssima. Todos julgamos que seremos vivos depois de mortos. Nosso medo da morte é o de sermos enterrados vivos. Queremos ao pé de nós os cadáveres dos que amamos. Como se aquilo ainda fosse eles e não o grande maiô interior que a nascença nos deu.*

Poderia ser isto tudo apenas mais uma crise de cabeça minha. É isso. Porque, se observarmos bem, sou uma espécie de louco inteligente que, por descrever seu processo de loucura com eloquência e desenvoltura, pretende que tratem suas visões por dramaturgia, e sua verborragia por literatura. Quisera agora que aqui, na equipe de médicos preparados para atender-me, para vencer a minha morte iminente, estivesse o Dr. Faustino Antunes; mas ó, que lástima, eu o inventei também! Por isso não posso agora contar com seus valiosos serviços para conter mais esta crise, se fosse esse o caso. Mas se ele sou eu e eu estou cá a morrer, nada feito! O chato da relação entre autor e personagem é que, na hora que mais se precisa, não é esta mão dupla. Então, posso eu criar o Dr. Faustino, matá-lo quando bem me convier, e não posso contar com seus serviços nesta hora difícil? (Ó, Fernando, não é mais hora para anedotas, estás a morrer.) A verdade a qual não me é confortável confessar é que estou com medo de morrer. Não da morte. Mas do passar para o outro lado. Do atravessar. Do parto invertido. Da sugação do portal. Serei sugado daqui para um Nada maior do que poderei suportar, mas o transportado não me importa, importa-me a sensação do modo. O infinitivo do verbo. O transportar. O processo. Este nascimento às avessas. Dói morrer? Mais que viver o fez? *Ah, o horror de morrer! E encontrar o mistério frente a frente sem poder evitá-lo, sem poder. Gela-me a ideia de que a morte seja o encontrar o mistério face a face. Mistério, vai-te, esmagas-me. Ah, partir esta cabeça contra aquele muro e tombar morto. Mas a morte, a morte, ah, como a temo! Para onde fugir? Na vida nem na morte tenho abrigo. Maldita seja... Quem? Quem faz o mal, este que sinto! Ah, mas já [nem] posso amaldiçoar.*

Está tudo mesmo fora de foco. Ora é o rosto do médico, ora assemelha-se ao mesmo rosto daquele *pobre rapazito que me deu tantas horas tão felizes*. Tensão. Há gente ao redor da cama. Vejo que já se foi o barbeiro. Estou a tremer mais, muito mais que o normal. Mas o que está a minha consciência a fazer aqui nestas horas? Silêncio. Façam silêncio aqui dentro da minha cabeça! Há um homem escrevendo o seu fim! Há um poeta dramático no interior do grande teatro a imaginar como se darão as coisas: a luz, a música, os personagens. Meu Deus, será isto mesmo verdade, estarão todos os sentidos em estado de despedida? Ó falência múltipla dos órgãos de sentir! Ó instrumentos da dura orquestra! Nunca mais ver, ouvir, cheirar, olhar, escutar, calar sob o meu comando? Estou cansado. Ainda bem que não serei eu a cuidar dos preparativos do féretro. As fúnebres providências não estarão sob o meu encargo, pois serei o morto, o protagonista sem ação, mas já vejo tudo: *Primeiro é a angústia, a surpresa da vinda do mistério e da falta da tua vida falada... Depois o horror do caixão visível e material, e os homens de preto que exercem a profissão de estar ali. Depois a família a velar, inconsolável e contando anedotas, lamentando a pena de teres morrido, e tu mera causa ocasional daquela carpidação, tu verdadeiramente morto, muito mais morto que calculas... Muito mais morto aqui que calculas, mesmo que estejas muito mais vivo além... Depois a retirada para o jazigo ou a cova, e depois o princípio da morte da tua memória. Há primeiro em todos um alívio da tragédia um pouco maçadora de teres morrido... Depois a conversa aligeira-se cotidianamente, e a vida de todos os dias retoma o seu dia. Só és lembrado em duas datas, aniversariamente: quando faz anos que nasceste, quando faz anos que morreste. Mais nada.* Estou surpreso com os meus conhecimentos funéreos. Talvez eu não deva temer e saiba, sem o saber, mais da morte do que da vida. O que aqui suponho está a ferver e incendeia do ponto de vista do morto. Febre. Febre é o que eu tenho e é o seu delírio que chamo de pensamento, de dramaturgia.

Alguém enxuga-me o rosto e tem mãos pequenas. Quem é? Seja quem for este a quem não consigo ver agora, imploro que não me deixe morrer só. Teca? Minha Teca, terá vindo ver-me pela última vez? Essas mãos serão de Teca? Não. Não as reconheço. Será Jim? *Tu, marinheiro inglês, Jim Barns, meu amigo*, o marinheiro querido a quem me confiaram quando parti sozinho no *Herzog* para a África? És tu? Jim, *que me ensinaste esse grito antiquíssimo, inglês, que tão venenosamente resume para as almas complexas como a minha o chamamento confuso das águas.* Não, estas mãos que sinto são estreitas e curtas e há nelas uma leveza de concha, uma precisão materna de onda de mar. Não conhecem as cordas, nem a força dos ventos nas velas. Quem eu ainda não vejo espalma a pequena palma sobre minha testa. Com a mão direita conforta-me; enquanto a outra pressiona com leveza toalhas secas nas têmporas. Tenho medo. Quem és tu? Um anjo? Não, agora vejo bem, é Chevalier, meu Cavaleiro de Nada! Usando a última reserva de lágrimas que eu tinha para esta vida, perguntei:

— Meu amigo, onde estavas todo esse tempo?

— Aqui, Nando, aqui. Eu nunca saí daqui. Nunca saí de ti.

— Tenho medo, Chevalier. Isso é morrer?

— É.

— Por que é que estou velho e tu continuas menino?

— Não existe velho em si. O velho é sempre alguém mais velho do que nós. Só isso. É relativo.

— Tu não me respondestes... E estou fraco e sem tempo para repetir questões. Tenho frio, me dê a mão. Estou cá a viver a minha morte. Tu sabes, *sou, em grande parte, a mesma prosa que escrevo. Desenrolo-me em períodos e parágrafos, faço-me pontuações.* Sou só palavras na estrada das linhas. Este diário, este artigo, estes escritos de meu punho espalhar-se-ão no chão da linha do tempo? Cadê, Chevalier, o gênio? Não era eu o supra-Camões?

— Descansa um pouco, meu amigo, não vês? Estou a sorrir! Vamos estar a brincar até o fim. Tudo é o mesmo barco, a mesma viagem que não acaba. Gosto de tocar-te, assim como faço agora. Sentes-me? Estou a colocar o meu dedinho na ponta do teu nariz. Está inchado como todo o teu rosto. Mas ficastes engraçado assim, pareces um tipo de palhaço. Um palhaço triste. E amarelo.

Acalmava-me vê-lo ali, à beira da cama naquela hora nova e fatal. Era como se fosse da família. Penso cada coisa. Bobagens permitidas apenas a quem está no fim. *Penso, às vezes, que se um dia, num futuro a que eu já não pertença, estas frases que escrevo durarem com louvor, eu terei enfim a gente que me "compreenda", os meus, a família verdadeira para nela nascer e ser amado. Mas, longe de eu nela ir nascer, eu terei já morrido há muito. Serei compreendido só quando a afeição já não compense a quem morreu a só desafeição que houve, quando vivo. Um dia talvez compreendam que cumpri, como nenhum outro, o meu dever nato de intérprete de uma parte do meu século; e, quando o compreendam, hão de escrever que na minha época fui incompreendido, que infelizmente vivi entre desafeições e friezas, e que é pena que tal me acontecesse. E o que escrever isto será, na época em que o escrever, incompreendedor, como os que me cercam,* de um ilustre desconhecido, *do meu análogo daquele tempo futuro. Porque os homens só aprendem para uso dos seus bisavós, que já morreram. Só os mortos sabemos ensinar as verdadeiras regras de viver.*

Mais um solavanco da dor. Cá dentro tudo se prepara para o último suspiro. Seguro firme à minha mão está meu fiel Chevalier. Uma criança, *a Eterna Criança, o deus que faltava* e o mais forte de todos! Criança, está aí uma boa estrutura para um Deus: criança. Caberia.

É a que mais reúne qualidades para o cargo. *Só uma coisa me apavora a esta hora, a toda hora: é que verei a morte frente a frente, inevitavelmente! Ah, este horror como poder dizer! Não lhe poder fugir. Não podê-lo esquecer. E nessa hora em que eu e a Morte nos encontrarmos o que verei? O que saberei? Mas quisera viver eternamente sem saber nunca isso que a morte traz. Que o tempo cesse! Que pare e fique sempre este momento! Que eu nunca me aproxime desse horror que mata o pensamento!* De repente, sem mais nem menos, como que guiado por uma ordem ficcional da loucura final, exatamente como num teatro, passei a viver as cenas de *A Morte do Príncipe*, uma obra dramática minha mesmo; e de súbito é Chevalier, o meu Cavaleiro de Nada, quem passa a viver o papel de meu servo. Tudo se dá no fim da vida com um forte apelo onírico. O tom das coisas soa a cores que não são deste mundo. Portanto, olhando agora para trás, as cenas que deixo, as mais banais, se as sonhei, *sonhei, confuso, e o sono foi disperso. Mas, quando despertei da confusão, vi que esta vida aqui e este universo não são mais claros do que os sonhos são.* Um sol de fogo poente rasgava a vidraça do hospital para iluminar o palco da cena final. Fala o príncipe e, ó obviedade, o príncipe sou eu:

Mas o que será isto? De que mundo é esta madrugada? *Isto que estou dizendo é delírio porque não sei por que o digo. E as figuras de xadrez e as das cartas de jogar ou adivinhar — seremos nós mais que elas onde a vida é vida? Por que não será tudo uma verdade inteiramente diferente, sem deuses, nem homens, nem razões? Por que não será tudo qualquer coisa que não podemos sequer conceber, que não concebemos — um mistério de outro mundo inteiramente? Tenho febre sem sono, e estou vendo sem saber o que vejo. Mas ao mesmo tempo não há nada disto, e estou com um grande horror de partir ou ficar. Para que me deram um reino que ter se não terei melhor reino que esta hora que estou entre o que não fui e o que não serei? Senta-te ali, aos pés da cama aonde eu quase que te não veja, e fala-me de coisas impossíveis,* meu fiel Cavaleiro. *Vou morrer.*

Cavaleiro de Nada: *Não, meu Senhor...*

Príncipe: *Começo a morrer nas coisas... O que se apaga de mim começa a apagar-se no céu, nas árvores, no quarto, nos cortinados deste leito... Depois, pouco a pouco, ir-se-á apagando a vida pelo meu corpo dentro até que fizer* (soluço) *noite mesmo ao pé das janelas da minha alma.*

Cavaleiro de Nada: *Isso é belo demais para que possais estar perto da morte...*

Príncipe: *Afundo-me pouco a pouco... Não te entristeças... Eu era real demais para poder reinar algum dia... O único trono que mereço é a morte... Não dizes nada?*

Cavaleiro de Nada: *Senhor, não morrereis.*

Príncipe: *Lembras-te de antigamente?... Eu era muito pequeno, e quando o silêncio da neve descia sobre a terra, íamo-nos sentar para a lareira do castelo a falar nas coisas que nunca aconteceriam... Quantas princesas amei no futuro que nunca tive!... Lembras-te — não te lembras? — de como eu ficava cansado pelos combates em que nunca havia de entrar...*

Cavaleiro de Nada: *Para vós, Senhor, só havia na vida amanhã. ...*

Príncipe: *Talvez porque o meu corpo sabia que eu teria que morrer cedo... Mas não era amanhã nunca para mim, era sempre depois de amanhã... Eu sonhava sempre com um futuro que estava sempre um pouco ao lado do futuro que teria...*

Cavaleiro de Nada: *Não serão todos assim?*

Príncipe: *O meu leito é imenso como o repouso de um mendigo... Não te sei dizer o que sinto... Devo ter muito medo.*

Cavaleiro de Nada: *Aquietai-vos, Senhor, aquietai-vos. Heis-de viver... Este fim de dia é tão belo que não pode morrer alguém nele... Vede como os restos do sol são roxos e cinzentos no ocidente! Deveis viver, para viver... Espera-vos o amor e a lida...*

Príncipe: *Nunca agi certo.*

Cavaleiro de Nada: *Senhor, não penseis nisso.*

Príncipe: *Tratai-me antes por Senhora... Sou uma princesa de quem se esqueceram quando buscaram a rainha... Ah que horror, que horror!*

Cavaleiro de Nada: *Que tendes, Senhor? Que tendes?*

Príncipe: *Oh como tudo está mais estranho ainda! Não há já formas — oh meu Deus, onde estás?*

Cavaleiro de Nada: *Aqui, Senhor, aqui!...*

Príncipe: *Não sei se te não vejo... Não sei o que é que vejo... Já não há coisa nenhuma. O que é isto tudo? Não sei de que lado está a vida... O espaço está ao contrário... Não me sinto eu no meu mundo... Que estranho! Onde é que está dando horas por dentro? Ah, vejo, vejo... Vejo agora!*

Cavaleiro de Nada: *Que vedes, Senhor, que vedes? Acalmai, acalmai! Que vedes?*

Príncipe: *Vejo enfim tudo... Olhai... agora vejo... as cidades sonhadas é que eram reais... As coisas são apenas a visão trêmula delas refletidas nas águas do meu olhar... Só o que nunca se tornou real é que existe realmente... O que acontece é o que Deus deita fora... O que parece não é real, é as costas das mãos de Deus, a sombra dos seus gestos... As princesas que eu sonhei é que existem... As da terra são apenas as bonecas com que as outras brincam, vestindo-as, corpo e alma, a seu modo... Oh que horror, que inesperado horror! Que complexo! Que complexo! A batalha durou muito tempo em que não se via nada! Qual foi aquela batalha em que eu ia na frente dos meus corcéis de pluma branca ondeando ao vento?*

Cavaleiro de Nada: *Não houve essa batalha, senhor. Não entraste nunca em combate...*

Príncipe: *Ah, então essa foi uma derrota... Pobre de mim, que até os meus exércitos na guerra não podem vencer nem regressar... Ah, não sei onde está o espaço... Está tudo errado, tudo vazio de dentro para fora... Não tenho esquerda nem direita... Nem há lado nem posição... Ah, o que é isto tudo? Tenho medo. Fecha-me na vida. Não me deixes sair da vida.*

Cavaleiro de Nada: *Vede, senhor, vede, estais melhor... que bom: já vedes coisas e antes víeis só sonhos.*

Príncipe: *Não, não... Passei atrás de Deus para o outro lado da ilusão...*

Cavaleiro de Nada: *Acalmai-vos, senhor... Acostai-vos no leito... Tudo isso é sonho... Amanhã estareis melhor.*

Príncipe: *(numa voz calma e lenta) Ouço um ruído de fonte... Que grande noite! Por onde é que eu vou andando?...*

Cavaleiro de Nada: *Não andais, senhor...*

Príncipe: *Que sossego se abisma nas profundezas! Para onde vamos nós? Não ouço caminhar... É como se estivesse a dormir enfim... Cada passo é sereno, é calmo como ter já chegado. Como estou calmo. Vai raiar a aurora...*

Cavaleiro de Nada: *Anoitece, meu senhor, anoitece...*

Príncipe: *Vede, vede... Os exércitos que eu comandei... os cavaleiros do meu séquito... vencedores ao longe... todos eles sou eu... Vede, vede. Chegam ao castelo... Que grande castelo todo do poente! Ah, o que é isto? Ondeia em chamas, alastra-se no fumo... é maior ardendo, é mais antigo ardendo... é mais meu ardendo... Cresce tudo... Que deslumbramento... Há fogo nas eiras... O céu é um mar imenso em marés furiosas de fogo... Tudo transborda lume... Queima-se em mim todo o universo... Vejo demais... Há coisas a mais no espaço... Está tudo errado para mais... Já vai mudar tudo... O fogo é já de outra cor... Ah... tudo é negro, há choques de exércitos na noite... Ninguém sabe se vence... Tropéis de cavalos...*

Ó Portugal, hoje és nevoeiro e não sei por quanto tempo permaneci dentro desta obscura nuvem. Não sei por quanto tempo debati-me neste torpor, neste limbo, nesta esfera, nesta poeira cósmica em que o tempo é outro. Estou cá, um pé na vida e outro à beira da morte, já lá do outro lado, se lá outro lado houvesse. Estive no território do delírio absoluto sob o império da dor. Chevalier, meu cavaleiro, não solte minha mão, mantenha-me na vida, detenha o processo, obedeça ao seu velho dramaturgo, ou antes, agrade-o, minta, socorra-o. Ó meu Cavaleiro, ó meu Cavaleiro de Nada, não quero ir a parte alguma, imploro. *Envolvei-me, fechai-me dentro em vós, e que eu não morra nunca.*

Chevalier fitou-me nos olhos sem piscar, por um longo tempo. Vi como reparava, sem disfarçar, o amarelo no branco do meu olho, o cheiro e a cor de bílis nos panos da cama, tudo perdera a vitalidade. Estou cada vez mais fraco.

— Responde outra vez para mim, meu Cavaleiro, sempre estivésseis aqui?

— Sempre, meu amigo. Nunca tive outro destino.

— Cavaleiro de Nada, por que me destes este nome para vos dar?

— É o meu reino, o Nada. Meu estandarte. O único lugar onde cabe, com folgas, o Tudo. Absolutamente Tudo.

(Quero pousar a cabeça sobre vossas perninhas, pensei. *Quando eu morrer, filhinho, seja eu a criança, o mais pequeno. Pega-me tu ao colo, despe o meu ser cansado e humano...*) Ah, o que sinto é sobretudo cansaço e necessito-te no meu exército. Virás comigo para a morte? Vem, ó Chevalier, não me deixes partir só!

(silêncio.)

— Então, tu não vens?

— Não.

— Por quê?

— Sinto que o que daqui a pouco se verá ainda poderá não ser o fim.

— Sim, mas e por que não vens comigo agora então?

— Não posso. Eu vou ter que ficar para escrever esta história.

E sorriu calmo, meio de lado. Doce. Fiquei olhando a minha criança... Fora-me concedido um minuto a mais para contemplá-la. Com o gesto, ainda pedi uma folha de papel, onde escrevi a lápis e por derradeiro: *I know not what tomorrow will bring.* (Eu não sei o que trará o amanhã.) Ó falência múltipla dos órgãos a minar um homem plural, ó redundância mórbida! Ainda me ocorre um último pensamento desesperado: alistar-me ao Exército dos Afogados, e, para isso, morrer no mar. É isso, Chevalier, quero morrer no mar. *Sim, sim, sim... Crucificai-me nas navegações e as minhas espáduas gozarão a minha cruz! Atai-me às viagens como a postes. Fazei o que quiserdes de mim, logo que seja nos mares: que me rasgueis, mateis, firais! O que quero é levar para a Morte uma alma a transbordar de Mar...*

Há Tempo? Silêncio. A antiga ceifeira já campeia satisfeita no quarto e concentra o seu serviço em mim. E canta. *Ela canta, pobre ceifeira, julgando-se feliz talvez.* Mas tudo aqui no campo da batalha perdida esforça-se para emitir o último sopro. Sou um lutador exausto. *Tudo vale a pena se a alma não é pequena* e, sinceramente, não sei se é este o meu caso. Vai-se pelo ralo da história o mais sincero dos fingidores. É tarde. O último suspiro faz par com o primeiro grito. Não importa a distância entre eles. Há que haver. A maioria dos meus ventos foram palavras. Não há tempo. Sai, pequena brisa fraca, sai... shxsxshxsxhsssssssssss... A inutilidade, vitoriosa, já avança sobre os objetos pessoais: óculos, gravatas, pente, cigarros, garrafas, canetas, tinteiro, camisas, livros, palavras, máquina de escrever. Tudo presencia o fim do seu motivo. Não mais pertencem. Morre-lhes o pronome. Apaga-se Pessoa. Pronto. Neste instante exato, para ser fiel aos fatos, acaba de cobrir-me a Senhora Morte com o manto do sono definitivo. Eu mesmo fecho os meus olhos. Fecham-se as cortinas assim. *Fui rei nos meus sonhos, mas nem sonhos houve, além de mim, e a última palavra que se escreve nos livros é a palavra Fim.*

POST SCRIPTUM

Como ninguém faz sozinho a travessia do seu tempo, é impossível terminar uma obra sem que se sinta pulsar no peito um emocionante sentimento de gratidão. Entre esses estão amigos e colaboradores que leram para mim os capítulos para que eu ouvisse; os que me ofereceram livros esclarecedores; os que simplesmente leram silenciosamente; os que afetivamente pesquisaram, comentaram, ofereceram-me imagens e documentos raros; os que, com suas interpretações, fizeram-me rever algumas estradas e dobrar inesperadas esquinas. Muitas páginas deste romance foram digitadas por Taís do Espírito Santo, minha querida assistente tecladora, que trabalha com uma autora que dita muito do que escreve. Nesta seara não posso omitir nada nem ninguém, muito menos a assistência lírica e permanente de Geovana Pires, pelo mergulho investigativo, pelas brilhantes sugestões, pela leitura do livro inteiro em voz alta, pelas maravilhosas ideias e dicas de enredo e processo, pelas conversas arrepiantes que produziram belos caminhos. Obrigada pelo amor que me deram e por causa do qual vos ofereço o fruto de nossa comunhão. Vai meu beijo com o meu melhor afeto para: Juliano Gomes de Oliveira, Taís do Espírito Santo Nascimento, Luis André Marques, Marcos Roza, Ricardo Bravo, Mariana Marques, Claudio Valente, Chico Santana, Alcione Dias, Cléo Pires, Filipa Rei, Paulo Antunes, Pedro Cezar, David Miguel, Murilo Reis, Paulo Antunes, Rosane Gripp, Mu Chebabi, Marcelo Demarchi, Lino dos Santos Gomes, Ana Carolina, Vinícius Raft, José de Arimathéa Campos Gomes, Margarida Eugênia Gomes Marques, Zezé Polessa, Lino

Antônio Campos Gomes, Mônica Patrícia, Victor Nogueira e Marta Tristão, Kátia Carvalho, Thais Farias, Isabel Cury, Vanda Mota, Fernando Martins, Guiomar de Grammont, Gilberto Dimenstein, Ana Penido, André Gago; aos públicos de Porto, Lisboa, Évora e Coimbra, os primeiros do mundo a ouvirem a leitura de parte do livro; às casas de sonhos e inspirações de Itaúnas, de Boa Esperança, de Itaparica, da Lagoa e a Casa Fernando Pessoa. Ao Mia Couto, o generoso, e ao homem do futuro, Fernando Pessoa.

Gratíssima lhe sou, Pedro Almeida, por ter me encomendado o livro e por este ter nascido de sua razão quando viu a peça *A Natureza do Olhar*, uma conversa entre Álvaro de Campos e Alberto Caeiro, produzida pela Companhia da Outra, companhia de teatro criada, produzida e encenada por mim e Geovana Pires.

Qual um jardim grato responde em flor, do mesmo modo eu gostaria que resultasse este livro no coração desses que me ajudaram a construir esta ficção, esta visão da visão de Pessoa sobre a própria vida.

DEDICATÓRIA

Ao meu avô Antônio Joaquim dos Santos Gomes, nascido em Vila Nova de Gaia, Porto, que me fez pertencer à linhagem da raça dos navegadores, dos conquistadores dos mares, e a Maria Filina Salles Sá de Miranda, que me apresentou Fernando Pessoa e José Régio quando eu ainda era uma menina. Aos ilustres componentes do meu grupo capixaba de teatro Phantasias de Assucar, formado por Carlos Magno de Godoy, Claudino de Jesus, Margaret Taqueti, Zanandré Avancini e Luciano Cola, por terem me convidado a fazer a primeira peça de minha vida, *O Marinheiro*, de F. Pessoa.

FONTES FUNDAMENTAIS

LIVROS DE FERNANDO PESSOA:

A hora do diabo, organizado por Teresa Rita Lopes. Lisboa: Editora Assírio e Alvim, 1997.

Alberto Caeiro: poesia, organizado por Richard Zenith. Lisboa: Editora Assírio e Alvim, 2004, 2ª edição.

Antologia seguida de fragmentos do Livro do desassossego, organizado por Isabel Pascoal. Portugal, Biblioteca Ulisseia de Autores Portugueses, 1991, 2ª edição.

Escritos autobiográficos, automáticos e de reflexão pessoal, organizado por Richard Zenith. São Paulo: Editora A Girafa, 2006.

Livro do desassossego, organizado por Richard Zenith. São Paulo: Editora Companhia das Letras, 1999.

O eu profundo e outros eus, organizado por Afrânio Coutinho. Rio de Janeiro: Editora Nova Fronteira, 1935.

Obra poética, organizado por Maria Aliete Galhoz. Rio de Janeiro: Editora Nova Aguilar, 1998.

Obra poética, volume II, organizado por Jane Tutikian. Porto Alegre: Editora L&PM, 2007.

Obras completas de Fernando Pessoa: cartas de amor de Fernando Pessoa, organizado por David Mourão-Ferreira e Maria da Graça Queiroz. Lisboa: Edições Ática, 1978.

Obras em prosa, organizado por Cleonice Berardinelli. Rio de Janeiro: Editora Nova Aguilar, 1986, 6ª edição.

Poesia: 1902-1917, organizado por Manuela Parreira da Silva. São Paulo: Editora Companhia das Letras, 2007.

Poesia: 1931-1935 e não datada, organizado por Manuela Parreira da Silva, Ana Maria Freitas e Madalena Dine. São Paulo, Editora Companhia das Letras, 2005.

Poesia do eu, organizado por Richard Zenith. Rio de Mouro: Assírio e Alvim, 2006.

Poesias ocultistas, organizado por João Alves das Neves. São Paulo: Editora Aquariana, 1995, 4ª edição.

Poeta — Tradutor de poetas, poemas traduzidos por Fernando Pessoa e organizados por Arnaldo Saraiva. Rio de Janeiro, Editora Nova Fronteira, 1999.

Primeiro Fausto, organizado por Duílio Colombini. São Paulo: Editora Iluminuras, 1996.

LIVROS SOBRE FERNANDO PESSOA:

Dicionário de Fernando Pessoa e do modernismo português, organizado por Fernando Cabral Martins. São Paulo: Leya, 2010.

Fernando Pessoa: breve história da sua vida e da sua obra, de João Gaspar Simões. Lisboa: Editora Difel, 1983.

Fernando Pessoa e Omar Khayyam: o Ruba'iyat *na poesia portuguesa do século XX*, de Márcia Manir Miguel Feitosa. São Paulo: Editora Giordano, 1998.

Fernando Pessoa: imagens de uma vida, de Manuela Nogueira. Lisboa: Editora Assírio & Alvim, 2005.

Fernando Pessoa na África do Sul, de Alexandrino Severino E. Lisboa: Publicações Dom Quixote, 1983.

Fernando Pessoa na intimidade, de Isabel Nogueira Murteira França. Lisboa: Publicações Dom Quixote, 1987.

Fernando Pessoa no cinquentenário da sua morte, de L.P. Moitinho de Almeida. Coimbra: Editora Coimbra, 1985.

Fernando Pessoa: notas a uma biografia romanceada, de Eduardo Freitas da Costa. Lisboa: Guimarães Editores, 1951.

Fernando Pessoa ou o Poetodrama, organizado por José Augusto Seabra. São Paulo: Editora Perspectiva, 1991, 2ª edição.

Fernando Pessoa: um místico sem fé, de Andrés Ordoñez. Rio de Janeiro: Editora Nova Fronteira, 1994.

Fernando Pessoa: uma fotobiografia, de Maria José de Lancastre. Rio de Janeiro: Editora Civilização Brasileira, 1998.

Fernando Pessoa: uma fotobiografia, de Maria José de Lancastre. Lisboa: Imprensa Nacional – Casa da Moeda e Centro de Estudos Pessoanos, 1984.

Fernando Pessoa: uma quase autobiografia, de José Paulo Cavalcanti Filho. Rio de Janeiro: Editora Record, 2011, 5ª edição.

O caso clínico de Fernando Pessoa, de Mário Saraiva. Lisboa: Universitária Editora, 1998, 3ª edição.

Os dois exílios: Fernando Pessoa na África do Sul, organizado por H.D. Jennings. Vila Nova de Gaia: Centro de Estudos Pessoanos, 1984.

T.S. Eliot e Fernando Pessoa: diálogos de New Haven, organizado por Ricardo Daunt Neto. São Paulo: Editora Landy, 2004.

Vida e obra de Fernando Pessoa: história de uma geração, de João Gaspar Simões. Lisboa: Livraria Bertrand, 1980, 4ª edição.

OBRAS DE APOIO:

1808: como uma rainha louca, um príncipe medroso e uma corte corrupta enganaram Napoleão e mudaram a história de Portugal e do Brasil, de Laurentino Gomes. São Paulo: Editora Planeta, 2007, 2ª edição.

Almada Negreiros: obra completa, organizado por Alexei Bueno e José Augusto França. Rio de Janeiro: Editora Nova Aguilar, 1997.

Cartas de amor de Ofélia a Fernando Pessoa, organizado por Manuela Nogueira e Maria da Conceição Azevedo. Lisboa: Editora Assírio e Alvim, 1996.

Folhas de Relva, de Walt Whitman. São Paulo: Editora Iluminuras, 2008, 2ª edição.

I Ching, organizado por Richard Wilhelm. São Paulo: Editora Pensamento, 1956.

Obras completas de Mário de Sá-Carneiro: cartas a Fernando Pessoa, volume I. Lisboa: Edições Ática, 1973.

Obras completas de Mário de Sá-Carneiro: cartas a Fernando Pessoa, volume II. Lisboa: Edições Ática, 1979.

CIP-BRASIL. CATALOGAÇÃO NA PUBLICAÇÃO
SINDICATO NACIONAL DOS EDITORES DE LIVROS, RJ

L971f

Lucinda, Elisa, 1958-

Fernando Pessoa, o Cavaleiro de Nada / Elisa Lucinda. — 2. ed. — Rio de Janeiro: Record, 2014.
il.

ISBN 978-85-01-40250-9

1. Pessoa, Fernando, 1888-1935. 2. Poetas portugueses — Biografia. 3. Autobiografia. I. Título.

13-01578

CDD: 928.69
CDU: 929:821.134.3
31/05/2013 31/05/2013

Projeto gráfico: Tita Nigrí
Composição de miolo: Renata Vidal da Cunha

Texto revisado segundo o novo Acordo Ortográfico da Língua Portuguesa.
Direitos exclusivos desta edição reservados pela
EDITORA RECORD LTDA.
Rua Argentina, 171 - 20921-380 - Rio de Janeiro, RJ - Tel.: 2585-2000

Impresso no Brasil
ISBN 978-85-01-40250-9
Seja um leitor preferencial Record.
Cadastre-se e receba informações
sobre nossos lançamentos e nossas promoções.
Atendimento e venda direta ao leitor:
mdireto@record.com.br ou (21) 2585-2002

EDITORA AFILIADA

Ophelinha apaixonada
por este louco.

Família Durban
(África inglesa).

Magdalena,
eterna rapariga.

Comprar fumo.

Minha turma, minha gente: a malta boêmia que mudou a história da subjetividade portuguesa.

Avó Dionísia
e o Marido
(meu avô, é claro).

Henriqueta Magdalena,
minha Teca.

Quando eu
me sento
à janela,
pelos vidros
que a neve
embaça
vejo a doce
imagem
dela,
quando
passa...
passa...
passa...
Lançou-me
a mágoa
seu véu:
menos um
ser neste
mundo.
E mais um
anjo no céu.

Magdalena
Henriqueta, o anjo.

S. S. „Herzog".

Herzog, o
meu navio da
independência.

Meus dois irmãos, o Luís (engenheiro como o Álvaro) e João Nogueira dos Santos Rosa.

A. Search
tout-à vous
cette
vous
states

ORREU FERNANDO PESSOA

rande poeta de Portugal

ernando Pessoa, o poeta extraordinario
«Mensagem», poema de exaltação nacio-
sta, dos mais belos que se têm escrito,
ontem a enterrar.
urpreendeu-o a morte, num leito cris-
do Hospital de S. Luiz, no sabado á
e.
sua passagem pela vida foi um rastro de luz e de originalidade. Em 1915, com Luiz de Montalvor, Mario de Sá Carneiro e Ronald de Carvalho — estes dois já mortos para a vida — lançou o «Orfeu», que tão profunda influencia exerceu no nosso meio literario, e a sua personalidade foi-se depois afirmando mais e mais. Do fundo da sua «tertulia», a uma mesa do Martinho da Arcada, Fernando Pessoa era sempre o mais novo de todos os novos que em volta dele se sentavam. Desconcertante, profundamente original e estruturalmente verdadeiro, a sua personalidade era vária

Fernando Pessoa

o vário o rumo da sua vida. Ele não
a uma actividade «una», uma activi-
e dirigida: tinha multiplas actividades.
a poesia não era só ele: Fernando Pes-
ele era tambem Alvaro de Campos e
erto Caieiro e Ricardo Reis. E era-os
undamente, como só ele sabia ser. E na
sia como na vida. E na vida como na
.
udo nele era inesperado. Desde a sua
, até aos seus poemas, até á sua morte.
nesperadamente, como se se anunciasse
livro ou uma nova corrente literaria por
idealizada e vitalizada, correu a noti-
da sua morte. Um grupo de amigos
duziu-o ontem a um jazigo banal do
iterio dos Prazeres. Lá ficou, vizinho

Cesario que ele não co
ninguem, compreendia
Se Fernando Pessoa
ria abandonou o corp
abandonará nunca o
dos que o amavam e a
fica a sua obra e a s
pete velar para que
foi grande não caia
esquecimento.

Tinha 47 anos o po
enterrar. Quarenta e s
de amor á Vida, á Ar
do novo, acasos do De
decia inteiramente—F
sofo, cristão, que con
religiosas e as negativ
os artistas sabem ser,
decia cegamente ao
para a Africa do Sul.
Cabo cursou o inglês.
tudou a lingua que S
imortalizaram que, an
tava aos «cercles» lite
bion quatro livros d
Poems», I, II, III, IV
Sounets». E num conc
sa alcançou o primeiro
Depois uma vez em
vidade literária aumen
data a sua colaboraç
o seu messianismo m
bre e elevado estudo,
cimento do Super-Ca
portuguesa.
1915. «Orfeu». Movin
novação. Entretanto, c
ro», «Exilio», «Portug
temporanea». Começa
preendido.
1924. Funda com
«Athena». Depois, de
sua actividade multip
revistas modernistas,
«Momento» e, há um
doeste», que Almada N
notavel desassombro.
re e Edgar Poë. Estas
esquemáticas e gerais
nem a sua personali
compreender folheie a
persa. Começará a ama

Este livro foi composto nas tipologias Garamond Premier Pro, VT Corona e Texas Hero, e impresso em papel Lux Cream 70g/m² na Yangraf.